KB174184

최인훈 소설 인물 심리 연구

비극적 세계 극복과 부활의 힘

박해랑 지음

최인훈 소설 인물 심리 연구

비극적 세계 극복과 부활의 힘

박해랑 지음

국학자료원

책머리에

꿈 많던 여고시절 시가 좋아서 시집을 가슴에 안고 다녔다. 그러다가 글 쓰는 것이 좋아서 소설가가 되고 싶다는 꿈을 가슴에 묻고, 세월은 그렇게 무던히도 흘렀다. 삶에 지쳐갈 즈음, 나는 누구인지, 내가 진정하고 싶은 것이 무엇인지를 깊이 생각하게 되었다. 바로 지금이라고 생각하는 순간 나는 꿈을 찾아 문학도의 길에 들어서고 있었다. 조금 늦어도 가다보면 언젠가는 닿게 되는 그곳을 향해 한걸음씩 다가서고 있는 나를 보게 된다.

최인훈의 소설은 방황하던 시절 나에게 신선한 충격을 주었다. 식민지 현실에서 겨우 벗어난 대한민국의 현실이 남과 북이라는 이념의 대립과 정치적 갈등으로 개인과 세계의 불화를 만드는 충분한 이유가 되었다. 내가 대학을 졸업하던 당시부터 지금까지 현실은 여전히 막막하고, 우리의 미래는 더욱 불안한 실정이다. 이러한 현실의 아픔은 따가운 가시가 되어 나를 찌른다.

최인훈의 소설은 이러한 현실에 상응하는 내용들이다. 개인이 자신과의 싸움에서, 세계와의 싸움에서 질 수밖에 없는 상황은 자아와 세계가 불화하는 비극적인 현실이다. 최인훈의 싸움은 그 자신과 세계와의 싸움이고, 우리 사회를 살아가는 개인과 사회와의 싸움이다. 그리고 지금은 나 자신과의 싸움이기도 하다.

최인훈 소설 중에서 작가가 말하는 5부작 소설『廣場』,『灰色人』,
『西遊記』,『小說家 丘甫氏의 一日』,『颱風』을 대상으로 주인공의 비극
적 세계 인식과 심리적 대응 양상을 중심으로 연구하였다. 그의 소설에
서 주인공들은 시대적 가치관과 개인적 가치관의 혼돈 속에서 이성에
대한 욕망을 다양하게 표출하고 있다. 이를 통해 근본적인 안정과 자아
의 정립을 5편의 작품에서 연속성 있게 시도하고 있다. 최인훈 소설 상
의 심리묘사는 주인공을 매개로 한 자신의 심리 체계를 구조화하는 것
으로 평가할 수 있다.

『廣場』,『灰色人』,『西遊記』에서 주인공은 어릴 때 경험한 전쟁의 공
포와 자아비판의 상흔이 정신적인 외상外傷이 되어 그의 무의식에 잠재
되어 나타난다. 또한 주인공이 처한 공간에서의 현실적인 어려움은 고
향에 대한 그리움과 혼자라는 고독감을 더욱 심화시킨다. 이러한 주인
공의 심리는 비극적인 결과를 초래하지만,『小說家 丘甫氏의 一日』에
서 주인공은 현실을 비판하면서 현실에 적절히 대응하는 현실참여적
인 인물로 변화해 간다. 마지막 작품『颱風』에서 작가는 주인공이 현실
에서 비극적인 상황을 극복하고 새로운 삶을 살아가는 인물로 부활시
킨다. 최인훈이 말하고자 하는 부활의 논리는 비극적인 현실을 극복하
고 새롭게 태어나는 것이다. 이러한 비극적 세계를 극복하는 주인공의
심리변화 과정을 연구하는 것은 5부작 소설이 갖는 중요한 의미가 된다.

주인공의 심리 변화에 따른 행위의 결과는 비극적일 수도 있고, 희극적
일 수도 있다. 루시앙 골드만은 "인간은 끊임없이 인간을 넘어선다."고
말한다. 인간의 삶은 비극적인 것이다. 그러나 인간은 비극적인 삶에
맞서 대응해야 하며, 그것은 인간의 의지에 따른 것이다. 인간은 의지
에 따라 자신의 삶을 새롭게 거듭날 수 있는 것이다.

다섯 작품에서 주인공은 끊임없이 세계와 불화하지만, 그러한 세계에

타협하지 않고 맞서 대응하며, 화해의 과정을 통해 주인공의 안정된 삶을 제시한다. 작가는 연속되는 작품에서 주인공의 심리가 끊임없이 세계와의 불화에서 화해로 거듭날 수 있는 과정과 결과를 제시한 것이다.

인간은 모두 각자 살고 싶은 세상이 있고, 꿈이 있다. 자신이 꿈꾸는 것을 실행하며 살아갈 수 있는 세상은 정말 행복한 세상일 것이다. 그러나 현실은 그러한 꿈을 이룰 수 없기에 희망이라는 꿈을 꾸게 하는 것이다. 인간은 꿈을 통해 이상을 실현하는 것이다. 의식이든 무의식이든 인간이 꿈꾸는 세상은 부활이 가능한 진정한 곳이다.

최인훈의 소설을 연구하면서 나는 끊임없이 자신과의 싸움에서, 그리고 사회 현실과의 싸움에서 나 자신을 정립하고 세계와의 화해로 거듭나기를 시도한다. 그 싸움의 끝은 반드시 해피엔드가 되기를 소망한다.

끝까지 용기를 잃지 않게 도와준 남편과 힘든 시기를 슬기롭게 헤쳐 나간 아들 원현, 버팀목이 되어준 친구 같은 예쁜 딸 예원에게 고맙고, 사랑한다는 말을 전합니다.

막내 동생의 늦은 학구열에 아낌없이 지원하고 도와준 여섯 언니, 병숙, 소윤, 병란, 병연, 재연, 양남과 멋진 여섯 형부께 머리 숙여 감사하고 사랑합니다.

가끔 꿈에서라도 보고 싶은 하늘에 계신 아버지, 어머니께 늦둥이 막내딸 걱정 그만하시고, 편히 쉬시라고, 저 이제 철들었다는 말씀 올립니다.

이 책이 나오기까지 지도해주신 김선학 교수님께 머리 숙여 감사드립니다.

그리고 국학자료원 여러분께 감사드립니다.

2016년 9월에

저자 박해랑

차 례

Ⅰ. 머리말

1. 연구 목적

본 연구는 최인훈 소설 중에서 작가가 말하는 5부작 소설을 대상으로 인물의 심리를 연구하는 데 목적을 둔다. 특히 주인공의 비극적 세계 인식과 심리적 대응 양상을 중심으로 연구한다. 최인훈은『廣場』→『灰色人』→『西遊記』→『小說家 丘甫氏의 一日』→『颱風』이 5부작으로 읽혀지기를 바란다.

그 이유를 간단히 말하면,『廣場』에서 내놓지 못한 지상에서의 창조적 생활 원리가『颱風』에서 '부활의 논리'이기 때문이다. 최인훈은『廣場』을 개방된 지적 토론의 분위기가 통상화 되기를 전망하며 발표하였고,『灰色人』은 그러한 전범이 달라진 상황에서 자신의 위치를 찾고자 한 새 통과의례 전범 작성의 암중모색이라고 한다.『西遊記』는『灰色人』의 속편으로 자기 안에 있는 남을 매개로 하여 의식을 탐구하고, 일부러 계산된 단절과 지리멸렬한 분위기를 묘사했다고 한다.『小說家 丘甫氏의 一日』은 문학, 예술, 창작에 대해 늘 고민하며 살아온 작가가 구보라는 인물을 통해 소설가의 생활을 소시민적으로 표현한 것이다.[1] 최인훈은『颱風』에 대해 다음과 같이 말한다.

나는 이 소설을 쓰면서 <유럽>문학의 바탕에라든지, 고전<아시아> 세계에 존재했던 어떤 문화권을 머리에 그리면서 썼다. 즉 그 지역의 사람이라면 국경을 넘어서도 이해할 수도 있고 시인할 수도 있는 그런 형식을 써 보았다. 국경 밖에서도 통하는 어떤 정신의 기준화폐를 생각하고, 모든 인사人事를 그 화폐에 대한 환율에 따라 표시하는 방법이다.

그 화폐란 부활의 논리이다. 숙명론과 물물교환적 현물주의 대신 국제통화에 의한 신용결제의 논리로서 <부활>을 생각해 보았다. 삼족을 멸하느니, 연좌니, <이데올로기> 무술巫術이니 하는 우리 시대의, 우리의 어제의 나쁜 유산들을 해독하는 인간의 지혜로서의 <부활> 말이다. 영원한 악인도 없고 영원한 선인도 없다. 자기 비판에 의해서 몇백 번이든 개인은 천사처럼 청정하게 거듭날 수 있다. 이것이 미래의 부활, 천당의 영생이 보이지 않게 된 잔인한 우리 시대에 우리 힘으로 가능한 자력구원의 길이라는 생각에서였다. 「廣場」→「灰色人」→「西遊記」→「小說家 丘甫氏의 一日」→「颱風」이 결과적인 5부작으로 읽혀지기를 바란다. …중략… 어느 나라의 이야기도 아니지만 모든 나라의 이야기고, 어느 누구의 이야기도 아니지만 모든 사람의 이야기라는, <픽션>이라는 말을 가장 순수하게 실험조건으로 받아들이고 쓴 소설이다.[2]

최인훈은 『颱風』을 유럽이나 고전 아시아를 머리에 그리면서 어느 나라, 어느 시대에도 통할 수 있는 그런 기준의 화폐를 생각하며 썼다. 그 화폐란 인간의 지혜로서 '부활'을 의미한다. 인간은 영원한 악인도 선인도 없으며, 자기비판에 의해 얼마든지 거듭날 수 있다고 말한다. 최인훈은 『廣場』에서 창조적 생활의 원리가 될 수 있는 것을 『颱風』에

---

1) 최인훈, 「원시인이 되기 위한 문명한 의식」, 『길에 관한 명상』, 솔과학, 2005, 22~27면 참조.
2) 최인훈(2005), 「원시인이 되기 위한 문명한 의식」, 27~28면.

서 '부활의 논리'라고 말한다. 이 말은『廣場』에서 주인공 이명준이 죽음으로써 부활을 시도했지만, 『颱風』에서는 주인공 오토메나크가 죽지 않고 새로운 인물로 탄생하는 것을 의미한다. 욕망하지 않는 것은 죽음뿐이라고 프로이드가 말했듯이 인간이 욕망을 추구하는 것은 살아있다는 증거이다. 오토메나크는 살아서 그의 욕망을 충족한 인물이다. 이것이 부활인 것이다.

작품에서 인물의 복잡한 심리를 연구하는 과정은 그 인물 행위의 동기를 분석하여 그 의미를 설명하는 데 매우 유용한 방법이다. 최인훈은 소설에서 주인공의 심리 세계를 상세히 묘사하고 있다. 주인공은 시대적 가치관과 개인적 가치관의 혼돈 속에서 이성에 대한 욕망을 다양하게 표출하고 있다. 이를 통해 근본적인 안정과 자아의 정립을 5편의 작품에서 연속성 있게 시도하고 있다. 최인훈 소설 상의 심리 묘사는 주인공을 매개로 한 자신의 심리 체계를 구조화하는 것으로 평가할 수 있다.

이러한 흐름을 파악하는 것은 연구자와 불특정 독자가 최인훈의 여러 작품에 대한 접근을 용이하게 하는 디딤돌이 될 것이다. 개별 작품의 외형은 다양하지만 실질적 주제는 연속되고 있다. 그러므로 5편 작품에서 주인공의 복합적인 심리 파악은 중요한 의미를 지닌다.

『廣場』, 『灰色人』, 『西遊記』에서 주인공은 어릴 때 경험한 전쟁의 공포와 자아비판의 상흔이 정신적인 외상外傷이 되어 그의 무의식에 잠재되어 나타난다. 또한 주인공이 처한 공간에서 현실적인 어려움은 고향에 대한 그리움과 혼자라는 고독감을 더욱 심화시킨다. 이러한 주인공의 심리는 비극적인 결과를 초래하지만, 『小說家 丘甫氏의 一日』에서 주인공은 현실을 비판하면서 현실에 적절히 대응하는 현실참여적인 인물로 변화해 간다. 마지막 작품『颱風』에서 작가는 주인공이 현실에서 비극적인 상황을 극복하고 새로운 삶을 살아가는 인물로 부활시킨다. 최인훈이 말하고자 하는 부활의 논리는 비극적인 현실을 극복하고 새롭게 태어나는 것이다. 이러한 비극적 세계를 극복하는 주인공의 심리 변화 과정을 연구하는 것은 5부작 소설이 갖는 중요한 의미가 될 것이다.

주인공의 심리 변화에 따른 행위의 결과는 비극적일 수도 있고, 희극적일 수도 있다. 루시앙 골드만은 "인간은 끊임없이 인간을 넘어선다."고 말한다. 그는 비극적 세계에 접근하기 위한 길은 바로 '회심回心, conversion'에 의한 것이라고 한다. 회심의 순간에 비극적 인간은 신적이고 인간적인 진정한 가치에 대해 이해하고, 세계와 인간의 허무와 불충분성에 대해 시간을 초월한 이해를 하게 된다.3) 인간의 삶은 비극적인 것이다. 그러나 인간은 비극적인 삶에 맞서 대응해야 하며, 그것은 인간의 의지에 따른 것이다. 인간은 의지에 따라 자신의 삶을 새롭게 거듭날 수 있는 것이다.

문학에서 심리적 상태를 표현하고, 문학연구에서 심리를 연구하는 것은 지금까지 중요한 과제가 되어 왔다. 작가는 『廣場』에서 주인공이 현실에 대해 절망하고, 환상 속에서 죽음을 선택하는 과정을 묘사하였다. 『灰色人』에서 주인공은 현실에서 정신적 외로움과 경제적 어려움으로 절망하고 비극적인 세계에 빠지는 과정을 보여준다. 『西遊記』에서 주인공은 비극적인 세계에서 환상 여행을 감행하며, 상흔을 치유하고, 자아의 성장을 이루는 모습을 보여준다. 『小說家 丘甫氏의 一日』에서 주인공은 부정한 현실을 비판하지만, 비극적인 세계에 빠지지 않고 현실과 대응하는 과정을 보여준다. 마지막 작품 『颱風』에서 주인공은

---

3) L. 골드만, 『숨은 神』, 송기형 · 정과리 역, 연구사, 1986, 83~88면 참조.

현실에 절망하고 자아와 세계의 대립으로 혼란한 상황에 이르지만, '태풍'이라는 외적인 상황과 '카르노스'라는 이상적인 인물의 도움으로 과거를 잊고 새로운 모습으로 탄생한다. 다섯 작품에서 주인공은 끊임없이 세계와 불화하지만, 그러한 세계에 타협하지 않고 맞서 대응하며 화해의 과정을 통해 주인공의 안정된 삶을 제시한다. 작가는 연속되는 작품에서 주인공의 심리가 끊임없이 세계와의 불화에서 화해로 거듭날 수 있는 과정과 결과를 제시한 것이다.

지금까지 연구된 최인훈 작품의 논문은 530여 편에 이르고, 평론까지 더하면 그 수는 훨씬 많을 것이다. 그러나 최인훈 소설의 난해성으로 인해 연구된 작품의 범위가 한정된 경향이 있었다. 1990년대에 들어서면서 최인훈 작품을 전범위에서 연구하는 논문의 수가 증가하고 있는 추세이다. 그러나 최인훈 소설의 전반을 다루는 것을 목적으로 하면서도 연구 본문에서는 편향된 작품을 중심으로 분석하는 경우가 있었다. 또한 논문의 주제는 다양한 편이지만 특정한 주제에 대한 논의가 대부분을 차지하고 있는 실정이다.

연구자는 최인훈이 5부작으로 읽혀지기 바라는 작품을 연구하고, 주인공의 심리 세계 연구에 의의를 두고자 한다. 본 연구의 의의를 정리해보면 다음과 같다.

첫째, 최인훈의 『廣場』, 『灰色人』, 『西遊記』, 『小說家 丘甫氏의 一日』, 『颱風』 다섯 작품은 엄연히 독립된 외형의 소설이다. 그러나 작가가 궁극적으로 탐색하려는 주제가 일관되게 이어지는 연작으로 평가된다. 최인훈 자신 또한 그러기를 희망하였기에 다섯 작품 주인공 각자의 심리 세계를 면밀히 분석하는 것은 단일 작품으로 인식할 수 있는 계기가 된다. 이는 최인훈의 독창적 문학 영역 구축으로 높이 평가할 수 있을 것이다.

둘째, 지금까지 연구된 최인훈 연구 논문에서 소설의 인물 심리를 구체적으로 분석한 것은 거의 없는 실정이다.[4] 기존의 연구들은 정신분석학적 관점에서 인물의 정신세계를 연구한 것들이 대부분이다. 본 연구는 주인공의 심리를 연구하는 데 필요한 정신분석 이론을 적용하지만, 주인공이 가지게 되는 심리적 대응 양상을 연구하는 것에 목적을 둔다. 그로 인해 주인공이 왜 그러한 행동을 할 수밖에 없는지에 관한 명확한 원인을 규명하는 데 의의를 가진다.

셋째, 연구자는 소설의 분석에 서사 구조를 정리하고, 주인공의 심리세계를 연구하는 과정에서 객관적인 위치에서 소설을 바라보고자 한다. 각 소설에서 주인공이 처한 현실에 대해 일정한 거리를 유지하려고 노력하였다. 이런 과정을 통해 주인공의 심리를 작품 안에서 원인과 결과를 찾는 데 의미를 둔다.

2. 연구사 검토

최인훈은 1936년 4월 13일 함북 회령에서 목재상인 아버지 최국성崔國星과 어머니 김경숙金敬淑 사이에서 4남 2녀의 장남으로 태어난다. 1945년 광복을 맞이했지만 공산정권에 의해 그의 부친이 부르주아로 분류되어 그의 가족은 이주를 결심한다. 1947년 함남 원산으로 이주하

---

4) 최인훈 문학 주제별 연구 현황 통계(1971~2014. 6.)를 분석한 결과 소설의 인물심리를 분석한 것은 아래 논문 3편이다.
김홍연, 「최인훈 소설의 인물과 서술 방법 연구」, 한양대학교 석사학위논문, 1988.
이양식, 「최인훈 소설의 인물분석」, 충북대학교 석사학위논문, 1994.
최명민, 「문학에 투영된 자살의 심리사회적 이해: <광장>과 <숲속의 방>을 중심으로」『비판사회정책』제29호, 비판과대안을위한사회복지학회, 2010.

였고, 1950년에 6·25가 발발하자 10월부터 시작된 국군 철수를 따라 12월에 원산항에서 해군 함정 LST편으로 전 가족이 월남하게 된다. 부산의 피난민 수용소를 거쳐 외가가 있는 목포에서 고등학교를 다니고, 1952년 피난 수도 부산에서 서울대 법대에 입학한다. 부친의 사업으로 가족은 모두 강원도에서 지냈으나, 최인훈은 혼자 부산에서 지내게 된다. 그는 여기서 그의 최초 작품인 <두만강>을 집필한다. 1955년 『새벽』잡지에 시 <수정>이 추천된다. 그 후 대학을 졸업하지 못하고, 군에 입대한다. 1959년 <GREY 구락부 전말기>(『자유문학』 10월)를 발표하면서 문단에 등단하고, 이어서 <라울전>(『자유문학』 12월)이 안수길에 의해 추천되어 공식적으로 소설가의 자격을 얻게 된다. 1960년 『廣場』(『새벽』 10월)을 발표하면서 문단의 주목을 받게 되고, 작가로서의 역량도 인정받게 된다. 그 후 다수의 작품을 꾸준히 발표하고, 『灰色人』(『세대』 1963년 6월~1964년 6월까지 연재), 『西遊記』(『문학』 1966년 6월), 『小說家 丘甫氏의 一日』(『월간중앙』 1969년 12월 발표, 후에 『갈대의 사계』로 연재), 『颱風』(『중앙일보』 1973년 연재)을 발표하였다. 1970년대 초반부터 희곡 창작에도 많은 관심을 보이며 다수의 희곡을 창작했고, 1994년에 『화두』를 발표하며 그의 작품 전체를 성찰하는 계기가 되었다. 2003년 <바다의 편지>(『황해문학)』)를 끝으로 그의 긴 문학 여정은 한국 문학사에 큰 산맥을 이루었다.

최인훈은 식민지 시대를 거쳐 전쟁과 분단을 경험하고, 북한에서 남한으로 정치체제의 변화와 남한에서 험난한 20세기의 정치 상황을 고스란히 체험한 인물이다. 그의 작품은 그의 체험과 그 당시 가졌던 많은 지식인들의 혼란스러운 상황을 고스란히 반영한 것임을 알 수 있다. "문학은 현실비판이다."라는 그의 말처럼 최인훈은 자신의 작품을 통하여 현실을 비판하고 있다.[5] 그가 받은 내적·외적 시련과 억압은 작품 속에서 주인공들이 겪는 혼란스러운 가치관으로 나타나고, 그러한 혼란은 주인공이 극복해야할 과제로 꾸준히 제시되고 있다.

'문학文學이란 무엇인가'라는 물음은 어느 시대를 통해서든 새로운 해답을 요구해왔던 물음이다. 한 작가의 문학적 업적은 한 작가의 문학에 대한 인식의 결정체이다. 그러나 그것은 하구河口에 모래가 쌓여지는 것처럼 자연스레 쌓여져 결정된 것이 아니다. 그것은 당대 현실의 끊임없는 도전을 작가가 응전해 가는 과정 속에 응집하는 고뇌의 자취이며 그것이야말로 문학이 무엇인가에 대한 작가 스스로의 모범 답이 될 것이다.[6] 최인훈은 그의 소설에서 '문학이란 무엇인가'에 대해 끊임없이 질문하고 답을 얻기 위해 노력한 작가이다.

최인훈 소설에 대한 연구는 개별 작품에 대한 연구에서 작품 전반으로 확대되어 가는 추세이다. 최인훈 소설은 각 작품들의 외형이 개성적이고, 다양한 편차를 보이고 있어 하나로 묶어서 분석하기에는 어려움이 따른다. 앞선 연구들도 이러한 경향을 반영하여 각 작품을 하나로 묶는 데 많은 문제점을 지니고 있었다. 이러한 문제를 해결하기 위해서는 작품 전체를 하나로 아우르는 기준을 연구자들 나름대로 제시하고 있지만, 아직까지 그 성과가 크게 드러나고 있지는 않다.

지금까지 연구된 논문의 주제들을 가장 많이 연구된 주제의 순으로 나누어 분석해보면 다음과 같다.[7]

첫째, 상호텍스트성과 에세이, 패러디 등에 관한 연구 논문들이다.

연구된 논문의 수가 가장 많은 편이다. 최인훈은 그의 작품에서 앞선

---

5) 최인훈, 「문학은 현실 비판이다」, 『사상계』, 1965. 10.
6) 김선학, 「인간 존재에의 집요한 천착」, 『비평정신과 삶의 인식』, 文學世界史, 1987, 291면.
7) 최인훈 문학 주제별 연구 논문은 본문에서 인용한 논문만을 기재하기로 한다.

다른 작품들을 패러디하거나 변형하여 새로운 작품으로 창작하였다. 몇몇 소설과 다수의 희곡 작품이 패러디한 것이다. 여러 소설 작품에서 주인공의 원체험들이 반복적인 체험으로 연속되어 나타난다.[8] 이러한 그의 작품 특성으로 인해 많은 연구자들이 상호텍스트성과 에세이, 패러디, 비교연구 등에 관해 연구한 것이다. 작가가 자신의 경험을 원체험으로 하면서 자신의 내면적인 면을 작품에 반영한 글쓰기도 하나의 방법이다. 연남경은 최인훈 소설에서 『화두』를 중심으로 상호텍스트 관계에 있는 소설들의 문학사적 의의를 규명하고, 최인훈의 소설쓰기가 근본적으로 자기 반영적 특징을 가지고 있다고 주장한다. 메타픽션적 글쓰기를 통해서 현재 소설을 반성하고 소설 장르의 미래를 제안한다는 의의를 갖는다.[9] 최인자는 최인훈 소설의 에세이적 형식이 근대 문명에 대한 부정적 성찰이고, 주체성 발현이라는 문화적 전략이라고 주장한다. 최인훈의 에세이적 소설은 명료한 반소설적 의식을 가지고 쓰였으며, 목적론적 인과율을 포기하고, '다양한 관점의 대화적 병치'라는 구성 원리를 차용한 것이라고 한다.[10] 양지욱은 박태원과 최인훈의 『小說家 丘甫氏의 一日』을 중심으로 동명 소설의 상호텍스트성 Intertextuality을 분석하였다. 두 외국인 작가 존 라이언과 앨런 테닝 더인이 공동으로 쓴 『녹색시민 구보씨의 하루』도 함께 고찰하였다. 두 작품의 상호텍스트성은 고현학적 표현방법과 주인공 이름이 '구보'라는

---

8) 최인훈 소설에서 주인공들은 어린 시절 체험한 자아비판의 경험과 방공호에서의 성적인 첫 경험과 남한으로 LST를 타고 내려온 경험을 반복적으로 제시하고 있다. 연구자는 최인훈 소설에서 이러한 주인공의 경험들을 원체험으로 규정한다.

9) 연남경, 「최인훈 소설의 자기 반영적 글쓰기 연구」, 이화여자대학교 박사학위논문, 2009.

10) 최인자, 「최인훈 에세이적 소설 형식의 문화철학적 고찰」, 『국어교육연구』제3집, 서울대학교 국어교육연구소, 1996.

점과 작품의 배경이 '종로'라는 점이다. 작품 배경의 시간적 차이는 있지만, 현실을 작가의 시선으로 서술하고 있다는 공통점을 보여준다. 이러한 점에서 최인훈의 『小說家 丘甫氏의 一日』은 단순히 박태원의 동명 작품을 패러디한 작품이 아니라, '구보'라는 지식인이 당시 현실을 어떠한 시선으로 보고 있느냐를 이야기한다. 최인훈의 작품은 박태원의 작품을 리메이크한 것이라고 주장한다.[11]

둘째, 식민지론과 탈식민지론, 이데올로기 등에 대한 연구 논문들이다. 1960년에 발표된 『廣場』이 4·19세대와 더불어 독자들로부터 엄청난 반향을 일으켰으며, 1990년대까지 이데올로기에 대해 많은 연구 논문이 발표되었다. 그러나 논의된 작품의 수가 한정된 경향을 보였다. 2000년대 들어 탈식민주의 이론에 대한 관심이 높아지면서 연구 작품의 범위가 확대되고, 특히 『灰色人』과 『西遊記』, 『颱風』에 대한 연구 논문이 증가하였다.

『廣場』에 관한 다수 논문은 이데올로기의 대립에 대한 연구이고, 배경렬과 구재진은 최인훈 소설의 탈식민지론에 관해 연구하였다. 배경렬은 최인훈 소설이 대부분 '근대성'과 '식민성'에 대한 탐구의 결과라고 한다. 『廣場』, 『灰色人』이 보편적으로 서구에 대한 타자로서 한국에 대한 인식을 보여주었다면, 『西遊記』는 그러한 근대 한국의 심연에 자리잡고 있는 식민성에 대한 인식을 보여준다고 한다. 『西遊記』에서는 W시와 그 여름의 기원에 대한 기억의 문제를 중심으로 고찰하였다.[12] 구재진은 『颱風』에서 식민지 경험이 어떻게 기억되고 구조화되

---

11) 양지욱, 「『소설가 구보씨의 일일』의 상호텍스트성 연구」, 『한민족문화연구』제22집, 한민족문화학회, 2007.
『녹색시민 구보씨의 하루』는 존 라이언과 앨런 테닝 더인이라는 두 외국인 작가가 쓴 『STUFF』를 우리나라 실정에 맞게 번안한 책이다.
12) 배경렬, 「최인훈 『서유기』에 나타난 탈식민주의 고찰」, 『인문과학연구』제11집,

고 있는지를 통해 탈식민지의 방향을 모색하였다. 기억하기와 다시쓰기를 통해 주인공 오토메나크가 식민지적 무의식과 의식의 복합적인 양상으로 자아분열을 야기하고, 분열을 극복하는 방법으로 이상적 인물 카르노스로 대표되는 제3의 길을 제시한다. 이러한 길은 현실적이기보다는 관념적이고 상상적이며, 이상으로서만 제시된다고 주장한다.[13]

셋째, 문학론, 예술론, 작품론 등에 대한 연구 논문들이다.

작가와 작품은 별개일 수 없다. 특히 최인훈 소설에서 개별 작품에 대한 연구에서 작품 전체를 아우르는 연구는 문학사적인 의의를 가지는 중요한 부분이다. 이러한 작가의 문학론이나 예술론, 작품론에 대한 연구는 작가와 작품 전체를 이해하는 데 큰 도움이 된다. 황경은 최인훈 소설이 예술과 문학의 존재론에 대한 탐구라는 점에서 분석하였다. 최인훈 문학의 본질을 올바르게 이해하기 위해서 그의 소설 중심에 놓여 있는 예술과 예술가의 문제에 주목하였다. 최인훈의 소설에서 정치적, 역사적, 이데올로기적 인식 논리만을 읽어낸다면 그것은 편향된 독법이 될 수 있다. 최인훈 소설의 핵심적 특성으로 설명되는 복잡한 관념과 소설적 실험의 궁극에는 문학과 구원과 초월의 방법론으로 사유하는 최인훈의 예술적 이상과 욕망이 자리한다고 말한다.[14] 장사흠은 최인훈이 정치·사회적 문제에 대해서 헤겔의 영향을 받으면서도 헤겔에 안주하지 않고 헤겔의 변증법이 지니고 있는 약점인 동일성을 극복하고 니체적인 경향으로 나아간다고 한다.[15] 정영훈은 최인훈 문학

대구가톨릭대학교 인문과학연구소, 2009.
13) 구재진, 「최인훈의 <태풍>에 대한 탈식민주의적 연구」, 『현대소설연구』제24호, 한국현대소설학회, 2004.
14) 황경, 「최인훈 소설에 나타난 예술론 연구」, 고려대학교 박사학위논문, 2003.
15) 장사흠, 「최인훈 소설의 정론과 미적 실천 양상-헤겔 사상의 비판적 수용과 극복 양상을 중심으로」, 서울시립대학교 박사학위논문, 2005.

에서 기억의 문제를 다루고 있다. 기억의 내용보다는 기억 자체의 성질에 대해 분석하였다. 최인훈이 기억에 대해 어떻게 생각하고 있으며, 이러한 생각이 어떠한 개념적 장치를 통해 표출되고 있는가를 문학적 방법론으로 이어지는 기억의 메타포를 중심으로 논의하였다. 정영훈의 기억에 대한 연구는 최인훈 소설의 방법론적 근거의 일부를 분석하였다는 데 의의가 있다.[16]

넷째, 환상성과 정신분석 등에 대한 연구 논문들이다.

초기 최인훈 소설의 연구 논문은 사실주의와 비사실주의로 양분되어 나타나고, 비사실주의 소설에 한정된 환상성이 주를 이루었다.[17] 그러나 최인훈 작품에서 환상성은 전체 작품으로 확대 연구되고 있다. 조보라미는 최인훈 소설에서 나타나는 전반적인 환상성을 연구하고, 작품에서 환상성의 위치를 밝히고, 최인훈에 대한 통합적인 작가 인식을 요구하였다. 그는 환상성을 그릇된 지각false conception과 심상imagery, 환상fantasy으로 나누었다. 이를 중심으로 최인훈 소설의 환상성을 분석하고, 관념성에 대한 편향된 주목을 보완하여 그의 소설과 희곡 사이의 연속성을 밝히는데 의의를 두었다.[18] 김미영은 최인훈의 1960년대 소설 중에서 환상적 성격을 강하게 드러내고 있는 작품을 대상으로 '환상성'과 결합할 때 생성하는 소설의 미학적 특성을 분석하였다. 최인훈의

---

16) 정영훈, 「최인훈 문학에서의 기억의 의미」, 『현대문학이론연구』제48집, 한국현대문학이론학회, 2012.
17) 최인훈 소설의 이분법적인 인식은 한형구, 「최인훈론—분단시대의 소설적 모험」(『문학사상』, 1984. 4)에서 다루어지는데, 그 구분은 다음과 같다.
   ① 사실주의: 『광장』, 『회색인』, 『크리스마스캐럴』, 『소설가 구보씨의 일일』, 「두만강」
   ② 비사실주의: 『가면고』, 『구운몽』, 『서유기』, 『총독의 소리』, 『태풍』, 『하늘의 다리』
18) 조보라미, 「최인훈 소설의 환상성 연구」, 서울대학교 석사학위논문, 1999.

지성적이고, 관념적인 문체와 서정적 문체는 1930년대 모더니즘 소설의 한 지류를 보여준다고 말한다. 최인훈의 환상적 서사를 세 가지 문학적 의미로 나누어 보면, 첫째, 자아성찰에 대한 의지를 보여주는 문학 세계를 공고히 하였다는 점, 둘째, 리얼리즘의 수용과정에서 배제되었던 환상적 요소를 현대 소설에 복원시켰다는 점, 셋째, 1930년대와 1950년대 모더니즘 소설의 기법을 계승하면서 모더니즘 소설을 심화시켰다는 점이라고 한다.[19] 김미영의 연구는 최인훈 소설의 환상성을 작품에서 구체적으로 분석하였다는 점에서 큰 발전을 보여준다. 송명진은 최인훈의 초기 대표작인 『廣場』, 『灰色人』, 『九雲夢』, 『西遊記』를 대상으로 가장하기 이론에 기반하여 사실효과와 환상효과를 규명하고, 최인훈 소설이 지니고 있는 전체적인 의미를 조망하였다. 사실효과란 독자의 허구 세계에 대한 가장하기를 효율적으로 유도하여 지속시키는 텍스트 내적 요소들의 구성에 의해서 성취되는 것이다. 환상효과란 독자의 허구 세계에 대한 가장하기를 변화시키고, 그 변화된 가장하기를 지속시키는 텍스트 내적 요소들의 구성에 의해서 성취되는 것이라고 주장한다.[20]

다섯째, 주체와 정체성 등에 대한 연구 논문들이다.

최인훈 소설에서 주인공들은 여러 상황에서 자신에 대한 주체성과 정체성에 대한 혼란으로 자아를 상실하는 경향을 보여주고 있다. 이러한 작품에 대한 연구로 주체성과 정체성에 대한 연구 논문들이 많은 편이다. 이호규는 이호철, 최인훈, 김승옥의 1960년대 작품 중심으로 '주체 생산'이라는 관점에서 비교 연구하였다. 1960년대 소설의 의미를 재

---

19) 김미영, 「최인훈 소설의 환상성 연구」, 한양대학교 박사학위논문, 2003.
20) 송명진, 「최인훈 소설의 사실효과와 환상효과 연구」, 서강대학교 석사학위논문, 2000.

조명하고 새롭게 평가하는데 목적을 가지고, 개별적 경험의 주체인 '나'가 당대의 습속, 생활양식의 부정성을 자신의 조건을 통해 확인하고, 비판하였다. 이러한 목적을 이루기 위해서 주체란 무엇이며, 주체는 어떻게 형성되는 것인지에 대한 역사적인 시각이 필요하다고 한다. 인간이나 주체는 생활이라고 불리는 일상적이고 반복적인 실천을 통해 특정한 역사적·사회적 조건 속에서 그가 행하는 바에 의해 정의된다고 주장한다.21) 정영훈은 최인훈 소설의 다양한 형식과 내용이 자기 동일적 존재로서 주체의 위기와 현실 세계에 대한 이해의 불가능성에 대해 분석하였다. 최인훈 소설이 고정된 지시대상을 갖지 못하는 언어에 대한 인식과 결부되어 있다는 관점에서 논의하였다. 최인훈 소설은 재현/표현에 대한 의지와 표상의 불가능성이 마주치는 곳에 놓여 있으며, 최인훈 소설의 독특한 미학은 바로 이 둘 사이에 조성되는 긴장의 산물이라고 주장한다.22) 한창석은 최인훈 소설을 에세이적 글쓰기와 환상성에만 한정한 분석에 한계를 느끼고, 최인훈 문학의 여정을 '주체의 분열—회복—확장'의 의미망으로 분석하였다. 인물의 역할과 의미를 분신分身 인물군과 여성 인물군과 스승 인물군으로 나누고, 이를 통해 최인훈 문학의 총체성과 발전적 진행성에 유용한 기준으로 삼는다고 한다.23) 양윤의는 최인훈 문학에서 주체와 주체성에 대한 명확한 인식이 필요하고, 이러한 인식의 전제하에 계몽적 주체와 언어적 주체, 윤리적 주체로 나누어 분석하였다.24)

---

21) 이호규, 「1960년대 소설의 주체 생산 연구—이호철, 최인훈, 김승옥을 중심으로」, 연세대학교 박사학위논문, 1999.
22) 정영훈, 「최인훈 소설에 나타난 주체성과 글쓰기의 상관성 연구」, 서울대학교 박사학위논문, 2005.
23) 한창석, 「최인훈 소설의 주체 양상 연구—인물의 역할과 의미를 중심으로」, 『현대소설연구』제32호, 한국현대소설학회, 2006.

여섯째, 서사 구조와 형식 등에 관한 연구 논문들이다.

방희조는 최인훈 소설의 형식적인 측면을 중개성과 서사성, 시간성의 차원으로 나누고, 거기에 내포된 전략적인 의도와 작가가 현실을 인식하는 방식에 대해 분석하였다. 최인훈 소설은 기존 소설 형식에 대한 회의와 반성의 지점에서 시작되고, 당대의 정치와 문화 현실에 대한 위기와 심각성을 인식하였다. 새로운 창작 방법을 자신의 문학 메시지로 내놓을 만큼 작가의 자의식이 강하다고 주장한다.[25] 최애순은 최인훈 소설에서 동일한 요소의 지속적인 반복에 착안하여, 텍스트 내의 반복과 텍스트 간의 반복을 중심으로 분석하였다. 『구운몽』의 구조적 특성을 살펴보고, 『구운몽』과 『가면고』, 『구운몽』과 『灰色人』의 연관성을 중심으로 텍스트 간에 반복 구조의 형성과 의미를 분석하였다. 기억의 중첩 구성은 인물의 반복 강박을 통해서 가능하고, 다양한 인물이 반복 구조를 통해 구체적으로 드러나고 있다. 최인훈 소설에서 인물은 밀실과 광장 사이에서 부단하게 갈등하며 지적 사유의 여정을 계속한다고 말한다.[26] 이수형은 『颱風』의 서사구조를 이데올로기적 층위와 개인적 서사의 층위로 나누어 분석하였다. 아버지와 아들의 관계를 중심으로 구조화된 가족 로망스를 매개로 한 점에서 『廣場』과 유사하나, 『廣場』에서는 주인공 이명준의 자살로 이야기가 끝나지만, 『颱風』에서는 오토메나크가 아이세노딘의 독립에 참여하여 성공함으로써 오토메나크를 부활시켰다고 주장한다. 이러한 점에서 『颱風』은 『廣場』과 비교해서 실패를 보상하는 소원성취의 서사라고 한다.[27]

24) 양윤의, 「최인훈 소설의 주체 연구」, 고려대학교 박사학위논문, 2010.
25) 방희조, 「최인훈 소설의 서사형식 연구」, 연세대학교 석사학위논문, 2000.
26) 최애순, 「최인훈 소설의 반복 구조 연구-≪구운몽≫, ≪가면고≫, ≪회색인≫의 연계성을 중심으로」, 『현대소설연구』제26호, 한국현대소설학회, 2005.
27) 이수형, 「『태풍』의 서사구조 연구」, 『현대문학이론연구』제42집, 한국현대문학이

일곱째, 비극성, 죽음, 갈등에 관한 연구 논문들이다.

강윤신은 최인훈 소설에서 나타나는 죽음 충동이 소설을 이끌어가고 있는 플롯과 어떻게 관련되어 있는가를 분석하였다. 최인훈 소설에서 죽음 충동이 발생하는 원인을 원산으로 강제 이주와 자아비판의 경험, 최초의 성체험으로 분석하였다. 죽음 충동의 원인은 죽음 충동의 발현 양상으로 나타나고, 최인훈 소설에서 감시, 살인, 환각, 환청의 형태로 나타난다. 이런 현실 왜곡 현상들은 소설을 이끌어가는 플롯의 방법으로 반복기법, 우연기법, 파편화기법의 형태로 드러난다. 최인훈 소설의 죽음 충동과 플롯의 상관관계 연구는 이런 죽음 충동의 현상들이 최인훈 소설의 플롯을 이루고 있다는 근거를 제시하고자 한 것이다.[28] 최영숙은 『西遊記』와 『颱風』을 중심으로 부자 갈등 양상을 분석하였다. 『西遊記』에서는 비현실적인 특성을 통해 아버지와 아들간의 심리적 갈등구조를 보여주고, 갈등의 해소도 돌연한 장면 전환을 통한 서사물의 구조적 변화를 통해서 해결한다. 『颱風』은 갈등이 여러 기능적 대안 중에 하나이고, 이익이나 적대감을 비롯한 대립적인 목적에 그 원인이 있으며, 현실적 갈등 요소가 강하다고 한다. 아버지와 아들간의 갈등해소는 『西遊記』에서와 달리 대체물을 통해 이루어지고 있으며, 하나의 대안 선택이라는 갈등 해소는 서사물의 이야기 진행과 맞물려 자연스럽게 일어나므로 서사물의 구조적 변화에 의존할 필요가 없다고 한다. 최인훈 소설 『西遊記』와 『颱風』은 그곳에 나타난 부자 갈등 경향의 차이에 따라 서사물의 특성 또한 결정 지우고, 이를 통해 서사물의 전반에 고루 작용하는 부자 갈등 형태는 작가의 내적 심리의 발현이

론학회, 2010.

28) 강윤신, 「최인훈 소설의 죽음충동과 플롯의 상관관계 연구」, 명지대학교 박사학위 논문, 2008.

라는 측면과 소설의 형성 과정을 파악하는 하나의 방법적 제시가 될 수 있다고 한다.[29] 김주언은 최인훈의 『灰色人』과 『西遊記』가 독고준이라는 동일 주인공이 등장하는 연작소설로 도처에 비극의 기표가 산포되어 있다고 말한다. 최인훈 소설의 비극은 근본적인 문학의 운명이고, '기억의 비극'이라고 한다. 독고준의 자기동일성은 불가능이란 꿈으로 귀결되고, 문학이 삶 속에 놓여 있는 자리를 탐구하는 존재론이 되었다고 한다.[30]

여덟째, 연애와 사랑, 여성성에 관한 연구 논문들이다.

최애순은 연애의 시작과 끝에서 형성되는 인물의 반응을 중심으로 파국으로 끝나게 되는 최인훈 소설의 연애구도를 분석하였다. 소설의 인물이 겪는 갈등은 과거의 어느 순간과 얽혀 있고, 과거의 어느 순간을 파헤치는 것은 연애의 실패를 밝히는 과정이라고 한다. 이 논문은 그러한 점에 주목하여 인물의 파편화된 기억, 떠오르는 다른 경험의 잔상, 연애의 되풀이 되는 실패, 그로 인한 신경증적 증상을 고찰하고 있다. 연애와 기억의 얽힌 구조를 통해 인물들이 정체성을 찾아가는 과정을 보여주고 있다.[31] 서은선은 『廣場』이 인간관계의 소통이 근원적으로 불가능하다고 주장하며, 그 예로 애인에게 존재하는 타부의 벽—에고의 벽을 들었다. 또한 전체 이데올로기에 개성을 희생하고 동화하지 않으면 살아가기 어렵다는 소외의 문제도 다루면서 여성의 배신을 거론하였다. 『廣場』에서 추구하는 여성성이 고독의 해소나 신뢰, 안정감

---

29) 최영숙, 「최인훈의 소설에 나타난 父子 葛藤 양상 연구—『서유기』와 『태풍』을 중심으로」, 『한국어문연구』제13권, 한국어문연구학회, 2001.
30) 김주언, 「우리 소설에서의 비극의 변용과 생성—최인훈의『회색인』·『서유기』를 중심으로」, 『비교문학』제28집, 한국비교문학회, 2002.
31) 최애순, 「최인훈 소설에 나타난 연애와 기억에 관한 연구」, 고려대학교 박사학위 논문, 2005.

을 주고 현실을 초월하는 이상적인 여성성이라고 한다. 이러한 이상적인 여성성은 현실적으로 인간 세계에서 이룰 수 없는 욕망이기 때문에 분열되고, 만약 그것이 이루어질 조짐을 보인다면 죽음을 초래한다. 그러므로 비현실적이고 환상적인 여성성을 열망했다는 점에서『廣場』은 리얼리티가 부족하다고 본다. 하지만 작가의 전략적인 서사기법으로 주인공 이명준의 고뇌가 돋보이는 리얼리티가 풍부한 소설로 인식하게 된다.32) 최현희는『灰色人』에 나타난 혁명의 논리를 재구성하는 것을 목표로 하였다. 독고준의 '사랑'이 김학의 '혁명'과는 달리 자본−네이션−국가를 넘어서는 곳에 위치하고, 김학의 '혁명' 보다 독고준의 '사랑'이 더 혁명적일지도 모른다고 말한다. 보편성에의 열망을 기초로 한 개별성의 주장이 사랑에 기초를 둔다는 독고준의 사유는 온전히 혁명이라고 한다.『灰色人』의 진정한 혁명으로 사랑이라는 담론은 진정한 의미의 사유에 이른다고 말한다.33)

그 외에도 관념성과 사실성, 비사실성에 대한 다수의 연구 논문과 기호학적, 수사학적인 연구 논문이 있다.34) 최인훈의 희곡에 대한 연구

---

32) 서은선, 「최인훈 소설 ≪광장≫이 추구한 여성성의 분석」, 『새얼어문논집』제14집, 동의대학교 국어국문학과 새얼어문학회, 2001.
33) 최현희, 「내셔널리즘의 사랑−최인훈의『회색인』에 나타난 혁명의 논리」, 『동양학』제44집, 단국대학교 동양학연구소, 2008.
34) 구재진, 「최인훈 소설에 나타난 노스탤지어와 역사 감각」, 『한국문학이론과 비평』제34집, 한국문학이론과비평학회, 2007.
　　김갑수, 「최인훈 소설에서의 꿈과 리얼리즘의 관계」, 『국어국문학 논문집』제12집, 동국대학교 국어국문학부, 1983.
　　김종수, 「최인훈 소설의 관념 표출 방법 연구」, 고려대학교 석사학위 논문, 1999.
　　설혜경, 「1960년대 소설에 나타난 재판의 표상과 법의 수사학: 최인훈과 이청준을 중심으로」, 한양대학교 박사학위논문, 2011.
　　연남경, 「최인훈 <춘향뎐>의 기호학적 분석」, 대학원 연구논집, 이화여자대학교 대학원 2003.
　　채정상, 「최인훈 소설의 기호학적 분석」, 동국대학교 석사학위논문, 2001.

논문과 교육 방법에 대한 논문도 많은 편이다.35)

    다음은 최인훈이 5부작으로 읽혀지기 바라는 소설의 연구 논문을 살펴보겠다.

    첫 번째 소설『廣場』은 다수의 논문이 광장과 밀실의 대립 구도 속에서 남북의 체제와 이데올로기를 비판하고 있다는 점에 집중되어 있다. 이로써 이데올로기와 관념성에 대한 연구 논문이 다수이다.36) 또한 『廣場』의 개작에 대한 연구 논문과 사랑에 대한 연구 논문이 있다.37) 이종호는 최인훈의『廣場』을 메를로-퐁티의 '몸 현상학' 이론을 적용하여 담론층위와 이야기층위의 구조적 특성에서 드러나는 작가(내포작가)/서술자/인물의 실존양상을 규명하고자 하였다.『廣場』의 양가적 서술태도를 통해 억압적인 남한·북한의 이데올로기와 그 사회체제에

---

35) 구연수, 「소설 수용 교육 방법 연구 : 최인훈의『광장』중심으로」, 한국외대석사학위논문, 2010.

    김동현, 「최인훈 시극의 장르론적 연구」, 부산대학교 박사학위논문, 2011.

    김민조, 「1970년대 역사극의 재현 방식 연구」, 서울대학교 석사학위논문, 2013.

36) 김주연, 「관념소설의 역사적 당위」, 『사랑과 권력』, 문학과지성사, 1995.

    김영화, 「광장과 밀실의 상실」, 『분단 상황과 문학』, 국학자료원, 1992.

    이철범, 「선택할 수 없는 민족적 생의 비극 - 최인훈의 <광장>」, 『분단·문학·통일』, 종로서적, 1988.

    신철하, 「문학·이데올로기·형식: <광장>에 접근하는 한 방식」, 『동아시아 문화연구』제34집, 한양대학교 한국학연구소, 2000.

37) 권봉영, 「개작된 작품의 주제 변동 문제」, 김병익·김현 편, 『최인훈』, 은애, 1979.

    권오룡, 「이념과 삶의 현재화」, 『한길문학』, 한길사, 1990.

    김상태, 「溺死한 잠수부의 증언」, 『문학사상』, 문학사상사, 1984.

    배미선, 「최인훈의 <광장> 연구-실향의식과 자기동일성을 중심으로」, 연세대학교 석사학위논문, 1994.

    장학우, 「<廣場>改作은 실패한 主題變改」, 『국어국문학』제31집, 부산대 국어국문학과, 1993.

    조남현, 「광장 똑바로 다시보기」, 『문학사상』, 문학사상사, 1992.

서 실존적인 삶이 부정되고 추상화되는 세계상실의 양상을 분석하였다. 『廣場』의 이명준이 남한과 북한에서 '몸-관계망'을 상실하면서 남한과 북한의 이데올로기는 결국 인간의 실존성을 억압하는 근본적 상황의 다른 양태일 뿐이라는 사실을 지각한다. 이명준은 '몸-사랑'의 진정성만이 경직되고 차단된 인간관계를 소통시켜 상호주체적 삶을 열어나갈 수 있는 가능성을 확인시킨다고 한다.38) 이동하는 최인훈이 『廣場』의 서문 다섯 편에서 말하는 내용과 작품 내용이 일치하는가에 중점을 두어 다루었다. 서문의 내용에서 최인훈이 주인공 이명준에 대한 뜨거운 애정을 느낄 수 있다고 한다. 그 이유로는 이명준이 항상 역사의 현장에 있으려고 했다는 점과 열심히 살려고 했다는 점, 안내 없는 바다에 내려간 용사였다는 점, 살아남은 우리도 별반 더 나은 것이 없다는 점으로 자신의 삶을 치열하게 살았다는 점을 들고 있다. 남한 정치에서 이명준의 불만은 지식인답지 못한 소극성과 무책임성이라고 비난하고, 월북에 대해서는 유치하고 막연한 환상이라고 한다. 윤애와 은혜에 대한 사랑 또한 어리고 미숙함 때문이고, 섹스에의 경련적 함몰이라는 특징을 지닌다고 한다. 결국 이명준을 이해하고 동정할 수는 있으나, 최인훈의 『廣場』에 붙은 서문들은 작품의 실상을 왜곡시키고 다수의 독자를 오도한 것으로 비판되어야 한다고 말한다.39)

두 번째 소설 『灰色人』에 대한 논문이다.

김치수는 독고준이 개인과 사회의 갈등을 진지하게 반성하는 지성을 소유하고 있으며, 이러한 주인공을 내세우고 있는 최인훈은 문학이 현실을 개조하는 혁명의 직접적인 수단이 될 수 없다고 말한다. 그러면

---

38) 이종호, 「최인훈의 <廣場> 연구」, 『현대소설연구』제34호, 한국현대소설학회, 2007.
39) 이동하, 「崔仁勳의 「廣場」에 대한 재고찰」, 『우리 文學의 論理』, 정음사, 1988.

서도 문학이 개인과 사회 사이에 있을 수밖에 없는 모순과 갈등을 개인의 고통 측면에서 쓸 수밖에 없다고 한다. 역사 속의 문학은 사람으로 치면 '회색인'의 자리를 차지하고 있으며, 최인훈 문학의 진정한 의미는 이러한 고통 속에 드러난다고 한다.[40] 유종호는 최인훈의 소설이 문학적 상상력과 정치적 이데올로기 사이의 상호작용, 소설의 정치적 함축과 의미를 생각할 때 가장 많은 시사를 던져주는 작가의 한사람이라고 말한다. 최인훈 소설에서 밀실로의 잠행潛行은 '슬픈 無理想', 즉 '타락할 수 있는 자유와 나태할 수 있는 자유'만이 무성한 현실에 의해서 더욱 고무되고 재촉된다.[41] 김한식은 『灰色人』이 최인훈 소설 전체를 축약해 놓은 소설이고, 작가의 문제의식을 온전히 담고 있다고 한다. 독고준의 경험은 북에서 겪었던 전쟁과 관련되고, 고향에 대한 낭만적 추억과 그것을 파괴했던 전체주의 체제에 대한 부정적 기억이 성인이 된 독고준을 지배한다고 한다. 폭격의 위험 속에서도 스스로 무언가를 해내고자 했던 성장체험을 가지고 있지만, 방공호 속의 체험과 독서로의 도피로 인해 온전한 성장을 이루지 못한다. 성장의 문제는 개인의 차원에서 그치지 않는다. 주인공의 성장에 가장 큰 영향을 준 사건은 분단이며, 민족의 성장에도 영향을 준다. 『灰色人』의 독특한 점은 분단이라는 현실적 민족문제를 개인 성장의 유비를 통해 드러냈다는 점이다. 미성숙을 극복할 대안으로 민족과 전통의 발견이라고 한다.[42] 최은혁은 '주체의 자리 찾기'라는 문제 설정을 통해 『灰色人』에 나타난 최

---

40) 김치수, 「자아와 현실의 변증법─『회색인』에 대하여」, 『회색인』 최인훈 전집2, 문학과지성사, 2007.
41) 유종호, 「소설과 정치적 함축」, 『최인훈』, 서강대학교 출판부, 1999.
42) 김한식, 「개인과 민족의 미성숙─최인훈의 『회색인』 연구」, 『우리어문연구』제30집, 우리어문학회, 2008.

인훈의 욕망과 전략을 분석하였다. 최인훈은 주체의 밑바탕에 자기동일성을 유지하려는 욕망과 이를 위해 타자를 주체영역에 포섭하고자 하는 욕망에 놓여 있다고 한다. 최인훈에게 주체는 자신을 인정해주는 타자를 제외하고는 모두 극복과 투쟁의 대상이다. 최인훈 문학은 처음부터 '타자에 대한 강한 의식'과 그것에 굴하지 않는 '체계에의 집념'이라는 두 가지 상반된 요소로 구성되어 최인훈 문학 특유의 긴장이 발생하게 한다.[43] 오윤호는 『灰色人』을 탈식민 문화비평의 시각으로 분석하여, 탈식민지에서 근대 시민주체가 경험하는 왜곡된 근대 경험과 식민지 문화를 밝히고 시민의식의 형성 과정과 문학적 재현 양상을 밝히고 있다. 『廣場』이 철저하게 개인적 실존에 대해서, 국가나 민족이라는 거대한 조직이나 집단을 거부하면서 그리고 이에 대립하는 자아의 문제를 다루고 있다면, 『灰色人』은 지식인 대학생이 경험하는 현실의 문제를 새롭게 써내려간 자전적 서술이라고 한다. 그에게 중요한 문제는 현실 속에서 어떻게 살아갈 것인가이다. 국가 집단에 대한 문제의식, 자기 주체성에 대한 혐오의식, 단지 무의식의 편린을 기술하는 소설쓰기는 탈식민주의적 글쓰기의 전형을 보여주는 것이라고 한다.[44] 권보드래는 『灰色人』이 최인훈 소설의 자전적 색채를 특징으로 하는 소설 중에 중요한 위치를 차지하고, 최인훈 특유의 관념이 비교적 정연한 내용으로 나타난다고 한다. 그의 여러 작품에서 반복적으로 나타나는 W시의 원체험이 상세히 진술되어 있다는 점에 주목된다. 독고준-김순임-이유정-현호성의 '환멸구조'와 김학-「갇힌세대」동인들-김소위-

---

43) 최은혁, 「최인훈 소설에 나타난 주체의 자리 찾기 도정-<회색인>을 중심으로」, 『현대소설연구』제36호, 한국현대소설학회, 2007.
44) 오윤호, 「탈식민 문화의 양상과 근대 시민의식의 형성-최인훈의 『회색인』」, 『한민족어문학』제48집, 한민족어문학회, 2006.

황선생의 '교양구조'로 나누어 분석하였다. 독고준의 보편과 개별은 대립적인 범주로 파악하고, 보편에의 열정은 개인을 희생시킬 수밖에 없으며, 개인의 자유를 지키려면 보편적인 이념에의 참여를 체념해야 한다고 주장한다.45) 이태동은 최인훈의『灰色人』이 우리 민족이 처해 있는 비극적인 상황과 그 아픔을 보편적인 문제로 승화시키고, 미래에 대한 암시적인 비전을 제시하고 있다고 한다. 최인훈은 주인공 독고준, 김학, 황노인 등의 입을 통해서 자신이 처해 있는 주변상황, 한국적인 정치상황을 사변적으로 전개한다. 이것은 혼돈의 늪 속에서 구원의 길을 모색하는 방법론이 되고 있다. 독고준의 사유 현상이 포스트모더니즘인 시대정신과 유사한 면을 지니고 있다. 독고준의 의식적인 삶을 통해 최인훈의 주제의식을 데리다를 중심으로 한 탈구조주의적 입장에서 분석하였다. 우리 민족, 인간을 구원할 수 있는 길은 이성 중심주의에 입각한 기계처럼 경직된 이데올로기가 아니라 민족주의의 뿌리가 되는 핏줄기로 상징되는 생명 또는 생명을 꽃 피우는 일과 밀접한 관계가 있다고 한다.46)

세 번째 소설『西遊記』에 대한 논문이다.

송재영은『西遊記』는 반 사실주의적 특성을 가지고 있으며, 작품 구조나 기술 방법면에서 전통적인 소설과는 완연히 다른 입장을 보여준다고 한다. 독고준은 안주의 바탕을 잃은 불행한 지식인형 인물이며, 정신적인 방랑자이다. 독고준의 W시 여행은 정신적 방황의 궤적을 의미한다. 또한 최인훈이 말하는 문화형이란 정치 · 사회를 포함한 한 시대의 풍속 · 사상까지를 지배하는 정신사적인 전통을 의미한다.『西遊

---

45) 권보드래, 「최인훈의『회색인』연구」, 『민족문학사연구』제10호, 민족문학사학회, 1997.
46) 이태동, 「「사랑과 시간」그리고 고향」, 『최인훈』, 서강대학교 출판부, 1999.

記』는 최인훈의 고유한 작가적인 특징과 결함을 동시에 내포하는 작품
이다. 형식의 파괴는 최인훈에게 작가적 혁명이고, 그 대가로 관념과
상상력을 획득한다.[47) 박혜경은 최인훈을 인간과 세계에 대한 철학적
사유와 고뇌에 찬 지식인의 자의식 세계를 관념의 언어로 파고든 작가
라고 한다.『西遊記』는 현실의 경계를 뛰어넘은 정신적 카오스의 한 극
단을 빚어낸 작품이고, 한반도의 역사적 상황을 도저한 알레고리의 세
계이다.『西遊記』의 독고준은 현실의 시공간과 분리된 환상의 세계를
떠도는 실체를 알 수 없는 무정형의 입자 같은 느낌을 준다. 독고준은
존재하지만 어디에서도 그 존재의 일관된 표비를 찾을 수 없는 모호한
인물이다.『灰色人』과『西遊記』의 연작 이유를 두 가지로 밝히며, 주
인공 독고준은 쓰러진 자의 몸에서 빠져나온 또 다른 분신처럼 같은 존
재지만 같은 존재가 아니라고 한다.『灰色人』의 독고준이 해석하는 주
체로서 자기 정체성을 지녔다면,『西遊記』의 독고준은 그 주체의 좌절
과 해체를 표상하는 존재이다.『西遊記』에서 보여주는 세계는 허깨비
놀음으로 가득 찬 세계이며, 이러한 세계를 살아가는 인간의 모습이라
고 말한다.[48) 이선영은『西遊記』가 상상 세계를 전개하는 기법으로 현
실과 역사에 대한 작가 자신의 뛰어난 관념을 진술하여 하나의 통일된
전체를 이루고 있다고 한다. 기법과 관념은 긴밀한 관계로 조화되고 대
응한다. 관념이 기법을 낳고 기법이 관념을 낳게 된다는 사실을 알려준
다.『西遊記』는 작가 최인훈의 정신사를 펼쳐놓은 것으로 독고준의 물
리적 시간은 극소화되어 있는데 비해 심리적 시간은 극대화되어 있다.
이 작품은 객관적인 외면세계를 주관적인 환상이나 공상이나 상상의

---

47) 송재영,「분단시대의 문학적 방법」,『서유기』최인훈 전집3, 문학과지성사, 1996.
48) 박혜경,「역사라는 이름의 카오스」,『서유기』최인훈 전집3, 문학과지성사, 2008.

내면세계로 바꾸어 놓는다. 독고준이 추구하는 개인적인 행복은 한국 민족이 추구하는 행복과 연결된다는 뜻으로 <그 W시의 여름>은 설정되어 있다고 한다.[49] 김성렬은 『西遊記』를 통해 최인훈의 문학적 실체를 밝히고, 한국적 문화형을 정립하는데 의의를 둔다. 『西遊記』의 주인공 독고준은 고향 W시로 여행하며 한국인의 삶의 역사에서 파행성과 균열성을 극복하는 사랑의 방식을 찾아내는 것이 여정의 추동력이라고 한다. 가난한 문학예술가로서 한국적 문화형을 모색해야 하는 지난한 운명의 소유자임을 암시하고, 진리의 구극究極에 이르기 위해 시간의 육화가 필요하다고 한다. 한국 역사의 파행성과 균열성을 극복할 수 있는 문화의 수원지는 유교와 불교이며, 이것을 한국적 문화형이라고 한다.[50] 정재서는 중국 소설 『목천자전穆天子傳』과 오승은의 『서유기西遊記』, 가오싱젠의 『영혼의 산靈山』, 최인훈의 『서유기西遊記』를 비교 분석하였다. 길을 떠나는 일은 세계에 자신을 드러내고 사물과 교감하는 행위이다. 오승은의 『서유기西遊記』는 참된 자아를 찾아가는 마음의 행로이며, 가오싱젠의 『영혼의 산靈山』은 개인과 민족의 정체성을 찾아가는 굴곡의 여정이다. 최인훈의 『서유기西遊記』는 '그 여름날'의 환상 여행이다. 『목천자전穆天子傳』에서 구원의 여신인 서왕모의 이미지가 '그 여름날'의 여성성으로 변용되었다고 한다.[51] 박은태는 『西遊記』를 중심으로 최인훈 소설의 현실적인 삶의 변화에 대한 형식적인 대응을 '미로구조와 에세이 양식'으로 분석하였다. 최인훈 소설들의

---

49) 이선영, 「知識人의 意識構造」, 『최인훈』, 서강대학교 출판부, 1999.
50) 김성렬, 「한국적 문화형의 탐색과 구원 혹은 보편에 이르기―최인훈의 『서유기』 연구」, 『우리어문연구』 제22집, 우리어문학회, 2004.
51) 정재서, 「여행의 상징의미 및 그 문화적 수용―『목천자전穆天子傳』에서 최인훈의 『서유기西遊記』까지」, 『중어중문학회』 제33호, 한국중어중문학회, 2003.

독특한 형식들은 역사에 대응하면서 삶의 역사성을 밝히는 주제를 담고 있다. 비극적인 현대사 속에서 실존적 구원과 역사에 대한 탐색을 시도하기 위해 고고학적 방법을 수행하고, 그 소설의 공간이 무시간적이고, 추상적인 '미로구조'이다. 그 고고학적 대상을 취급하는 방법이 '에세이 형식'이다. 『西遊記』는 '역사적 동시대성'을 구현하기 위해 '미로구조'라는 '환상적 모험 세계'를 만들었다고 한다.52) 김윤정은 『西遊記』에 나타난 시간의 사유를 통해 작품의 시간성을 고찰하고, 그것을 토대로 『西遊記』의 환상적 요소에 내재된 문학적 의의를 밝히고 있다. 인물과 공간의 반복과 변형으로 나타나는 『西遊記』의 환상성은 아이온의 시간 형식에 의해 구성된 존재의 탈영토화와 재영토화의 과정에서 빚어지는 것이라고 한다. 최인훈이 사용하는 환상은 비현실적인 공상과는 달리 현실에 바탕을 둔 환상이며, 환상성을 통해 당대 이데올로기의 허위성을 드러내고자 한다.53)

네 번째 소설 『小說家 丘甫氏의 一日』에 대한 연구 논문이다.

김성렬은 최인훈의 『小說家 丘甫氏의 一日』이 1960년대 패러디 소설의 대미이면서 소설 창작의 중간 결산을 의미한다고 한다. 소설에서 구보는 근대를 일찍 연 서구를 끊임없이 대타적으로 의식하는 주변부 지식인의 열패감을 술회하고, 불교의 고유한 가치를 확인하고 마음의 평정을 얻는 관념의 여정으로 끝난다. 산만한 관념의 나열인 듯 보이는 이 소설이 실상은 우리 사회 문화의 근대성 획득을 위하여 광장과 밀실을 부단히 오가며 고심한 수많은 날의 궤적을 마치 하루처럼 보여주는

---

52) 박은태, 「최인훈 소설의 미로구조와 에세이 양식-『서유기』를 중심으로」, 『수련 어문논집』제26집, 부산여자대학교 국어교육학과 수련어문학회, 2001.
53) 김윤정, 「최인훈 소설의 환상성 연구-『서유기』의 시간성을 중심으로」, 『구보학 보』제4집, 구보학회, 2008.

치밀한 기획과 구성의식의 산물이라고 한다. 우리 문학의 근대성 획득에 대한 문제와 관련해서 다른 학자보다 앞선 문학사가적 안목을 이 작품을 통해 볼 수 있다. 그리고 그것은 책 속으로 망명한 최인훈의 학구적 기질과 진취적 사고의 소산이고, 그의 보수적인 측면도 함께 지적하고 있다.54) 김우창은 『小說家 丘甫氏의 一日』이 우리 시대의 험난함 속을 사는 한 양심적인 예술가의 초상을 보여준다고 한다. 그의 초상은 우리 시대의 전형적인 지식인의 초상화이기도 하다. 구보씨는 우리의 사회문화적 혼란의 원인을 외래문화의 침해라고 말하지만, 그로 인한 문화의 파괴, 삶의 황폐와 공동체 의식의 상실에 괴롭다. 이러한 상황의 구원으로 불교를 내세우며, 종교에의 귀의심을 표현한다. 우리 소설이 '구보씨'에 이르러서 비로소 본격적으로 살아 움직이는 의식작용의 정밀한 반사경이 되는 관념을 얻었다고 한다.55) 공종구는 『小說家 丘甫氏의 一日』을 구성적 원리의 기능으로 피난민 의식과 작가의식으로 나누어 분석한다. 구보의 의식들이 대부분 단발성의 사유와 자의식의 반추로 끝나지만 피난민 의식과 작가의식은 단일한 체계를 형성하고 있으며, 15개의 삽화에서 반복적으로 반추되고 있다고 한다. 구보의 피난민 의식은 존재론적 층위에서 비애와 상실감의 정서로 표현되고, 인식론적 층위에서는 존재와 세계에 대한 방법적 회의와 균형 감각이다. 구보의 작가의식은 소설가의 정체성에 대한 성찰적 자의식의 핵심인 예술가 의식과 직업의식 사이의 존재론적 길항과 갈등이라고 한다.56)

---

54) 김성렬, 「최인훈의 『소설가 구보씨의 일일』에 나타난 작가의 일상 · 의식 · 욕망」, 『우리어문연구』제38집, 우리어문학회, 2010.
55) 김우창, 「南北朝時代의 예술가의 肖像」, 『小說家 丘甫氏의 一日』 최인훈 전집4, 문학과지성사, 2007.
56) 공종구, 「구성적 의식으로서의 방법적 회의와 균형감각－최인훈의 『소설가 구보씨의 일일』론」, 『현대문학이론연구』제14집, 한국현대문학이론학회, 2000.

윤정헌은 1920년대 일본 사소설의 탄생과 함께 1930년 우리 문학에서 보여지는 사소설의 형식적 관습에 따른 작품으로 박태원의 『小說家 仇甫氏의 一日』을 예로 들고 있다. 이후 최인훈과 주안석에 의해 『小說家 丘甫氏의 一日』은 더욱 성숙한 모습으로 패러디한 작품으로 발전했다고 한다.[57]

다섯 번째 소설 『颱風』에 대한 연구 논문이다.

2000년대 들어서 『颱風』에 대한 연구 논문이 증가한 편이다. 신동욱은 『颱風』에서 애로크 출신의 젊은 장교 오토메나크의 파란 많은 청년 시대를 문제화하여 식민지하 삶의 운명적 궤적을 그려내고 있다고 한다. 오토메나크는 무자각의 상태에서 나파유 국민임을 자랑스럽게 생각하고 자랐다. 비밀 창고의 문서를 접하면서 자신의 삶이 허무함을 깨닫고, 식민지 시대의 한 개인이 겪어야 하는 운명적인 삶을 조명하며, 작가의 정치적 투시가 전면화 된다. 카르노스의 나비 채집 장면을 여러 번 묘사하여 인간의 존엄성이 머릿속에서 생각하는 수준과 실제적 행동 속에서 어떻게 다른가를 보여주고, 인간의 원초적인 힘의 다양성을 문제 삼는다. 오토메나크 가족 구성의 독특함으로 이념의 결속과 인간다움의 결속을 의도한다. 전체적으로 한 개인의 테두리를 초월하는 정치 역학이 개인의 운명을 어떻게 변화시키는가를 지적인 통찰로 이해하고 있다.[58] 정호웅은 『颱風』에서 낯선 국명과 지명, 인명은 소설에서 낯설게 하기의 효과를 가져오며, 이러한 방법은 소설에서 실제의 현

---

57) 사소설은 작가 자신을 주인공으로, 일상생활의 체험에서 취재하여 그 체험의 진실성을 통해 예술적 감흥, 즉 작품세계의 리얼리티를 추구하는 일본의 독자적 소설형태를 의미한다. 윤정헌, 「私小說의 韓國的 變容 考察 ―소설가 구보씨의 일일」에 나타난 패로디parody적 상관성을 중심으로」, 『현대소설연구』제2호, 한국현대소설학회, 1995.

58) 신동욱, 「식민지 시대의 개인과 운명」, 『颱風』최인훈 전집5, 문학과지성사, 1978.

실과 상상의 현실 사이의 경계를 모호하게 하여 두 현실을 하나의 세계로 통합하는 것을 가능하게 하였다고 한다. 단순화 작업을 통해 재구성된 역사의 시공간 속에서 펼쳐지는 서사이기에 구조적 집중의 확보가 가능하다. 주인공 오토메나크의 죄의식은 전쟁이 끝났는데도 고국으로 돌아가지 않음으로 과거와의 결별을 뜻하며, 타협의 여지가 없는 절대 죄의식이라고 한다.[59] 배경렬은 최인훈의 소설 가운데 『颱風』이 한국 역사 속에 각인된 식민성의 문제를 가장 본격적으로 파고든 소설이라고 한다. 『颱風』은 한국 근대가 식민지로 연결되는 역사전개의 파행성이 현재의 상황에서도 여전히 문제가 되는 항목이라는 인식에서 출발한다. 표면적이고 제도적인 식민지는 사라졌지만 그 '심층 구조'는 아직도 우리 현실에 공고하게 자리 잡고 있다. 이러한 인식에서 사이드의 잠재적 오리엔탈리즘과 구조적 상동성을 발견할 수 있다. 『颱風』을 '기억하기remembering'와 '다시쓰기rewriting'라는 탈식민주의적인 전략으로 분석하고, 오토메나크의 의식과 무의식에서 나타나는 분열을 식민지에서 이루어지는 '흉내내기mimicry'의 결과로 분석하였다.[60] 송효정은 『颱風』이 식민주의의 문제를 본격적으로 제시하는 가상 역사소설이라는 점에 의의를 두었다. 주인공 오토메나크가 식민주의에서 벗어나려는 노력에도 불구하고 식민주의와 파시즘의 자장 안에서 살아가는 피식민지인의 모습을 보여준다. 이것은 자신이 부정했던 대상이 다시 자기 자신으로 도착하는 역설적인 상황으로 한국 근대사의 복합적인 자기모순의 과정이다. 오토메나크의 자각을 주체적이고 자발적인 자각으로 진행시키지 못한 점에서 이 소설의 한계를 보여준다고 한

---

59) 정호웅, 「존재 전이의 서사」, 『颱風』 최인훈 전집5, 문학과지성사, 2009.
60) 배경렬, 「최인훈 <태풍>에 나타난 탈식민지론 고찰」, 『인문학연구』 제37집, 조선대학교 인문학연구소, 2009.

다.61) 정과리는 최인훈의 5부작을 두 가지 방향으로 나누었다. 『廣場』-
『灰色人』-『西遊記』-『小說家 丘甫氏의 一日』로 분석하는 것과 『廣
場』에서 『颱風』으로 바로 직행하는 체험의 것으로 분화하였다. 『灰色
人』과 『西遊記』의 관념적인 모험과 『颱風』의 사실주의적 기술의 차이
가 크기 때문이다. 무지의 방식으로 실행된 지식의 획득은 민족적인 것
에 대한 집요한 갈망과 외국 이론에 대한 무분별한-무차별적 수용으
로 나타난다. 자발적 부인의 뒤에는 자발적 무지가 있는 것이 아니라,
은폐의 방식으로 내장된 앎이 있다. 시시때때로 바냐킴씨의 눈가를 험
악하게 스쳐가는 태풍 같은 모습과 태도는 애로크인 코드네주 앞에서
시침 떼는 데서 볼 수 있듯이 '모르려하기'보다는 '모른 체 하기'라고 말
한다.62) 배지연은 최인훈의 『颱風』을 세익스피어의 『태풍*The Tempest*』
과 영향 관계에 있다고 보고 두 작품을 비교 연구하였다. 태풍을 통한
사건 전개, 섬이라는 공간과 중심인물에 작동하는 다양한 시간 관계,
에필로그에 그려진 화해와 용서의 메시지 및 픽션의 극대화 등이 두 작
품의 영향 관계를 보여준다. 최인훈의 『颱風』은 세익스피어의 『태풍
The Tempest』을 다시 씀으로써 강대국의 절대적인 영향 아래 있는 1973
년 한국의 시대를 그리고 있다. 이러한 방법은 고전을 패러디함으로써
미학적 방법론과 현실 감각을 유지했다는 최인훈의 창작론을 그대로
보여준다.63) 박진영은 『颱風』에서 한 개별 주체가 자신의 정체성 위
기를 인식하고 극복해가는 과정에 초점을 두고, 신채호와 복거일을 예

---

61) 송효종, 「최인훈의 『태풍』에 나타난 파시즘의 논리」, 『비교한국학』제14권 1호,
    국제비교한국학회, 2006.
62) 정과리, 「모르기, 모르려하기, 모른 체 하기-『광장』에서 『태풍』으로, 혹은 자발
    적 무지의 생존술」, 『시학과언어학』제1호, 시학과 언어학, 2001.
63) 배지연, 「최인훈 소설 『태풍』 연구」, 『현대문학이론연구』제48집, 현대문학이론학
    회, 2012.

로 들어 비교 분석하였다. 『颱風』은 주체의 정체성이 형성되고 해체 혹은 재구성되는 과정이 서사의 핵심이고, 근대적 질서의 극복을 위한 새로운 세계상의 밑그림이 선명하지 않아서 주인공 오토메나크의 탈식민적 가능성은 제한될 수밖에 없다. 그로 인해 오토메나크가 보여준 반성적 실천의 힘은 역사와 현실의 구체성 속을 귀환하는 데까지 이르지 못한다고 한다.[64]

이상과 같이 최인훈의 소설은 그 외형의 개성이 다양하여 개별적인 작품 연구가 두드러진 편이다. 학위논문의 경우 여러 작품을 하나로 아우르는 데 어려움이 많았으나, 많은 연구자들이 나름의 기준으로 여러 작품을 분석하였다. 연구자는 최인훈 문학에 대한 논문의 연구 현황을 조사하여 주제별로 정리한 자료를 제시한다.[65] 연구자는 이러한 최인훈 소설의 개별적 특성을 인식하고, 최인훈이 연작으로 읽혀지기 바라는 5부작 소설을 주인공의 심리 세계를 중심으로 분석하고자 한다. 다섯 작품의 개성이 뚜렷하지만 주인공의 심리 변화 과정을 중심으로 아우르는 것은 작가가 말하는 5부작의 의의를 새롭게 제시하는 계기가 될 것이다.

---

64) 박진영, 「되돌아오는 제국, 되돌아가는 주체―최인훈의 <태풍>을 중심으로」, 『현대소설연구』제15호, 한국현대소설학회, 2001.
65) 최인훈 문학 주제별 연구 현황 통계(1971~2014. 6)
    연구자는 최인훈 문학의 주제별 연구 논문 현황을 학위 논문과 학술지 논문으로 한정한다. 700여 편의 논문을 분석하고, 나름의 주제로 정리한 결과 학위 논문의 주제와 학술지 논문의 동일 저자의 동일한 주제 논문은 한 편으로 간주하고, 아래와 같은 주제로 분류한다. 해당 논문은 부록으로 첨부한다.

3. 연구 범위와 연구 방법

최인훈은 소설에서 실험적이고, 다양한 글쓰기 방식을 보여주고 있다. 이로 인해 많은 연구자들이 작품을 연구하는데 하나의 기준으로 일목요연하게 다루는 데 어려움을 겪고 있다. 사실주의와 비사실주의로 나누거나, 관념성에 한정하거나 환상성 등의 기준으로 구분하여 다양한 연구들이 나오고 있지만, 정작 최인훈이 읽혀지기 바라는 5부작 소설에 대한 연구는 매우 미흡한 실정이다. 다섯 작품이 갖고 있는 외형상의 특징이 매우 독특하여 하나의 기준으로 묶기에 어려움이 있지만, 연구자는 다섯 작품의 인물 연구에서 주인공의 심리를 중심으로 분석하고, 심리 세계의 변모 과정을 연구하여 하나의 연작으로 묶일 수 있는 계기를 마련하고자 한다.

연구 범위는 최인훈이 연작으로 읽혀지기 바라는 5부작 소설 『廣場』,

<표 1-1> 최인훈 문학 주제별 연구 현황

순서	주제 경향	학위논문	학술지논문	계
1	상호텍스트성 · 에세이적 · 패러디	33	40	73
2	식민지론 · 탈식민지론 · 이데올로기 · 정치성	33	36	69
3	문학론 · 예술론 · 작품론 · 담론	20	47	67
4	환상성 · 정신분석 · 욕망	23	35	58
5	희곡 연구	31	22	53
6	주체 · 정체성 · 자기동일성 · 인식론	17	26	43
7	서사구조 · 형식	21	19	40
8	교육 방법	22	5	27
9	비극성 · 죽음 · 갈등	10	12	22
10	신화 · 원형	10	7	17
11	관념성 · 사실성 · 비사실성	7	3	10
12	연애 · 사랑 · 여성성	2	8	10
13	기호학 · 수사학	3	1	4
14	기타 작품 연구	22	17	39
	계	254	278	532

『灰色人』,『西遊記』,『小說家 丘甫氏의 一日』,『颱風』으로 한정한다.66)
다섯 작품에 대한 연구를 중심으로 각 작품에 필요한 연구 방법은 다음
과 같다.

　제2장에서는 5부작의 첫 번째 소설『廣場』에 대해 분석한다.『廣場』
에 대한 다수의 논문이 남과 북이라는 정치 현실에서 이데올로기의 대
립과 그로 인한 '광장'과 '밀실'이라는 한정된 관념의 테두리에서 논의
되어 왔다. 이에 연구자는 이명준의 심리 세계를 관념이라는 기존의 해
석에서 벗어나 욕망이라는 관점에서 논의 방향을 모색한다. 이명준이
겪는 현실의 고통과 그의 욕망을 분석하고, 그가 꿈꾸는 세계를 찾아가
는 과정을 연구한다. 현실과 이상의 괴리로 인한 이명준의 심리 세계를
자끄 라깡Jacques Lacan의 '욕망이론'과 에리히 프롬Erich Pinchas Fromn의
'도피의 메카니즘'을 적용하여 이명준이 현실에서 선택할 수밖에 없는
도피의 과정을 살펴본다. 라깡은 거울단계의 경험이 주체가 형성되는 것
을 보여준다고 말한다. 인간은 주체로 탄생하기 전에 상상계the imaginary
를 경험하고, 상징계the symbolic에 의해 상상계적 욕망을 거세당하는 과
정을 거쳐야만 사회적 자아, 주체로 탄생한다. 상징계에 탄생한 주체는
채워질 수 없는 근원적인 욕망을 가진 결여absence의 존재이다. 인간의
무의식 속에 숨어 있는 욕망이 새로운 대상을 찾아나서는 과정이 실재
계the real이다.67) 유아기에 어머니에게 충족되지 못한 이명준의 욕망

---

66) 본고에서 활용된 최인훈 소설의 텍스트는 다음과 같다.
　『廣場/九雲夢』최인훈 전집1, 문학과지성사, 2006.
　『灰色人』최인훈 전집2, 문학과지성사, 2007.
　『西遊記』최인훈 전집3, 문학과지성사, 2008.
　『小說家 丘甫氏의 一日』최인훈 전집4, 문학과지성사, 2007.
　『颱風』최인훈 전집5, 문학과지성사, 2009.
　이하 텍스트의 인용 면수만을 기재하기로 한다.
67) J. 라깡,『욕망이론』, 권택영 역, 문예출판사, 2004, 20~51면 참조.

심리를 상상계와 상징계, 실재계를 통해 분석한다. 성인된 후에도 욕망을 충족하지 못하고, 끊임없이 욕망을 추구하는 이명준은 자아와 세계와의 분열을 통해 환상 속의 자유를 선택하는 과정을 도피의 메카니즘으로 고찰한다.

제3장에서는 두 번째 소설 『灰色人』을 분석한다. 『灰色人』은 다른 작품에 비해 주인공이 자신의 내면세계를 타자와의 대화와 사유를 통해 두드러지게 나타내는 작품이다. 주인공 독고준의 욕망과 갈등 구조를 중심으로 살펴본다. 독고준의 김순임과 이유정에 대한 욕망 구조를 분석하고, 현실과 불화하는 그의 사유 세계를 비극적 세계관으로 분석한다. 루시앙 골드만Lucien Goldmann은 『숨은 신Le Dieu Caché』에서 비극적 세계관을, 타락한 현실 세계에 신은 깃들지 않으므로 그러한 세계를 부정할 수밖에 없다고 한다. 그러나 그러한 세계를 떠나서는 또 다른 삶의 공간이 없기 때문에 타락한 현실 세계에 살면서 신이나 진정한 가치를 추구할 수밖에 없는 인간의 세계 인식이라고 말한다. 비극적 세계관은 서로 모순되는 두 요구, 자아의 진실과 세계의 허위 속에서 고뇌하는 인간이 생각할 수 있는 인생태도이다.

독고준의 심리 세계는 17세기 절대왕정기의 장세니스트처럼 현실과 관념이 모순된 상황에서 심각한 갈등을 겪고, 제3의 세계인 비극적 세계에 빠지게 되는 모습을 고찰한다. 그가 처한 현실과 사유의 과정을 자아비판의 상흔과 방공호의 첫 경험, 고향에 대한 그리움, 에고의 세계, 회색인灰色人이 된 이유로 나누어 그가 비극적인 세계관으로 나아갈 수밖에 없는 상황을 고찰한다.

제4장에서는 세 번째 소설 『西遊記』를 분석한다. 주인공 독고준의 심리 세계를 환상적인 공간 이동과 더불어 독고준의 기억에 잠재된 욕

망을 살펴보고, 그로 인하여 자아에 내재된 상흔을 중심으로 치유의 과
정을 고찰한다. 또한 그의 관념적인 사유를 분석하여 독고준의 심리 세
계를 연구한다. 『西遊記』에서 독고준의 여행은 무의식 세계의 환상 여
행으로 규정한다. 독고준이 이유정의 방에서 나와서 자기 방으로 가는
복도에서 그가 예상하지 못하는 상황의 새로운 세계로 빠져든다. 그것
은 그가 의식하지 못하는 무의식 세계이고, 그가 여행하는 곳은 현실에
서 이루어질 수 없는 환상 세계에서 가능하다. 이러한 독고준의 여행은
무의식 세계에서 떠나는 환상 여행이다. 융은 무의식의 분석에서 무의
식의 개념과 개인적 · 보편적 구조를 제시하고자 꿈의 상징성에 관해
생각할 수 있는 의미와 기능을 분석하였다. 융은 모든 꿈이 정도의 차
이는 있지만 꿈은 본인의 인생에 관계하고 있으며, 심리적 요소로서 모
든 부분을 구성하고 있다고 한다. 꿈이 하나의 배열이나 패턴을 따르는
것처럼 보이는 것을 '개성화의 과정'이라 하고, 이것을 마음의 성장과
정이라고 한다. 사람들이 응시하고 싶지 않는 자기 자신의 인격이라는
측면에 관해 꿈을 통해서 알게 되는데, 그것을 '그림자의 자각'이라고
한다. 그림자는 무의식적인 인격의 전부라고 할 수 없지만, 그것은 자
아의 전혀 알지 못하는 개인적인 영역에 속해 있는 것을 나타낸다.[68]

　독고준의 환상 여행을 융의 무의식 분석에서 '개성화 과정'과 '그림
자 자각'으로 고찰한다. 또한 독고준은 어린 시절 자아비판이라는 '외
상적 고착'과 그 상처를 치유하기 위해 과거의 시간 속으로 들어간다.
독고준은 기억 속에 자신을 억압하는 지도원을 만나 대면함으로써 자
신의 억압을 해소할 기회를 맞게 된다. 프로이트는 단시간 내에 심적
생활 속의 자극이 고도로 증대하여 정상적인 방법으로는 그것을 처리

---

68) M. L. 폰 프란츠, 『C. G. 융 심리학 해설』, 권오석 역, 홍신문화사, 1992, 6~28면 참조.

하거나 처리하지 못한 결과로서 에너지의 활동에 지속적인 장해를 주는 것을 '외상적外傷的' 체험이라고 한다. 또한 과거의 어느 시기의 어떤 충격적인 일이나 사건으로부터 자유롭지 못하고, 그 일 때문에 현재와 미래로부터 몸을 피하려는 현상을 '고착固着'이라고 말한다.[69] 독고준의 '외상적 고착'을 프로이드의 '외상에의 고착'으로 고찰한다.

제5장에서는 네 번째 소설 『小說家 丘甫氏의 一日』을 분석한다. 주인공 구보는 앞선 작품의 주인공들과 비교해서 가장 현실적인 인물로 묘사하고 있다. 현실의 모순과 부조리를 비판하면서 현실에 적절히 대응하는 구보의 모습은 주인공의 심리가 변화해가는 모습을 잘 보여준다. 『小說家 丘甫氏의 一日』에서 주인공 구보의 시간에 따른 공간 이동의 서사를 정리하고, 구보의 현실 비판적인 세계를 분석한다. 베르그송 Henri-Louis Bergson은 『물질과 기억Matière et Mémoire』에서 의식적인 표상은 정신과 물질의 접촉면을 이룬다고 한다. 우리의 정신은 연속적이고 유동적인 물질적 실재 전체로부터 우리의 실천적 관심과 삶의 요구들에 따라 필요한 부분을 지각에 의해 잘라내고, 기억으로 수축하여 부동화된 표상을 얻는다. 우리의 표상은 실재의 단순한 반영이라기보다는 '인간적인 경험'을 형성하는 지각과 기억의 혼합물이다. 지각과 기억은 본성이 다른 것이고, 본성상의 차이에 따라 지각과 기억은 우리의 표상을 '인간적인 경험' 너머로 확장시킨다. 기억의 요소를 모두 제거한 '순수 지각'과 지각의 요소를 모두 제거한 '순수 기억'이 우리의 과거를 보존하고 있는 정신에 도달하게 한다. 순수 지각과 순수 기억은 우리의 표상이 물질적 실재와 정신적 실재 모두에 뿌리를 두고 있음을 보여준다. 우리의 표상은 물질의 일부로서 잘라내어진 순수 지각에 순수 기억

---

69) S. 프로이트, 『프로이트 정신분석학 입문』, 서석연 역, 범우사, 2008, 282~295면 참조.

으로부터 현실화된 이미지가 결합되어 형성되는 것이다.[70] 소설가 구보의 행동과 사유는 지각과 기억에 의한 표상들이다. 구보의 행동과 다양한 사유 세계를 과거에 대한 기억과 구보가 경험한 지각을 중심으로 분석하고, 그의 심리 세계를 살펴본다.

제6장에서는 『颱風』을 분석한다. 5부작 연작 소설의 마지막 작품으로 주인공 오토메나크의 심리 세계를 분석하여 최인훈이 말하는 부활의 논리를 고찰한다. 주인공 오토메나크의 아만다에 대한 욕망을 고찰하고, 오토메나크에게 갈등을 일으키는 요인을 분석한다. 오토메나크가 갈등을 일으키는 상황을 세 가지로 나누어 살펴본다. 갈등 상황의 분석은 개인의 심리 세계를 알 수 있는 주요한 요인이 될 수 있다. 이를 통해 오토메나크가 자아 정체성을 찾아가는 과정과 심리 변화 과정을 살펴본다. 오토메나크가 나파유인보다 더 나파유인다운 행동을 하고, 조국 애로크의 현실을 외면하는 행동을 슬라보예 지젝Slavoj Žižek의 '이데올기적 환상ideological fantasy'으로 분석한다. 지젝은 우리가 "그들은 그것을 모른 채 행한다"는 마르크스의 공식을 새로운 방식으로 읽게 한다. 환영은 지식의 측면에 있는 게 아니라 이미 현실 자체에, 사람들이 행하고 있는 것의 측면에 있다. 그들이 모르고 있는 것은 그들의 사회현실 자체가 어떤 환영에 의해, 어떤 물신적인 전도에 의해 움직인다는 사실이다. 그들은 실제로 사물들의 실상을 잘 알고 있다. 하지만 그들은 여전히 마치 그것을 몰랐다는 듯이 행동한다. 그것은 우리의 현실을, 실제적인 현실 관계를 구성하는 환영을 간과하는 데 있다.[71] 오토메나크는 이러한 환영에서 깨어나면서 자아와 사회의 갈등을 통해 조국 애로크에 대해 속죄양 의식을 가진다. 고대 그리스에서는 전염병이

---

70) H. 베르그송, 『물질과 기억』, 김재희 역, 살림, 2008, 81~83면 참조.
71) S. 지젝, 『이데올로기의 숭고한 대상』, 이수련 역, 새물결, 2013, 68면 참조.

나 기근, 외세의 침입, 내부의 불안 등과 같은 재앙이 덮쳤을 때, 인간 제물을 준비해서 재앙의 원흉으로 몰아 처형함으로써 민심을 수습하고 안정을 되찾았는데, 이것을 파르마코스Pharmakos라고 칭한다. 르네 지라르René Girard는 『폭력과 성스러움(LA) Violence et le Sacré』에서 제의적 희생le sacrifice rituel이라는 종교적, 문화적 활동의 원형에 대해 연구하였다. 그는 이러한 제의는 인간이나 동물 같은 희생물을 바쳐 신의 노여움을 풀고 신의 선의를 기대하는 제의라고 한다. 제의적 희생은 특정한 대상을 향해 폭력을 분출시켜 카타르시스적 기능을 한다. 이러한 희생물은 상상적인 신에게 봉헌되는 것이 아니라 거대한 폭력에 봉헌되는 것이라고 한다.72)

이상으로 5부작 소설의 연구 범위와 주된 연구 방법을 정리하였다. 그 외에도 주인공들은 소설에서 자주 꿈을 꾼다. 꿈에 대한 분석은 프로이트Sigmund Freud의 『꿈의 해석Die Traumdeutung』과 융Carl Gustav Jung의 『무의식의 분석Analysis of Unconsciousness』에서 이론을 적용한다.

5부작 소설의 전반적인 정서는 비극성이다. 노스럽 프라이Northrop Frye는 문학에서 비극은 대표적인 양식 중 하나이고, 이러한 양식적 원형인 비극 드라마도 일정한 사회사적 토대와 관련되어 있다고 한다. 프라이는 상위모방 양식에서 비극은 영웅적인 것과 아이러니적인 것이 뒤섞여 있으며, 주인공의 죽음은 사회적·윤리적 사실이라고 한다. 비극적 드라마가 토착적인 발전을 이룬 것은 기원전 5세기의 아테네와 세익스피어에서 라신느에 이르는 17세기의 유럽에서이며, 비극은 주로 이 두 시대에 속해 있다. 이 두 시대는 사회사적으로 보면 귀족정치가 급속히 그 실권을 잃어가고 있었음에도 불구하고 여전히 대단한

---

72) 김현, 『르네 지라르 혹은 폭력의 구조』, 나남, 1987, 44~45면 참조.

이데올로기적 권위를 유지했던 시대에 속한다. 사회 계급적 몰락은 비극적 세계관의 시초가 된다. 프라이는 비극에서 주인공의 행위는 상위모방 양식과 하위모방 양식, 아이러니 양식으로 구분한다. 상위모방 양식의 비극은 공포와 연민이라는 감정이 중심적 방향을 가리킨다. 일상생활에서 공포와 연민을 쾌락의 형식으로 받아들인다.

하위모방 양식의 비극에서는 연민과 공포의 감정은 작품 외부의 선정적煽情的인 감정으로 전달된다. 비극은 비애pathos라는 말로 특징지을 수 있다. 비애는 주인공이 어떤 약점으로 인해 고립된 존재임을 나타내고, 우리 자신도 주인공과 똑같은 약점을 갖고 있어 동정심을 불러일으킬 만큼 호소력이 있다. 비애는 한 사람의 인물에게 집중된다. 우리와 동등한 수준에 있는 개인이 속하고 싶어 하는 사회 집단으로부터 배제시키는 것이 비애의 근본 개념이므로, 이런 고립된 정신에 대한 연구가 비애문학의 중심을 이룬다. 우리 자신과 비슷한 인간이 내적인 세계와 외적인 세계의 대립, 상상적인 현실과 사회의 공동의지에 의해서 구축된 현실과의 대립 등으로 인하여 몰락해가는 과정을 보여주는 이야기가 중심을 이루고 있다. 이런 비극의 인물 유형을 알라존alazon이라고 부르고, 자기 기만적인 인물로 자기를 실제 이상의 존재인 것처럼 가장하거나 그렇게 되고자 애쓰는 자를 말한다.

아이러니 양식에서는 알라존과 반대로 에이론eiron이라는 자기를 비하시키는 인물이 나타난다. 아이러니라는 말은 자기를 실제 이하로 낮춰 보이게 하고, 문학에서는 가능한 적게 말하면서 가능한 많은 것을 의미하는 기법을 가리킨다. 직접적인 진술이나 그 진술의 표면상의 의미를 피하게끔 말을 배열하는 것이다. 아이러니 작가는 자기를 비하하기도 하고, 소크라테스처럼 무지를 가장하기도 한다. 자기가 아이러니를 사용하고 있는 것조차 모르는 척 한다. 완전한 객관성, 모든 자명한 도덕 판단의 억제가 중요한 것이다. 아이러니 작품에서 공포와 연민은 독자에게 반사되는 것이다. 비극적 형식의 아이러니는 비극적 고립 자체의 묘사이다. 다른 모든 양식의 특별한 요소들을 배제시킨다. 주인공은 단순히 사회로부터 소외된 자에 불과하다. 주인공에게 닥치는 어떠한 인과관계가 없어야 한다는 것이 비극적 아이러니의 중심원리이다. 주인공의 파국이 비극적 상황과 마땅히 관련되고 있다는 것이 비극의 핵심이다. 아이러니의 비극적 상황으로부터 주인공은 불행의 희생물이 되고, 그에게 닥친 사건에 책임을 져야 한다. 주인공이 파국으로 치닫도록 선택된 이유가 있다 하더라도 이유가 충분하지 못한 까닭에 반론을 더욱더 조장한다. 이러한 전형적인 희생물은 가정비극에서 아이러니의 정도가 깊어짐에 따라서 비극 내에서 구체적인 모습을 갖기 시작한다. 이런 전형적인 희생물을 파르마코스pharmakos, 산제물이라고 한다. 파르마코스는 죄가 있는 것도 없는 것도 아니다. 비극에 결합되어 있는 불가피성과 부조리성은 아이러니에서 양극으로 나누어진다. 아이러니는 하위모방 양식인 리얼리즘과 냉혹한 관찰에서 출발한다. 그러면서 꾸준히 신화 쪽으로 향하고, 희생제의나 신의 모습이 어렴풋하게 아이러니 속에서 재현된다.73)

　　루시앙 골드만Lucien Goldmann은 『숨은 신Le Dieu Caché』에서 비극적 세계관을, 절대로 포기할 수 없으나 결코 다가설 수 없는 '신' 또는 절대성을 가진 가치 등을 바라보는 인간의 세계 인식, 다시 말해서 자아와 자아 사이의 혹은 자아와 세계 사이의 모순적 존재 상황에서 발생하는 절망적인 인식으로 규정하고 있다.

---

73) N. 프라이, 『비평의 해부』, 임철규 역, 한길사, 2000, 100~114면 참조.

17세기의 비극적 의식의 성격은 두 가지 특징을 가지고 있다. 첫째, 합리주의적 개인주의에 의해서 창조된 새로운 세계에 대한 엄밀하고 정확한 이해와 인간 사고와 의식이 결정적으로 획득한 모든 것이다. 둘째, 합리주의적 개인주의에 의해 창조된 세계를 유일한 기회나 인간의 유일한 시각으로 받아들이길 근본적으로 거부하는 것이다.

숨은 신은 비극적 세계관으로 파스칼의 작품에서 근본적이고, 역설적인 관념으로 나타난다. 신은 대부분 사람에게 숨겨져 있다. 그러나 신이 은총을 베푼 몇몇 선택된 사람은 신을 볼 수 있다. 숨은 신은 언제나 현존하며 언제나 부재하는 신이다. 한 번이라도 신이 나타난다면, 신은 항상 존재하는 것이다. 영원한 존재는 그가 한 번이라도 존재한다면, 그것은 항상 존재하는 것이다. '때때로 신이 나타난다'는 말은 비극적 사고에 있어서 본질적이지만, 결코 실현되지 않는 하나의 가능성만을 나타낸다. 왜냐하면 신이 인간에게 나타난 바로 그 순간에 인간은 더 이상 비극적이지 않기 때문이다. 신을 보고 신의 말씀을 듣는 것, 그것은 비극을 넘어선다. 파스칼에 있어서 '숨은 신'의 존재는 모든 경험적 감각적 현존보다 더 실재적이고 중요한 '영원한 현존', 즉 유일하고 본질적인 현존이다. 신은 언제나 부재하며 언제나 현존한다. 그것은 비극적 세계관의 중심 사상이다.

루카치György Lukács는 다음과 같이 에세이를 시작했다.

> 비극은 하나의 놀이이다. 즉 인간과 그의 운명의 놀이, 신이 관람하는 놀이이다. 그러나 신은 단지 관객일 뿐이다. 그는 말과 행동으로써 배우들(인간)의 말과 행동에 결코 개입하지 않는다. 단지 신은 그들을 바라볼 뿐이다.[74]

---

74) L. 골드만(1986), 『숨은 神』, 50면 재인용.

루카치는 '신의 잔혹하고 냉정한 심판은 용서나 시효時效를 모른다'고 한다. 본질에 대한 탐구에서 사소한 불충직함에도 신은 무차별하게 그것을 벌한다. 또한 그는 인간들 중에서 일시적이고, 비본질성을 드러낸 모든 사람들을 가혹할 정도로 무자비하게 벌한다. 그러나 신은 관용이 많아서 일상적 삶의 죄가 본질을 침해하지 않으면, 신은 그러한 죄를 모두 잊어버린다. 신이 죄를 모두 잊어버리는 것이지, 죄를 용서해주는 것은 아니다. 신의 시선은 그러한 죄들을 보지 않고 그것들로 어떠한 영향도 받지 않은 채 단지 그것들 위로 미끄러지기 때문이다. 신은 인간의 죄를 용서하는 것이 아니라 그들의 죄 위로 미끄러지는 것이다. 인간은 신의 시선 아래 사는 것이다. 비극적 의식의 모든 형태들은 인간과 사회적이고 보편적인 세계 사이의 관계에 대해 깊은 위기를 표시하고 있다. 비극의 제일 중요한 문제는 신의 시선을 발견한 인간이 살 수 있는가에 대해서이다. 산다는 것은 세계 안에서 사는 것이기 때문이다. 세계 안에는 현상학과 실존주의가 현대의 철학적 의식 속에 새로이 현재화한 근본적이고 보편적인 진리가 있다. 현재화의 가능성은 인간 존재의 세계내적인 성찰의 정도에 대한 의식에 따라 달라질 수 있다.

　　여러 형태의 종교적이고 혁명적인 의식들은 신과 세계, 가치와 현실을 대립시킨다. 이런 선택 앞에서 가능한 해결점은 가치들을 실현하기 위해 세계 안에서 투쟁하는 것이고, 다른 해결점은 가치나 신성의 초월적 우주 속으로 피난하기 위해 세계를 포기하는 것이다. 그러나 근원적인 비극은 이 두 가지 해결점을 모두 거부한다. 왜냐하면 비극은 세계를 변화시켜 그 안에서 진정한 가치들을 실현할 수 있다고 생각하지 않으며, 세계로부터 도피하여 신의 영역에 피난할 가능성을 믿지 않기 때문이다. 그렇기 때문에 비극적 인간은 세계에서 그의 직무를 잘 수행하려 하거나 그의 부富를 잘 활용하려 하지 않고, 그것들을 무시하거나 포기하지도 않는다. 비극은 단지 유일하게 가치 있는 사고와 태도만을 인식하는 것이다. 그것은 세계에 참가하지도 관심을 갖지도 않은 채 세계 안에서 사는 것을 뜻한다.

비극적 인간은 절대로 희망을 포기하지 않는다. 단지 희망을 세계에 두지 않을 뿐이다. 그렇기 때문에 세계의 구조에 관한 것이건, 세계내적인 존재에 관한 것이건 어느 진리도 그를 짓누르지는 못한다.

비극적인 의식에서 진정한 가치란 전체성과 동의어이며, 타협하려는 모든 시도는 가장 심한 타락과 동일시된다. 그렇기 때문에 '긍정이냐 아니면 부정이냐' 하는 선택 앞에서 비극적 의식은 선택, 중간적인 태도, 불확실성을 경멸하면서 그가 알고 있는 유일한 가치, 즉 '긍정이면서 동시에 부정'인 종합의 차원에 머물러 있다. 인간은 천사도 짐승도 아니다. 따라서 그의 진정한 의무는 이 두 가지를 통합하는 전인全人, 영혼과 육체가 모두 사멸하지 않는 인간을 실현하는 것이다. 전인은 이성과 감성을 극단적으로 강렬하게 결합하는 것이다. 그는 이 지상에서 실현될 수 없는 존재이다.

명확함과 절대성을 요구하는 비극적 인간은 세계 앞에 놓여 있으며, 세계는 그가 대립할 수 있는 유일한 현실이다. 비극적 인간에게 세계는 절대에의 요구와 요구의 실현을 포기하지 않는다는 조건으로 살 수 있는 유일한 장소이다. 그러나 세계는 절대로 그를 만족시켜주지 못한다. 그렇기 때문에 신의 시선이 인간으로 하여금 세계 안에 살면서 세계에 참가하지도 관심을 갖지도 못하도록 만든다. 인간 앞에는 무한한 공간의 영원한 침묵만이 있다. 세계의 한 부분에 관한 어떠한 명증明證하고 일의적一義的인 확신도 가치가 없다. 즉 '긍정이며 동시에 부정'이라는 역설만이 가치 있는 것들을 표현하는 유일한 방법이다. 인간이란 힘의 유약함, 위대함과 비참함으로 혼합된 모순된 존재이다. 인간과 그가 살고 있는 세계는 근원적인 대립들로 구성되어 있다. 비극적 인간의 위대함이란 가장 엄격한 진리 안에서 상반되는 것들을 볼 줄 알고 의식할 줄 알면서도 절대로 그것들을 받아들이지 않는다는 점이다.[75]

최인훈이 연작소설로 읽혀지기 바라는 『廣場』, 『灰色人』, 『西遊記』, 『小說家 丘甫氏의 一日』, 『颱風』을 통해 주인공이 비극적인 세계에서 자아와 세계가 끊임없이 투쟁하는 모습을 분석하고, 그들이 비극적인 세계에 머물지 않고, 그 세계를 극복해나가는 과정을 살펴볼 것이다.

---

75) L. 골드만(1986), 『숨은 神』, 29~88면 참조.

Ⅱ. 이명준의 욕망에 대한 환상

-『廣場』

『廣場』은 남과 북이라는 정치 현실에서 이데올로기의 대립과 그로
인한 '광장'과 '밀실'이라는 한정된 관념의 테두리에서 논의되어 왔다.
이에 연구자는 이명준의 심리 세계를 욕망이라는 관점에서 논의 방향
을 모색한다. 이명준이 겪는 현실의 고통과 그로 인한 욕망을 분석하
고, 그가 꿈꾸는 세계를 찾아가는 과정을 연구한다.

1. 서사 구조

아래 표는 『廣場』을 공간 이동과 시간의 흐름에 따라 서사 구조를 정
리한 것이다. 현재에서 과거로의 회상을 중심으로 이루어진다.

<표 2-1> 『廣場』의 서사 구조

공간(시제)	주요인물	시간에 따른 서사
1.인도 배 타고르호 (현재)	이명준, 선장, 갈매기	석방포로 이명준은 중립국을 향하는 배 안에서 헛것을 쫓으며, 중립국으로 향하는 석방포로들의 갈등을 느낀다. 선장과 대화에서 배를 따르는 갈매기는 죽은 뱃사람의 넋이라고 한다.

2. 남한, 서울 (과거)	이명준, 변영미, 변태식	철학과 3학년, 누리와 삶에 대해 고민하던 시절이다. 아버지 친구의 집에 살고 있으며, 그들의 넉넉함과 너그러움으로 생활의 여유를 누리고 있다. 명준은 자신의 삶에서 허전한 무언가를 찾기 위해 독서에 몰두한다. → 영미의 파티에서 윤애와 첫만남이 이루어진다. → 태식의 생활을 비판하면서도 시샘하는 명준은 거리에서 만난 태식과 고독함이라는 말에 진한 공감대를 느낀다.
3. 남한, 서울 (과거)	이명준, 정선생	고고학자 정선생과 만난다. 그의 집에서 이집트에서 나온 미이라를 살펴본다. 정선생과 대화에서 한국의 정치 광장은 추악한 밤의 광장, 탐욕과 배신과 살인의 광장이고, 경제 광장은 사기와 허영의 광장이고, 문화의 광장은 헛소리가 만발하는 광장이다. 남한의 광장은 죽은 곳, 텅 빈 곳이며, 밀실만이 가득하다고 말한다.
4. 남한, 서울→인천 (과거)	이명준, 강윤애	명준은 강윤애의 집을 방문한다. → 광복 후에 월북한 아버지의 대남 방송으로 명준은 세차례 경찰서에 가서 인권을 무시한 심문을 받는다. 자신이 법의 보호를 받지 못하는 것을 깨닫고, 북에 있는 아버지에게 연민을 느낀다. → 불안한 생활에 윤애의 집을 방문하고, 여름 동안 그녀의 집에서 머무르기로 한다.(서울→인천) → 바닷가에서 윤애와 사랑을 나눈다. → 단골 술집 주인으로부터 북한으로 가는 배가 있다는 말을 듣고 안도한다.
5.인도 배 타고르호 (현재-과거 -현재)	이명준, 선장	이명준은 배 위에서 별을 바라보며 윤애와의 사랑을 회상한다. → 포로들의 홍콩 상륙이 무산되고, 명준과 김은 몸싸움을 한다. → 거제도 수용소에서 이야기와 윤애를 회상하며 환청을 듣는다.
6. 만주, 북한 (과거)	이명준, 강윤애, 이형도 (아버지), 은혜	만주 사무실에서 조선인 꼴호즈에 대한 기사를 쓰다가 저녁 노을을 바라보며 윤애와의 사랑을 회상한다. → 남한에서의 불안한 생활과 윤애의 변덕스런 몸가짐으로 월북을 결심한다. → 북한에서의 생활은 명준에게 정신적인 억압을 준다. 당사에서 시키는 대로 말하는 앵무새와 같은 생활을 한다. 혁

		명을 찾아 월북한 아버지의 부르주아적 생활에 환멸을 느낀다. 보람 있게 살기 위해 월북한 명준의 광장은 북한에도 없다. → 신문사에서 일하는 명준은 정신적 억압을 잊기 위해 야외극장 공사에 참여하다 다리를 다쳐 병원에 입원한다. 그곳에서 국립극장 소속 발레리나 은혜를 만나고, 은혜와의 사랑이 시작된다.
7. 북한 (과거)	이명준, 은혜	명준은 조선인 꼴호즈에 대한 기사로 신문사에서 자아비판을 하고 슬픈 깨달음을 얻고 집으로 돌아온다. → 은혜와 애정을 나누고, 은혜의 모스크바행을 만류한다. 명준이 공부한 혁명이론과 북한생활에 대한 갈등은 그의 사고를 더욱 불안하게 한다. → 아버지의 도움으로 원산 해수욕장에서 휴가를 보내면서 공연 온 은혜를 만난다. → 3월 중순 국립극장 무대 뒤에서 은혜를 만나고, 모스크바로 가지 않겠다고 말했던 그녀는 다음날 아침 모스크바로 떠난다.
8. 남한, 서울 (과거)	이명준, 변태식, 강윤애	1950년 8월, 서울 S서 지하실(한국전쟁발발) → 명준은 피난하지 않고 서울의 공산군 시설을 사진으로 찍다가 잡힌 태식을 고문하면서 자신이 몇 년 전 당했던 고문을 생각한다. 태식의 아내가 된 윤애를 불러 그녀를 능욕하려다가 그만두고 태식과 윤애를 풀어준다.
9. 남한, 서울→ 낙동강일대 (과거)	이명준, 은혜	낙동강 싸움터, 동굴 안 → 명준은 사단 사령부에서 간호병으로 자원한 은혜와 재회하고, 동굴에서 그들만의 사랑을 나눈다. 전쟁터에서 만난 명준과 은혜는 더욱 깊이 사랑하고, 그들만의 광장을 찾는다. 그 후 공산군의 총공격을 앞두고, 유엔의 공격을 받아 낙동강 일대는 피로 물들고 은혜는 전사한다.
10. 인도 배 타고르호 (현재-과거 -상상)	이명준	마카오가 가까워지자, 석방포로들은 명준에게 그들의 상륙을 말해달라고 다시 요구한다.(현재) → 전쟁이 끝나고 명준은 전쟁 포로가 되었고, 그는 중립국으로 갈 것을 요청한다.(과거) → 그가 배운 헤겔과 마르크스의 이론은 스탈리니즘의 북한 사회에서 분명한 허상임을 절실히 깨닫고, 더 이상 그가

		북한에서 살아야 할 이유가 없다. 이중적인 사람들의 생활모습에 염증을 느끼는 남한 사회 또한 가고 싶지 않다. 박헌영의 체포로 아버지의 신분도 위태로워 중립국을 선택한다. → 사람마다 다르게 마련된 몸의 길, 마음의 길, 무리의 길을 따라 자기를 아는 이 없는 중립국을 택하여 자연의 수명을 다하기를 바란다. → 중립국에서 병원 문지기나, 소방서 불지기, 극장 매표원이라는 직업으로 소소한 즐거움을 누리며 살아가기를 상상한다.
11. 인도 배 타고르호 (현재)	이명준, 선장, 갈매기들	명준은 배 뒤쪽 난간에서 그만의 호젓한 공간을 가지며, 그의 광장이라고 여긴다. 그는 평범한 사람으로 살며, 한 명의 벗만이 공유할 수 있는 광장을 가지고 싶다. 그것이 이토록 어려운 일이었음을 깨닫는다. 희망의 뱃길에서 그는 허전함을 느낀다. → 뱃간에서 명준을 따라다니던 그림자가 갈매기이며, 그 갈매기를 총구로 겨누는 순간, 은혜가 죽기 전날에 임신했음을 알리던 사실을 기억한다. 명준의 눈에 갈매기들은 은혜와 자신의 딸로 보인다. → 명준이 자신이 살아 온 길을 회상하며, 그의 삶은 지금 부채 끝 사북자리임을 깨닫는다. 지금껏 알아보지 못한 갈매기의 정체를 은혜와 딸로 인식하고, 갈매기들이 자유롭게 날아오르는 푸른 바다를 그들의 광장으로 인식한다. 명준은 갈매기들을 따라 푸른 광장으로 사라진다.(이명준의 죽음)

　『廣場』은 주인공 이명준의 사유가 현재와 과거를 넘나드는 시제로 구성되어 있다. 연구자는 『廣場』의 서사 구조를 공간 이동에 따른 시제의 변화와 주요 등장인물과 시간에 따른 서사를 중심으로 정리하였다. 서사의 주된 흐름은 이명준이 '타고르 호'를 타고 중립국을 향하는 배 위에서 과거를 회상하는 형식으로 이야기가 이루어져 있다. 회상의 중간마다 현재의 상황을 제시하여 현재와 과거의 시간을 자유롭게 넘나

드는 형식을 취하고 있다. 현재에서 과거로의 자유로운 시간과 공간 이동을 통해 『廣場』의 서사는 이명준의 죽음으로 끝나는 마지막 부분까지 긴장감을 유지시키고 있다.

2. 남한 현실에서 욕망의 대상

자끄 라깡Jacques Lacan은 거울단계의 경험이 주체가 형성되는 것을 보여준다고 말한다. 거울단계의 경험은 우리가 "전혀 의심할 수 없는 사고주체Cogito에 근거한 어떤 철학도 반대해야 한다."고 주장한다. 아이는 놀이를 통해 자신의 이미지 속에서 가정되었던 행동들과 그 행동을 반영하는 주변상황이 갖는 관계 즉, 허구적인 합성물과 그것이 만들어내는 현실간의 연관성을 경험한다. 이러한 거울단계는 의미의 동일화identification로 이해한다. 라깡의 이론에 의하면, 인간은 주체로 탄생하기 전에 상상계the imaginary라는 충만한plenitude 세계를 경험한다. 어린 아이는 생후 6개월에서 18개월에 거울에 비친 자신의 모습을 보고 강한 나르시시즘을 경험하고, 거울 속의 영상과 자신을 동일화한다. 어머니는 아이에게 거울과 같은 역할을 하며, 아이는 자신의 욕구를 충족시켜 주는 어머니를 자신과 동일시한다. 아이는 상징계the symbolic에 의해 상상계적 욕망을 거세당하는 과정을 거쳐야만 사회적 자아, 주체로 탄생할 수 있다. 상징계에 탄생한 주체는 채워질 수 없는 근원적인 욕망을 가진 결여absence의 존재이다.[1] 주체의 탄생은 상상계에서 사회적

1) 욕망은 환유이고, 기표이다. 죽음만이 욕망을 충족시킨다. 아무것도 욕망하지 않는 것은 죽음이다. 대상을 실재라고 믿고 다가서는 과정이 상상계이고, 그 대상을 얻는 순간이 상징계이다. 여전히 욕망이 남아 그 다음 대상을 찾아나서는 게 실재계이다.

역할을 하며, 타인과 구분되는 상징계 속의 위치를 인식한다. 주체가 상징계에 진입한 후에도 욕망은 사라지지 않고, 무의식에 숨어 있게 되어 인간은 상상계와 상징계의 중간에 있으며, 주체의 원초적 분열이 이루어진다.[2] 인간의 무의식 속에 숨어 있는 욕망이 새로운 대상을 찾아 나서는 과정이 실재계the real이다.

이명준은 어린 시절 어머니에게 충분한 사랑을 받지 못했다. 아버지는 늘 그들을 떠나 있었고, 어머니는 어려운 생활 때문에 바빴다. 그래서 이명준은 어머니에 대한 기본적인 욕구를 충족할 수 없었다. 유년 시절의 욕구 불만은 성인이 된 후 그의 성격에 많은 영향을 주었다. 비관적인 남한 정치 현실과 월북한 아버지로 인한 남한 정부의 정신적, 육체적 폭력은 그를 현실에서 더욱 멀어지게 했다. 현실에서 벗어나기 위해 그가 선택한 것은 윤애와의 사랑이다. 윤애와의 사랑은 이명준을 불안한 현실에서 조금은 안정시켜 주었다.

이명준은 폭력적인 남한 사회에 안정하지 못하고, 그가 남한 현실에서 충족할 욕망의 대상을 윤애라고 믿는다. 윤애에게 다가감으로써 그의 욕망을 충족시킬 수 있다고 여긴다. 이명준이 윤애를 욕망 충족의 대상이라 여기고, 윤애에게 다가가는 과정이 '상상계'이다. 그리고 윤애의 사랑을 얻는 순간이 '상징계'이다. 이것이 현실을 인식하는 과정이다. 그러나 윤애와의 사랑에도 불구하고 이명준은 불안함을 느끼고,

---

주체의 욕망을 충족시킬 것처럼 보이는 대상이 은유이다. 그러나 욕망을 만족시키지 못하고 다음 대상으로 자리를 바꾸는 것이 환유이다. 그러므로 욕망은 은유와 환유로 이루어져 있다. 그리고 프로이트는 『쾌락원리를 넘어서』에서 죽음만이 욕망을 충족시킬 뿐이라고 하였다. J. 라깡(2004), 『욕망이론』, 20면.

2) 아이는 어머니와 결합이 주는 충만감에 평온함과 행복을 느낀다. 어머니와 아이의 관계를 라깡은 어머니의 근원적 욕망의 상징인 남근the phallus으로 설명한다. J. 라깡(2004), 『욕망이론』, 40~51면 참조.

새로운 욕망의 대상을 찾아나서는 게 '실재계'이다. 이명준의 욕망을
기표로 하여 기표의 환유 과정을 도식화하면 다음과 같다.

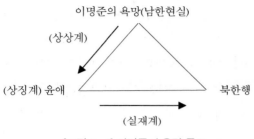

[그림 2-1] 이명준의 욕망 구조-1

　남한에서 불안한 삶은 이명준에게 새로운 욕망의 대상을 찾게 한
다. 그 대상은 윤애이다. 윤애는 이명준이 충족하지 못한 사랑을 요구
하기에 좋은 대상이다. 윤애의 사랑을 얻게 된 이명준은 새로운 희망과
의욕을 가진다. 그러나 그 시간은 길지 않다. 그의 불안한 심리는 윤애
가 자신을 사랑하고 있음을 알면서도 새로운 욕망의 대상을 찾아 떠
나게 한다.

　어릴 때 어머니로부터 충족되지 못한 욕망은 그가 사랑하는 윤애를
만났음에도 불구하고 그것에 만족할 수 없도록 한다. 윤애를 대신할 새
로운 욕망의 대상은 북한행이다. 그는 왜 북한을 택했을까? 남한에서
노력할 여지가 충분히 있음에도 불구하고 그는 월북한다. 그의 무의식
속에는 아버지에 대한 환상과 북한에 대한 막연한 기대감이 있었기 때
문이다. 이것은 이명준의 욕망이 다시 상상계로 진입하는 과정이다. 그
가 의식하지 못하고 있던 아버지와 북한에 대한 환상은 남한 사회의 폭
력 앞에 그를 굴복시키고, 그의 무의식 세계에 있는 생각들을 의식적으

로 행동하게 한 것이다. 그를 분노하게 하는 남한의 폭력적 현실은 그가 경험하지 못한 새로운 세계로 그를 이끈다.

이명준의 욕망은 폭력적인 남한 사회에서 윤애에게로 환치되고, 윤애의 사랑을 얻었음에도 그의 욕망은 채워지지 않는다. 결국 다른 욕망의 대상을 찾아 북한행을 결심한다. 이명준은 욕망하는 대상을 얻고도 자기 욕망에 만족하지 못하고 새로운 대상에 대한 환상을 꿈꾼다. 이명준의 욕망 대상은 기표로서 자리바꿈을 반복한다. 그것은 이명준의 어릴 적 원초적인 욕구에 대한 결핍의 결과이고, 주체적 사랑에 대한 실패를 초래한다.

> 그는 꿈을 꾸었다. 광장에는 맑은 분수가 무지개를 그리고 있었다. 꽃밭에는 싱싱한 꽃이 꿀벌들 닝닝거리는 속에서 웃고 있었다. 페이브먼트는 깨끗하고 단단했다. 여기 저기 동상이 서 있었다. 사람들이 벤치에 앉아 있었다. 아름다운 처녀가 분수를 보고 있었다. 그는 그녀의 등 뒤로 다가섰다. 돌아보는 얼굴을 보니 그녀는 그의 애인이었다. 그녀의 이름을 잊은 걸 깨닫고 당황해 할 때 그녀는 웃으며 그의 손을 잡았다.
> "이름 같은 게 대순가요?"
> 참 이름이 무슨 쓸 데람. 확실한 건, 그녀가 내 애인이라는 것뿐. 그녀는 물었다.
> "왜 이렇게 늦으셨어요?"
> 그는 창피한 생각이 들었다. 그러나 얼른 둘러댈 말이 떠오르지 않았다.
> "그래도 이렇게 왔으면 되잖아요?"
> "그야 그렇죠. 마음 상하셨어요? 이런 말 물어서?"
> 그는 아니라고 고개를 저으면서 그녀를 끌어 안았다.(116~117면)

지그문트 프로이트Sigmund Freud는 『꿈의 해석Die Traumdeutung』에서 "꿈은 완전한 심리적 현상이며, 또한 어떤 소망의 충족이다."라고 말했다. 꿈은 우리가 이해할 수 있는 생시의 정신활동에 속하며, 복잡한 정신활동에 의해 만들어진다. 꿈은 소망의 충족이지만 공포의 실현일 수도 있고, 반성을 내용으로 하는 꿈일 수도 있다. 또 어떤 기억의 재현일 수도 있다.[3]

이명준은 월북을 결심하고, 윤애와 함께 가기를 갈망한다. 그러나 윤애는 그에게 알 수 없는 사람이다. 어떤 날은 뜨겁게 그를 받아주다가 다른 날은 알 수 없는 터부의 벽으로 그를 밀어낸다. 그는 윤애에게 함께 가자고 요구하지 못한다. 이명준의 윤애에 대한 욕망은 그날 밤 꿈에서 그녀의 이름을 잊은 애인으로 나타난다. 그는 그녀와의 월북이 불가능함을 알기에 그녀를 더욱 갈망한다. 꿈속에서나마 그녀를 그가 원하는 광장에서 만나고 싶었던 것이다. 새로운 것에 대한 이명준의 욕망은 윤애에 대한 불안감과 북한행에 대한 두려움이 꿈으로 나타난 것이다. 결국 그는 그녀에게 한 마디 말도 남기지 않고 월북한다. 그가 바라는 새로운 욕망의 대상이 그곳에는 있으리라고 믿으면서.

---

3) 꿈의 소망 충족의 예를 들면, 젊은 시절 프로이트는 밤늦게까지 일하는 습관이 있어서 아침에 일찍 일어나는 것이 질색이었다. 그럴 때면 그는 침대에서 일어나 세면대 앞에 서 있는 꿈을 꾸곤 했다. 조금 지나서 그는 자신이 아직 자고 있다는 사실을 알게 된다. 어린이의 잠꼬대와 꿈은 내적內的인 본질의 소망 충족이라고 할 수 있다. 소아기에는 성적性的 욕망을 모르기 때문에 행복하다고 하면서도, 삶의 욕망 중 하나인 식욕이 많은 환멸과 체념, 풍부한 꿈 자극의 원천이 될 수 있다. 사람들은 현실에서 무엇인가 기대를 뛰어넘은 것을 대하면 기뻐서 "정말 꿈에도 생각지 못한 일이야!"라고 외치기도 한다. S. 프로이트, 『꿈의 해석』, 홍성표 역, 홍신문화사, 2009, 65~70면 참조.

3. 북한 현실에서 욕망의 대상

이명준은 남한 사회의 반인권적 폭력성을 비판하며, 혁명의 이데올로기가 지배하는 북한 사회로 넘어간다. 그러나 북한 사회의 불합리성은 그를 다시 절망하게 한다. 북한에는 개인의 자유가 존재하지 않고, 집단의 정신적 폭력만이 난무한다. 이명준은 남한에서 안일했던 자신의 삶에 절망하고, 북한에서 매서운 질시를 받는다. 북한 사회는 현실에서 일어나는 모든 일이 당의 정해진 공식으로 이루어진다. 그는 혁명으로 이루어진 북한 사회가 프랑스 혁명과 러시아 혁명처럼 흥분과 정열로 가득하리라 여겼다. 하지만 북한 사회는 이데올로기의 구호와 허상만 있었다.

> '이명준 동무는, 혼자서 공화국을 생각하는 것처럼 말하는군. 당이 명령하는 대로 하면 그것이 곧 공화국을 위한 거요. 개인주의적인 정신을 버리시오'라구요. 아하, 당은 저더러는 생활하지 말라는 겁니다. 일이면 일마다 저는 느꼈습니다. 제가 주인공이 아니고 '당'이 주인공이란 걸. '당'만이 흥분하고 도취합니다. 우리는 복창만 하라는 겁니다. '당'이 생각하고 판단하고 느끼고 한숨지을테니, 너희들은 복창만하라는 겁니다. 우리는 기껏해야 '일찍이 위대한 레닌 동무는 말하기를……' '일찍이 위대한 스탈린 동무는 말하기를……' 그렇습니다. 모든 것은, 위대한 동무들에 의하여, 일찍이 말해져버린 것입니다. 이제는 아무 말도 할 말이 없습니다.(122면)

이명준이 바라본 북한은 개인의 흥분이나 감격이 없고 무기력만이 만연한 사회이다. 북한 사회의 개인은 체제에 의해 억압받는 남한 사회의 개인과 같은 모습으로 보인다. 북한 사회에 군림하는 사회주의 이데올로기는 개인의 자유로운 사유와 행동을 통제하는 권력적·정신적 억압이다.

이명준이 새롭게 꿈꾸던 희망의 북녘 땅은 그에게 당黨의 가르침만을 외치는 잿빛 공화국이다. 따라서 북한에서 생활은 그의 욕망을 총족시키지 못한다. 그는 새로운 욕망의 대상을 찾고, 그의 새로운 욕망의 대상은 은혜이다. 은혜와의 만남은 그의 욕망에 대한 완전한 충족이다.

불안한 북한 현실에서 욕망의 대상인 은혜의 사랑을 얻기 위한 과정이 '상상계'이다. 그리고 은혜의 충만한 사랑을 얻기 위해 노력하는 과정이 '상징계'이다. 그러나 은혜의 모스크바행으로 인해 그의 욕망 충족에 대한 환상은 깨어지고, 그는 새로운 욕망의 대상을 찾아 1950년 8월 한국전쟁 속으로 들어간다. 이것이 '실재계'이다. 북한에서 이명준의 욕망을 기표로 하여 환유과정을 도식화하면 다음과 같다.

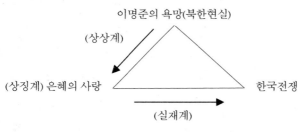

[그림 2-2] 이명준의 욕망 구조-2

사랑의 말에서는, 남자가 얼간이고 여자가 재치있게 마련이었다. 남자가 고지식하고 여자가 교활하다는 말일까. 남자는 따지고 여자는 믿는다는 까닭에서일까. 명준은 윤애를 자기 가슴에 안고 있으면서도, 문득문득 남을 느꼈었다. 은혜는 윤애가 보여주던 순결 콤플렉스는 없었다. 순순히 저를 비우고 명준을 끌어들여 고스란히 탈 줄 알

왔다. 그런 시간이 끝나면 그녀는 명준의 머리카락을 애무했다. 가슴
과 머리카락을 더듬어오는 손길에서 그는 어머니를 보았다. 어머니
와 아들, 아득한 옛적부터의 사람끼리의 몸짓.(138면)

이명준은 스스로 '졌을 때에만' 한 여인에게 매달릴 수 있음을 인정
한다. 은혜가 북한 현실에서 도피처로의 사랑이었지만, 그녀를 대하는
감정은 다르다. 이명준은 윤애를 떠나왔기에 스스로 '죄인'이 되고, 은
혜는 그에게 아낌없는 사랑을 주었으므로 마치 '아들'이 된 듯하다.[4]

이명준은 윤애를 사랑했다고 생각한다. 자신은 사랑이라고 생각하
지만, 그것은 현실에 안주할 수 없었던 도피처로서 윤애에 대한 집착이
고 본능일 뿐이다. 무의식적으로 그는 윤애와 은혜에게 어머니에 대한
감정을 느끼려고 한다. 어머니에게 받지 못한 사랑을 그녀들에게 요구
하는 것이다.

은혜에 대한 이명준의 사랑은 어머니에 대한 사랑으로 완벽하게 대
체된다. 그는 어머니에게 받아보지 못한 사랑을 은혜로부터 받으며, 그
녀의 사랑을 어머니의 사랑으로 동일시한다. 어머니와 같은 은혜의 아
낌없는 사랑은 이명준에게 만족감을 주고, 그러한 만족감은 이명준이
그녀를 배신할 수 없는 요소로 작용한다. 은혜가 모스크바 예술제로 석
달 동안 떠나있어야 한다고 말하자, 이명준은 아이처럼 은혜에게 가지
말라고 떼를 쓴다. 은혜가 모스크바로 가면 돌아오지 않을지도 모른다
는 막연한 불안감은 어린 시절 늘 가족을 떠나 있던 아버지의 모습과
상치相値한다. 그로 인한 어머니와의 외로운 생활은 어머니마저 돌아가
시자 이명준의 심리적 불안감을 더욱 커지게 했을 것이다. 지금 그가

---

4) 이동하는 은혜를 향한 이명준의 마음이 '섹스에의 경련적인 함몰'이라는 특징을 지
닌다'고 본다. 이동하(1988),「崔仁勳의「廣場」에 대한 재고찰」, 169면.

믿고 사랑하는 은혜가 얼마 동안이라도 곁에 없으면 그가 느끼는 심리적 불안감은 그의 생활을 더욱 외롭고 힘들게 할 것이다. 그의 애절한 부탁과 약속에도 불구하고 은혜는 그를 남겨두고 모스크바로 떠난다. 그러나 이명준은 은혜를 잊지 못하고 그녀를 더욱 갈망한다. 그녀의 풍부한 사랑 표현은 윤애와 달랐고, 그는 은혜의 배신을 용서할 만큼 그녀를 사랑하고 의지했던 것이다. 이명준은 어머니로부터 충분한 사랑을 받지 못했지만 어머니를 원망하지 않고, 무의식 속에서 어머니를 그리워하고 있다. 이것은 이명준의 은혜에 대한 사랑에서 드러난다. 그는 은혜의 어떠한 잘못도 용서하며, 오히려 그녀의 존재감이라도 느끼기를 바라는 그의 마음은 이후 은혜의 죽음에서 삶의 의욕을 잃은 모습으로 나타난다.

이명준의 현실 도피처는 '여자'이다. 어머니에게 사랑받지 못한 무의식적인 욕망을 윤애와 은혜에게서 충족하려 한다. 어릴 적 성적 욕구 불만은 어른이 되어서 자기애의 리비도로 표현된다. 무의식 속에 있는 욕구 불만은 건전한 이성과의 관계에서 정신적인 신경증으로 드러난다. 자기애의 리비도는 과대망상의 원천이며, 과대망상은 연애생활의 경우에 볼 수 있는 대상의 성애적 과대평가라고 할 수 있다. 이것은 정신병의 일종이고, 정상적인 연애생활과 비교하여 이해할 수 있다. 윤애와 은혜를 향한 이명준의 욕망 충족은 대상 리비도로 볼 수 있다.5)

---

5) 리비도는 정신의학자 S. 프로이트가 정신분석학에서 쓴 용어로, 욕망이나 생명적 충동 등 인간의 모든 행동 속에 숨어 있는 근원적 욕망을 뜻하며, '성욕 에너지' 라고 말한다. 리비도는 태어나면서 서서히 발달하는 것으로, 처음에는 자신의 육체로 향하나 성장하면서부터 자기 이외의 것으로 향한다. 리비도는 발달했다가 다시 되돌아가기(퇴행)도 하는데, 자아로 향하는 경우에는 나르시시즘적(자기애) 리비도라고 하고, 다른 사람이나 사물로 향하는 것을 대상 리비도라고 한다. 프로이트는 대상에 부속되어 있는 리비도, 즉 대상에 의해 만족을 얻으려 하는 욕구의 표현인 리비도가 이 대상을 버리고 자신을 이에 대치하는 일이 있다고 주장하며, 이를 '나르시시즘'이

이명준의 욕망 대상은 윤애나 은혜에게 존재하는 것이 아니라, 이명준 내부의 또 다른 대상에 대한 욕망을 상대방으로 착각하는 '환상幻想'이다. 이명준이 윤애와 은혜의 사랑을 얻든지, 얻지 못하면 죽으려는 것은 이명준 자신이 윤애와 은혜의 사랑의 대상이 되겠다는 자기 욕망과 나르시스적 환상의 표출인 것이다.

여러 부분에서 이명준은 욕망에 대한 애정결핍 양상을 보여주고 있다. 그로 인해 그는 현실에 만족하지 못하고 그가 바라는 환상 세계로 도피한다.

4. 타고르호에서의 환상

현실 적응에 실패한 이명준은 자신의 눈에 보이는 현상들이 현실인지 환상인지 혼동한다. 그의 정신세계는 정체성 확보와 본능적 자아의 욕구를 바탕으로 이상적 자아ideal-I에 대해 끊임없이 환유한다. 그의 환상은 갈매기의 등장으로 표현된다. 그가 가는 곳마다 갈매기는 그에게 무언가 암시하는 존재로 나타난다.

한국전쟁에 참여한 이명준은 전쟁 포로가 되고, 포로 송환 과정에서 중립국을 선택한다. 남한과 북한 어디에도 자신의 안식처는 없다고 단정하고, 새로운 삶을 위하여 중립국을 택한다. 그러나 중립국으로 향하는 배 위에서 일어나는 잦은 충돌은 그에게 또 다른 좌절감을 안겨준다.

라고 말한다. 성애의 도착에서 성인이 된 개인이 보통 자기 이외의 성적 대상에 쏟는 애정의 전체를 통틀어 자기 신체에 주는 것이다. S. 프로이트(2008), 『프로이트 정신분석학 입문』, 329~348, 421면 참조.

조금만 더 죄면 끝장이 날 것 같았다. 그때 명준의 시야에 퍼뜩 들어온 것이 있다. 그 인물이 보고 있다. 저쪽, 둘러선 사람들의 머리너머, 브리지쪽으로 난 문간에, 휙 모습이 나타났다가, 사라지는 것이었다. 왜 그런지, 순간 그의 팔에 맥이 풀리며, 자기 몸이 돌면서 배 위에 다른 몸의 무게를 느낀다.(104면)

중립국을 향하는 배 위에서 이명준과 김은 싸운다. 예전에 그들의 요구를 듣기만 하던 이명준이 아니다. 포로 상륙 문제는 이명준이 해결할 수 없는 것이다. 김을 죽일 수 있는 순간이다. 그때 갈매기가 나타나 그를 혼란스럽게 한다. 이명준은 갈매기가 실재實在인지 환각幻覺인지 알 수 없다. 그는 갈매기가 그를 바라보는 것을 느끼고, 그의 시선은 갈매기에게 옮겨진다. 여기서 시선과 응시의 분열이 이루어진다.6) 동료 포로들은 이명준을 바라보고, 이명준은 동료 포로들을 바라본다. 그 다음 갈매기가 이명준을 바라보고, 이명준이 갈매기를 바라본다. 이러한 시선은 바라보는 것과 보여짐의 이동이다. 보여짐은 바라봄을 앞선다. 이명준을 중심으로 한 시선 이동은 그를 혼란스럽게 하며, 여기서 자아 분열이 이루어진다. 이명준의 시선에 의한 자아 분열 현상은 그를 더욱 환상 세계로 빠져 들게 한다. 이명준을 향한 보여짐과 바라봄의 시선 이동을 도식화하면 다음과 같다.

---

6) 시선이란 보는 사람의 시선에 선행하는 '발아shoot, pousse'의 은유이다. 메를로–퐁티의 『지각의 현상학』을 참고하면, 우리가 규정할 수 있는 것은 응시가 시선을 앞서 존재한다는 것이다. 나는 한 곳만을 바라보지만 나는 모든 방향에서 보여진다. 분열은 우리가 어떤 것을 볼 때 접하게 되는 한계성을 의미한다. 응시는 시야에서 우리가 발견한 것을 상징하며, 신비로운 우연의 형태로, 갑작스럽게 접하게 되는 경험, 즉 거세공포를 형성하는 결여로 제시된다. 시선과 응시, 시각의 영역에 충동drive이 나타나는 곳이 바로 시선과 응시의 분열이다. J. 라깡(2004), 『프로이트 정신분석학 입문』, 204~205면 참조.

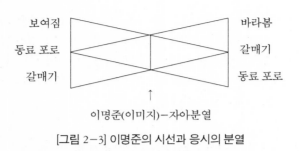

보여짐 ――――――――― 바라봄

동료 포로 ――――――――― 갈매기

갈매기 ――――――――― 동료 포로

↑

이명준(이미지)―자아분열

[그림 2-3] 이명준의 시선과 응시의 분열

이명준은 배를 타면서 줄곧 자신을 쫓는 시선을 느낀다. 그 시선은
갈매기이다. 갈매기는 무엇을 일깨우기 위해 그를 쫓는 것이며, 그는
왜 그러한 갈매기를 쫓아 총부리를 겨누는 것인가. 갈매기와 이명준은
계속 숨바꼭질을 하며 서로 쫓는다. 자신을 쫓는 존재가 무엇인지 모르
고 막연한 환상 속에서 들려오는 목소리와 그를 쫓는 눈빛은 현실에서
도피하려는 내면의 환영幻影과 목소리이다. 남한과 북한, 윤애와 은혜.
어디서도 안주할 수 없는 이명준의 현실은 자아 정체성에 대한 욕구와
원초적 욕망을 끊임없이 갈구한다. 충족될 수 없는 현실의 절망적인 상
태는 그로 하여금 현실을 도피하게 한다.

> 총구멍에 똑바로 겨눠져 엎혀진 새가 다른 한 마리의 반쯤한 작은
> 새인 것을 알아 보자 이 명준은 그 새가 누구라는 것을 알아 보았다.
> 그러자 작은 새하고 눈이 마주쳤다. 새는 빠히 내려다 보고 있었다.
> 이 눈이었다. 뱃길 내내 숨바꼭질해온 그 얼굴 없던 눈은. 그때 어미
> 새의 목소리가 날아왔다. 우리 애를 쏘지 마세요? 뺨에 댄 총몸이 부
> 르르 떨었다.(194~195면)

총부리를 겨누는 이명준의 눈에 보이는 갈매기는 은혜와 그의 딸이
다. 그것이 환상일지라도 그의 눈에는 은혜와 딸이다. 이명준은 의식적

으로 은혜와 딸에 대해 잊으려고 노력한다. 그러나 그의 무의식 속에는 은혜와 딸이 자리잡고 있다. 잊으려고 해도 잊을 수가 없는 것이다. 자신의 과거를 잊으려고 중립국을 택하고, 아무도 모르는 곳으로 가서 자신의 본성을 잊은 채 성격을 마음대로 골라잡아 살고 싶었다. 결국 그의 의식과 무의식은 자아 분열을 일으키며 그가 어디로 가야할지 결정하지 못한다. 주체의 분열은 그에게 현실보다는 환상을 쫓게 하며, 그는 현실과 환상 세계를 혼동한다.

이명준은 중립국으로 향하는 배에서 그의 욕망의 대상인 눈빛을 쫓는다. 이명준의 욕망이 눈빛을 쫓는 과정이 '상상계'이다. 그리고 눈빛의 주인이 은혜와 딸의 분신으로 여겨지는 갈매기임을 깨닫는 과정이 '상징계'이다. 또, 갈매기들이 유영하는 푸른 바다로 새로운 욕망의 대상을 찾아나서는 것이 '실재계'이다. 그의 실재계는 결국 푸른 바다인 죽음을 상징한다. 그의 욕망의 환유 과정을 도식화하면 다음과 같다.

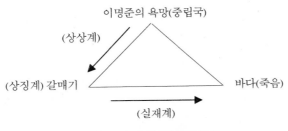

이명준의 욕망(중립국)

(상상계)

(상징계) 갈매기

바다(죽음)

(실재계)

[그림 2-4] 이명준의 욕망 구조-3

이명준은 과거를 잊을 수도 없고, 과거에서 벗어날 수도 없다. 과거의 삶이 그의 욕망을 충족시키지 못했고, 현재의 삶도 그의 욕망을 충족시키지 못한다. 미래의 삶에서 그것을 충족하기 위해 중립국을 택한 것은 아니다. 중립국을 선택한 것은 자신의 욕망 충족을 포기한 삶인 것이다. 중립국에서 희망은 없다. 그저 과거만 잊으면 되는 것이다. 이러한 그의 마음은 갈매기의 출현과 그것을 인식함으로써 자신을 도피자로 만든다. 갈매기가 은혜와 딸의 환영으로 보여짐으로 이명준은 현실에 안주하지 못하게 된다. 그러나 현실을 도피해서 살 수 있는 곳이 그에게는 없다. 이명준은 은혜와 딸을 떠나서는 행복할 수 없음을 깨닫는다. 과거로부터 도피할 수 없는 혼동된 정신세계는 그를 푸른 광장이라 부르는 푸른 바다로 인도한다. 마침내 이명준은 갈매기를 따라 그녀들이 있는 푸른 바다로 뛰어든다.

최인훈은『廣場』에서 이명준이 삶에 대한 허무주의로 물에 들어간 것이 아니라 정상인으로 지각의 세계가 잘못되어 바다로 뛰어들었으며, 문학적 상징으로 분석하면 환상 속에서의 생의 완성이라고 말한다.7) 이명준은 자아분열로 인해 판단력을 상실했지만, 그는 자신이 바라던 이상적인 자유의 광장을 찾아간 것이다.

5. 이명준의 심리 세계

에리히 프롬Erich Fromm은 고립된 인간의 불안정성으로 '도피의 메카니즘'을 설명한다. 개인에게 안정감을 주던 관계가 끊어지고, 완전히 분리된 실체로서 외부 세계와 직면하면, 무력감과 고립감의 참을 수 없는 상태를 극복해야 하는 두 개의 과정이 나타난다. 하나는 정서적이고, 감각적이며, 지적인 능력을 진정으로 표현하며, 성실성과 독립성을 포기하지 않고, '적극적인 자유'로 나아가는 것이다. 다른 하나는 자유

---

7) 김현, 「변동하는 시대의 예술가의 탐구」,『최인훈』, 서강대학교 출판부, 1999, 32면.

를 포기하는 것으로 개인적 자아와 세계와의 사이에 생긴 분열을 소멸시킴으로써 고독감을 극복하는 것이다.[8] 『廣場』에서 이명준은 자아와 세계의 분열에서 생긴 고독감을 극복하기 위해 현실의 자유를 포기하고, 환상 속의 자유를 선택한다.

　　순간 그의 주먹이 태식의 얼굴을 갈겼다. 수갑이 채인 손으로 얼굴을 가리며 쓰러지는 태식을, 발길로 걷어찼다. 태식의 얼굴은 금시 피투성이가 됐다. 그 핏빛은, 몇 해 전 바로 이 건물에서, 형사의 주먹에 맞아서 흘렸던, 제 피를 떠올렸다. 그때 형사가 하던 것처럼, 태식의 멱살을 잡아일으켜, 또 한 번 얼굴을 갈겼다. 제 몸에 그 형사가 옮아 앉은 것 같은 환각이 있었다. 사람이 사람의 몸을 짓이기는 버릇은 이처럼 몸에서 몸으로 옮아가는 것이구나. 몸의 길. 그는 발을 들어, 마루에 엎어진 태식의 아랫배를 차질렀다. 꼭 제 몸이 허수아비 놀 듯, 자기와 몸 사이에 짜증스런 겉돎이 있었다. 그 틈새를 없애려고, 쉬지 않고 팔과 다리를 놀렸다. 태식은 더 움직이지 않고 마루에 배를 깔고 누워있었다. 쭈그리고 앉아서 죄수의 코에 손을 대 보았다. 다음에 가슴을 짚어 보았다. 죽진 않았어. 허리를 펴고 일어서면서 아래 주머니를 찾아 손수건을 꺼냈다. 손에 묻었던 피를 빨아들인 수건은 금방 질척거렸다. 아직도 깨끗한 가장자리를 써서 손톱까지 말끔히 닦은 다음, 그것을 방 귀퉁이를 향하여 집어던졌다.(158면)

한국전쟁이 일어나고, 이명준은 공산군이 되어 서울로 들어온다. S서 취조실, 그는 자신이 고문 받던 장소에서 은인의 아들이자 자신의 친구였던 태식을 심문한다. 태식이 끌려왔다는 소식과 고문을 받아 망가진 그의 모습에 이명준은 이상한 쾌감을 느낀다. 이명준은 태식을 심

---

8) 도피의 메카니즘으로는 권위주의와 파괴성과 자동순응성을 들 수 있다. E. 프롬, 『자유로부터의 도피』, 원창화 역, 홍신문화사, 2009, 119~120면 참조.

문할 때, 예전에 남한에서 자신이 당했던 그대로 폭력성을 드러내며 고문한다. 그때 그를 고문하던 형사의 혼이 그대로 그의 몸에 옮겨 붙은 것 같다. 이명준은 태식이 남한에서 자신과는 다른 가치관을 지니고 있다고 여겼다. 감히 넘볼 수 없는 신분의 태식을 지금 고문하는 것은 그에게 열등감과 과거 자신의 하찮음을 해소하는 모습으로 나타난다. 이명준의 무의식 속에는 태식에 대한 강한 열등감이 잠재되어 있다. 태식을 고문하면서 느끼는 쾌감은 마조히즘적인 경향을 보여준다.[9]

이는 다시 만난 윤애를 대하는 이명준의 태도에서도 드러난다.

> "왜 이러세요? 사정을 아시면서."
> 명준은 허하게 웃었다.
> "사정? 옛날 애인이지만, 지금은 친구의 부인이라는? 알아. 아니깐 그러는 거야."
> 그는 한 발 다가섰다.
> "용서해주세요. 이러지 마세요."
> 그녀의 말이 명준의 가슴에 불을 댕겼다. 됐다.
> "용서? 무얼 용서하란 말이야. 어떻게 용서해야 하는지 가르쳐 줘."
> 그는 물러서는 그녀를 따라 한 발씩 따라갔다.
> "윤애. 난 지금도 윤앨 사랑해."
> "정말 그러시다면 저를 모욕하지 말아주세요."

---

9) 자유로부터의 도피는 인간이 개인적 자아의 독립을 포기하고, 결여된 힘을 얻기 위해 외부의 어떤 사람이나 사물에 자신을 융합시키려는 경향이 있다. 이것은 복종과 지배를 표현하는 마조히즘과 사디즘의 경향을 나타낸다. 마조히즘적인 성향은 열등감, 무력감, 개인적인 하찮음에 대한 감정 등으로 나타난다. 의식적으로 감정에 불만을 품고 벗어나려 하지만, 무의식적으로 내부에 잠재되어 있는 힘에 의해 스스로 무력하고 중요하지 않은 존재로 느낀다. 외부 힘에 의존하려는 성향이 뚜렷하고, 극단적인 경우에는 자기를 해치고 괴롭히는 성향까지 있다. E. 프롬(2009), 『자유로부터의 도피』, 121~137면 참조.

"무슨 소릴. 사랑한대두. 모욕? 그 부르주아적 상투어를 버려. 윤애
는 아직도 바보군. 그 동안에도 그걸 배우지 못했나?"

윤애를 벽에 밀어 붙였다. 한 손으로 그녀의 팔을 붙잡아 벽에다
붙박아 움직이지 못하게 했다. 그녀는 붙잡힌 팔을 빼려고 얼굴이 뻘
겋게 달았다. 그녀의 이마에 솟은 땀방울을 찬찬히 들여다 보았다. 왜
그녀는 마다해야 할까. 그때도 이렇게 마다했다. 그 때와는 달라. 그
때는 난 너한테 반한 참한 젊은이였지. 지금은 이긴 자로서 너를 능욕
하려는 거다. 저고리 동정에 손가락을 걸어 아래로 잡아 찢었다. 앞죽
지가 떨어져 나갔다. 그녀는 숨결이 한꺼번에 높아지면서 주저앉을
듯이 했다.(160~161면)

오랜 기간은 아니더라도 윤애는 이명준이 사랑했던 여자이다. 그런
여자를 오랜만에 다시 만났다면 어느 정도 연민은 남아있을 것이다. 그
러나 남녀 간의 일을 어떤 정의로 규정할 수는 없지만, 이명준의 태도
에는 분명 사랑했던 여자에 대한 연민이 보이지 않는다. 그가 윤애를
떠난 것이지, 윤애가 그를 떠난 것이 아니다. 그럼에도 윤애가 그에게
잘못을 빌고 용서해달라는 것은 정상적인 관계가 아님을 보여준다. 윤
애에 대한 이명준의 행동은 사디즘적인 충동에 의한 권위주의 모습을
보여준다.

은혜와의 사랑에 실패하고 북한 사회에 적응하지 못한 이명준은 파
괴적인 모습을 보이며, 자기 분열적인 내면세계를 가학적으로 드러낸
다. 태식과 윤애를 대하는 폭력적인 모습은 이데올로기의 폭력성과 현
실도피적인 권위주의 모습을 나타낸다.

마조히즘masochism과 대조되는 사디즘sadism의 성향은 타인을 도구화
하거나, 타인을 절대적으로 지배하고, 타인을 고통스럽게 만들거나, 타
인이 괴로워하는 것을 지켜보려는 욕망이다. 사디즘적인 인간은 자신

이 지배하고 있다고 느끼는 대상을 명백하게 사랑한다. 그들을 사랑하기 때문에 그들의 삶을 지배하는 것이라고 생각한다.

토마스 홉스Thomas Hobbes는 '권력을 추구하는 욕망, 죽음으로만 멈추게 할 수 있는 끊임없는 욕망'의 존재를 '전 인류에게서 볼 수 있는 일반적인 성향'이라고 말한다.10) 그에게 권력추구는 악마적인 것이 아니라, 쾌락과 안전을 추구하는 욕망의 합리적인 결과이다. 마조히즘과 사디즘의 성향은 권위주의적인 도피의 메카니즘이다.11)

이명준은 폭력적이고 파괴적인 모습으로 타인을 학대하고, 자신도 학대한다. 결국 현실 적응에 실패하고, 전쟁 속에서 도피처를 찾는다. 이 과정에서 현실적 욕구의 억압은 거짓 욕구로 대치되고, 본래 자아가 거짓 자아로 대치된다. 자아의 상실과 함께 나타나는 거짓 자아의 대치는 개인을 심한 불안상태로 만든다. 이것은 타인의 기대에 대한 반영이며, 자신의 완전성을 상실하고 회의懷疑를 나타낸다.

『廣場』은 이명준이라는 인물을 주인공으로 하여 그가 끊임없이 현실세계에 적응하려고 시도하는 모습을 보여준다. 그러나 결국 이러한 노력에도 불구하고 그는 현실 적응에 실패를 반복하면서 현실 도피 경향을 보인다. 그리고 푸른 바다를 유영하는 자유를 꿈꾸며 환상 세계로 떠난다.

---

10) E. 프롬(2009), 『자유로부터의 도피』, 125~126면 재인용.
11) 도피의 메커니즘에서 파괴성은 참을 수 없는 개인의 무력감과 고립감에 기인하며, 외부 세계를 파괴함으로써 벗어날 수 있다. 외부 세계로부터의 위협을 모두 제거함으로써 자기를 강화한다. 도피의 메커니즘에서 자동순응성은 개인이 자기 자신이 됨을 그치고 변화하는 것이다. 문화적인 양식에 의해 부여되는 성격을 완전히 받아들이고, 모든 사람들과 동일하고, 다른 사람들이 자신에게 기대하는 상태로 변화한다. E. 프롬(2009), 『자유로부터의 도피』, 152~158면 참조.

인간은 끊임없이 무엇인가 욕구하고, 그 대상을 찾아 헤맨다. 그 대상을 찾아 원하는 것을 이루면 안주해야 하지만, 또 다른 대상을 찾아 떠난다.『廣場』에서 이명준은 현실 적응에 실패하고 끊임없이 새로운 것을 찾아 나선다.

이명준의 욕망은 상상계, 상징계, 실재계에 의한 대상의 환유 과정을 통해 표현하고 있다. 어린 시절 어머니로부터 충족하지 못한 욕구를 성인이 되어 그 대상을 바꾸어가며 충족하고 있다. 이명준이 추구하는 첫 번째 욕망은 어린 시절 충족되지 못한 어머니의 사랑이다. 어머니로부터 충족되지 못한 사랑은 성인이 되어서도 그를 현실에 안주하지 못하게 만드는 결정적인 요인이 되었다. 두 번째 욕망은 윤애에 대한 사랑이다. 윤애는 폭력적인 남한 사회에서의 도피처이고, 그녀는 그의 욕망을 어느 정도 충족시켰다. 그러나 그는 새로운 욕망을 찾아 북한 사회로 떠난다. 세 번째 욕망은 은혜에 대한 사랑이다. 은혜는 정신적 억압이 난무하는 북한 사회에서의 도피처이고, 어머니의 사랑을 대신할 만큼 그의 욕망을 충족시켰다. 그러나 그의 욕망에 대한 환상은 은혜의 죽음으로 깨어지고, 그는 새로운 욕망의 대상을 찾아 떠난다. 은혜의 죽음은 이명준을 중립국이라는 도피처로 인도한다. 그러나 중립국으로 향하는 타고르호에서 동료 포로들과의 충돌은 현실에서 그가 안주할 곳이 없다는 것을 깨닫게 한다. 결국 이명준은 은혜와 딸의 환영으로 보이는 갈매기를 따라 푸른 바다로 뛰어든다.

현실과 이상의 타협점을 찾지 못하고, 욕망의 대상을 계속 환유하는 이명준의 행동은 결국 자아를 분열시키고, 현실에서 주체적 삶을 실패하게 한다. 자아가 분열된 상태에서 이명준의 심리 세계는 타자와의 소통이 단절되어 고립된다. 그의 심리 세계는 현실과 환상이 혼재되어 주체적 삶을 살아갈 수 없게 한다. 현실에 대한 심리적 불안이 욕망의 대상을 환치시키는 원인이 된다. 은혜와 딸의 환영이 유영하는 푸른 바다는 그의 욕망을 충족시키는 자유로운 곳으로 나타난다. 이명준은 그가 찾는 이상적인 세계를 현실에서 찾지 못하고, 결국 환상 세계로 빠져든다. 환상 속의 푸른 바다가 그의 욕망을 충족시킬 수 있는 곳으로 보여진다.

Ⅲ. 독고준의 욕망과 방황
–『灰色人』

최인훈 연작소설의 두 번째 작품인『灰色人』은 다른 작품에 비해 주인공이 자신의 내면세계가 타자와의 대화와 사유를 통해 두드러지게 나타나는 작품이다.

　최인훈은『灰色人』을『廣場』을 쓸 무렵 가졌던 전망 ─ '이제부터의 문필 생활은 무언가 지적 토론의 분위기가 통상화 되는 그런 것이 될 것이라는' ─ 이 달리 전개되는 상황에서 또 다시 자기 자신이 어디에 있는가 어떤 사회에 사는가를 자기에게 설명해야 하는 새 통과의례의 전범 작성의 암중모색의 기록이라고 한다.[1]

　기존의 논문들은『灰色人』에 나오는 세 인물, 독고준과 김학, 황선생의 사상을 중심으로 분석하고 있다.[2] 이에 연구자는 독고준의 심리 세계를 분석하는 데 있어 그의 세계관과 그로 인한 여성과의 관계를 면밀히 살펴보고자 한다. 가족을 북한에 두고 어린 시절 월남했으나, 아버지는 돌아가시고 혼자 남은 독고준의 사유 세계는 외로움과 그리움으

---

1) 최인훈(2005),「원시인이 되기 위한 문명한 의식」, 21면.
2) 권보드래,「최인훈의『회색인』연구」,『민족문학사연구』제10호, 민족문학사학회, 1997.
　　이태동,「사랑과 시간」,『최인훈』, 서강대학교 출판부, 1999.

로 가득하고, 현실의 어려움은 그를 현실과 불화하게 만든다. 이러한 그의 세계를 비극적 세계관으로 분석한다. 그러한 가운데 어린 시절 경험한 독고준의 성적 체험은 그의 여성관에 영향을 주면서 현실에 적합한 여성관을 찾지 못한다. 현실에서 혁명은 반대하면서 '사랑과 시간'에 강한 의지를 표명하는 독고준의 심리를 그가 만난 여성과의 관계에서 연구한다.

1. 서사 구조

『灰色人』에서 소설의 현실적인 시간은 1958년 가을 저녁에서 1959년 여름 저녁까지를 배경으로 하고 있지만, 주인공 독고준의 사유 세계는 어린 시절 북한 생활에서부터 성인이 된 현재까지 생활을 이야기하고 있어 그 기간은 긴 편이다. 각 장마다 나름의 제목을 붙여 이야기의 흐름을 단편적으로 끊어주지만, 전체적인 내용은 독고준의 사유 세계와 주변인물의 관계를 중심으로 이어가고 있다. 주된 서사를 시간과 공간의 이동에 따라 정리하면 다음과 같다.

<표 3-1> 『灰色人』의 서사 구조

장	주요인물	시간과 공간 이동에 따른 서사
1. 벗이 멀리서 찾아오니 또한 즐겁지 않은가	독고준, 김학	1958년 비 내리는 가을 저녁, 독고준의 하숙집에 친구 김학이 소주 한 병과 오징어 두 마리를 사들고 찾아온다. 정치학과 학술동인지 『갇힌 세대』에 독고준의 글이 실렸다.(현재) → 독고준은 글에서 한국이 식민지를 가지면 좋은 점을 일제 강점기에 빗대어 표현하고, 현 시대에서 그럴 수 없음을 한탄하며, 그 대안으로 사랑과 시간을 제시한다. (현재)

(현재–과거 회상–현재)		→ 김학은 한국인의 정신 풍토를 나침반과 시계가 없는 배로 표현한다. 이광수와 김동인을 비교하여 이광수가 뛰어난 소설가라고 말한다.(현재) → 독고준은 한국역사의 부재 현실을 비판하고, 한국의 상황은 혁명도 불가능하므로 사랑과 시간에 기대어야 한다고 말한다.(현재) → 북한의 고향집과 가족들을 그리워한다. 아버지와 매형은 해방 후에 월남하고, 어머니와 형네 내외, 두 살 조카, 누나, 준이 살고 있다.(어린 시절 회상) → 학교에서 소년단 집회가 열릴 때마다 준은 이단 심문소에 불려나가 반동적인 가족 성분에 자아비판을 강요받는다. 잦아지는 고문으로 독고준은 책 속으로 망명한다.(과거) → 젊은 누나의 매부에 대한 그리움은 준에게 동기의 아픔이 되어 먹먹하다.(과거)
2. 폭음의 단풍 사이로 난 검은 숲을 헤치고 나의 님은 갔습니다 (현재–과거 회상)	독고준, 가족, 어떤 누나	김학이 돌아가고 준은 일요일의 늦잠을 즐긴다. 그리고 자신만의 에고 세계에 빠진다. —독서(현재) → 그 여름, 과목밭이 한창 바쁜 철에 전쟁이 일어난다. 제련소의 흰 굴뚝이 폭격으로 무너진다. 소년단 지도원 선생의 박해가 무서워 학교의 비상소집을 두려워한다.(과거) → 학교의 소집명령을 받고, 가족의 만류에도 불구하고 학교로 간다. 학교는 폭격으로 절반이 부서지고 아무도 없다.(과거) → 학교를 나와 거리를 걷다가 꽃이 가득 피어있는 어떤 집 마당을 보고 있는데, 갑자기 공습이 시작되어 누님 또래 여자의 손에 이끌려 방공호로 피신한다. 방공호 속에서 누님의 보호는 준에게 이성에 대한 새로운 경험을 느끼게 한다.(과거)
3. 역적의 공산당을 때려부수자 역적의 김일성을 잡으러 가자 (현재–과거 회상)	독고준, 김학	지루한 비가 그치고, 준은 음식점에서 아침 겸 점심을 먹고 담배를 피운다.(현재) → 준은 폭격으로 무너진 방공호에서 기적으로 살아나지만, 방공호 속에서 느낀 부드러운 살의 공포를 잊을 수 없다. 준은 소년에서 조금씩 성장한다.(과거) → 10월 초순에 남한군이 북한의 W시까지 온다. 준은 남한군인의 트럭을 타고 방공호 속 누님의 생사를 확인하러 W시로 간다. → 군대에서 사회에 나와 무엇을 할 것인가에 대해 고민한다.(남한)

		→ UN군이 철수하는 날, 준은 누나와 함께 피난하기로 결정하지만 준만 피난하여 남한에서 아버지를 만난다. 아버지는 어려운 형편에도 준을 대학에 보내고, 대학 2학년이 된 봄에 돌아가신다. 그때 준은 어른이 되고, 생활고로 군대에 지원한다. → 제대 후에 매부를 만나 도움을 청하나 거절당하고, 김학의 도움으로 가정교사 자리에 들어간다.
4. 청춘을 따르자니 부족이 울고 부족을 따르자니 청춘이 울더라 (현재)	김학, 『갇힌 세대』 동인들	『갇힌 세대』제2호 편집회의. 김학, 김명호, 오승은, 김정도 네 사람이 캠퍼스 은행나무 밑에 드러누워 한국 정치 현실과 혁명에 대해 이야기를 나눈다. 김구의 묘를 참배한다.(본문에서 뒤에 김명호를 김명식으로 오기함) → 김학은 아버지가 위독하다는 전보를 받고 고향 경주로 내려간다. 기차를 타고 가는 동안에 『갇힌 세대』의 이름처럼 현실은 동인들의 미래가 없는 수인囚人의 시대일지도 모른다고 생각한다.
5. 하늘은 나만이 아는데 오악惡을 놓칠 것인가? —『생활의 발견』 (현재)	독고준, 영숙이네 가족	12월 중순, 독고준은 군밤 한 봉지를 들고 하숙집으로 들어간다. 김순임이라는 전도사가 다녀간다. → 추운 날, 준은 이부자리에 누워 비참함을 느끼고, 가족에 대해 생각한다. 한 달에 삼만 환씩 주고 등록금을 대주던 가정교사 자리가 삼월이면 끝나 새로운 생활대책을 세워야 한다. → 새 봄에 등록금을 걱정하던 준은 낡은 일기장 속에서 매부의 당증을 발견하고, 그것으로 누이를 배반한 매부에게 복수할 것을 결심한다.
6. 엷은 졸음에 겨운 늙은 아버지가 짚베개를 돋아 고이 시는 곳이라 한들 (현재)	김학, 형	김학의 아버지는 위기를 넘기고 안정을 되찾는다. 소설가가 될 줄 알았던 형이 해양대학을 졸업하고, 해군 소위가 되어 하루 먼저 집에 와 있다. → 김학은 형과 함께 불국사로 산책한다. 형이 원양훈련 갔다가 요코하마에 들렀을 때, 배 위에서 친구가 요코하마를 향해 포砲를 쏘자고 한 것을 얘기한다. 결국 포를 쏘지는 않았지만, 그 때 이상한 흥분을 느꼈다고 말한다. → 지금은 모순의 시대, 투쟁과 체념 사이의 조화를 얻지 못하고 있는 우리들의 생활, 격식도 없고 믿음도 없는 시대, 조국을 사랑하는 청년이 원수의 도시를 포격하고 싶은 시대, 애국지사의 묘소를 찾은 청년들이 스릴을 느껴야만 하는 시대, 불을 끄고 개표開票를 하는 시대, 이런 시대에 살고 있다.

7. 보리밭 지켜보고 한평생 살자 (현재)	독고준, 현호성, 김순임	1959년 2·4 파동의 소문이 어수선하다. → 매부 현호성은 북한에서 노동당원으로 활동하다가 여의치 않아 월남하여 남한의 여당인 자유당의 유력 당원이 되고, 고액의 헌금자로 활동한다. → 준은 당증을 가지고 매부 현호성에게 거래하자고 요구한다. 현호성은 준을 설득하여 자신의 집에 들어오게 한다. → 돌아오는 길에 준은 전도사 김순임을 만나고, 둘은 음악다방에서 데이트를 한다.
8.風雪夜淸談 國破村翁在 (현재)	김학, 황선생	김학은 형의 권유로 황선생을 만난다. → 황선생은 한국의 역사는 원우연이라고 해석한다. 우리 민족은 그 나름의 동학혁명, 흥선대원군, 갑신정변 등의 노력을 했고, 역사의 원우연으로 그것은 실패한 것일 뿐이므로 우리 스스로 자학하는 데도 겸손해야 한다. 서양의 역사는 기독교의 역사이고, 공산주의는 역逆 기독교로 종교개혁의 하나이지만, 러시아라는 국민국가와 결합하여 그 순결성을 상실했다. 일본은 문화적 저열성 때문에 비서양적非西洋的 보편 제국이 될 수 있는 기회를 잃었다. 기독교가 우리사회에 뜻하는 것은 개화開化이다. → 전통은 예로부터 지금까지 살아있는 정신의 틀이고, 우리 사회의 전통은 불교가 그 역할을 할 수 있다. 불교는 인연의 사슬을 끊고 공空으로 화하는 데서 타인에 대한 사랑이 나오며, 공을 깨닫는 것은 진인眞人이 되는 것이다.(황선생의 말)
9. 생활 그것은 아무것도 아니다. 맘만 먹으면—맘 먹는다는 게 좀 대단한 일이지만. (현재)	독고준, 현호성, 이유정, 김순임, 김학	독고준은 현호성의 집에서 여유롭게 생활한다. 현호성의 처제 이유정이 미국에서 귀국하여 그녀와 대화하는 시간이 많아진다. → 준은 당구를 치면서 이유정과 김순임을 비교해 본다. → 준의 하숙집에서 김학과 김순임이 만나 준의 안부에 대해 궁금해하며 함께 차를 마시고, 영화를 보러 간다. → 독고준과 이유정도 영화를 보고, 호텔 그릴에서 저녁식사를 한다. 이유정은 독고준의 당당함이 마음에 들고, 형부 현호성과 비교해본다.
10. 나는 한가하다 그러므로	독고준	오월 어느 날, 독고준은 뒤뜰 벚나무 아래에 의자를 내다놓고 눈부신 첫여름의 오후를 즐기고 있다. 옛날 권문세가의 집에서 동가식 서가숙東家食 西家宿하던 가난한 예술가의 삶과 봉

나는 존재 한다 (현재)		건시대 보헤미안들을 생각한다. 준은 자신도 소설을 쓰고 있 다고 변명한다. → 준은 카프카의 문학세계에 반하였다. 신을 잃은 세계에서 　인간의 고독, 권위를 잃은 세계의 뜻 없음, 꿈의 세계, 분해 　과정에 있는 부르주아 정신의 말기 증상. 문학으로서 가능 　한 상징의 끝은 카프카라고 생각한다. → 준은 돌아갈 고향이 있는 김학을 부러워한다.
11. 정신사를 잃지말게 해골이 못 당하느니 (현재)	독고준, 이유정	독고준은 미국 잡지 『앤틀랜틱』을 읽는다. 아프리카 특집호 인데, 아프리카 사회의 여러 문제점을 다룬다. → 아프리카인과 한국인은 차이가 없는 원주민이다. 옐로우 　니그로. 훌륭한 서양 사람은 남의 나라 자연자원까지 사랑 　하고, 세계 시민의 본보기가 되는 것은 정복자가 가지는 여 　유이다. → 대학 캠퍼스에서 독고준과 이유정은 연극을 관람하고, 술 　을 마시고 집에 와서 방문 앞에서 입을 맞춘다.
12. 오오 田園이여 戶房이여 (현재)	독고준, 이유정	안양安養 P면. 할아버지의 고향, 독고준은 월남 후에 아버지 가 형편이 펴면 꼭 찾아가보겠다는 말을 기억하고 조부뻘 되 는 친척을 찾으러 간다. 그러나 그 마을에는 독고獨孤라는 성 을 가진 사람이 없었다는 말을 듣고 쓸쓸히 돌아온다. → 이유정이 어디 다녀왔냐는 물음에 손오공의 서유기를 다녀 　왔다고 말한다.
13. V, 드라큘라 백작의 계보 (현재)	독고준	독고준은 영화관에서 드라큘라백작 영화를 보고 나온다. 어려 운 시절 찾아가던 학교 앞 영화관에서 철지난 영화를 보고 동 굴 같던 찻집에서 멀건 커피를 마시던 그때와 달리 지금은 형 편이 훨씬 좋지만 자신의 마음 풍경은 낡고 상한 삼류관 같다 고 생각한다. → 드라큘라 전설은 기독교신에 자리를 뺏긴 토착신의 모습이 　고, 현재의 우리 모습이라고 생각한다. 드라큘라는 낮에 무 　력하고 밤이면 활동한다. 그것은 모든 시대의 혁명가들이 　활동한 시간이다. 준은 자신이 드라큘라라고 생각한다. 드 　라큘라는 외롭고, 자신은 고독하다. → 준은 김순임을 좋아하지만, 순수한 그녀를 범해서는 안 된 　다고 여긴다. → 이유정은 어린 독고준의 행동에 당황하면서도 관심을 갖는다.

14. 보리밭으로⋯⋯ (현재)	독고준, 김학	1959년 비 내리는 여름 저녁, 독고준의 집으로 김학이 진로소주 한 병과 말린 오징어 두 마리를 사들고 찾아온다. →『갇힌 세대』에 나온 김학의 글을 읽고, 준이 칭찬한다. 혁명과 개혁에 대해 논쟁하며 준은 지금 사회에서는 혁명이 불가능하다고 말한다. →준은 꿈을 꾸다가 깨어난다. 자신의 내면에서 갈등을 일으키며 조심히 일어난다. 복도를 나와 조용히 이유정의 방으로 들어간다.

2. 김순임에 대한 욕망과 갈등

『灰色人』의 독고준은 어린 시절 북한에서 광복을 맞이하여 공산주의 체제를 경험하고 전쟁 중 남한으로 내려와 자본주의 체제를 경험한다. 남한과 북한 체제의 부정적인 면만을 경험한 독고준은 어느 쪽에도 적극적으로 참여하지 못한다. 북한 학교에서의 자아비판은 가슴 깊은 곳에 상처로 남아 성인이 된 후에도 고향에 대한 그리움과 반목되는 상흔으로 자리한다. 북한에서 점령군으로 들어온 미군들의 행태에 환멸을 느끼고 남한으로 내려와서도 현실의 어려움에 잘 적응하지 못하는 독고준은 결국 회색灰色의 태도를 취하게 된다.

남한으로 내려온 독고준은 공산주의 체제를 경험하기 전의 고향 생활을 자주 기억하고 그리워한다. 어린 시절 경험한 공산주의 체제와 전쟁, 남한 생활은 성인이 되어서 현실과 불화하는 이유가 된다. 공산주의 체제를 경험하기 전의 고향을 영원한 마음의 안식처로 기억한다. 현실에 만족하지 못하는 독고준은 친구 김학과의 대화에서 현실에 필요한 것은 '사랑'이라고 한다. 김학이 주장하는 '혁명'은 아직 때가 아니라고 회피하고, 이러한 시기를 극복할 수 있는 것은 '사랑'이라고 말한다. 그리고 독고준은 김순임과의 만남으로 그의 욕망을 충족하고자 한다.

최현희는『灰色人』의 사랑을『廣場』의 사랑과 비교할 때 더욱 초라하다고 말한다.『廣場』의 이명준은 윤애와 은혜라는 인물과 구체적인 관계를 맺어나갔고, 이명준을 중심으로 서술이 진행되었고, 그 내용이 구체적으로 형상화되었다. 그러나『灰色人』의 독고준은 사랑에 대해 늘 입버릇처럼 말하고, 그것이 궁극적인 해결책인양 내세우면서도 사랑은 사회로부터 소외된 인물이 잡을 수 있는 손쉬운 대안으로만 드러날 뿐이라고 말한다.3)

독고준의 '사랑'은 이데올로기에 대한 인식 이후에 제기하는 것이고, 김학의 '혁명'은 이데올로기를 완성시키는 것을 목표로 한다. 김학은 혁명을 통해 기존의 권력자들을 몰아내고 새로운 집단이 그 위치를 차지하는 것이라고 말한다. 내셔널리스트가 집권하면 한국의 모순점들이 해결되리라고 보는 것이다. 그러나 그것은 환상으로 끝날 것이고, 환상이 깨어진 뒤에 새롭게 시작하는 혁명이 진정한 혁명이라고 독고준은 생각한다. 그가 주장하는 사랑은 바로 이러한 진정한 혁명의 실재인 것이다. 독고준이 주장하는 '사랑'은 '혁명'을 넘어서는 것이다.

『灰色人』의 시간적 배경인 1950년대 말은 한국 정치가 민주주의를 실현하기에 적절하지 않았다. 독고준이 생각하는 민주주의는 제국주의가 동반되어야 한다. 그러므로 지금은 민주주의를 실현하겠다는 희망을 버려야 하고, 현실의 절망적인 상황을 탈출할 수 있는 길은 '사랑'이라고 생각한다. 그러나 김학은 '혁명'을 주장한다. 혁명이 가능했던 시대는 어디에도 없었고, 그렇다고 해서 혁명이 일어났다는 사실을

---

3) 최현희(2008),「내셔널리즘의 사랑—최인훈의『회색인』에 나타난 혁명의 논리」, 29면.

외면해서는 안 된다고 말한다.

독고준이 청년이 되어 만나는 여인은 김순임과 이유정이다. 김순임은 기독교의 전도사로 순수한 여인이다. 독고준은 그리스도의 진리를 의심없이 믿고 그대로 따르는 그녀의 모습에 아름다움을 느낀다. 그는 그녀에게서 순진한 원주민의 모습을 읽는다. 김순임과 함께 현실을 순수하게 받아들이고 싶지만, 그녀와의 관계에서 갈등을 느낀다. 그는 김순임과 같은 순수한 존재가 될 수 없다고 생각한다. 그는 자신을 그녀의 순수함을 해치는 악의 존재로 인식한다. 독고준의 이러한 인식은 그로 하여금 김순임을 사랑하지만 그녀를 선택해서는 안 된다는 결론에 이르게 한다.

> 여자의 얼굴을 자세히 뜯어보았다. 그녀를 처음 보았던 밤에 느꼈던 인상은 이렇게 보면 자신이 없었다. 하기는 그 폭격이 있던 날의 여자의 얼굴부터가 이제는 어떻게 종잡을 수가 없었다. 그는 그 일 이후에 어느 여자든 그 여름날의 여자와 비교해보는 버릇이 생겼다. 독고준에 대하여 그녀는 원형이었다. 현실의 여자들은 그 원형에 대한 거리로 재어졌다. 방공호 속에서 독고준은 정신적인 동정을 잃은 셈이었다. 남녀간에, 성에 관계되는 맨 처음 사건은 흔히 결정적인 것이다. …중략… 어떤 사람이든 자기의 신을 가지고 있다. 그것이 등록이 된 신인가 아닌가에 차이는 있을망정, 그 사람의 얼을 가장 확실하게 움직이는 힘을 가지는 한에서 그것은 신이다.(155~156면)

'폭음, 더운 공기, 더운 뺨, 더운 살'로 표상되는 W시의 여인은 W시에서의 다른 체험과 함께 '고향'의 이미지를 형성하고 있다. 독고준이 고향에 대한 향수를 절실히 느끼는 것은 바로 이 여인 때문이기도 하다. W시의 여인은 전쟁 중에 비상소집령으로 가족의 만류에도 불구하고 학교에 가던 독고준이 폭격을 만났을 때 그를 구해준 사람이다. 담장 너머 함박 핀 꽃을 바라보다가 공습이 시작되자 닫혔던 문이 열리면서 그녀는 낯선 독고준의 팔을 끌고 방공호로 달려갔다. 방공호에서 그녀는 독고준의 몸을 감싸안고 보호해주었다. 그러나 독고준이 보건소에서 의식을 되찾았을 때, 그녀는 없었다. 독고준은 그녀가 자신을 보호하다가 죽었을지도 모른다는 불안한 생각에 계속 시달리게 된다. 그녀에 대한 걱정은 그리움과 연민으로 남아 그녀는 독고준에게 완전한 여인으로 존재하게 된다. 그의 몸을 끌어안은 팔의 힘과 가슴과 어깨로 밀려드는 뭉클한 감촉은 그를 걷잡을 수 없이 헝클어지게 만들었고, 독고준에게 성性에 대한 최초의 경험으로 연결된다. W시의 그녀는 독고준에게 영원한 고향의 연인으로 남게 된다.

W시 그녀와의 만남은 독고준의 에고가 확립되는 최초의 경험이다. 김순임을 처음 보았을 때, 독고준은 그녀가 W시의 그녀라는 착각을 일으킨다. 그러나 현실의 김순임이 그 여름날의 그녀일 수는 없다.

① 이 여자는 어딘지 김학이 놈과 비슷하다. 어마어마한 말을 순진스럽게 입 밖에 내는 점이 닮았다. 김순임. 이름도 좋아. 이 여자의 몸은 어떨까? 아마 몸도 아름다울 것이다. 그리고 처녀일는지도 모른다. 희한한 보물이 내 앞에 나타난 것이다. 준은 그녀의 가슴을 힐끔 내려다봤다. 스웨터는 부드럽게 부풀어 올라 있었다. 좋은 몸이다. 이렇게 아름다운 소녀가 아마겟돈 때문에 괴로워해야 한단 말인가. 혹은 그녀의 다른 고민을 그녀가 그런 모양으로 나타내고 있는 것일까. 아무튼 그녀의 몸은 겉보기에 훌륭했다. 그녀의 목덜미는, 욕망을 불러내기에 알맞게 보얗고 동그스름하다. 그녀는 아직도 여자로서의 욕망을 모를 것이다. 모를까?(158면)

② 김순임은 저쪽 창문을 등지고 앉았다. 하얀 블라우스에 곤색 치마를 입은 모습이 유별나게 깨끗해 보였다. 그녀는 늘 대하는 사람과 하듯이 교회일에 대해서 이것저것 이야기를 하였다. 그러자 독고준은 새삼스럽게 한때 자신이 이 여자를 두고 쌓아올렸던 생각이 되살아났다. 그리고 지금 눈앞에 보는 여자는 변함 없이 순결하고 아름다웠다. 그녀의 얼굴이 또 다른 누군가를 닮은 듯해서 그는 생각해보았다. 무슨 까닭인지 P마을의 향교 노인이 퍼뜩 떠올랐다. 그 두 얼굴 사이에 어떤 닮은 데가 있는가? 그녀의 얘기에 귀를 기울이고 있으면서 그는 점점 부드러워지는 마음을 느낀다. 그리고 이처럼 상대방의 마음을 가라앉히고 너그럽게 하는 이 여자의 인품을 귀하게 느꼈다. 오래 다른 곬을 따라 흐르던 마음이 무슨 계기로 불시에 제자리로 찾아들 듯이 그의 가슴은 부드럽게 부풀고 그녀를 향하여 밀려가고 싶었다.(272~273면)

독고준은 김순임이 김학과 닮았다고 생각한다. 김순임의 순진한 모습에서 흘러나오는 엄청난 말과 김학의 사상이 닮았다고 생각한다. 그러면서 그녀에게 충동적인 욕구를 느끼기도 한다. 그러나 김순임의 순결하고 아름다운 모습은 P마을의 향교 노인과도 닮았다고 생각한다. 노인의 언행에서 느껴지는 고고한 인품과 존경스러움이 김순임의 모습에서도 느껴지고 있다. 그녀의 이야기를 듣고 있으면, 독고준의 마음은 부드러워지고 너그러워진다. 그녀의 귀한 인품에서 우러나오는 것이라고 생각한다. 이처럼 독고준은 김순임이 여자로서 성욕을 느낄 정도의 매력과 함부로 범할 수 없는 고귀한 인품을 동시에 가지고 있다고 생각한다. 순간적인 성욕을 자극할 만큼 매력적이지만, 그녀는 그가 침범할 수 없는 어떤 당당하고 고귀한 존재로 여겨지는 것이다.

　W시의 여인에 대한 욕망은 독고준이 고향을 떠나면서 충족할 수 없는 욕망이 되고, 남한에서 정신적 · 경제적으로 피폐해진 그의 삶은 그

에게 더 진한 향수를 남기게 한다. 그리고 남한 삶에서 그의 그리움을 대체할 수 있는 대상은 김순임이다. 독고준에게 김순임은 그의 외로움을 달래주고 욕망을 충족할 수 있는 유일한 존재이다. 독고준에게 김순임은 W시의 그 여인과 김학과 P마을 향교 노인으로 대체된다. 그러나 독고준은 김순임에게 성적인 매력을 느끼지만, 그녀의 종교적인 순수함과 고귀함에 그가 침범할 수 있는 존재가 아님을 반성하고 그녀를 범하지 않는다. 독고준의 김순임에 대한 욕망 구조를 살펴보면 다음과 같다.

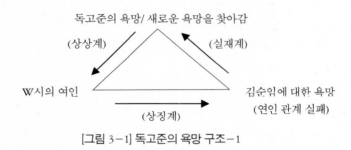

[그림 3-1] 독고준의 욕망 구조-1

독고준은 W시의 여인에 대한 상상과 충족되지 못한 욕망으로 김순임에 대한 사랑을 욕망한다. 그러나 김순임의 순수하고 고귀한 모습과 김순임의 작은 실수에 독고준은 그녀를 범하지 못하게 하는 착각을 낳으며 김순임을 순순히 포기한다. 결국 W시의 여인에 대한 욕망은 상상계로 나아감이고, 김순임에 대한 욕망은 상상계에서 상징계로의 나아감이다. 그러나 김순임에 대한 욕망이 좌절됨으로 연인관계로 발전하지 못한다. 독고준이 욕망 충족을 위해 새로운 욕망의 대상을 찾아 나아가는 과정이 실재계이다.

독고준은 김순임에 대해 무책임한 감정을 느끼고 스스로 자학한다. 함께 음악을 듣던 날 밤, 치밀던 성욕에 스스로 부끄러워한다. 성욕을 느끼고 그녀를 범하려고 하던 날 밤에 그녀의 팔꿈에 치인 입술의 아픔에 정신을 차린다. 김학과 만난 날에 김학의 입에서 그녀의 이야기가 나오자 질투심인지 혐오감인지를 분간하기 어려운 화가 치민다. 이러한 현상은 독고준이 김순임에 대한 욕망을 충족하지 못한 데서 오는 것이다. 그녀에 대한 욕망을 충족할 수 없음을 깨달은 독고준은 일시적인 감정으로 그녀를 버린다.

① 김학이 그녀의 소식을 전했을 때 준은 혐오감을 느꼈다. 그녀를 탓하는 것은 물론 아니었고, 그렇다고 자신에 대한 혐오라는 감정도 아니었다. 누구를 대상으로 한 것도 아닌 그날 밤, 그 방에서의 승강이가 생각하기조차 싫었던 것이다. 그 일을 생각할 때마다 그는 입술 위에 생생한 아픔을 느꼈다. …중략… 좋은 애인이 되었을는지 몰라. 게다가 나를 구원했을지도. 그녀는 하나님을 가지고 있었으니까. 그녀는 나에게 보내진 천사였는지도 몰라. 천사가 실수해서 팔꿈으로 쳤기로서니 화를 내서 거부한대서야. 그런 생각이 우스웠던 것이다. 초조하던 시절에 무책임하게 치민 성욕이 부끄러웠을 거야. (214~215면)

② 준은 일어서서 창으로 갔다. 언제나처럼 거기에 한 남자가 그를 보고 있었다. 그는 웃고 있었다. 그렇지. 고독하다고 해서 아무나 물어서는 못 쓰지. 남자는 씩 웃었다. 물고 싶은 사람을 물지 않는 것. 그 역설逆說을 견디어내는 한 아무도 나의 정체를 알아차리지 못할 것이다. 상식의 교회에 나가서 역한 성혈을 마시는 체하면서 추방을 면하는 것. 김순임에 대해 청산되지 못했던 어떤 감정이 깨끗이 가셔지는 것을 느낀다. 김순임에 대한 사랑은 그렇게 다루어야 할 일임이 분명하다. 준은 어떤 슬픔과 동시에 자랑스러움을 느꼈다. (275~276면)

③ 손을 내밀면 그녀는 끌려올 것이다. …중략… 그녀가 만일 내 맘에 든다면 그녀를 가져야 할 게 아닌가. 누구에게 체면을 차린단 말인가. 아니 그래서는 안 된다. 왜? 양심 때문에? 양심이 아니다. 우선 귀찮은 일이다. 그대는 싸움을 회피하는가? 꾀어봐도 쓸데없다. 어린애하고 시합할 수는 없다. …중략… 큐를 잡은 손은 떨리고 그의 이마에는 진땀이 배었다. 창백한 얼굴을 하고 그는 공을 노려보았다.

그는 눈앞의 공을 노려보던 시선을 문득 들어 창을 바라보았다. 유리창에 비친 한 남자의 얼굴. 그는 손에 잡은 큐를 그 남자를 향하여 힘껏 던졌다. 큐는 겨냥이 빗나가 창문을 맞히고 요란한 소리를 냈다.(280~281면)

①에서 독고준은 김순임과의 관계에서 욕망을 충족하지 못한다. 독고준은 김순임이 자신을 현실의 정신적인 갈등에서 구원해줄지도 모른다는 희망을 갖고 있었다. 그러나 그가 바라는 정신적 구원은 현실의 경제적, 물질적인 난관에 부딪혀 좌절하고 굴복한다. 독고준은 현호성과 타협하여 현호성의 집으로 들어간다. 현실의 경제적 난관이 그의 정신적 구원을 우선한 것이다. 그러나 독고준이 진정으로 바란 것은 결국 현실의 난관을 극복한 정신적 구원이다.

②에서 독고준은 김순임에 대해 물고 싶은 사람을 물지 않는 역설逆說이라고 말한다. 김순임에 대한 사랑을 그렇게 다룸으로써 슬픔과 자랑스러움을 느낀다. 김순임을 범하지 않음은 현재의 자신을 시험하여 승리한 것이고, 자신을 악의 화신 드라큐라로 인식하고 그녀를 범하는 것은 죄악임을 인정한다. 독고준이 김순임을 범하는 것은 그가 세상의 악이 될 만큼 오염된 인간임을 스스로 인식한 것이다. 그러나『灰色人』어디에서도 독고준이 악인임을 증명하는 부분은 찾을 수 없다. 김순임을 범하려 했지만 그는 결국 김순임을 범하지 않는다. 그가 매부 현호

성을 찾아가 당중으로 협박한 것 또한 악인이라기보다는 경제적 생활고에 대한 그의 대안이고, 그가 각오한 현호성에 대한 복수는 경제적인 안락으로 사라진다. 이처럼 독고준의 각오는 너무 나약하다. 현실에서 생활고는 투쟁적인 인간을 사유하는 인간으로 만들기에 충분하고, 이것이 바로 현실이다. 투쟁도 사랑도 배고프면 할 수 없다. 독고준은 이러한 것을 경험하여 알고 있으며, 이 때문에 김학의 '혁명'을 비웃는다.

③에서 독고준은 자조自嘲한다. 유리창에 비친 자기의 모습에 스스로 슬퍼하고 비웃는다. 자신의 나약한 모습과 그것을 인식하는 자신이 더욱 슬퍼지는 것이다.

독고준은 1958년에 20대 초반으로 고민이 많은 시기이다. 고향에 두고 온 가족도 그립고, 먼저 돌아가신 아버지도 그립고, W시의 그녀는 더욱 그리운 존재이다. 남한 현실에서 정신적 · 경제적 어려움은 독고준을 현실과 더욱 불화하게 한다. 이처럼 독고준은 내면과의 싸움에 점점 지쳐가고 있다.

3. 이유정에 대한 욕망과 갈등

제대 후에 독고준은 적산敵産 가옥 이층에서 하숙하며 등록금을 걱정한다. 매부 현호성에게 도움을 청하지만 거절당하고, 김학의 도움으로 가정교사 자리를 구했지만 이 달이면 끝난다. 다시 등록금과 생활을 걱정해야 하는 자기 처지가 한심스러운 독고준은 우연히 누이의 짐을 풀다가 현호성의 노동당원증을 발견한다. 그것을 보고 독고준은 '누이에 대한 그리움과 부실한 남자에 대한 미움'(108면)이 가득 찬다. 그는 현호성에 대한 복수를 계획한다. 도스도예프스키의 소설『죄와 벌』의 주인공·라스코리니코프를 생각한다. 돈 때문에 전당포 노인을 살해한 가난한 학생을 떠올린다. 그토록 독고준은 현호성을 증오하게 된다. 그는 먼저 현호성을 만나서 그의 어려움을 다시 이야기하고 도움을 청하려고 한다. 그에게 한 번의 기회를 더 주려는 것이다. 그러나 현호성이 약속한 시간에 나타나지 않자, 독고준은 현호성에게 자신이 그의 노동당원증을 가지고 있다고 말한다. 결국 독고준은 현호성의 당증으로 그의 집으로 들어가서 경제적인 도움을 받는다. 독고준이 그토록 증오하는 현호성과 한 집에 산다는 것은 돈만을 받기로 한 그의 계획에 어긋난다. 독고준의 생활고는 현호성을 더욱 증오하게 했지만, 그의 경제적 도움으로 현호성에 대한 복수심이 흐지부지 사라진다. 독고준이 현호성에게 다짐한 복수심이 희미하게 사라지는 모습은 그의 나약한 심리 세계를 보여주는 한 예이다.

독고준은 현호성의 집에 머물면서 미국에서 그림 공부를 하고 돌아온 현호성의 처제 이유정에게 매력을 느낀다. 이유정은 형부 현호성과 다른 독고준의 당당함에 매력을 느끼고, 독고준을 친동생처럼 생각한다. 그러나 독고준의 정열적인 태도에 그를 따뜻한 손길로 맞아주지만, 그에게 완전히 몸을 맡기지는 않는다.

① "핫핫. 하지요. 어떤 개인이 악인이 되기 위해서는 시대가 너무 나빠요. 무서운 시대. 사람이 자기의 선善을 행하기 위해서만이 아니라 악惡을 행하려 해도 불가능한 시대. 어떤 시대건 자기들의 어두운 작업을 도와주는 것으로 되어 있는 그 데몬들의 이름들. 우리들이 살아야 하는 이 나쁜 시대에는 계약해야 할 악마조차도 없습니다. 민족 반역자. 공산당. 그런 것들이 과연 데몬일까? 아닙니다. 그들은 데몬이 아닙니다. 우리는 죽일 수 있다 합시다. 그래도 그들은 데몬이 아

닙니다. 우리는 그들에게 죽음을 당하면서도 말할 수 있지요. '나는 너에게 살해당한다, 그러나 네가 무섭지 않아'하고 말입니다. 우리를 떨게 하는 것은 더 깊은 데서 울려오는 <u>으스스한 목소리여야 해요.</u> '전통의 악마'도 없어진 시대. 이런 시대에서 우리는 악惡조차도 해볼 수 없어요. 설명입니다."(211면)

② 그들이 사는 별관에 들어서서 일층 이유정의 방문 앞에 이르렀을 때 준은 팔을 들어 여자를 끌어안았다.

"안 돼요. 쉿."

금방 베스를 쫓던 목소리가 퍼뜩 생각나면서 준은 개가 되었다. 그는 여자의 머리를 두 손으로 감싸안고 이마에 입술을 댔다. 여자의 머리 냄새와 양주의 향기가 그의 코를 찡하게 쏘았다. 여자는 움직이지 않았다. 그는 여자의 턱을 받쳐들고 입술을 빨았다. 그녀는 도어에 기대서서 양손을 아래로 드리운 채 남자에게 입술을 맡기고 있었다. 준의 머릿속에서 살진 양주병들이 와르르 쏟아졌다. 그는 여자의 목을 세게 끌어당기면서 여자의 다문 이빨 새로 그의 혀를 밀어넣으려고 했다. 그러나 그 단단한 상아의 빽빽한 벽은 열리지 않았다.

여자는 몸을 바로잡으며 준의 가슴을 부드럽게 밀어냈다.

"자, 가서 자요."

그리고는 이번에는 자기 편에서 남자의 머리를 잡고 준의 코끝에 가볍게 입술을 댔다. 그녀는 돌아서서 재빨리 방문을 열고 들어가버렸다. 찰칵 잠기는 소리가 났다.

준은 문 앞에서 우두커니 서 있었다. 한참만에 빙글빙글 돌아가는 머리를 두 손으로 짚으며 그는 이층 계단을 한 발자국 한 발자국 올라갔다. 속으로 중얼거리면서. 나는 개다. 나는 개다……(242~243면)

③ "재미 좋으신 모양이군요."

이유정은 등의자에 앉아서 주스를 마시고 있다가, 아틀리에를 들어서는 독고준에게 일부러 능청을 떨어 보였다.

"물론입니다……"

준은 맞은편 의자를 차지하면서 담배를 꺼내 물었다. 그러고 보니 종일 담배를 피우지 않고 지냈다.

"모든 게 재밉니다. 진흙탕에서 연꽃을 피우는 것, 거름더미에서 국화를 키우는 것, 창녀의 뒤통수에 후광을 그려넣는 게 시인이니까요."

"어쩌면."

"비아냥거리지 말아요. 최소한 수더분한 덕德이나 건지시도록."

"얼굴이 탄 걸 보니 피크닉을 간 모양이군, 맞았지?"

"서유기를 갔었지요."

"서유기?"

"저러니 무슨 신통한 그림을 그릴까? 손오공의 서유기西遊記지 무슨 서유길까."

"아이그 맙소사. 주여, 저이가 또 철학을 시작하였나이다."

"그러지 말아요. 우리는 원래 공리공담을 즐긴 민족입니다. 말하라. 한없는 요설을 시작하라. 아까운 말을 속에다 썩이고 있지 말고 지껄여라. 아무럼 누군들 대단한 말을 하지는 않았다. 눈 딱 감고 얼굴에 철면피를 쓴 자가 항상 득을 보았느니라. 닥치는 대로 눈에 띄는 물건마다 언어言語의 꼬리표를 붙여라. 그러면 그것은 네 것이다. 조상이 물려준 입까지 족치고 들여앉히지는 말아라. 말하라. 곳간 문을 열기 싫거든 불쌍한 엽전들의 말문이나 열어다오. 아뿔사, 또 실수하는구나."(260~261면)

이유정과 독고준의 대화이다. ①은 독고준이 이유정에게 시대에 대해 한탄하는 장면이다. 현 시대는 개인이 악인이 되기에 나쁜 시대이고, 무서운 시대라고 말한다. 민족 반역자나 공산당보다 더 나쁜 것은 현 시대라고 말한다. 또한 '전통의 악마'도 없어진 시대라고 말한다. 이러한 시대는 어떤 시대라는 걸까? 개인이 아무 것도 할 수 없는 시대일 것이다. 개인이 아무 것도 할 수 없는 시대는 사회와 개인이 불화하는 시대이다.

이는 국가와 시민이 상호 소통을 할 수 없는 모순된 관계에 놓여 있음을 의미한다. 그래서 사랑은 혁명에 대응하는 '타락한 사회'를 구원할 수 있는 유일한 수단으로 제시한다. 그러나 근대문학에 나타난 관념적 연애, 모방적 이성애는 근대 주체가 꿈꾸는 모순을 내포하고 있다. 독고준에게 사랑은 비참하고 가난한 현실에서 벗어나기 위한 기만적 감정이다.[4] 생활고에 시달리는 독고준은 증오하는 현호성의 집으로 들어올 수밖에 없는 상황이 자신에 대한 모순이고, 그곳에서 만난 이유정에 대한 애정은 현실에 대한 도피처가 된다.

②는 독고준이 이유정과 영화를 보고 몇 잔의 술을 마시고 그녀에게 입맞춤으로 구애하는 장면이다. 그러나 그녀는 '단단한 상아의 빽빽한 문'을 열지 않고 그를 거부한다. 그녀가 개 베스에게 하던 행동을 그대로 하자 순간 독고준은 자신이 개가 되었음을 느낀다. 독고준은 자신을 집에서 기르는 개 베스로 추락시킨다. 독고준은 자신이 욕망하는 것이 충족되지 않았을 때 자신을 하찮은 존재로 추락시킨다. 그것은 그의 욕망 충족이 실패했을 때 자신에 대한 벌인 것이다. 그는 이유정에 대한 욕망이 충족되지 않음을 깨닫자 자신을 비하하고, 다음 순간 새로운 욕망 대상을 찾아나선다.

다음 날, 독고준은 서울을 떠나 조부뻘 되는 친척이 살았다는 P마을을 찾아간다. 독고준은 자신의 존재가 욕망의 대상으로부터 그것을 충족하지 못할 때는 항상 새로운 대상을 찾아 이동한다. 이러한 행위는 새로운 대상에 대한 빠른 감정의 정리와 공간의 이동을 통해 새로운 욕망을 충족하려는 자기방어의 하나인 것이다.[5]

---

4) 오윤호(2006), 「탈식민 문화의 양상과 근대 시민의식의 형성―최인훈의『회색인』」, 301면.
5) 이동하는 최인훈의 소설에서 타인이 자기 존재를 주장하고, 주인공의 존재를 완전

③은 독고준이 P마을과 예전 하숙집을 다녀오고, 현호성의 집으로 돌아와서 이유정과 나누는 대화이다. 독고준은 이유정과의 대화를 은근히 즐기고 있다. 그녀를 놀리면서 그녀의 앞선 예술 감각에 감탄하고, 자신의 충족되지 못한 지적·예술적 감동을 그녀로부터 충족하려 한다. 그러면서 자신이 매우 깊이 있는 철학적 사고를 하고 있는 것처럼 말한다. 독고준의 지적인 면이 어느 정도인지는 소설 속에서 가늠하기 어렵다. 독고준의 사고는 김학과의 대화로만 이루어져 있고, 그의 생각은 정치적인 소견과 현 사회에 대한 불만으로만 나와 있다. 어린 시절에 지도원 선생의 자아비판 때문에 학교생활의 적응에 실패하고, 책 속으로 도피하여 독서량이 많다고 볼 수 있으나, 그것이 독고준의 지적 수준을 확정지을 단서는 되지 못한다. 이 대화에서 우리가 가늠할 수 있는 것은 최인훈의 다음 작품인 『西遊記』의 복선 구실을 한다는 것이다. 최인훈 작품의 곳곳에서 복선 구실을 하는 내용들이 등장한다. 이 대화도 독고준과 이유정의 장난어린 대화이지만, 이유정의 질문에 독고준이 서유기를 다녀왔다는 말은 앞으로 독고준이 펼쳐갈 세상이 그의 다음 작품 『西遊記』와 연장선상에 있음을 알려준다.

히 인정하고 그것에 복종할 것을 거부할 때면 공간적 이동으로 문제를 회피한다고 한다. 주인공은 '가능하면 거부·저항을 보이지 않는' 존재를 찾을 수밖에 없다. 그러므로 최인훈의 소설에서 남녀 간의 사랑이 성립되는 경우 그것은 대개 여자측이 뚜렷한 지적 독립성이나 자아의 세계를 갖지 못했을 경우에 한정되는 양상을 보인다고 말한다. 이동하, 「관념과 삶」, 『집 없는 시대의 문학』, 정음사, 1985, 78면.
권보드래는 최인훈의 소설에는 대체로 대립되는 쌍을 이루는 두 여인이 등장하는데, 이들이 형성하는 대립구조는 '자의식과 지성' 대 '순종과 헌신'이라는 것이다. 『廣場』의 윤애와 은혜, 『灰色人』의 이유정과 김순임, 『가면고』의 미라와 정임, 『颱風』의 메리와 아만다의 쌍이 모두 여기에 속한다. 그리고 주인공들은 전자의 특징을 가진 여인을 사랑하다가 결국은 후자에 속하는 여인들에게서 구원을 발견하는 행로를 취하게 된다고 한다. 권보드래(1997), 「최인훈의 『회색인』 연구」, 240~241면 참조.

독고준은 김순임에게 'W시의 연인'과 닮은 모습을 기대하면서 그녀의 무의식적인 거부에 부딪혀 다른 여인으로 이동한다. 이러한 이동은 공간 이동에서 이루어지는 감정의 이동이다. 영숙의 하숙집에서 현호성의 집으로 공간 이동이 이루어지며, 욕망하는 대상의 이동도 자연스럽게 이루어진다. 최인훈 작품의 주인공들은 그들의 존재를 거부하지 않는 것을 사랑에서 중요한 조건으로 다룬다. 『廣場』의 이명준이 윤애에서 은혜로의 이동이 그러하며, 『灰色人』의 독고준이 김순임에서 이유정으로 이동이 그러하다. 또한 『颱風』의 오토메나크가 아만다에서 메어리나로의 이동이 그러하다. 각 작품마다 구체적인 이유는 다르지만, 주인공의 애정에 대한 여성·이동의 근본적인 원인은 욕망 충족의 실패이다.

독고준의 욕망 구조를 살펴보면, 독고준이 현호성에게 복수하려는 마음으로 그의 집에 들어가서 그의 도움을 받으며 그를 괴롭히려고 하는 과정이 상상계이다. 그러나 현호성의 집에 살면서 그와 부딪히는 횟수는 적어지고, 편안한 생활에 익숙해진다. 현호성에 대한 그의 복수심은 희미해지고, 현호성의 처제 이유정을 유혹하는 것으로 그의 욕망은 대체된다. 그러나 이유정은 독고준의 유혹을 거절한다. 이유정은 형부 현호성과 다른 독고준의 당당함에 끌리지만, 그녀의 모든 것을 줄 만큼의 애정은 아니다. 그녀에게 그는 어린 남동생 정도로 여겨지는 것이다. 끈질긴 구애에 거절당한 독고준은 다음날 P마을로 가서 독고獨孤라는 그의 족보族譜를 찾는다. 독고준이 현호성에 대한 복수심이 희미해지고, 새로운 욕망 충족의 대상으로 이유정에게 나아감이 상징계이다. 그러나 이유정에게 그의 욕망을 충족하지 못하고, 근원적인 욕망의 결여를 충족하기 위해 새로운 대상을 찾아나선다. 그의 새로운 욕망의 대상은 할아버지가 살았던 P마을로 가서 그의 족보를 찾는 것이다. 그것이 실재계이다. 이러한 독고준의 욕망을 기표로 환유하는 과정을 도식화하면 다음과 같다.

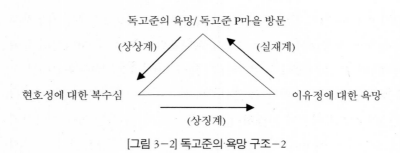

독고준의 욕망/ 독고준 P마을 방문
(상상계)　　　　　　　(실재계)

현호성에 대한 복수심　　　　　　　　이유정에 대한 욕망

(상징계)

[그림 3−2] 독고준의 욕망 구조−2

독고준은 서울 근교에 있는 P마을로 가서 독고라는 그의 족보族譜를 찾아 나선다. 그의 할아버지가 한말韓末에 W시로 떠나기 전에 살던 고향마을로 가서 종가宗家를 찾으려고 했으나 실패한다. 그는 방황 끝에 전에 살던 하숙집으로 가서 전도사 김순임을 만나 욕정을 느끼지만 자제한다.

현호성의 집으로 돌아온 독고준은 이유정의 화실에 들어가서 아프리카 토인들의 원형에 바탕을 둔 전위적인 그림을 그리는 그녀에게 다시 부드러운 애정을 느낀다. 독고준이 순수하고 아름다운 김순임을 버리고, 좀더 관능적이고 매력적인 이유정에게 애정을 느끼는 것이 타락한 모습으로 보일 수도 있다. 그러나 독고준의 근본적인 사상은 혁명이 아니라 '사랑과 시간'이라는 점을 상기한다면, 그가 사랑에 실패하고 새로운 대상을 찾아 다시 사랑을 느끼는 것은 당연한 행동일 것이다. 또한 독고준은 이유정에게서 W시의 그녀의 모습을 다시 느끼고 있는지도 모른다.

이유정은 미국에서 유학한 화가로 서양에 대한 인식을 가진 지적인 여성이다. 그녀는 자신의 생활에서 갈등하지 않는다. 그녀의 이러한 태도는 현실에서 끊임없이 갈등하는 독고준에게 현실의 삶을 똑바로 직시하라는 가르침을 주기도 한다. 종교적으로 순수한 삶을 사는 김순임과 비교했을 때, 이유정의 삶은 훨씬 지적이고 현실적이다. 소설의 마지막 부분에서 독고준이 이유정의 방문을 열고 안으로 들어간다. 독고준은 현실에서 아직 자신의 확고한 좌표를 설정하지 못한 채 방황하고 있다. 그러나 이유정을 선택함으로써 현실적인 좌표를 정하고 자기 욕망을 실현할 현실로 들어간다. 더 이상 관념에만 머물지 않고 현실에서 자신의 위치를 확보해 나가려고 노력한다.

독고준은 희랍신화의 이카루스와 같은 존재이지만, 로만적 꿈꾸기로 관념에 머물지 않고, 현실에 뿌리를 내리고자 노력한다. 즉, 밀랍 날개를 붙이고 태양을 향해 날아오르다 태양열에 밀랍이 녹아 번번이 추락하고 마는 이카루스와 같은 로만적 아이러니의 존재에 머물지 않고, 현실을 정확히 인식하고 현실에 매진하여 이를 극복하려는 의지를 끊임없이 보여준다.[6]

최인훈 소설에서 주인공의 체념적인 고독은 모든 이상의 완전한 붕괴나 모독을 의미하는 것이 아니라, 외부세계와 내면성 사이의 간극에 대한 통찰과 주인공의 행동을 통해 이루어지는 이원성에 대한 통찰을 의미한다. 그는 체념하면서 사회적 삶의 여러 형식들을 받아들이는 가

---

[6] 로만적 아이러니romantic irony: 인간은 유한한 존재이면서도 무한한 이상의 세계를 동경하여 끊임없이 날아오르려 한다. 그러나 그들은 어김없이 추락하게 되고 좌절하지만 처음의 꿈을 버리지 못하고 또 다시 날아오르려 하는 아이러니컬한 존재이다. 또 다른 의미로는 본래의 순수한 개인적 동경이 빚어낸 로만적 자아가 문제 해결의 존재가 되지 못함을 깨닫고 좌절하여 신이나 국가, 민족 등에 귀의하는 변질적 현상을 말하기도 한다. 윤석성, 『「님의 沈黙」 연구』, 지식과교양, 2011, 352면.

운데 자신을 사회에 적응시키게 되고, 또 영혼 속에서만 실현될 수 있는 내면성을 자기 자신 속에 가두어 두고 자기 혼자서만 그것을 보존하는 것이다. 주인공이 얻은 체념적 고독은 현재 세계 상황을 표현하고 있지만, 세계 상황에 대한 반항이나 긍정이 아니라 양쪽 모두에 공정하려고 노력하면서 세계 상황을 이해하고 체험하려는 태도이다. 다시 말해 이 세상에서 자신을 실현시킬 수 없는 원인을 세계의 비본질적 성격과 영혼의 내적 취약성에서 찾으려는 태도이다.7) 그러므로 주인공은 비극적인 현실에 살 수밖에 없으며, 이상과 현실의 거리는 멀어질 수밖에 없다.

4. 독고준의 심리 세계

루시앙 골드만Lucien Goldmann은 비극적 세계관을 타락한 현실 세계에 신은 깃들지 않으므로 그러한 세계를 부정할 수밖에 없으면서도 그러한 세계를 떠나서는 또 다른 삶의 공간이 없기 때문에 타락한 현실세계에 살면서 신이나 진정한 가치를 추구할 수밖에 없는 인간의 세계 인식이라고 말한다. 즉, 자아와 자아 사이의 혹은 자아와 세계 사이의 모순적 존재상황에서 발생하는 절망적인 인식이라고 규정한다. 골드만은 파스칼 · 라신느 · 칸트 등의 작품을 통해서 17세기 프랑스 법복귀족法服貴族, noblesse de robe들의 정신세계와 역사적 삶을 묘사하고 있다. 장세니즘Jansénisme을 따랐던 절대왕정기의 프랑스 법복귀족들은 자신들의 안위를 위하여 절대왕정에 충성해야 하는 한편 다른 봉건

---

7) G. 루카치, 『루카치 소설의 이론』, 반성완 옮김, 심설당, 1998, 154~155면 참조.

귀족들과 싸움을 해야 했다.[8] 그러나 그들은 봉건귀족의 힘이 약화되고 왕권이 강화될수록 자신들의 입지가 점점 더 위태로워지는 모순된 처지를 발견하게 된다. 그들은 왕에게 정치적 · 경제적으로 철저하게 예속된 처지여서 절대적 충성을 바쳐야 하지만, 다른 한편으로 왕에 대한 자신들의 그러한 충성이 도리어 신흥 귀족계급이었던 자신들을 더욱 위태롭게 하는 요인으로 작용했다. 왕을 위해 충성을 바쳐야 하면서도 충성을 해서는 안 되는 모순 앞에서 장세니스트들은 심각한 고민에 빠지게 된다.

비극적 세계관은 서로 모순되는 두 요구, 자아의 진실과 세계의 허위 속에서 고뇌하는 인간이 생각할 수 있는 인생태도이다. 세상이 온통 거짓과 부패에 빠져 있을 때, 사람은 현실에 굽히고 들어가는 외에 세 가지 방법으로 처세할 수 있다. 하나는 거짓된 세상을 버리고 세상의 저 너머에 존재하는 초월적인 진실 속에 은퇴하는 것이며, 다른 하나는 세상을 진실된 것으로 뜯어 고치도록 현실 속에서 행동하는 것이다. 그러나 후자의 경우, 현실과 진실의 거리가 도저히 건너뛸 수 없는 심연에

---

8) 장세니즘은 르벵Revin대학 교수였던 네덜란드 신학자 장세니우스Cornelius Jansenius, (1585~1683)가 제창한 극단적인 아우구스티니즘에 기인한 신학사상을 말한다. 장세니즘의 5개 조항은 이단 선언을 받았다. 그 내용은 그리스도가 "전인류를 위해 죽었다는 것, 신은 모든 의인에게서 신의 계율을 수행하기에 충분한 은총을 부여한다는 것, 신을 배반한 인간의 의지는 내적인 은총에 반항하는 가능성을 가진다는 것, 선악에 대한 내적 요청은 필연적이라는 것 등, 로마교회의 교리를 부정하는 것"들이었다. 이 장세니즘은 프랑스와 네덜란드에서 지지를 얻었는데, 프랑스에서는 Port-Royal 수도원을 통해서였다. 파스칼과 라신느는 이 Port-Royal 수도원으로부터 영향을 받았다.
법복귀족法服貴族, noblesse de robe이란 절대왕정기에 생겨난 신흥 귀족계급으로서 군대의 작위에 의해 또는 세습에 의한 16, 17세기의 귀족들과는 달리 의회에서의 기능 또는 전문적인 지식을 바탕으로 획득된 신분을 유지하고 있었던 새로운 귀족계급을 통칭하는 말이다. L. 골드만(1986), 『숨은 神』, 166~167면.

의하여 단절되었다면 어떻게 할 것인가? 이때에 있을 수 있는 제3의 태도가 비극적인 태도이다. 비극적인 인간의 절대善에 대한 요구가 클수록 세상이 유일한 존재의 장이면서, 타락해 있을수록 그의 전심과 부정의 변증법은 계속된다. 사실 그의 입장에서 볼 때, 진실이란 도대체 부재로서만 확인되는 것이다.9)

『灰色人』에서 독고준의 심리 세계는 현실과 관념이 모순된 상황에서 심각한 갈등을 겪고 비극적 세계에 빠지게 된다. 현실과 그의 사유 세계가 잘 적응하지 못하는 모순 상태인 것이다. 그가 처한 현실과 사유의 과정을 몇 가지 상황으로 나누어 그가 비극적인 세계관으로 나아갈 수밖에 없는 상황을 살펴본다.

4.1. 자아비판의 상흔

다음은 독고준이 어린 시절 학교에서 경험한 일이다.

> 아버지가 사는 지역에서 들려오는 목소리는 이렇게 해서 그들 집 안을 정신적인 망명 가족으로 만들었던 것이며, 소년 독고준은 일찍이 그 나이에 망명인의 우울과 권태를 씹으며 자랐다. 비록 소년일망정 준에게도 박해의 시련이 있었다. 학교에서 소년단 집회가 열릴 때마다 그는 이단 심문소異端審問所에 불려나간 배교자의 몫을 맡아야 했다. 그의 하찮은 생활의 잘못, 이를테면 지각이라든가 시간 중에 졸았다든가, 청소가 깨끗지 못했다든가 하는 일들이 빠짐 없이 그의 반동적 가족 성분에 연결돼서 검토되고 냉혹한 비판이 강요되었다. 소

---

9) 장혜경, 「「圓型의 傳說」에 나타난 原型的 心象과 그 悲劇的 世界觀」, 『국어국문학』 제16집, 부산대학교 인문대학 국어국문학과, 1979, 232~233면 참조.

년단 지도원이라는 이름으로 학교에서의 공산당 출장원 노릇을 맡아
보는 교원은, 미래의 공산당의 달걀인 그의 꼬마 영웅들— 소년단 간
부들을 지휘하여 회의를 진행시키면서 준을 공격하였다. 그것은 꼭
여러 마리 사냥개를 풀어서 죄 없는 짐승을 물게 하는 사냥꾼의 솜씨
같은 것이었다.(23~24면)

　독고준의 어린 시절은 비교적 부유하고 평화로운 시기였다. 그러나
광복과 함께 시작된 '전체주의'체제는 그에게 고난의 시간이었다. 어린
시절 아름답고 소중한 생각들이 '부르주아적'인 사상으로 취급되어 자
아비판을 강요받는다. 그러한 기억들은 그에게 사고를 바꾸는 큰 변화
로 깊은 상처가 된다. 어린 시절 학교에서 했던 독고준의 발표는 모두
자아비판의 대상이 되어 그를 좌절시키고 사회로의 진입을 방해한다.
전쟁으로 폭격이 쏟아지는 날, 지도원의 비상소집에 가족의 만류에도
불구하고 새벽에 몰래 집을 빠져나가 학교로 간다. 텅 빈 학교에서 허
탈감을 느끼지만 자신은 폭격이 쏟아지는 가운데도 약속을 지켰다는
사회로의 진입 의도를 표현한 것이다. 이것은 조직 안에서 자신의 위치
를 회복하고 타인에게 인정받으려는 독고준의 욕망인 것이다.
　최인훈은 『灰色人』을 통과의례의 규정을 자기 손으로 만들어야겠다
는 집념에 사로잡힌 어떤 원시인 젊은이의 공방工房의 기록이라고 말한
다.[10] 후에 독고준은 전쟁으로 B29 비행기가 그의 꿈이 서려 있는 고향
땅을 폭격하는 장면을 외상外傷적인 경험으로 인식하고, 아픈 상흔으로
기억한다. 어린 시절 학교에서 경험한 자아비판의 상흔은 독고준이 성
인이 되어서도 북한 생활에 대한 환멸을 초래하게 한다.

---

10) 최인훈(2005), 「원시인이 되기 위한 문명한 의식」, 22면.

4.2. 방공호에서 첫 경험

독고준은 방공호 안에서 육체적으로 성숙하는 계기를 맞는다.

① 그는 어떤 집 앞에서 걸음을 멈추었다. 뜰에 하나 가득 꽃이 피어 있었다. 그는 담너머로 꽃밭을 바라보았다. 손을 뻗치면 이쪽에서 제일 가까운 꽃송이는 딸 수 있었다. 그러나 손이 나가지 않았다. 집은 이 시간에 창과 문이 꼭 닫혀 있었다. 그는 꽃밭과 그 닫힌 창과 문을 번갈아보면서 망설이고 있었다. 불쑥 그의 손은 담장 너머로 건너갔다. 바로 그러자였다. 찢어지는 듯한 쇳소리가 머리 위를 달려갔다. 뒤를 이어 또 또. 공습. 닫혔던 문이 열렸다. 준의 누님 또래의 여자가 나타났다. 그녀는 달려나오면서 준의 팔을 잡았다. 준은 여자가 끄는 대로 달렸다. 어디서 나왔는지 그들의 앞뒤에는 사람들이 달리고 있었다. Jet기들은 낮게 날면서 총을 쏘았다. 준과 여자가 가까운 방공호에 다다랐을 때에는 와랑거리는 폭격기의 엔진 소리가 하늘을 덮었다. 방공호에는 이미 사람들이 있었다. 그들 뒤로 자꾸 밀려들었다. …중략… 폭음이 점점 멀어져간다. 그때 부드러운 팔이 그의 몸을 강하게 안았다. 그의 뺨에 와 닿는 뜨거운 뺨을 느꼈다. 준은 놀라움과 흥분으로 숨이 막혔다. 살 냄새. 멀어졌던 폭음이 다시 들려왔다. 준의 고막에 그 소리는 어렴풋했다. 뺨에 닿은 뜨거운 살. 그의 몸을 끌어안은 팔의 힘. 가슴과 어깨로 밀려드는 뭉클한 감촉이 그를 걷잡을 수 없이 헝클어지게 만들었다. …중략… 폭음. 더운 공기. 더운 뺨. 더운 살. 폭음. 갑자기 아주 가까이에서 땅이 울렸다. 어둠 속에서 사람들이 한꺼번에 웅성거렸다. 폭음. 또 한번 굴이 울렸다. 아우성 소리. 폭음. 살 냄새…… (49~50면)

② 그를 찾으러 나온 형이 준을 발견한 곳은 시립 병원 복도였다. 그 길로 집으로 업고 갔다. 다친 데는 없었으나 까무라쳤다가 살아난 그는 집에 돌아와 누워서도 밤마다 가위에 눌렸다. 겨우 열이 내린 다

음에도 그는 누워서 지냈다. 도시에서 폭격은 날이 갈수록 심해져갔다. 한동안 그는 폭음이 들리면 이불을 뒤집어썼다. 그 소리가 끝날 때까지 그대로 있었다. 캄캄한 이불 속에 하얀 얼굴이 보였다. 따뜻한 팔. 뜨거운 뺨. 살 냄새. 그것들은 누님의 것과 같으면서 달랐다. 집의 사람들은 그가 이불을 뒤집어쓸 때마다 폭음이 무서운 때문이라고만 생각했다. 그러나 이불 속의 어둠은 그 방공호의 암흑을 되살려 주었다. 집사람들은 비행기 소리가 지나간 다음이면 으레 그의 이불을 벗기려고 했다. 안간힘을 쓰는 그의 노력을 그들은 가시지 않은 무서움 때문이라고만 생각했다. 그런 오해가 또한 그에게 죄罪의식을 갖게 하였다. 이렇게 해서 그의 경우에도 섹스는 죄와 비밀의 무대에서 시작했던 것이다. 그것은 두려움임에는 틀림없었다. 그러나 찢어지는 쇠뭉치에 대한 것이 아니라, 부드러운 살의 공포였다는 것을 가족들이 알 리 없었다. 하늘과 땅을 울리는 폭음이 아니라 귀를 막아도 들리는 더운 피의 흐름소리 때문에 떨고있는 것을 아는 사람이 있을 리 없었다. 자리에서 일어난 다음 또다시 밤나무숲에 앉아서 W시를 바라보고 있는 소년은 이미 다른 아이라는 것을 아무도 몰랐다.(53~54면)

독고준은 전쟁 중에 비상소집으로 학교를 찾아갔으나 텅 빈 학교에 실망하고, 거리를 배회하던 중에 꽃이 함박 피어있는 집 앞에서 걸음을 멈추고 꽃을 만지려고 손을 뻗는다. 전쟁의 폭격 속에 온전히 보존되어 있는 그 집 앞 마당의 활짝 핀 꽃은 그의 유년의 동심을 아름답게 상상할 수 있다. 그러나 곧 이은 폭격으로 닫힌 집안에서 누님 또래의 여자가 나와서 독고준을 이끌고 방공호로 달려간다. 그 누님은 방공호 안에서 독고준을 꼭 껴안아 보호한다. 그러는 가운데 공습은 계속되고, 누님의 껴안음은 더욱 강해지고, 어린 독고준은 누님에게서 성적인 첫 경험을 하게 된다. 이 경험의 정도는 차이가 있겠지만, 소설에서 독고준의 방공호 속 경험은 그가 남자로서 성숙하는 최초의 경험임을 반복적으로 강조하고 있다. 방공호 속에서 경험은 독고준에게 성적인 첫 경험으로, 그는 이후 이불 속에서 여러 차례 그 경험을 떠올리며 점점 성숙한다. 죽을지도 모르는 급박한 상황에서의 경험은 그를 더욱 흥분시키고, 충동적이게 만든 것이다. 성인이 된 후에도 독고준은 방공호 속의 경험을 기억하며, W시의 여인이 아직도 살아있는지 궁금해하고 그리워한다. 성인이 된 후에 여성과의 관계에서도 W시의 여인을 상상하며 김순임이나 이유정을 만난다. 그로 인해 그녀들과의 관계도 불안해지고, 정상적인 연인 관계로 발전하지 못한다.

방공호 속의 성적 체험은 성장에 중요한 계기가 되지만, 성인이 된후에 정신적 · 육체적 성장을 방해하는 좌절의 체험이기도 하다. 독고준의 심리는 그 시절의 성적 체험에서 그대로 머물러 있음을 성인이 된후에 여성과의 관계에서 알 수 있다.

독고준의 전쟁 체험은 'W시의 그 여름 하늘을 은빛 날개를 번쩍이면서 유유히 날아가는 강철새들의 그 깃소리'로 묘사한다. 기억 속의 전쟁을 낭만적으로 표현했지만, 전쟁은 대량 파괴와 살상을 일삼는 폭력적인 현실임을 보여준다. 독고준이 경험한 유년 시절의 원산 폭격 장면은 최인훈의 여러 작품에서 반복적으로 회상되고 재현된다. 이 원체험은 기억 속에서 낭만적 감성으로 묘사되지만, 전쟁의 폭력성은 죽음과 삶의 경계를 넘나들게 하는 것으로 똑똑히 기억한다. 폭격 속에 경험한 여성과의 접촉은 독고준의 성적 정체성을 확인하게 한다.

독고준이 체험한 B29의 폭격은 그가 품었던 낭만적인 세계와 성장에 대한 환상을 깨트리고, 그를 소년에서 성인으로, 비이념적 인간에서 이념적 인간으로, 존재감이 약한 개인에서 사회 비판적 인간으로 변화시킨다. 또한 독고준은 자신의 체험을 통해 성적 정체성을 발견하게 된다. 그는 현실에서 적응과 소외라는 갈등 속에 성장하고, 책속으로 망명을 시도한다. 그것으로 사회와 역사에서 스스로를 소외시킨다.

4.3. 고향에 대한 그리움

독고준은 힘들고 외로울 때면 그의 방에 누워 고향을 생각한다.

철, 철, 철. 가만히 귀를 기울이면 처마 밑에 받쳐둔 양철대야에 떰병떰병 물 떨어지는 소리가 그 사이로 규칙적으로 들려온다. 철, 철, 철, 떰병, 철, 철, 철, 떰병. 매양 한결같이 끝없이 이어가는 그 소리는 면, 아주 먼 기억의 벌판으로 그의 마음을 천천히 천천히 몰고 간다. 북한의 고향집. 항구 도시에 연한 작은 마을. 멀리 제련소 굴뚝이 바라보이고 왼편으로 눈을 돌리면 저 아래로 Y만의 해안선이 레이스 주름처럼 땅을 물고 들어오는 곳. 과수원을 하는 집이 그의 고향집이었다. 풍경을 이룬 부드럽고 구불구불한 둘레의 선線 속에서 자로 댄 듯이 하늘로 뻗친 하얀 굴뚝. 중학교 이학년짜리 아이에게 그 희디흰 여름날의 굴뚝은 얼마나 놀랍고 달디단 신비였던가. 그것은 여름 한낮이면 눈부신 빛의 기둥처럼 솜구름이 우쭐우쭐한 하늘 속으로 솟아오르는 것이었다. 그것은 굴뚝이 아니고 그렇게 큰 장승의 머리카락이라고 생각하였다. 형이 보면 항상 꾸중을 하였으나, 그는 학교가 파해서 돌아오면 과수원 끝 쪽의 오래 묵은 사과나무 위에 올라앉아서 굴뚝과 바다를 바라보았다. 여름에 연기는 항상 바닷바람을 받아서 뭍으로 날린다. 바다에 서는 바람만이 아니고 냄새와 빛깔도 오는 것이었다. 그 냄새로 사과꽃이 피고 그 빛깔 속에서 준의 소년 시절의 시간이 익었다.(19면)

독고준은 전쟁의 혼란과 북한 생활에서의 상처를 가지고 희망의 땅 남한으로 내려왔지만, 이미 그곳은 그가 생각하는 낙원이 아니었다. 그가 바라본 남한은 자본주의가 잠식하는 혼란스러운 곳이었다. 현호성과 같은 인물들이 판을 치는 그런 곳이었다. 먼저 내려온 아버지는 현호성과 연을 끊고 어려운 생활고에 시달리고 있었다. 남한에만 가면 잘 살 수 있으리라는 희망은 사라졌다. 아버지를 여의고 생활이 어려워진 독고준은 군대에 입대하였다. OP에서의 복무생활을 마치고 돌아온 독고준은 다시 생활고에 시달린다. 친구 김학이 구해준 가정교사 일도 그만두게 되어 등록금과 생활비를 걱정한다. 생각에 지쳐 하숙방에 누워 있으면, 그의 머릿속에 떠오르는 것은 고향이다. 어린 시절 그가 살았던 아름다운 고향 땅이다. 사랑하는 어머니와 형님과 누님이 있는 곳이다.

이렇게 독고준은 남한 현실에서 겪고 있는 정신적·경제적 어려움에 고통스러울 때, 그의 마음속에 자리 잡은 향수鄕愁라는 우상으로 현실 사이에 또 하나의 벽을 만든다. "그의 마음은 철조망의 선을 넘어서 고향의 집으로, 사과밭으로, 부서진 학교로, 방공호 속의 그의 나나에게로 공상의 나그네 길을 떠났다. 사랑이 그러한 것처럼 향수도 결정작용結晶作用을 한다."(64면)고 느낀다. 독고준에게 고향은 전쟁이 일어나기 전 유년의 따뜻한 곳으로 기억한다. 전쟁으로 인한 북한과 남한의 현실은 그를 더욱 외롭고 힘들게 하는 곳이지만, 기억 속의 고향은 아름답고 그의 세계를 꿈꾸게 하는 곳으로 남아 있다. 그만큼 그의 현실은 더욱 비극적인 것이다. 또한 그가 스스로 해결해 나갈 수 있는 생활력을 갖지 못한 미숙한 상태임을 말하기도 한다. 그의 몸은 어른이지만, 그의 사고는 유년에 머물러 있는 것이다. 독고준에게 전쟁이 남긴 상흔이 크고, 그 상처를 극복할 만큼 내적 성장이 이루지지 않은 것이다. 남한 생활에서 외적 요인 또한 쉽지 않음을 그는 몸으로 체험하고 있다. 독고준은 그가 태어나고 자란 고향과 폭격 속에 그를 구해준 연인의 살 냄새를 또렷이 기억하고, 힘들고 지칠 때면 마음 한 곳에 두었다가 꺼내보는 아름다운 추억으로 간직한다.

4.4. 독고준의 에고

독고준의 외로움은 그를 에고의 세계로 빠져들게 한다.

> 한때 독고준은 맹렬한 집념에 사로잡힌 시대가 있었다. 고등학교에서 대학 초년에 걸친 시대에 그는 에고에 눈을 떴다. 여러 사람 가운데서 유독 귀여운 자기를 발견한 것이다. 민족의 일원도 국가의 일원도 그리고 가족의 일원이기도 전인 '자기' 그는 이 발견에 몸이 으스스하도록 감격했다. 그는 자기의 에고에 가꾸고 매끄럽게 다듬고 대뜸 눈에 뜨일 유별난 빛깔을 내게 하고 싶은 욕망에 사로잡혔다. 그는 몇 시간씩 거울에 마주서서 표정을 연구했다. 그것은 계집애들이 화장대 앞에서 소비하는 시간과 다를 것이 없었다. 그로서는 분칠을 하는 무기물의 화장이 아니고 정신의 분장술을 연구한다고 했겠지만 마찬가지였다. 그는 닥치는대로 책을 읽었다. 그에게 있어 책이란 계집애들에게 있어서의 크림이나 로션이나 루즈 같은 것이었다. 속의 얼굴을 단장하는 일을 그는 스스로를 속이는 그럴듯한 대의명분 아래 진행시켰다. 역사든 철학이든 그는 짓이겨서 그, 속의 얼굴을 다듬는 데 썼다. 무엇 때문에 그처럼 미친 듯이 읽었을까. 아마 외로워서였다. 외로워서? 아마.(33~34면)

최인훈은 그의 작품에서 주인공과 주변 인물들의 외로움을 공통적으로 말한다. 그들은 모두 외로운 존재이다. 개인과 개인 사이의 외로움, 개인과 사회와의 외로움 등 특히 주인공의 외로움을 부각시키고 있다. 작품 속 주인공들은 가족과 떨어져 지내거나, 어떤 사유로 혼자서 지낸다. 누군가의 집에서 공동체 생활을 하고는 있지만 고향에 대한 그리움과 가족에 대한 사랑을 가슴 속에 묻어두고 지낸다. 그래서 주인공들의 외로움은 더욱 깊다. 또한 현실과의 타협이 적절히 이루어지지 않는 상황에서 외로움은 혼자 있는 밤의 시간에 주인공들을 더욱 외로움에 사무치게 한다. 『廣場』에서 이명준과 태식이 지나가는 운동선수를 보고 그가 뛰는 것은 외로움 때문이라고 말한다. 이명준과 태식도 외로운 것이다. 『灰色人』에서 독고준은 남한에 내려와서 아버지가 돌아가시고 혼자 남게 되자, 현실의 어려움과 여러 상황에서 심한 외로움, 지독한 고독을 느낀다. 독고준의 외로움은 그를 에고에 눈뜨게 하고, 자기 환상에 빠지게 한다. 독고준은 여자들이 화장대에 앉아 화장하는 것처럼 자신의 정신을 분장한다. 그 방법이 책 속으로의 망명이다. 어린 시절 자아비판의 상흔을 지우기 위해 책 속으로 망명했던 것과 마찬가지로 성인이 된 그는 현실에 대한 비극적인 인식으로 다시 책 속으로 망명한다. 정신을 무장하는 것이다. 책 속으로 망명은 그를 현실에서 더욱 도피하게 만들고, 비극적인 세계관으로 나아가게 한다.

독고준의 에고는 남한 현실에서 겪는 어려움으로 북한에 두고 온 가족에 대한 그리움이 더욱 심화된다. 가족에 대한 그리움이 상상계로 나아감이다. 북한의 가족들만 만날 수 있으면 하는 바람을 가진다. 그러나 그것이 불가능함을 알고 책 속으로 망명을 시도한다. 책 속으로의 망명은 상징계로 나아감이고, 책을 통해 그의 에고를 확립하는 것이 실재계이다. 독고준의 욕망 구조를 도식화하면 다음과 같다.

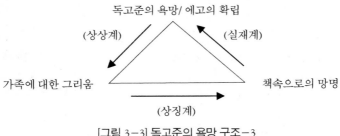

[그림 3-3] 독고준의 욕망 구조-3

독고준은 자의식이 강하고 자기중심적인 인물이다. 그의 에고는 자기 동일성이 완벽에 가까운 집착에 의한 추구로서 자기애(나르시시즘)에 이르게 된다. 그는 혁명에서 정권만 교체되어서는 안 되고 새로운 사상을 제시해야 하고, 민족의 앞길을 밝히는 사상가여야 한다고 주장한다. 독고준은 완벽을 추구하는 자신의 에고를 확립하기 위해 더욱 자기만의 세계에 빠지고, 그로 인해 외부와 관계에서 스스로를 소외시키는 결과를 가져온다.

4.5. 灰色人이 된 이유

독고준은 현실에 절망한다.

① 독고준은 점점 자기자신에 대해서 절망해갔다. 그는 소설가가 되겠다는 막연한 희망이었으나, 그것도 꼭 되고 싶다는 것보다도 그저 되어볼까 하는 것뿐이었으며 그게 아니면 죽구 못 산다는 것은 아니었다. 그는 여전히 소설을 탐독했으나 소년 시절처럼 빠져들 수 없었다. 다 거짓말이고 가슴에 오지 않았다. 사실은 그 자신의 속이 비어 있는 것은 생각지 않고 소설 속에서 소설을 찾자는데 까닭은 있었으나 그의 가슴에서 정작 활활 타오를 그런 불길은 없었다. 일요일 같

은 인간. 매일 날에 날마다 일요일 같은 놈. 그는 자기의 에고를 마치 구경거리이기나 한 듯이 바라보았다. 그 바둥거리는 모양. 측은했다. 두 개로 쪼개진 이 자기가 한데 어울려 붙어야 무슨 일에든 신명이 날 테지만 이런 모양으로는 언제까지나 그는 깊은 회의와 권태의 의자에서 일어날 수 없었다. W시에서 폭격을 당하던 날, 그 굴속의 여자를 생각할 때면 그는 다시 소년의 날로 돌아가는 기분이 들었다. 진격하는 부대를 따라 들어가던 일. 사과. 한 낮의 햇볕 아래 자기의 가죽을 외투처럼 깔고 누워있던 소. 노인에게 사과를 던지던 병사. 그 병사의 모습은 그 후에 그가 남한에서 본 것을 상징하는 그림이었다. 그 여자는 지금 어떻게 살고 있을까. 사람의 가슴속 제일 깊숙한 곳에 자리잡은 가장 소중한 물건이란 이렇게 시시한 일일까? 만일 다른 사람이 그것을 본다면 하찮은 부스러기에 지나지 않을 것이다. 그러나 나에게는 그게 진주眞珠라는 데 문제는 있다. 거기를 건드리면 언제나 울리고 아프다.(66면)

② 지금의 독고준에게 한 가지 희망이 있다면 언젠가 한 번은 고향에 가보고 싶다는 생각이었다. 그 고향에 가서 일생을 묻겠다는 것이 아니었다. 돌아가봐야 그곳은 옛날에 불던 풀피리 소리 아니 나고 메마른 입술에 풀피리는 쓰디쓸 것이다. 그러나 그렇기 때문에 한 번 가보고 싶다. 그 쓰디쓴 풀피리를 불기 위하여. 메마른 입술에 풀피리를 씹으며 그 밤나무숲에 다시한번 앉아서 희디희게 빛나는 제련소 굴뚝을 볼 수 있다면. …중략… 그래서 형님과 어머니와 누님에게 우리들이 그 하고많은 밤의 굿을 치르며 그리워하고 그곳에 살고지라 빌었던 귤이 무르익는 남쪽 나라는 와보니 있지 않은 허깨비더라는 것, 따라서 그 목소리 곱던 아가씨는 거짓말쟁이라는 것, 누님이 이 세상에서 제일 잘나고 제일 훌륭한 남자라고 여겼던 사람은 치사한 녀석이더라는 것—이 모든 얘기를 그 사람에게 해주어야 할 것이 아닌가. 그러나 그런 날이 올라구. …중략… 사랑과 시간. 엽전의 종교. 하하. 속으로는 번연히 괘가 그른 줄 다 알면서 얼렁뚱땅 거짓말이나 해가면서 처자식 고생이나 시키지 않게 처신하는 유식한

분들이 정치를 하고 신문을 내고 교육을 하는 판에, 백년하청이지 어느 날에 물이 맑아질까. 그러니까 혁명이라? 싫다. 누가 이따위 엽전들을 위해서 혁명을 해줄까보냐. …중략… 서양 아이들 등쌀에 제대로 되겠어? 그애들의 거창한 힘과 겨룰 수 없어, 김학. 엽전답게 살지 않으련?(70~71면)

성인이 된 독고준은 지금 신명나지 않는다. 소설가가 되겠다는 막연한 희망은 점점 희미해지고, 남한 사회와 그가 처한 현실의 경제적 어려움과 홀로 생활하는 정신적 외로움은 그에게 미래에 대한 희망을 보여주지 않는다. 활활 타오르는 불길 같은 정열이 없는 자신의 모습을 타자인 것처럼 바라보며, 회의와 권태의 의자에서 일어나지 못한다. W시의 폭격은 방공호 속에서의 그녀를 생각나게 하고, 진격하던 부대를 따라가던 날에, 노인에게 사과를 던지던 병사들의 모습은 그가 상상하던 남한의 환상을 깨트리고 남한 현실을 그대로 반영한 모습임을 확인하고 있다. 북한도 남한도 그에게 희망을 주는 곳이 아니다. 독고준은 현실에서 무엇을 어찌해야 할지 답을 찾지 못하고 자신의 에고에 갇혀 있다. 꼭 한번이라도 고향에 가서 가족을 만날 수 있다면, 그는 남한의 거짓된 현실과 우리들의 헛된 환상을 분명히 알려 주리라고 다짐하지만, 그런 날은 절대 오지 않을 것을 알고 더욱 절망한다. 폭격 속 방공호에서 자신을 감싸주었던 그녀에 대한 기억은 건드리면 가슴 깊이 울리고 아픈 진주眞珠가 되어버린 것이다. 폭력적이고 억압적인 북한 현실에 거짓 환상으로 유혹한 남한의 인민을 위해 독고준은 절대 혁명을 하지 않을 것이라고 다짐한다. 혁명을 외치는 김학에게 혁명할 시간이 있으면 '사랑'을 하는 것이 훨씬 보람된 시간이라고 비웃는다. 남한의 거짓된 환상과 부조리한 현실에 살고 있는 그들을 위해 아무 것도 하고 싶지 않다. 그냥 그는 남한의 불합리한 현실을 바라보기만 하는 타자가 되는 것이다.

독고준의 이러한 태도는 『廣場』의 이명준을 떠올리게 한다. 남과 북을 모두 버리고 중립국을 선택하고, 결국은 중립국에 이르기 전에 바다로 뛰어드는 이명준의 모습에서 '회색灰色'을 발견할 수 있다. 이명준은 자신의 선택에 대해 최소한의 책임을 지는 모습을 보여주고 있지만 독고준은 자신의 행동에 대해 어떠한 책임도 지지 않는다. 또한 이명준은 그의 행동에 대해 깊이 사고하지 않고 행동하는 모습을 보이지만 독고준은 그의 행동에 앞서 깊이 사고하고 고민하는 모습을 보여준다. 결과적으로 이명준은 부정적인 현실을 긍정적인 현실로 바꾸려는 노력이 실패하여 죽음을 선택하는 상황에 이르지만, 독고준은 부정적인 현실에서 부정적인 상태 그대로 머무르는 것으로 보인다.

『灰色人』에서 독고준은 시간과 경험을 통해 내적인 변화와 성숙을 하는 것이 아니라, 성장을 멈추고 현실을 부정하는 모습으로 정지한 것이다. 혁명이 불가능한 현실에서 '사랑과 시간'을 말하며, 실천적인 행위를 거부하는 독고준의 행위는 자신의 에고에 갇혀 자신만의 세계에서 나오지 않는다. '사랑'을 말하면서 타자로부터 사랑을 진행하지 못하고 좌절을 반복하는 행위도 그가 현실에서 에고의 세계로 도피하게 한다. 타자와의 관계 실패는 자신을 소외시키고, 스스로 고독과 회의의 자리에 머물게 한다. 이러한 세계와 불화하는 독고준의 심리는 비극적 세계관으로 나아갈 수밖에 없다.

『灰色人』에서 독고준은 가족을 북한에 두고 어린 시절 월남했으나 남한에서 만난 아버지는 돌아가시고 혼자 남게 된다. 이러한 독고준의 사유 세계는 혼자라는 외로움과 가족에 대한 그리움으로 가득하고, 현실적 어려움은 그를 절망케 하고 현실과 불화하게 한다. 어린 시절 북한에서 경험한 독고준의 성적 체험은 그의 여성관에 영향을 주고, 남한에서 만나는 여성들과 적절한 관계를 맺지 못한다. 남한에서 만난 순수한 여인 김순임과 관능적이고 매력적인 여인 이유정과의 관계에서 욕망을 느끼고 갈등하지만, 그녀들과 온전한 관계로 발전하지 못한다.

어린 시절 경험한 전쟁의 잔인함과 자아비판의 상혼은 현실에서 자아와 세계의 불화로 이어지며 현실적응에 실패한다. 현실과의 불화는 독고준을 더욱 외롭게 하고, 그를 내면세계로 침잠하게 한다. 독서를 통해 자신을 치장하지만, 그는 에고에 갇혀 현실로 나오지 못한다. '혁명'을 외치는 김학을 비웃으며, 혁명할 시간에 '사랑'을 하는 것이 훨씬 보람된 시간이라고 말하는 그는 회색灰色인이 될 수밖에 없다.

『灰色人』에서 독고준의 비극적 세계관은 타락한 현실 세계를 부정할 수밖에 없지만, 그러한 세계를 떠나서 살 수 있는 다른 삶의 공간이 없다. 그래서 타락한 현실 세계에 살면서 그가 추구하는 진정한 가치를 내면세계로 침잠시키며 살아간다. 그러나 마지막 장면에 이유정의 방문을 열고 들어감으로써 그는 현실의 삶을 피하지 않고 맞서려는 의지를 보여준다. 서로 모순되는 자아의 진실과 세계의 허위 속에서 고뇌하는 독고준의 모습은 우리 모두 살아가는 인생태도이고, 현실이다. 이러한 현실을 피하지 않고 맞섬으로써 인간은 희랍신화의 이카루스처럼 끊임없이 날아오르는 것이다. 인간은 비극적인 현실에 살 수밖에 없고, 그로 인해 이상과 현실은 점점 멀어질 수밖에 없다. 그러나 이러한 비극적인 삶도 인간의 선택에 따라 긍정할 수도 부정할 수도 있다. 이 또한 인간의 선택이다.

Ⅳ. 독고준의 욕망에 대한 환상 여행
—『西遊記』

『西遊記』는 최인훈의 여러 작품 중 가장 난해한 작품에 속한다. 비사실주의 소설로서 기존의 소설과는 구조적으로 다른 내용을 표현하고 있다. 그로 인해 다른 작품에 비해 『西遊記』에 대한 분석은 환상성이라는 논의에 한정된 경향이 있다.[1] 그러나 이 작품을 꼼꼼히 읽어 보면 논란거리가 다양함을 알 수 있다.

『西遊記』의 주인공 독고준은 『灰色人』에서 연속되어 나타난다. 『西遊記』는 독고준이 이유정의 방에서 나오는 장면으로 시작되고, 작품에 나오는 내용들이 대부분 『灰色人』에서 있었던 기억을 중심으로 서술되고 있다. 이에 연구자는 주인공 독고준을 동일인으로 간주한다.

---

1) 김윤정, 「최인훈 소설의 환상성 연구 : <서유기>의 시간성을 중심으로」, 『구보학보』제4집, 구보학회, 2008.
   박은태, 「최인훈 소설의 미로구조와 에세이 양식 : <서유기>를 중심으로」, 『수련어문논집』제26집, 부산여자대학교 국어교육학과 수련어문학회, 2001.
   양윤모, 「최인훈의 <서유기> 연구 : 환상의 의미 분석」, 『어문학연구』제8집, 상명대학교 어문학연구소, 1998.
   윤대석, 「최인훈 소설의 정신분석학적 읽기 −<회색인>, <서유기>를 중심으로 : 최인훈 소설의 정신분석학적 읽기」, 『한국학연구』제16집, 인하대학교 한국학연구소, 2007.

연작소설로서 주인공 독고준의 심리 세계를 환상적인 공간 이동과 더불어 독고준의 기억에 잠재된 욕망을 분석하고, 그로 인하여 자아에 내재된 상혼을 중심으로 치유의 과정을 고찰한다. 또한 그의 관념적인 사유를 분석하여 독고준의 심리 세계를 연구하는 데 의의를 두고자 한다.

『灰色人』은 시간적 배경이 1958년 가을 저녁에 시작해서 1959년 여름 저녁에 끝을 맺고, 공간적 배경은 독고준이 이유정의 방으로 들어가는 장면에서 끝난다. 『西遊記』의 첫 장면은 '고고학 입문의 한 편'이라는 영화로 시작하지만, 중심 내용의 구성은 독고준이 이유정의 방에서 나와서 자신의 방으로 돌아가는 장면으로부터 시작한다. 독고준이 자신의 방으로 돌아가는 복도에서 짧은 시간 동안 독고준의 사유 세계는 환상적인 공간 이동을 이루며 서사가 전개된다. 중심 이야기 속 내용과 시간들은 한정되지 않은 시간과 공간의 이동을 이루어 처음 이 책을 읽는 독자들에게 이해의 끈기를 요구하기도 한다. 그러나 여러 번 읽을수록 그 작품에 대한 묘미는 더욱 깊어진다.

『西遊記』의 난해성을 해소하는 데 도움을 주고자 먼저 작품의 서사를 공간 이동과 주요 등장 인물에 따라 정리하였다. 서사 구조에 대한 분석은 지금까지 여러 논문이 나와 있지만, 연구자는 서사의 내용에 중점을 두어 정리하였다. 이는 작품의 이해와 서사 구조 연구에 도움이 되리라 생각한다.

1. 서사 구조

아래 표는 『西遊記』에서 공간 이동에 따른 서사를 정리한 것이다.

장소	주요인물	공간(장소) 이동에 따른 서사
1. 영상실		서문-이 필름은 고고학 입문 시리즈 가운데 한 편으로 최근에 발굴된 고대인의 두개골 화석의 대뇌 피질부에 대한 의미론적 해독입니다.
2. 2층 복도	독고준, 남자(5)	괘종시계가 2시를 알린다. 독고준은 이유정의 방을 나와 계단을 올라서 끝나는 지점에서 그를 기다리는 사람들이 있다. 그들은 독고준을 끌고 복도의 어느 지점까지 가서 그를 놓아준다. 복도를 지나면서 쓰레기와 오물 냄새를 맡는다. 그러다가 아래로 떨어져 정신을 잃는다.
3. 어느 방 안	독고준, 남자(1)	쇠사슬에 묶인 독고준은 바닥에 떨어진 신문에서 당신을 잘 알고 있는 사람으로부터 자신을 찾는다는 내용을 본다. W시의 여름날을 기억하는 그녀가 자신을 찾는다고 생각한다. 라디오 방송에서 자신의 목소리가 들린다. 방송이 끝나고, 어떤 남자가 들어와 사슬을 풀어주고, 칸막이가 있는 방으로 그를 안내한다. 운명의 그녀가 자신을 찾는다는 희망을 가진다.
4. 진찰실	독고준, 의사(2), 간호원	두 의사(대머리와 무테안경)는 의료 정책에 대해 논쟁하며 독고준의 의견을 묻지만, 독고준은 회피한다. 두 의사와 간호원은 술추렴을 하다가 전화를 받고 가루약을 먹는다. 세 사람은 피를 쏟으며 쓰러지는데 그 형체는 사라진다. 그 자리에 『대한간호원협회 월보』, 『대한의료 시보』라는 책이 놓여 있다.
5. 정거장, 지하실, 복도	독고준, 헌병(2), 일제 총독의 목소리	'조선의 소리'라는 라디오 방송에서 일제는 패망하여 조선을 떠나지만, 40년의 잔악한 통치에도 불구하고 온순한 태도로 그들을 떠나보내는 반도 백성의 모습에 그들은 반도 통치에 대한 새로운 희망을 품고 일부는 반도에 남아 다시 반도를 점령할 그날을 기다리며 은인자중할 것을 권고한다.
6. 방 안	독고준, 논개, 헌병(2)	어떤 방 안에 들어서자, 300년 동안 고문을 받은 논개가 독고준을 기다리고 있다. 독고준은 논개가 기다리던 그 사람으로 나라를 위해 목숨을 바친 그녀와 결혼하면 그녀를 고문에서 구할 수 있다. 그러나 독고준은 그 여름날의 그녀를 만나러 가야하므로 논개와 결혼할 수 없다고 말한다.

7. 연못가 정자	독고준	연못가 정자에서 한 권의 책을 읽는다. 첫 번째 이야기는 바다 위에 배 한 척이 있는데, 배 위에 한 사람만이 외롭게 있다가 배 아래에서 노를 젓는 한 사람을 배 위로 데려와서 친구로 삼고 지내는데, 그 일로 배 안에서 혼란이 일어난다. 배의 선장은 죽은 지 오래되었지만, 사람들은 여전히 서로 싸우면서 배는 망망한 바다를 지나가고 있다. 두 번째 이야기는 옛날에 아주 영험한 호랑이가 살았는데, 늙어서 죽자 그 몸에 구더기가 산을 이루어 계속 움직이고 있다는 이야기이다. 세 번째 이야기는 우리의 마음을 슬프게 하는 것에 대한 내용이다. 네 번째 이야기는 낡은 창고에 버려져 있는 외로운 기계 이야기이다. 다섯 번째 이야기는 담소아膽小兒와 학빈鶴彬이라는 이름에 얽힌 팔자에 대한 두 아이의 이야기이다.
8. 정거장 (석왕사 釋王寺), 역장실	독고준, 역장, 검차원(2)	석왕사釋王寺라는 정거장은 독고준이 어린 시절 수학여행을 왔던 장소였다. 지금 그 정거장에는 두 명의 검차원과 역장만이 있다. 역장은 독고준에게 W시로 가는 것을 포기하고 자기와 여기서 함께 살자고 말한다. 그들이 요물로 변신하려는 순간에 폭음소리가 나서 독고준은 역장실을 빠져나온다.
9. 기차 안	독고준, 역장, 헌병, 간호원, 방송 소리 (상해정부, 혁명위원회)	기차를 타고 떠나는 독고준은 계속 같은 풍경의 야산과 벌판이 나오는 것을 보고 걱정한다. 그때 방송에서 상해정부는 해방된 조국에 도덕이 없다고 비판하고, 사생결단의 피비린내 나는 결전을 벌이기로 결정했다고 말한다. 그러다가 상해정부는 전원이 사직하고 혁명위원회가 수립되었다고 방송한다. 위원장은 국가의 기초는 동족의 피라고 말하며, 독고준에게 신변의 안전을 보장하겠으니 위원회로 출두하라고 방송한다.
10. 정거장 (석왕사 釋王寺)	독고준, 역장, 이순신, 죄수(사학자)	기차는 석왕사釋王寺라는 정거장에 닿았다. 역장은 독고준을 감찰관 각하라고 부르며 열차 객실의 죄수를 안내한다. 죄수는 사학자로 '민족성'에 대해 말한다.
11. 정거장 (석왕사 釋王寺)	독고준, 역장	또 다시 정거장, 석왕사. 독고준은 계속 석왕사 정거장을 못 벗어나고 있다. 숙직실에서 자고 있는 역장을 깨워 지금 떠나는 기차를 물어보니, 역장은 독고준에게 그를 지금까지

		기다려왔다며 떠나지 말라고 한다. 독고준은 그곳을 떠나기 위해 역장의 비위를 맞추고, 결국 떠나는 기차에 올라탄다.
12. 기차, 정거장	독고준, 조봉암, 이광수	차량 사이에서 독고준은 조봉암을 만나고, 다음 정거장에서 이광수를 만난다. 남으라는 청을 거절하고 기차를 타고 떠난다.
13. 꿈 속 (월남한 집, 정거장)	독고준, 여동생 숙, 남동생 철, 지도원선생	독고준은 꿈에서 깨어보니 자신의 몸이 구렁이가 되어 있다. 월남할 때부터 삼남매를 책임져야 하는 맏이로 동생들을 아낌없이 돌봐왔다. 그러나 자신은 지금 동생들이 두려워하는 구렁이로 변해 괴로워하고 있다. 그러다가 옛날 고향에서 있었던 일들을 생각한다. 정신을 차려보니 정거장의 벤치에 앉아 꾼 꿈이다.
14. 노트	독고준	벤치에 앉아서 떨어진 노트를 본다. 노트에는 내면적 공간과 외면적 공간에 대한 관념적 내용이 서술되어 있다.
15. 개찰구 -역사 안 -복도-방 -고향마을	독고준, 간호원, 검차원, 역장, 이순신, 방송 소리 (9회)	표를 사기 위해 역사 안으로 들어가자, 매표소 안으로 들어가게 된다. 간호원을 따라 복도를 지나 어느 방에 들어가니, 이순신과 헌병, 검차원, 역장 등이 있다. 그들은 독고준을 교실만한 방으로 데리고 가서 재판을 한다. 잠시 휴정하는 동안 독고준은 고향 마을에 간다.(① 운동장-② 극장-③ 천주교당-④ 친구집-⑤ 냉면집-⑥ 운동기구가게-⑦ 시멘트집-⑧ 모래주머니-⑨ 토치카-⑩ 학교쪽-⑪ 인민위원장집-⑫ 비행기)
16. 법정 (옛날의 교실)	독고준, 지도원선생, 소년단 간부들	속개된 법정. 독고준은 어릴 적 지도원 선생에 대한 감정과 현재의 감정에 대해 말한다. 지도원 선생은 독고준이 인민의 적으로 공화국을 공격하러 왔으므로 그에게 종신징역을 구형한다. 역장은 독고준의 변호인으로서 독고준의 시를 증거로 들며 무죄를 주장한다. 재판장은 독고준을 석방한다.
17. 이층 방	독고준	긴 복도를 지나 자신의 방에 들어온 독고준은 이유정의 방 문간에 서 있다가 그대로 물러나옴을 생각하고 부끄러워한다.

다음은 현실 세계와 환상 세계를 구별한 공간 이동과 중층 액자구조 층을 간단히 한 것이다.

<표 4-2> 『西遊記』의 공간 이동

＊현실 세계: 독고준의 방 → 이유정의 방→ 독고준의 방

＊환상 세계: 2층 복도→ 방안→ 진찰실→ 정거장→ 지하실→ 복도
→ 방안→ 정자→ 정거장(석왕사 ①)→ 기차안→ 정거장(석왕사 ②)→
정거장(석왕사 ③)→ 기차→ 정거장(석왕사 ④)→ 기차→ 꿈(구렁이
변신)→ 정거장(석왕사 ⑤)벤치→ 개찰구→ 역사안→ 복도→ 방→ 고
향마을(① 운동장-② 극장-③ 천주교당-④ 친구집-⑤ 냉면집-
⑥ 운동기구가게-⑦ 시멘트집-⑧ 모래주머니-⑨ 토치카-⑩ 학
교쪽-⑪ 인민위원장집-⑫ 비행기)→ 교실(법정)→ 길→ 복도 →(현
실계)이층 방

<표 4-3> 『西遊記』의 액자구조층

중층구조층	내용
1층(이야기 첫 부분)	고고학자의 서사(영화 필름)
2층(액자구조1층)	독고준의 현실계 서사
3층(액자구조2층)	독고준의 환상계 서사
4층(액자구조3층)	이야기5-석왕사회귀①②③④⑤-구렁이 변신담-귀향담

『西遊記』는 크게 현실 세계와 환상 세계로 나누어 볼 수 있다. 현실
세계는 시간과 공간을 명확히 구분할 수 있지만, 환상 세계에서는 시간
과 공간의 자유로운 이동이 이루어져 명확한 구분이 어렵다. 환상 세계
에서 공간 이동은 반복적인 장소로 회귀하는 구조를 이루고, 시간의 연
속성은 무시간성을 추구한다.

『西遊記』의 중층구조는 이야기의 첫 부분을 '고고학 입문'의 영상 필
름으로 시작한다. 독고준이 이유정의 방에서 나오는 현실 세계가 1층
액자구조이고, 독고준이 자신의 방으로 들어가기 전의 환상 세계가 2
층 액자구조이다. 또한 독고준이 환상 세계에서 다시 꿈속으로 자신이
구렁이로 변신한 이야기는 3층 액자구조를 이루어 이야기를 진행하고

있다. 이러한 중층 액자구조 형식은 그 서사 구조를 면밀히 살피지 않으면 혼돈을 초래할 수 있으므로 『西遊記』의 면밀한 서사 정리가 중요하다고 판단한다.

『灰色人』이 서사의 흐름 속에 수시로 독고준의 상념들을 끼워 넣어 서사의 진행보다는 사변적思辨的인 관념의 세계에 몰입하고 있다는 인상을 주고, 마지막 장면까지 독고준이 현실 속에서 살아 움직이는 인물이라는 실감을 유지한다. 그러나, 『西遊記』의 독고준은 마치 현실의 시공간과 분리된 환상의 세계를 떠도는 실체를 알 수 없는 무정형의 입자같은 느낌을 준다.2) 그것은 『西遊記』에서 독고준의 사유 세계가 『灰色人』에서 보다 깊이 있게 표현되고 자유롭게 사고하고 있기 때문이다. 독고준의 사유 세계는 『西遊記』에서 여러 명의 역사적 인물과 만나서 대화로 그의 역사관을 논의하고, 과거의 상흔에 대한 치유를 위해 자유로운 사유와 논쟁을 거침없이 펼치고 있다. 이것은 독고준의 사유 세계가 혼돈이 아니라 점차적으로 안정되어 가는 과정이다.

오승은의 『西遊記』는 중국에서 『목천자전穆天子傳』이후 서방 낙원에 대한 여행기로 가장 저명한 사대기서四大奇書 중의 하나이다.3) 『西

---

2) 박혜경(2008), 「역사라는 이름의 카오스」, 368면 참조.
3) 『西遊記』는 토착적인 서방 낙원설과 불교의 서방정토설이 결합하여 빚어낸 환상문학의 걸작이다. 당나라 때에 현장玄奘(596~664), 스님이 인도에 가서 불경을 갖고 왔던 역사적 사실을 근거로 다양한 상상을 가미하여 지어진 소설이다. 작가 오승은吳承恩(1506~1582)은 『西遊記』의 전신인 『대당삼장취경시화大唐三藏取經時話』와 『서유기잡극西遊記雜劇』 등을 바탕으로 오늘날 전해지는 100회본 『西遊記』를 완성하였다.
『穆天子傳』은 (동아시아) 주목왕周穆王(기원전 1001~947)이 여덟 필의 준마가 이끄는 수레를 타고 서쪽 끝까지 가서 곤륜산昆侖山의 여신 서왕모西王母를 만나 사랑하고 고국으로 돌아온 여행담이다. 서기 281년, 서진西晉 무제武帝 시절의 어느날, 도굴꾼에 의해 발굴되어 빛을 보게 된 주목왕의 여행기는 학자 순욱筍勗이 정리하여 중국의 중요한 자료로 남아 있다. 정재서(2003), 「여행의 상징의미 및 그 문

遊記』는 동아시아 판타지의 백미白眉로 손꼽히는 작품이다. 『西遊記』의 환상적인 내용들은 큰 도리를 밝히기 위한 장치이고, 깨달음을 통해 자기완성을 이루는 데 목적이 있다. 또한 참된 자아를 찾아가는 마음의 행로를 환상으로 그려낸 것이다.

최인훈의 『西遊記』가 고전 『西遊記』와 비슷한 여행기 구조를 취하고 있다는 점은 작품의 구조적인 안정을 의도한 것이다. 또한 고전적 모험소설들이 그렇듯 『西遊記』의 기본 구조도 '이탈과 되돌아 옴'의 구조를 가지고 있다. 그러나 『西遊記』는 새롭고 낯선 공간으로의 모험이 아니라 '기억과 무의식'의 정신적 영역으로의 모험이다.[4]

2. W시의 그 여름에 대한 욕망

융은 무의식의 분석에서 무의식의 개념과 개인적 · 보편적 구조를 제시하고자 꿈의 상징성에 관해 생각할 수 있는 의미와 기능을 분석하였다. 융은 모든 꿈이 정도의 차이는 있지만 꿈은 본인의 인생에 관계하고 있으며, 심리적 요소로서 모든 부분을 구성하고 있다고 한다. 또 꿈이 하나의 배열이나 패턴을 따르는 것처럼 보이는 그 패턴을 '개성화의 과정'이라고 한다. 이것은 마음의 성장과정이다. 마음의 성장은 의

화적 수용－『목천자전穆天子傳』에서 최인훈의 『서유기西遊記』까지」, 276~280면 참조.

4) 박은태는 『서유기』에서 과거, 현재, 미래에 대한 시간의 삼차원을 명확히 하고 있으며, 위르겐 슈람케가 나누는 개인적, 사회적, 역사적 시간에서 개인적 시간과 사회적 시간을 매개하여 변화를 만들어내는 역사적 시간의 범위에 속한다고 말한다. 박은 태(2001), 「최인훈 소설의 미로구조와 에세이 양식－『서유기』를 중심으로」, 176~177면 참조.

지력에 의한 의식적인 노력을 통해 획득되는 것이 아니라 자연히 생기는 것으로, 그것은 꿈속에서 자주 나무로 상징된다. 꿈속에서 등장하는 음산한 통로는 개성화 과정이 시작됨에 있어 무의식과 첫 만남의 느낌을 표현한다. 무의식은 자주 복도나 미로, 미궁 등에 의해 상징화된다. 기묘한 통로, 방, 지하실 안에 잠겨 있지 않은 입구 등의 미로는 고대 이집트의 지하세계를 연상시킨다. 그것은 무의식과 그 알려지지 않은 가능성의 상징으로 알려지고 있다. 그것은 어떤 개인이 그 무의식의 그림자 부분에 어떤 식으로 '열려 있는가'를 나타내고, 기이하며 조화되지 못한 요소가 무의식의 영역에 어떻게 들어올 수 있는가를 보여준다.5)

『西遊記』는 독고준이 "想念의 走馬燈을 한 계단 한 계단 천천히 밟으면서 그는 2층 자기 방으로 올라갔다."(8면)고 시작한다. 독고준은 1층에 있는 이유정의 방에서 나와 2층에 있는 자신의 방으로 향하는 짧은 시간 동안 독고준의 무의식 여행을 서술하는 것이다.6)『西遊記』의 중심 서사는 주인공 독고준이 'W시의 그 여름날'을 향해 환상적인 여행을 하는 부분이다.『灰色人』의 마지막 장면에서 이유정의 방에서 나온 독고준이 자기 방으로 향하는 복도 계단 끝에서 그는 낯선 사람들에게 체포당한다. 긴 복도를 지나 아래로 떨어지는 수직 하강하는 구조 속에

---

5) 지하실은 꿈을 꾼 사람 마음의 지하실이라고 볼 수 있다. 기묘한 건물에 돌연 나타난 친구는 꿈을 꾼 사람의 내면이 인격화되어 나타난 것이다. 꿈에서 큰 집이나 통로는 꿈을 꾼 사람이 자기 자신의 심적 확대에 관해 알지 못하고, 그것들을 아직 채울 수가 없다는 사실을 나타낸다. M. L. 폰 프란츠(1992),『C. G. 융 심리학 해설』, 6~28면 참조.

6) 연구자는『西遊記』에서 독고준의 여행은 무의식 세계의 환상 여행으로 규정한다. 독고준이 이유정의 방에서 나와 자기 방으로 가는 복도에서 그가 예상하지 못하는 상황의 새로운 세계로 빠져든다. 그것은 분명 그가 의식하지 못하는 무의식 세계이고, 그가 여행하는 곳들은 현실에서 이루어질 수 없는 환상 세계에서 가능하므로 독고준의 여행은 무의식 세계에서 이루어지는 환상 여행으로 간주한다.

서 환상 세계로 들어간다. 독고준이 지나온 긴 복도는 그의 무의식 세계이다. 독고준의 무의식은 '개성화 과정'에 따라 마음이 성장하기를 바라는 것이다. 독고준이 정신을 차렸을 때 쇠사슬에 묶인 자신의 모습을 보고 두려움을 느끼지만, 바닥에 떨어진 신문에서 자신을 찾는다는 기사를 읽는다. W시의 여름날을 기억하는 그녀가 자신을 찾는다는 생각에 그는 두려움을 어느 정도 극복한다. 그리고 환상 세계에서 그의 목표가 된 '그 여름날의 그녀'를 만나고 싶은 욕망으로 그는 여행을 시작한다. 그 여행은 그 여름날을 기억하는 그녀를 만나기 위한 그의 욕망의 실현이다.

① 폭음 소리가 들려온다. W시의 그 여름 하늘을 은빛 날개를 번쩍이면서 유유히 날아가는 강철 새들의 그 깃소리가. 태양도 그때처럼 이글거렸다. 둥근 백금의 허무처럼. 기체의 배에서 쏟아져내리는 강철의 가지, 가지, 가지. 그곳으로 독고준은 가고 있었다.(14면)

② 그 오르간 소리를 덮어누르면서 은은한 폭음이 들려오는 것이었다. 새파란 하늘을 날아가는 은빛의 강철의 새들. 엷고 몽실하게 떠도는 여름 구름의 눈부신 백白. 인적없는 도시의 열려진 대문들과, 그 속으로 들여다보이는 뜰에 피어 있는 하얀 꽃. 어느 때보다 자신 있게 우뚝 솟아 있는 천주교당의 뾰족 지붕. 아하, 하고 독고준은 한숨을 쉬었다. 그 여름이 내 목숨이 될 줄이야. 지금 그에게는 그 여름 속에 있었던 모든 것이 아름다웠다.(47면)

③ 유리창이 가늘게 떨리면서 은은한 소리가 들려왔다. 멀리서 가까워지고 있는 폭음이다. 수많은 비행기들이 떼를 지어 어느 하늘을 날아오르는 소리다. 부드럽고 그러나 단호하게 무쇠의 근육을 진동시키면서 그들은 날아오고 있었다. 강철의 새들이.(100~101면)

예문①, ②, ③은 그 여름날의 폭음을 반복적으로 연상하는 장면이다. 독고준은 어린 시절 경험한 전쟁 속의 폭격을 아름다운 강철새들의 날아오름으로 표현한다. 그는 가족의 만류에도 불구하고 학생의 의무를 다하기 위해 전쟁의 포화 속을 묵묵히 걸어가고 있다. 성숙하지 못한 어린 학생의 관념과 시각은 전쟁의 잔인함을 제대로 이해하기 어려울 것이다. 학교의 비상소집이라고 하지만 의무를 다해야 한다는 강박감과 포화 속을 가야 하는 불안과 두려움은 상상이라는 환상으로 그를 이끈다. 전쟁의 두려움은 강철새들의 아름다운 날개짓과 은은한 폭음이라는 환상으로 기억하게 만든다. 그가 경험한 현실이 너무 두려워 그 상황을 극복하기 위한 하나의 방편으로 참혹한 전쟁을 아름다운 모습으로 포장하여 기억하는 것이다. 파괴된 도시 속에 피어있는 하얀 꽃과 천주교당의 뾰족지붕은 그의 불안하고 두려운 감정을 잊게 하는 유일한 것이다. 독고준은 성인이 된 후에도 잔인한 전쟁의 기억들이 무의식 속에 아련한 모습으로 감추어져 반복적으로 나타나고 있다. 그의 의식은 그 전쟁의 잔인함을 기억하고 싶지 않은 것이다. 그의 무의식은 그 여름의 운명 속으로 걸어가고 있다.

운명을 만나지 않은 인간은 인간이 아니다. 그는 물건일 뿐이다. 그의 윤리는 물건들의 저 인색한 법칙만을 따른다. 운명을 만나본 사람은 그렇지 않다. 그는 절망 속에서 희망을 본다. 없는 속에서 푸짐함을 본다. 그의 생애는 이제 저 바닷가 모래펄 속에 파묻혀도 그의 눈에는 대뜸 알아볼 수 있다. 그의 생애가 비록 모래 한 알처럼 미미한 것이라 하더라도. 나의 운명을 만난 날, 폭음의 여름, 저 강철의 새들이 잔인한 계절의 장막을 열고 도시의 하늘이 날아온 그날을. 오, 나는 얼마나 사랑하는가, 나의 생애의 자북磁北을 알리던 그 바늘의 와들거림을 나는 생각한다.(15면)

독고준의 여행은 W시의 그 여름 날 그녀를 찾아가는 것이다. '그 여름날에 우리가 더불어 받았던 계시를 이야기하면서 우리 자신을 찾기 위하여, 우리와 만나기 위하여. 당신이 잘 아는 사람으로부터' 라는 문구와 자신의 사진이 실린 신문의 광고란을 보고 독고준은 자신이 받았던 계시를 생각하면서 비로소 여행의 목적을 발견한다. '그 여름날의 계시'는 독고준에게 절대적인 운명이요, 아니마적인 사랑이다.[7]

남성 아니마의 특성은 일반적으로 그 어머니에 의해 형성된다. 어머니가 자기에게 나쁜 영향을 주었다고 느끼는 사람들에게 아니마는 자주 화를 내고 음산하고 불확실하고 불안정하며 심술궂음을 나타낸다. 남성 마음속의 부정적인 모성(아니마)의 이미지는 "나는 아무런 가치도 없다. 세상의 일은 모두 무의미하다. 다른 사람은 별개이지만……즐거운 일은 아무것도 없다." 이러한 아니마는 권태감이나 병에 대한 두려움, 무력감, 사고의 원인이 된다. 인생의 모든 것은 슬프고 답답한 면을 보여준다. 이러한 어두운 기분은 사람을 자살로까지 이끌고, 그 경우 아니마는 사령死靈이 된다. 프랑스에서는 아니마상을 '운명의 여인femme fatale'이라고 부른다. 그리스의 사이렌Siren이나 독일의 로렐라이Loreley는 아니마의 위험한 측면을 인격화하고 파괴적인 환상을 상징한다.

아니마는 사랑과 행복과 어머니의 따뜻함 등에 관해 이 세상의 것이 아닌 꿈―현실로부터 멀어지도록 남성을 유혹하는 꿈―을 상징한다. 남성 인격 속의 부정적인 아니마는 모든 것의 가치를 절하시킬 목적으로 조롱과 악의에 찬 연약한 의견으로 나타난다. 이러한 것은 값싼 진

---

7) 융은 여성에게 나타나는 남성상을 '아니무스animus', 남성에게 나타나는 여성상을 '아니마anima' 라고 명명했다. 아니마는 남성의 마음에서 모든 여성적인 심리경향을 인격화한 것으로서, 그것은 막연한 느낌이다. 무드, 예견적인 육감, 비합리적인 것에의 감수성, 개인에 대한 사랑의 능력, 자연물에의 감정, 무의식과의 관계 등이다. M. L. 폰 프란츠(1992), 『C. G. 융 심리학 해설』, 39면 참조.

실의 왜곡과 미묘한 파괴성을 갖는다. 어머니에 대한 남성의 경험이 바람직하다면, 그는 여자처럼 된다든가 여성의 재물이 되어 인생의 곤란성과 맞설 수 없게 된다. 남성을 감상주의자로 만든다.

빈번히 생기는 아니마의 표상은 에로틱한 형태의 공상을 키운다. 인생에 대한 감정이 성숙되지 못한 채로 있을 때 강박적인 경향을 띠기도 한다. 아니마는 남성에게 어떤 특정한 성질로 나타난다. 남성이 어떤 여성과 처음으로 만나는 순간, 그것이 즉시 '그 사람'임을 알고서 돌연 사랑에 빠지는 것은 아니마의 존재가 원인으로 되어 있다.[8]

독고준이 찾는 W시의 그 여름날을 기억하는 그 여인은 바로 '그 사람'이다. 그에게 아니마상과 같은 존재이다. 그녀는 그에게 누님이고, 어머니와 같은 존재이다. 현실에서 그는 그녀도 누님도 어머니도 만날 수가 없다. 그러한 독고준의 현실은 너무나 고독하다. W시의 그 여름날 그녀를 찾아가는 독고준의 여행은 그의 무의식 세계에서 그녀를 만나고자하는 욕망의 표출이다.

그 여름의 기억은 독고준 삶에 큰 의미를 차지한다. '운명', 생애의 '자북'으로 지칭되는 그 여름의 기억은 독고준에게 삶의 방향을 제시한다. 이것은 그 여름의 기억 속에 그 여름의 첫 경험과 가족과 고향에 대한 그리움과 전쟁에 대한 참상 등이 함께 있다. 현재에서 그 여름을 다시 욕망하게 하는 '운명', 그것이 바로 환상이다.[9] 환상은 우리가 무엇

---

8) M. L. 폰 프란츠(1992), 『C. G. 융 심리학 해설』, 44면 참조.
9) 환상(판타지)은 허구적인 '구성물'이다. 현실적으로 불가능한 소망들이 성취되는 장소이고, 양식이다. 판타지 속 사건들은 객관적 사실과는 아무 관련이 없다. 프로이트는 판타지가 현실을 정확하게 파악할 수 없게 만드는 장애물이 아니라 진리를 가능하게 하는 구조적 조건이라고 생각한다. 판타지 속에서 드러나는 것은 상징화될 수 없는 실재계의 파편들이다. 라캉에게 판타지는 실재계적 진리가 드러나는 동시에 거부되는 장소이다, 상징화될 수 없는 진실의 파편들이 상징의 옷을 입고 나타나는 판타지는 욕망의 근원에 이르는 길인 동시에 그것에의 접근을 방어하는 상징적 베

인가를 욕망할 수 있게 하는 동력이 된다.

그러나 독고준이 말하는 '운명'은 W시에 도착하여 그 여행의 목적을 이룰 수 없다. "인제야 그 여름에 도착했구나 하고 그는 생각하였지만 그 소리는 문 저편에서, 그 문의 안쪽에서 들려오는 것이었다. 그가 그 것을 열었다."(353면)에서 그가 연 것은 그의 방문이었고, 그는 문을 닫고 자기 침대에 걸터앉는다. 그 문은 그 여름을 향한 문이 아니라 독고준의 방문이었던 것이다. 그가 닫은 방문은 그의 무의식 세계의 문이다. 그는 이로써 무의식의 환상 여행을 마치고 현실 세계로 돌아온다. 그는 그 여름이라는 욕망의 대상을 찾아 마침내 그 여름에 도착하였지만, 그가 만난 것은 그의 현실인 것이다. 그의 욕망 대상은 그가 도달했다고 생각하는 순간 사라져버린다. 그 여름의 기억은 독고준이 가는 곳마다 무의식 세계에 존재하지만, 그가 의식하는 어느 곳에도 존재하지 않는 것이다. 이것이 환상인 것이다.

현실 세계에서든 환상 세계에서든 독고준의 아니마상은 '그 여름날'의 방공호 속에서 첫 성체험을 가졌던 여성이다. 그 후에 독고준은 그가 만나는 여성들을 그의 아니마상과 비교한다.『灰色人』에서 독고준이 만나는 여성은 김순임과 이유정으로 한정되지만, 그녀들을 그가 생각하는 아니마상에 견주어 본다.『灰色人』에 등장하는 전도사 김순임에게 사랑을 느꼈던 것도 그녀와 방공호 속의 여성이 닮았다는 이유 때문이다. 그러나 독고준의 여성관은 양가성을 띠고 있기 때문에 그 자신마저도 혼란을 겪는다. 그의 아니마상에서 형성된 여성상은 순수함과 성스러움인데, 그의 본능적인 욕망은 관능적인 여성에게 관심을 가지

일이다. 진리는 판타지라는 베일의 형태로만 드러난다.(유종호 외,『문학비평용어사전』하, 국학자료원, 2006, 1038면 참조.) 이러한 관점에서『西遊記』에서 나타나는 W시에 대한 기억은 독고준에게 무의식 세계의 환상으로 볼 수 있다.

므로 내적 갈등을 일으킨다. 이런 이유로 전도사 김순임의 순수하고 성스러운 면은 독고준의 본능적인 욕망을 충족시켜 줄 수 없고, 관능적인 이유정에게 성적인 매력을 느끼고, 본능적인 욕망을 충족하고자 한다. 그러므로『灰色人』의 결말에 독고준이 이유정의 방을 찾아간 것은 그의 내적 갈등과 욕망을 여성으로 충족하고자 한 이유이다. 그러나 독고준은 이유정의 방에 들어갔다가 '문간에 얼어붙은 것처럼 섰다가 그대로 물러'나온다. 이유정의 방에서 나왔을 때 독고준은 '부끄러움'을 느끼고, 부끄러움은 그가 지나온 환상 세계에서도 계속 느끼는 감정이다. W시의 그 여름날의 여인을 찾으러 간 독고준은 그녀를 만나지 못한다. 그녀를 만나기 위해 그는 긴 시간을 끊임없이 반복하며 돌아왔지만, 그가 돌아온 길은 자아비판의 상흔을 치유하기 위한 과정인 것이다.

3. 자아비판의 상흔을 찾아서

대부분 사람은 성년이 되기까지 점진적인 자각의 상태에 이르게 된다. 개인은 세계와 자기 자신을 서서히 인지한다. 유아기 최초의 꿈은 마음의 기본적인 구조를 상징적인 형태로 나타내고, 그것이 훗날 개인의 운명이 어떻게 형성되는가를 나타내기도 한다. 어린이가 교육을 받을 연령에 이르면, 그때부터 자아를 형성하고 적응하는 시기가 시작된다. 이 시기에 일반적으로 고통스러운 충격을 받게 된다. 어떤 어린이들은 자기가 다른 아이들과 매우 다르다는 느낌을 받고 슬픔을 느끼게 된다. 이것은 아이들에게 고독감의 일부를 이룬다. 개성화 과정은 일반적으로 인격이 상처입고, 그것에 따르는 고뇌에 의해 시작된다. 자아는 그 의지나 욕망이 방해되었다고 느끼고, 그 방해를 어떠한 외적인 것에 투영한다. 자아는 신이나 윗사람이나 배우자를 어떠한 장해가 된 것의 책임자로서 비난한다. 자기와의 첫 만남은 어두운 그림자를 드리우고 있는 것 같고, '내적인 벗'은 처음 한동안 함정에 빠져 절망적으로 허우적거리고 있는 자아를 잡으러 오는 사냥꾼처럼 생각한다.10)

환상은 현실 세계에서 죽음이나 부정으로 보이지 않는 것을 보이게 만듦으로써 결여absence를 등장시킨다. 즉, 무의식의 세계를 환상으로 보는 것이다. 『西遊記』에서 중심사건은 독고준이 W시의 여인으로부터 자신를 찾는다는 기사를 보고, 그녀를 찾아 여행을 시작하여 마침내 W시에 도착하는 것이다. 독고준은 어린 시절 부르주아 집안에서 태어났으며, 북한에서의 생활에 안정하지 못한 아버지가 월남한다. 그로 인해 독고준의 학교생활은 공산정권에서 매우 위태로운 상황에 이른다. 독고준이 국어시간에 낸 작문 숙제와 역사에 대한 견해는 부르주아적 사고라는 이유로 지도원 선생과 친구들로부터 자아비판을 받는다. 자아비판의 상흔은 감수성이 예민한 시절의 독고준에게 지울 수 없는 외상으로 기억된다. 이러한 유년시절의 억압은 독고준이 성인이 된 후에도 잊혀지지 않는 상흔으로 그의 무의식에 놓여 있다. 그의 무의식은 W시의 그 여름을 기억하며, 그의 상처받은 자아를 치유하기 위해 환상여행을 시작한다.

---

10) 이러한 자각은 세상의 불완전성과 자기 자신의 내부의 악이 의식된 것이다. 어린이는 외계로부터의 요구와 내적인 충동에 대처하고자 힘쓰게 된다. 의식의 정상적인 발달이 방해되면 어린이는 외적·내적인 곤란을 피하여 내적인 '요새' 속으로 달아난다. 꿈이나 무의식의 소재에 의한 상징적인 그림은 원이나 사각형으로 핵核의 주제를 보여준다. 마음의 핵은 의식의 모든 구조적인 발달에 뿌리를 둔 인격의 가장 중요한 중심을 나타낸다. 핵에서 자아의식의 확립방향이 설정된다. M. L. 폰 프란츠(1992), 『C. G. 융 심리학 해설』, 17~21면 참조.

독고준 저는 무서웠습니다.

…중략…

독고준 저는 피교육자의 권리를 주장합니다.

지도원 피교육자의 권리란 무엇인가?

독고준 피교육자는 적으로 취급되어서는 안 된다는 권리입니다.

지도원 아무 일을 해도 내버려두라는 것인가?

독고준 아닙니다. 비록 과오가 있더라도 그것은 이데올로기적으로 해석해서는 안된다는 말입니다.

지도원 왜 그런가?

독고준 아동은 미완성품이기 때문입니다.

지도원 무슨 말인가? 그러니까 형무소에 보내지 않고 자기비판회에서 비판을 시키는 것이 아닌가?

독고준 그것은 나에게 형무소였습니다.

지도원 그것이란 뭔가?

독고준 학교 말입니다.

지도원 학교가 왜 형무소였는가?

독고준 학교란 인간이 되는 것입니다.

지도원 공화국의 시민이 되는 곳이다.

독고준 공화국의 시민이란 이름의 인간이 되는 곳이다.

지도원 그렇게 말을 바꿔서 무슨 다름이 있는가?

독고준 인간이 된다는 것은 그 아동이 살고 있는 사회의 약속을 배워나간다는 말입니다. 그러므로 아동은 그 사회의 약속을 모른다는 것을 전제하여야 하며 약속을 모르는 자가 저지른 실수는 비판이 아니라 숙달 통보通報를 반복함으로써 시정되어야 할 것입니다. 그런데 선생님은 마치 약속을 잘 아는 사람이 일부러 어긴 것처럼 공박하고 인민의 적이며 부르주아라고 협박하였습니다. 당신은 공화국의 벗을 만들어내는 것이 임무였음에도 불구하고 공화국의 적을 만들어냈습니다. 그것도, 있지도 않은 적을 말입니다.(326~329면)

독고준이 W시의 그 여름으로 긴 여행을 시작하고 마지막으로 도착한 곳은 자아비판이 이루어졌던 '옛날의 그 교실'이었다. 그 여름의 기억이라는 '운명' 속에 가려져 있는 이 여행의 진정한 의미는 독고준에게 깊은 정신적 외상truma으로 자리 잡은 자아비판의 기억을 치유하는 것이다. 『西遊記』에서 독고준은 자신의 정체성을 인식하지 못하는 상태에서 오로지 W시의 그 여름날의 그녀를 찾아서 여행을 계속한다. 여행 중에 그는 '환자', '정치범', '그 사람', '감찰관', '정신병 환자' 등으로 불리며, 석왕사역을 반복하여 여행한다. 독고준은 W시의 그 여름을 향해 역장과 검차원의 애원과 만류에도 불구하고 떠나지만, 그가 도착하는 곳은 석왕사역이다. 독고준의 무의식은 석왕사를 여행하는 그 시절의 기억에서 멈추어진 것이다.

프로이트는 단시간 내에 심적 생활 속의 자극이 고도로 중대하여 정상적인 방법으로는 그것을 처리하거나 처리하지 못한 결과로서 에너지의 활동에 지속적인 장해를 주는 것을 '외상적外傷的' 체험이라고 말한다. 또한 과거의 어느 시기의 어떤 충격적인 일이나 사건으로부터 자유롭지 못하고, 그 일 때문에 현재와 미래로부터 몸을 피하려는 현상을 '고착固着'이라고 말한다. 정신분석에서 노이로제의 모든 증상은 무의식적인 심적 과정에서 존재하며, 이러한 증상은 무의식의 과정이 의식되면 모두 소실된다. 즉, 이러한 증상을 소실시키는 방법은 인식하는 것이라고 한다.[11]

독고준은 어린 시절 자아비판이라는 '외상적 고착'에 의해 무의식 속의 환상 여행을 강행하고, 그 상처를 치유하기 위해 과거의 시간 속으로 들어간 것이다. 독고준은 기억 속에 자신을 억압하는 지도원을 대면

---

11) S. 프로이트(2008), 『프로이트 정신분석학 입문』, 282~295면 참조.

함으로써 자신의 억압을 해소할 기회를 맞게 된다. 그는 피교육자의 권리를 주장하고, 아동은 미완성품이므로 비난해서는 안 되며, 학교는 인간이 되는 곳이라고 주장한다. 또한 그러한 노력을 해야 할 지도원이 오히려 아동을 협박하고 인민의 적으로 만든다고 말한다. 지도원과 독고준의 논쟁은 독고준이 지도원에게 당당히 맞섬으로 그의 고착된 외상外傷을 치유하려고 애쓴다. 독고준은 과거의 그 기억으로부터 자유로워지고 싶다. 그러나 이 재판에서 지도원은 여전히 그를 썩은 부르주아이며 인민의 적이라고 몰아세운다. 이에 대해 역장과 이성병원은 독고준을 변호한다. 이성병원은 그를 가치 체계의 다원화 현상이 빚어낸 판단 감각의 혼란에서 오는 정신사병精神史病 환자로 규정한다. 결국 재판의 결과는 독고준의 무죄이다. 이로써 독고준은 과거의 외상外傷에서 어느 정도 치유되고, 고착固着에서 자유로워진다.

독고준은 지도원의 논리에 대해 반박하면서 내면적으로 가족들에 대한 기억을 연상한다. 가족들에 대한 회상에서 어머니를 생각하며 '철이 들어 그를 제일 사랑해주었던 것은 어머니라는 생각이 계시啓示처럼' 느껴진다. 결국 그가 도달하는 곳은 '어머니의 사랑'이다. 어머니의 사랑은 고독한 독고준의 자아비판 상흔을 온전히 치유할 수 있는 마지막 정착지인 것이다. 독고준에게 어머니는 그가 찾는 아니마상인 것이다. 독고준의 아니마상은 그 여름의 그녀이며, 누님이고, 어머니이다. 그의 외상을 치유하는 과정은 아니마상을 찾는 과정이며, 그 아니마상은 어머니이다.

4. 독고준의 심리 세계

　최인훈은 『西遊記』에서 '의식의 흐름stream of consciousness'이라는 기법으로 주인공의 내면세계를 서술하고 있다. 의식의 흐름은 시간의 흐름과 공간의 이동을 자유롭게 구사할 수 있다. 의식의 흐름은 외부적 시간을 자연주의적인 지속성 속에 채워 넣고, 내적으로 체험된 시간의 심층을 소유한다. 또한 사실 그대로의 생생한 인지認知뿐만 아니라 오랜 과거의 시간대를 헤매고 다니거나 무시간적으로 상상된 신비로운 내용들을 폭로하는 회상回想이 문제가 된다. 그러므로 정확하게 측정되고 재현된 시간의 길이는 피상에 불과하고, 그 밑에 측량할 수 없는 정신적 시간의 깊이가 활동을 벌이는 것이다.[12]

　독고준의 심리 세계는 'W시의 그 여름'에 대해 욕망하고, '자아비판의 상흔'을 치유하며 마음의 성장을 이룬다. 그의 심리 세계를 여행 중에 일어난 다양한 경험과 현상을 중심으로 살펴본다.

4.1. 환상적인 공간 이동

　『西遊記』에서 독고준은 환상 세계로 여행하면서 반복되는 현상을 경험한다. 반복 공간은 석왕사釋王寺역이다. 환상 세계에서의 공간 이동을 살펴보면 다음과 같다.

　　　환상 세계: 2층 복도→ 방안→ 진찰실→ 정거장→ 지하실→ 복도→
　　　방안→ 정자→ 정거장(석왕사 ①)→ 기차안→ 정거장(석왕사 ②)→

---

12) 위르겐 슈람케, 『현대소설의 이론』, 원당희 · 박병화 역, 문예출판사, 1995, 182면 참조.

정거장(석왕사 ③)→ 기차→ 정거장(석왕사 ④)→ 기차→ 꿈(구렁이 변신)→ 정거장(석왕사 ⑤)벤치→ 개찰구→ 역사안→ 복도→ 방→ 고향마을(① 운동장-② 극장-③ 천주교당-④ 친구집-⑤ 냉면집-⑥ 운동기구가게-⑦ 시멘트집-⑧ 모래주머니-⑨ 토치카-⑩ 학교쪽-⑪ 인민위원장집-⑫ 비행기)→ 교실(법정)→ 길→ 복도→ (현실계)이층 방

독고준의 환상적인 공간 이동은 정거장 석왕사釋王寺역을 중심으로 반복된다. 독고준은 계속 'W시의 그 여름'을 향해 기차를 타고 여행을 떠나지만, 그가 도착하는 곳은 석왕사역이다. 석왕사역은 독고준이 어린 시절 수학여행을 왔던 장소이다. 지금 그 역에서 두 명의 검차원과 역장이 독고준을 기다리고 있다. 역장과 검차원들은 독고준이 W시로 가는 것을 포기하고 여기 남아 자신들과 함께 살자고 애원한다. 그들의 만류를 뿌리치고 그는 기차를 타고 떠나지만, 도착하는 곳은 그가 떠났던 바로 그 석왕사역이다. 기차를 타고 여행을 떠나지만 그는 다시 같은 장소로 돌아오고, 역장과 검차원들은 새로운 사람인 것처럼 독고준에게 애걸한다. 그러다가 그들이 요물로 변하는 순간에 독고준은 다시 기차를 타고 떠난다. 이렇게 석왕사역을 떠났다가 돌아오기를 반복한다.[13] 기차에서 바라본 창밖의 풍경도 타다만 숯기둥으로 가득한 산과 들이다. 성한 나무 하나 없는 풍경들이 기차를 타는 동안 반복되어 나타난다. 재목이 가득 쌓인 석왕사역도 늘 같은 모습으로 나타난다. 시간이 흘렀음에도 같은 모습인 석왕사역은 독고준의 기억 속에 잠재된 과거의 모습이다. 독고준의 기억은 과거의 모습을 그대로 간직한 채 무의식 속에 자리하고, 그의 기억은 그때 그 시간에서 멈추어 버린 것이다.

---

13) 정거장 석왕사는 작품에서 5회 등장한다. 독고준은 석왕사역을 출발해서 다시 돌아오기를 4회 반복한다.

반복되는 현상에 대해 독고준은 의심하지 않고 계속 W시로의 여행을 강행한다.

융은 무의식 속에서 마음의 성장은 의식적인 노력이 아니라 자연스럽게 생기는 것으로, 꿈속에서 자주 나무로 나타난다고 한다. 독고준은 정체된 내면의 성장을 위해 무의식 속에서 반복적인 여행을 감행한다. 그의 반복되는 여행에서 창밖에 보이는 풍경들은 타다만 숯기둥의 나무들이다. 그의 기억은 전쟁으로 파괴된 고향의 모습에 정지되고, 타다만 숯기둥의 나무들은 그의 기억 속에 남아있는 상흔이다. 그는 상흔을 치유하기 위해 여행을 계속한다. 그의 무의식 세계는 어린 시절 전쟁의 상흔이 그대로 남겨져 있으므로 그는 환상 여행을 통해 끊임없는 치유의 과정을 실행하는 것이다.

그가 고향 마을에 도착했을 때, 그가 지나온 곳—① 운동장—② 극장—③ 천주교당—④ 친구집—⑤ 냉면집—⑥ 운동기구가게—⑦ 시멘트집—⑧ 모래주머니—⑨ 토치카—은 모두 파괴된다. 방송에서는 악질적인 간첩이 공화국 북반부의 민주기지를 파괴할 목적으로 잠입했으며, 그를 잡아야 하며, 그의 이름은 독고준이라고 방송한다. 독고준은 W시의 주요 시설을 '회상回想이라는 흉기'로 파괴한다고 말한다. 과거의 회상은 기억이며 상상이다. 상상은 결국 환상이다. 그가 사유하는 기억들은 그가 환상 속에 지나오며 그의 무의식에서 사라지는 것이다. 독고준의 무의식은 그가 지나온 길을 회상하며 마음의 성장을 위해 그 기억을 지우려고 한다. 그러나 그의 다른 무의식 한 편에서는 그가 그 기억에 머물러 있기를 바란다. 그의 성장을 원하지 않는 것이다. 그의 성장을 방해하는 무의식의 부분으로 역장과 검차원이 등장한다. 그들은 독고준이 그대로 과거의 기억에 머물러 있기를 바라는 방해의 존재들이다. 반면 다른 방송에서는 독고준을 정신사精神史 병자이며, 가치 체계의 다원화 현상이 빚어낸 판단 감각의 혼란이라고 말하며, 그를 온전히 보호할 것을 요구한다. 이 방송 또한 독고준을 환자로서 보호하는 것이지 그를 완전히 긍정하는 것은 아니다. 두 방송 모두 독고준 내면의 소리인 것이다. 독고준의 내면은 자신의 현실을 긍정도 부정도 할 수 없는 혼란스러운 상황을 그대로 보여주는 것이다. 환상적인 공간 이동은 독고준의 혼돈된 내면세계를 반영한 것이다.

최인훈은 주인공의 내면세계에 관심을 가지며, 그의 글쓰기에서 의식의 흐름에 따른 서술을 주로 한다. 의식의 흐름은 시간과 공간의 자유로운 이동을 구사하는 데 유용하다. 의식의 흐름은 사실 그대로 생생한 인지와 과거의 시간대를 여행하거나 무시간적으로 상상하는 환상적인 내용을 묘사하는 회상回想이 주요 문제가 된다.

4.2. 역사적 인물의 만남

독고준은 여행 중에 논개, 이순신, 조봉암, 이광수 등을 만난다. 이들은 모두 역사적 인물로 후손들에게 나름의 평가를 받아왔다. 논개는 민족을 위해 희생하고 삼백년 동안 고문을 받으면서 '그 사람'을 기다려왔다. '그 사람'이 바로 독고준이며, 독고준에게 자신을 구해달라고 애원한다. 그러나 독고준은 논개에게 자신은 쓰레기요, 벌레 같은 존재라고 말한다. 그는 혼자서 가야만 하는 길이 있다고 자신을 보내달라고 말한다. 자신이 여행하는 목적을 이루기 위해 'W시의 그 여름'으로 가야 한다고 말한다. 독고준은 민족을 사랑하고 희생한 논개보다 자신의 욕망 충족이 우선인 것이다. 국가와 민족을 위해 자신을 희생한 논개

앞에서 독고준은 이기적인 자아 때문에 심한 부끄러움을 느낀다.

이순신은 사학자와 대화를 통해 왜란의 근본은 풍신수길이 글이 없어 국제 정세에 어두웠기 때문이고, 중원의 침략은 무명지사無名之師이고, 패도이고, 해괴하고 망측한 사문의 난적이라고 말한다. 또한 부패한 왕조에 혁명할 의사는 없었냐는 물음에 간신이 있다 해서 사직을 바꿀 수 없으며, 선왕지도先王之道가 하나이므로 천하를 빼앗을 명분은 없다고 말한다. 이에 대해 사학자는 이순신이 그렇게 행동한 것은 한국인의 민족성에 따른 것이 아니라, 문화형의 종류에 따른 당대 최고의 인텔리겐차로서 그렇게 행동한 것이라고 말한다. 이것은 유교적 세계관이며, 유교적 세계관은 이순신 정도의 인물도 그 그물에서 벗어나지 못하는 정통적인 정의에 합당한 것으로 보고 있다. 또 유교적 세계관은 그들 사회에 정체, 통제, 교조敎條가 두드러지고, 극기만을 강조하는 위선자를 만들어낸다고 한다. 그 결과 '5천년래의 제일대사건'―일제강점기―을 초래한 것이다. 사학자는 유교적 세계관에 대한 부정적 입장을 밝히고 있다. 헌병과 역장은 독고준에게 사학자를 인수하라고 강요하지만, 독고준은 거절한다. 조선사회의 유교적 세계관에 대한 독고준의 비판적 견해가 뚜렷이 드러나고 있다.

독고준이 조봉암을 만났을 때, 조봉암은 죽은 상태이다. 간호원은 조봉암을 치료하기 위해 조봉암의 자리를 독고준에게 대신하라고 말한다. 독고준은 그럴 이유가 없다며 거절한다. "나는 남의 일 때문에 내 일을 망치고 싶지 않습니다."(173면)라고 말한다. 간호원은 독고준에게 "당신처럼 타락한 사람은 꼭 벌을 받고 말 거예요. 당신은 지금 큰 공을 세울 수 있는 기회를 놓치고 있는 거예요."(173면)라고 비난한다. 독고준은 조봉암이 빠진 역사적인 '결여'의 자리를 자신이 대신해야 한다는 부분적 자아로 인식한 것이다. 그러나 독고준은 역사적인 결여를 대신할 정도로 행동하는 지식인이 아니다. 그는 사유하는 관념형 지식인이다. 그래서 독고준은 자신의 안위를 위해 조봉암의 자리를 대신할 수 없다고 말한다.

헌병은 이광수의 소설 <흙>에 대한 필력을 칭찬하고, 이광수가 일본의 대동아공영권大東亞共營圈을 잘 이해하고 행동했다고 칭찬한다. 이광수는 자신의 친일 행적에 대해 변명한다. "아시아 대부분이 서양 사람들에게 강점돼 있는 무렵에 그들 서양 사람들에게 싸움을 걸고 나선 일본의 모습이 그만 나를 깜빡 속인 거요. …중략… 그 일본이야말로 우리 조선에 대해서는 서양이었다는 사실을 말이오."(198~199면) 헌병은 근대 이후에는 정치가 근대문학의 종교이고, 죽음의 검은 사화구死火口가 입 벌리고 있는 그 길을 똑바로 걸어간 사람이 이광수라며 그를 옹호한다. 그리고 독고준에게 이광수와 함께 이곳에 남으라고 말한다. 독고준은 거절한다. 독고준은 이광수와 남으라는 헌병의 말을 거절하지만, 헌병의 입을 통한 이광수를 옹호하는 입장은 독고준의 무의식에 있는 부분적 자아이기도 하다.

독고준은 여행길에 역사적 인물인 논개, 이순신, 조봉암, 이광수 등을 만나 그들을 대신하거나 그들과 함께 남아 있기를 강요받는다. 그러나 그는 매번 거절하고 여행을 계속한다. 독고준은 어떠한 위기에 빠질지 모르는 상황에서 타인의 행복보다 자신의 행복이 더 중요한 전형적인 지식인의 자세를 보여준다. 여행 중에 만난 역사적 인물들에게 대변자를 내세워 그들을 옹호하거나 비판하지만, 그것은 사유에 그치는 나약한 모습으로 보인다.

독고준이 만난 여러 인물들은 모두 개별적인 인물이라고 할 수 없다.

환상 여행에서 만난 그들은 다른 인물들의 이름을 빌려 독고준의 무의식에 존재하는 또 다른 자아이고, 독고준 내면의 소리이다. 독고준은 그들의 소리를 통해 자신의 역사의식을 표현한 것이다.

4.3. 구렁이 꿈

프로이트는 꿈을 원망 충족願望充足이라고 한다. 꿈의 작용은 본질적으로 사상을 환각적 체험으로 치환置換하는 것이다. 꿈의 작용이 의도하고 있는 것은 잠을 방해하는 심적 자극을 원망 충족에 의해서 제거하는 일이다. 왜곡된 꿈의 원망은 검열에 의해서 물리쳐지고 금지당한 원망이며, 원망의 존재 자체가 꿈 왜곡의 원인이며 꿈의 검열이 개입하는 동기가 된다. 꿈속에는 고통스러운 내용이 많고, 특히 불안몽不安夢이라는 것도 있다. 불안몽은 일반적으로 잠을 깨게 하는 꿈이다. 고통스러운 꿈의 일부분은 징벌의 의향이 많다. 징벌 또한 원망 충족이다. 그러므로 꿈은 충족된 원망 혹은 현실화된 불안 또는 징벌이라고 말할 수 있다. 꿈은 항상 무의식적인 원망의 충족이다.[14]

> 또아리를 틀고 엎드려 있는 그의 머리는 더욱 맑아지고 무럭무럭
> 새살이 돋아나듯 그는 지난날의 기억들을 되새겨가는 것이었다. 그
> 는 자기 인생을 망쳐버린 그 여름날을 생각하였다. 그러자 그는 그 기
> 억들의 맨 끝자리에 떠오르는 얼굴을 보는 것이었다. 깊은 밤에 철로

---

14) 원망 충족은 쾌감을 가져오기도 하지만 불안을 가져오기도 한다. 불안몽은 노출된 원망 충족이다. 꿈은 항상 무의식적인 원망의 충족이다. 꿈은 단순한 계획이나 경고가 아니라 항상 어떤 무의식적인 원망의 힘을 빌려서 계획이나 경고 등의 표현으로 모습을 바꾼 것이다. S. 프로이트(2008), 『프로이트 정신분석학 입문』, 220~234면 참조.

위에 들어서는 것이었다. 역장은 그를 말리고 있었다. …중략… 이순신 장군의 거북선이 달려가고 있었다. 논개는 남강물 속으로 떨어지고 있었다. 촛불을 켜놓은 방과 후의 교실에서 그는 자아비판을 하고 있었다. 요란한 소리를 내며 손차가 달려온다. 구더기 집이 된 죽은 개가 풀밭을 헤치고 달려가고 있었다. 그는 죽은 개를 집에 데리고 갈 수는 없었다. 사람이 없는 텅 빈 도시는 그를 취하게 했다. 그는 뜻이 없이 거리를 헤맨다. 그는 소부르주아이고 책과 현실을 혼동하는 아이였지만 소년단 지도원에게 다시는 싫은 소리를 듣지 않기 위해서 폭탄이 쏟아지는 거리로 수십 리를 걸어온 용감한 소년이었다. …중략… 요란한 폭음. 문은 열리고 젊은 여자가 달려나왔다. 손을 잡고 뛴다. 방공호 속은 숨이 막힐 듯하다. 강철의 날개가 공기를 찢는 소리가 들리고 쿵, 하고 땅이 울린다. 그러자 바로 머리 위에서 굉장한 소리가 나면서 그에게로 무너져 오는 살냄새와 그리고 머리칼. (235~236면)

꿈은 독고준의 무의식을 표현하는 중요한 역할을 한다. 독고준은 꿈속에서 구렁이로 변한 자신의 몸을 본다. 구렁이로 변하여 겪게 되는 일들도 모두 꿈속에서 일어나는 일이다. 꿈속의 꿈이라는 중층 구조는 꿈에서 자신이 원하는 세상을 살아보고 깨달음을 얻고자 하는 몽자류夢字類소설과 자신이 살고 있는 현실에서의 불만이 꿈속에서 해결되는 몽유록夢遊錄 소설로 고대 소설에서 많이 차용되는 환몽幻夢의 구조이다.

구렁이로 변하기 전에 독고준은 숙이와 철이라는 두 동생을 책임져야 하는 월남한 가장이었다. 그는 두 동생을 부양하기 위해 검차원으로 일하면서 뒷거래까지 한다. 가족에 대한 그의 사랑과 책임감은 컸다. 늘 두 동생에게 최선을 다하면서 더 잘해주지 못함을 안타까워하는 든든한 가장이었다. 그러나 가족에 대한 책임감이 그에게는 부담이 되어 그의 무의식에 자리하고 있었다. 구렁이는 우리 전통 가정의 수호신이다. 가족을 책임져야하는 책임감은 잠재되어 있는 무의식에서 큰 부담이 되었다. 그가 가족을 위해 아무 것도 할 수 없는 상황에 대한 두려움이 그를 구렁이로 변신시켰으며, 구렁이는 독고준의 욕망에서 늘 잠재되어 있는 또 다른 자아의 모습이다. 구렁이가 되기 전에 가족을 위해 자신이 한 희생에도 불구하고, 구렁이가 된 후에 가족으로부터 소외되는 자신을 보며 그는 심한 좌절감을 느낀다. 그는 구렁이의 모습으로 몸은 점점 침체되어 가지만, 정신은 과거의 기억을 뚜렷이 떠올리게 한다. 그 기억들은『西遊記』에서 독고준의 기억을 그대로 담고 있다. 결국 독고준은 현실에서 그가 욕망하는 삶을 살지 못함으로 현실에 대한 원망이 꿈속에 구렁이로 변신하고, 그의 욕망을 다시 기억하게 하는 것이다. 그는 기억을 통해 그가 어릴 때 꾸었던 꿈과 W시의 그 여름과 그녀를 기억하는 것이다. 그리고 그가 진정으로 욕망하는 것이 무엇인지를 회상하며 자아를 인식하는 것이다.

독고준이 구렁이로 변신한 꿈은 꿈속 현실의 원망을 그대로 충족하고 있는 것이다. 현실에서 충족되지 않은 욕망을 꿈속에서 원망으로 표현하고 있다. 구렁이가 되기 전 현실에서 그가 가족을 위해 아무 일도 하지 못하면 어떻게 될지에 대한 막연한 두려움이 그를 꿈속에서 구렁이로 변신시키고, 구렁이로 변신한 그는 현실에서 아무것도 하지 못하자 가족으로부터 소외된다. 그러면서 자신의 어린 시절 기억을 회상하며 자신이 욕망하던 것들을 생각한다. 이를 통해 독고준은 자아 정체성에 눈을 뜬다.

카프카의『변신』에서 주인공 그레고르는 가족 간의 소외와 단절로 인해 쓸쓸한 죽음을 맞는다. 최인훈의『西遊記』에서 독고준은 구렁이로 변신하여 가족으로부터 소외되지만, 자신의 정체성을 깨닫는 계기를 가진다. 독고준은 구렁이 꿈에서 깨어나서 환상 속의 현실 세계로 돌아오고, 꿈을 통해 현실의 원망을 충족한다. 그리고 독고준은 자신이 욕망하는 것을 추구한다. 이러한 점에서 최인훈의 『西遊記』가 카프카의 『변신』보다 한층 발전된 구조를 보여준다.

4.4. 방송 소리

루카치는 개인과 사회적 환경세계의 이원성—두 영역의 적대성뿐만 아니라 완전한 소외로서 표현될 수 있는 이원성—이 소설 장르의 다른 모든 현상을 야기시키는 가장 기본적인 정황을 이룬다고 말한다. '내면과 외면', '자아와 세계', '영혼과 행위' 사이에 균열이 일어난다. 소설세계의 이원적 구조를 도출해낸 것이 루카치의 가장 주요한 업적이라고 할 수 있다. 자아와 세계의 이원성을 전제할 때, 전통소설에서 두 영역은 '투쟁→ 충돌→ 화해'로 귀결된다. 그러나 현대소설에서 외부세계는 순전한 사실관계를, 자아는 자신의 목적 없는 영혼의 풍요로움을 고수한다. 외부현실의 경직과 가치절하가 발생한 뒤로 내적 삶은 오로지 자기 자신으로 후퇴하고, 더 이상 사실적 변화를 창출하지 못한다. 소외가 지속적으로 진행될수록 자아와 세계 사이의 배분은 더욱 일방화되고 불균형하게 변한다. 세계와 자아의 대립은 전통소설에서는 주로 '현실과 이상의 균열'로서 구체화되고, 현대소설에서는 외부세계와 의식사이에 설정된다. 즉, 내면성으로 갈수록 자신의 고유한 이성과 가치를 상실해간다.[15]

---

15) G. 루카치(1998), 『루카치 소설의 이론』, 77면, 154면. 위르겐 슈람케(1995), 『현대소설의 이론』, 83~89면 참조.

『西遊記』에서 독고준은 여행하는 곳마다 방송, 확성기, 전화기 등에서 나오는 소리를 듣는다. 방송의 내용은 다양하다. 첫 번째는 '조선의 소리'라는 라디오 방송이다. 총독은 일제가 패망하여 조선을 떠나지만, 40년의 잔악한 통치에도 불구하고 온순한 태도로 그들을 떠나보내는 반도 백성의 모습에 그들은 반도 통치에 대한 새로운 희망을 품고 일부는 반도에 남아 있다고 말한다. 일제는 산업의 부흥으로 발전하였으나, 식민지 상실로 절망에 빠져 있다고 한다. 다시 반도를 점령할 그날을 기다리며 은인자중할 것을 권고한다. 총독의 입을 빌려서 광복 후 한국인들의 불분명한 일제 청산에 대해 비난하고, 위험한 현실에 대한 경고 메시지를 전한다. 언젠가는 다시 반도를 회복한다는 말은 한국인에게 다시는 제국주의에 희생당하지 않는 부강한 나라가 되어야 한다고 경고한다.

두 번째 방송은 상해정부의 방송이다. 상해정부는 민족의 정통성正統性을 주장한다. 해방된 조국에 도덕이 없다고 비판하고, 사생결단의 피비린내 나는 결전을 벌이기로 결정했다고 말한다. 독고준은 해방조국을 이끌고 있던 당대 정부의 정통성에 회의하고, 도덕성에 문제가 있다고 보는 그의 시각을 그대로 전달한다. 민족의 정통성을 중시하는 상해정부에 대한 믿음이 크다는 자신의 견해를 담은 방송이다.

세 번째 방송은 새로운 혁명위원회 위원장의 방송이다. 위원장은 국가의 기초는 동족의 피라고 말하며, 독고준에게 신변의 안전을 보장하겠으니 혁명위원회로 출두하라고 방송한다.

세 차례 방송에서 독고준은 자아와 자신이 처한 세계와의 차이가 뚜렷한 균열을 이룬다. 독고준은 자신이 생각하는 역사와 사회 현실에서 혁명적 삶을 이루는 것보다 자아의 내면세계로 침잠하고, 환상 여행을 떠나 역사적 사실과 대면하나 어떠한 변화도 일어나지 않는다. 독고준은 스스로 자신을 소외시키고, 그의 자아와 세계는 더 큰 불균형을 초래한다.

네 번째 방송은 불교 관음종 방송이다. 현존하는 종교에 대해 역설하고, 중국이나 한국이 근세 시런기 새 상황의 대처에 실패했으며, 그 대안으로 불교를 제시한다. 동양인들은 그들의 최대 정력을 자기를 정복하는데 썼고, 유럽인들은 남을 정복하는 데 썼다고 한다. 불교는 어떤 권위나 개인도 실체적으로 절대화되는 것을 거부하며, 사유私有에 집착하는 것을 거부한다. 또한 불교는 '색즉시공 공즉시색色即是空 空即是色'의 논리 속에 공과 색의 힘찬 상보적相補的 운동 속에 본질적 힘을 가지고 있으며, 무한히 발전하는 인류에게 무한한 자기부정을 가르침으로 속세의 정의와 우주적 해탈을 가르친다고 말한다. 모든 미망迷妄은 집착에서 오며, 집착이 범죄와 정신병의 원인이라고 말한다. 자아와 세계의 대립이 극심해져 가는 상황에서 독고준의 또 다른 자아가 불교를 구원병으로 내세운 것이다. 독고준은 불교를 통해 자아성찰을 이루고, 세계에 대한 구원을 바라는 것이다. 이것은 최인훈의 다른 작품에서 자주 나타나는 불교에 대한 개인적인 옹호론이기도 하다.16) 이 방송의 소리들도 독고준의 내면에 있는 부분 자아의 소리이다.

그 외에도 다양한 소리가 있지만, 그 소리들은 모두 독고준의 무의식에 있는 부분 자아의 소리이다. 독고준은 무의식에 있는 자신의 부분 자아의 소리를 들으며 자기 정체성을 확립해 가는 것이다.

---

16) 최인훈은 그의 여러 작품에서 불교에 옹호론을 펼치고 있다. 『灰色人』에서 황선생이 김학과의 대화에서 불교를 현실 구원의 대안으로 제시한 바 있다. 『小說家 丘甫氏의 一日』에서 구보가 불교를 현실 구원의 대안으로 제시하기도 한다.

4.5. 부끄러움

사람들은 여러 가지 이유로 엄밀하게 응시하고 싶지 않는 자기 자신의 인격이라는 측면에 관해, 꿈을 통해서 알게 된다. 융은 이것을 '그림자의 자각'이라고 말한다. 그림자는 무의식적인 인격의 전부라고 할 수 없지만, 그것은 자아의 전혀 알지 못하는 속성—대부분 개인적인 영역에 속해 있고 의식되는 일도 가능한 것—을 나타낸다. 어떤 점에서 그림자는 개인의 실생활 밖에 근원을 갖는 보편적인 요소로부터 성립된다. 사람이 자기 그림자를 보려고 할 때, 그는 자신에게는 없지만 명백히 발견된다고 생각하는 성질이나 충동을 인지하게 된다. 그래서 자주 부끄럽다고 생각한다. 이것은 이기주의, 태만, 야무지지 못한 것, 비현실적인 공상, 책동, 음모, 부주의, 비겁, 남다른 금전욕이나 소유욕 등에 대한 감정으로 나타난다.[17]

　①독고준은 논개의 잘 부르는 노래를 들으면서 말할 수 없는 부끄러움을 느꼈다.(72면)
　②독고준은 모닥불 속에 서 있었다. 그는 거기 서 있는 부끄러움이었다. 어디선가 윙윙거리는 꿀벌 소리. 은은히 들려오는 폭음. 엔진 소리. 그것은 모두 부끄러움이었다. 부끄러움이 들려오는 것이었다. (345면)
　③그는 연이어 부끄러운 마음이 들었다. 자꾸 부끄러웠다. 부끄럽다는 것이 화가 나는데도 아랑곳없이, 그는 자기 자신이 이마에 모닥

---

17) 그림자는 인격의 무의식적인 부분이고, 꿈속에서 자주 인간상으로 나타난다. 그림자의 자각은 사람들에게 부끄러움을 느끼게 한다. 모든 작은 죄악에 관해서는 "대단한 일은 아니니까, 누구에게도 들키지 않을 거야. 게다가 어쨌든 다른 사람들도 하는 일이니 말이야"라고 말하기도 한다. M. L. 폰 프란츠(1992), 『C. G. 융 심리학 해설』, 23~24면 참조.

불을 이고 걸어가는 느낌이었다.(350면)

④ 그는 온몸이 모닥불이 된 것처럼 부끄러웠다.(353면)

독고준은 그의 행동으로 인해 계속 '부끄러움'을 느낀다. 첫 번째 부끄러움은 논개의 '장한몽'을 들으면서 그녀의 고결한 순정을 거절한 것에 대한 느낌이다. 논개는 조국을 위해 자신의 몸을 남강물에 빠뜨려 희생했지만, 독고준은 자신의 개인적인 욕망을 충족하기 위해 'W시의 그 여름'을 향해 여행을 하는 것이다. 그는 조국에 대한 충성이나 위대한 역사창조를 위한 희생보다는 개인의 욕망 충족이 더 중요하다. 그는 논개를 구하지 못한 자신의 이기심과 비겁함에 부끄러운 것이다.

두 번째 부끄러움은 재판에서 역장이 독고준의 일기를 낭독한 뒤에 느끼는 감정이다. 독고준은 자신의 일기를 통해 자신의 내면 감정이 드러나고, 자신의 태만과 야무지지 못한 점이 부끄러운 것이다.

세 번째 부끄러움은 여행 후기에 느낀 감정이다. 'W시의 그 여름'의 욕망을 향해 여행한 독고준이 W시에 도착하여 깨달은 것은 가족에 대한 그리움과 사랑이다. 독고준은 여행하는 동안 자신이 누구인지도, 왜 이곳에 왔는지도 모르고 오로지 'W시의 그 여름'과 그녀만을 욕망하며 여행을 감행했다. 그런 독고준의 진정한 깨달음이 자신을 더욱 부끄럽게 한 것이다.

네 번째 부끄러움은 독고준이 이유정의 방에 들어갔다가 그대로 물러나오면서 느낀 감정이다. 독고준은 이유정에 대해 성적 욕망을 느끼고 방에 들어갔지만, 문간에서 온몸이 얼어붙은 것처럼 섰다가 그냥 나온다. 나와서 느낀 감정이 부끄러움이다. 독고준은 이유정에 대한 충동적인 성적 욕망과 그녀에 대한 소유욕이 부끄러웠던 것이다.

독고준이 느끼는 부끄러움은 모두 자신의 비현실적인 공상에서 비롯된 것이다. 그러한 그의 그림자 자각은 자신을 부끄러운 감정으로 인식하여 그의 무의식을 의식하도록 일깨우는 것이다. 자신의 행동들이 부끄럽다는 것을 깨닫는 것은 그의 마음이다. 독고준은 정지된 시간 속에서 무의식의 환상 여행을 통해 마음의 성장을 이루고, 깨달음을 얻고, 현실을 인식한다. 이것은 독고준이 환상 여행을 통해 자신의 정체성을 찾아가는 과정이다.

독고준은 현실에서 만족을 얻지 못하고 늘 'W시의 그 여름'을 욕망한다. 그러다가 무의식 속에서 W시로 환상 여행을 떠나고, 그 여름의 그 날을 기억하며 그녀를 찾아 여행한다. 그러나 W시에 도착하여 그가 찾은 것은 그녀가 아니라 가족에 대한 그리움이며, 어머니에 대한 사랑이라는 것을 깨닫는다. 또한 여행을 통해 자아비판에 대한 유년의 상흔을 치유한다. 여행내내 느꼈던 자신의 부끄러움을 현실에서 다시 인식하며, 자아의 성장을 이룬다. 그리고 독고준은 현실에서 자아와 세계의 대립을 멈추고, 비 내리는 유리창 너머 자신의 삶을 계획한다.

『西遊記』에서 주인공 독고준은 이유정의 방에서 나와 자신의 방으로 들어가는 복도의 끝에서 환상 여행을 떠난다. 환상적인 공간 이동을 통하여 독고준은 기억에 잠재된 무의식 세계를 여행한다. 독고준의 여행 목적은 과거 'W시의 그 여름날을 기억하는 그녀'를 만나기 위한 욕망의 실현이다. 그녀를 만나기 위해 여행을 강행하면서 그가 깨달은 것은 가족에 대한 그리움이며, 어머니에 대한 사랑이다. 또한 어린 시절 경험한 자아비판의 상흔은 그 시절의 교실로 돌아가 지도원 선생과 대면함으로써 치유된다. 독고준은 여행내내 자아와 세계의 대립으로 균열이 심화되는데, 이러한 균열을 투쟁과 충돌로 목적을 쟁취하지 않고,

내면세계로 침잠한다. 그러나 반복적인 여행을 통해 내면의 상흔을 치유하고, 현실을 인식하여 자아의 성장을 이룬다.

독고준은 여행하는 동안 부끄러움을 느끼고, 여행이 끝난 후에도 자신의 행동에 부끄러움을 느낀다. 자신이 한 행동에 대해 반성하고 부끄러움을 느끼는 것은 자아가 성장하고 정체성을 확립해가는 과정이다.

인간은 끊임없이 자아와 세계의 갈등을 빚는다. 자아와 세계가 투쟁과 충돌을 통해 화해의 결실을 이루기도 하지만, 다수의 인간은 투쟁과 충돌을 회피하고 내면으로 침잠하여 세계로부터 자신을 소외시키는 경향을 보이기도 한다. 현실과 당면하지 않고 사회에 대해 스스로 소외시키는 것을 성장의 한 방편으로 보는 것이 불편한 사실이지만, 이렇게 할 수밖에 없는 현실이 안타깝기도 하다. 독고준은 이러한 현실에 살고 있는 회색灰色인이다. 그러나 무의식의 환상 여행을 마친 후, 자신의 방에서 비오는 창밖을 바라보는 그의 모습은 현실을 직시하고 받아들이려는 노력의 자세로 보인다.

───── V. 구보의 현실과 사유 세계

―『小說家 丘甫氏의 一日』

최인훈의 『小說家 丘甫氏의 一日』[1]은 앞선 『廣場』, 『灰色人』, 『西遊記』와 비교해서 서사 내용이 가장 사실적인 작품이라고 할 수 있다. 주인공 구보의 사유가 각 장마다 드러나고 있지만, 다른 작품에 비해 현실에 적절히 대응하는 구보의 모습을 잘 보여주고 있다. 또한 최인훈의 『小說家 丘甫氏의 一日』은 박태원의 『小說家 仇甫氏의 一日』과 동명 소설이고, 그 작품을 패러디한 소설로 널리 알려져 있다.[2] 그러나 최인훈의 구보는 박태원의 구보와는 다른 한층 발전된 모습을 보여주고 있다.

박태원의 소설에서 주인공 구보는 아침에 집을 나와 새벽 2시경에

---

1) 최인훈의 『小說家 丘甫氏의 一日』은 제1장은 『월간중앙』 1969년 12월호에, 2장은 『창작과비평』 1970년 봄호에 발표하였다. 1971년 8월부터 1972년 7월까지 「갈대의 四季」라는 제목으로 『월간중앙』에 연재된 작품이다. 이후 1972년 『삼성출판사』에서 단행본으로, 1976년 『문학과지성사』에서 전집 중 한 권으로 간행하였다.
2) 박태원의 『小說家 仇甫氏의 一日』은 1934년 8월 1일부터 9월 19일까지 『조선중앙일보』에 연재된 중편소설이다. 고도의 소설적 기교를 사용하여 모더니스트로서의 작가적 특성을 잘 드러내고 있는 이 작품은 1930년대 한국 모더니즘 문학의 대표적인 유형이다. 이 작품은 의식의 흐름이나 몽타주 기법 등 실험적인 소설기법으로 현재와 과거, 현실과 환상이 교차되는 형식을 취하고 있다. 권영민 외, 『한국현대문학대사전』, 서울대학교출판부, 2004, 384~385면 참조.

집으로 귀가하기까지 하루 동안의 일을 서술하고 있다. 하루 동안 구보는 18군데를 이동하고, 하루라는 한정된 시간 속에서 1930년대 일제 강점기의 경성 거리를 서술하고 있다.[3] 구보는 도시 배회를 통해 만나는 사건과 인물들을 방관자적으로 바라보는 무기력한 지식인의 모습을 보여준다. 그러나 최인훈의 소설에서 주인공 구보는 정치·경제·문화 등 사회 전체의 급격한 변화 시기인 1970년대를 살아가는 지식인 작가로서 나름대로 현실에 적절히 대응하는 모습을 보여 준다는 점에서 구별된다.

최인훈의 『小說家 丘甫氏의 一日』에서 주인공 구보의 시간에 따른 공간 이동의 서사를 정리하고, 구보의 현실 비판적인 심리 세계를 분석한다. 이를 통해 구보의 심리 세계를 다양하게 세분하여 살펴보고자 한다. 구보는 현실의 정치, 경제, 문화를 비판하지만 그러한 현실에 적절히 대응하며 살아가고 있는 인물이다. 구보라는 인물을 통해 최인훈 연작소설 주인공의 심리 세계 변화와 내적으로 성장하는 과정을 함께 살펴볼 것이다.

1. 서사 구조

아래 표는 『小說家 丘甫氏의 一日』의 시간과 공간 이동에 따른 서사를 정리한 것이다.

---

3) 박태원의 『小說家 仇甫氏의 一日』에서 구보가 이동한 곳은 '집−천변길−종로 네거리−장곡천정長谷川町가는 길−다방 안−길−경성 역−조선은행 앞−다방 안−종로거리−다방−식당−길−다방−길−카페−종로네거리−집으로 향하는 길'이다.

<표 5-1> 『小說家 丘甫氏의 一日』의 서사 구조

삽화명	시간과 공간 이동에 따른 서사
제1장 느릅나무가 있는 風景	1969년 동짓달 그믐 아침 일어남. → 자광대학 문학강연(오적, 이동기, 김관 만남) → 음식점→ 다방→ 월간『여성낙원』사 현상소설 심사(이홍철 만남) → 덕수궁→9(나인)다방(남정우 만남) → 광화문 지하도(배걸 만나 중국집에서 抽象과 具象에 대해 토론) → 성북동 '유정'(술집), 김광섭『성남동 까치』출판기념회(이철봉, 김 정문 만남)→ 버스정류장(집으로)
제2장 昌慶苑에서	어느 봄날, 창경원 관람 → 공작→ 칠면조→ 꿩, 학, 오리, 두루미→ (소)→ 원숭이→ 낙타, 타조→ 여우→ 원숭이→ 너구리→ 흰곰→ 검정곰→ 사자→ 식물원→ 연못→ 매점→ 연못 순으로 구경(동물과 사람이 모두 탑돌이를 하는 것으로 보임)→ 집으로
제3장 이 江山 흘러가는 避亂民들아	새벽에 꿈을 꿈(바닷물 속에 잠긴 마을, 사막에 거꾸로 선 마을, 가도 닿지 못하는 마을) → 늦가을 아침 집을 나섬 → 한심대학 도서관 사서 김학구와 만남, 족보 · 사관에 대한 논쟁 → 양서출판사 편집장 김민완에게 문학전집 해설원고 전달, 식사함. → 심등사 법신스님 만남, 마음의 안식처→ 집으로
제4장 偉大한 단테는	1971년 초여름, '석굴암' 찻집, 시인 김중배 만남 → '완당집' 중국음식식사→ 영화관 '솔저블루' 관람 → 돈화문 다방, 토론, 김중배와 헤어짐 → 관훈동 책방→ 안국동 로터리→ 한국일보사, 광화문 → 집, 단테의『神曲』읽고, 꿈속에서 구보가 단테가 됨. 김중배 집에 옴→ 외출(막걸리 한잔)
제5장 홍콩의 부기우기	장마 개인 어느 날 아침, 집을 나섬 → '文樂'사에 들러 단편소설 제출, 원고료 받음, 주간 김문식과 토론 → 광화문 다방, 극작가 배걸 만남, '人生劇場' 각본을 쓰기로 함, 연 극에 대해 토론, 함께 식사하러 감→ 광화문 시민회관 거리 → 지하도, 신문기사 「美, 韓國을 極東의 '홍콩'化 구상」
제6장 마음이여 야무져다오	청계천 초입, 고향친구 김순남 전기기구 가게 방문 → 동대문쪽 장로교회 예배당, 선배시인 아들 결혼식 → 중앙극장→ 명동성당, 한태백 구두사기

	→ 다방, 뉴스-무장공비 사건
	→ 평화출판사, 인쇄받기
	→ 청계천, 김순남 가게, 뉴스속보-낮의 무장공비사건이 실미도사 건으로 정정, 남북관계에 대해 토론, 북에 두고 온 가족 생각
제7장 노래하는 蛇蝎	1971년 9월, 구보 경복궁 삼청동 걸어감. 소설노동자이고, 이북 출신 의 피난민
	→ 경복궁 관람, 경복궁 내 프랑스 현대 작가 전람회 관람, 사갈 특별전 =귀성전용차로 보임, 대감과 임금의 출현, 구보의 분신→광화문
제8장 八路軍이 좋아서 띵호아	귀뚜라미 소리에 깸. 원고 집필, 이튿날 아침 열시 일어남
	→ 늦은 아침 식사→ 이발→ 지난밤 원고 점검→ 약국에서 전화
	→ 정류장, 신문기사-중공 UN에 가입 가결(팔로군→ 인민군→ 중 공군 → UN가입)
	→ 다방, 김견해 만남. 문학전집 편집 논의, 『흙』, 『濁流』 논쟁
	→ 종로쪽(술 마시러 감)
제9장 가노라면 있겠지	11월 하순 어느 날 아침, 구성진 창소리에 일어남. 옥순엄마와 동네 아주머니의 배추로 인한 넋두리 노래
	→ ×일. 개임. '장편소설 전집'건으로 출판사 다녀옴
	→ ×일. 개임. 남북적십자 회담 후 몇 달이 지나도 관심이 없음
	→ 地方自治
	→ 발자크 『追放者』, 단테의 생활
	→ 11시, 후배시인 결혼식, 평론가 김공론 만남, 서울 이전설→ 다방
	→ 관훈동 헌책방, 늦은 점심 식사 예정
	→ 가게, 거북선 모형 조각→ 종로쪽, 식사할 곳 찾음
제10장 갈대의 四季	1971년 12월 중순, 구보 콧물 감기, 집에 누워 있음
	→ 큰 길에서 크리스마스 노래가 들려옴, 크리스마스가 한국 사람들 에게 폭발적인 효과를 주는 이유는 이날만 야간 통행 제한이 걸 림, 정치적·성적·상업적 아나키즘
	→ 우편물-원고청탁, 초청장, 책『遺詩集·冒瀆당한 地點에서』
	→ 김공론 학교 방문, 월북작가 작품 편집 논의
제11장 겨울 낚시	1972년 정월 초순 어느 아침, 숙명여학교 앞길 걸어감
	→ 牧隱先生影堂入口→ 기마경찰대, 따뜻한 겨울 날씨
	→ '放浪' 찻집, 소설가 김홍철 만남
	→ 일본대사관, 일본기(아노 히타오 우테-저 깃발을 쏘아라, 보어전 쟁의 이야기를 담은 영화)

	→ '민중신문'사, 콩트 공모 심사→ 청진동 한식집 식사 → '신세계'잡지사, 설문지 작성−문학가에 대한 질의지
제12장 다시 昌慶苑에서	1972년 2월 하순 어느 날 오후, 구보는 친구의 사무실에서 깜박 졸음 −어젯밤 소설집필 늦게 잠 → 수송국민학교 앞→ 조계사 뒷길→ 비원→ 원남동 → 창경원 관람 → 독수리→ 공작→ 산양→ 매점→ 물개→ 타조→ 빈 코끼리우리 → 표범→ 흰곰(1)→ 검은곰(2)→ 사자(4)→ 호랑이 → 유물전시관(깃발, 가마, 측우기, 시계, 별자리, 마패, 놋그릇, 벼루, 자기그릇, 자물쇠, 쇠뭉둥이 등) → 연못→ 케이블카→ 식물원→ 회전목마→ 관람기→ 돌의자 → 친구사무실→ 출판기념회 참석 예정
제13장 南北朝時代 어느 藝術勞動者의 肖像	1972년 어느 봄날 오후, 구보씨 광화문 시민회관 앞 → 십년 전 책방, 지금 양품가게 → 무교동 '사이공'다방, 시인 심학규 만남, 미국기자 북한방문허가 기사 읽음(김일성회갑 전후) → 고대화랑(안국동), 이중섭 전람회 관람, 구보와 같은 고향, 전쟁 때 피난민, 동류의식 느낌, 『플란더즈의 개』 떠올림, 그림에 감동 → 다방, 이중섭 전람회 다시 관람 → 이중섭 전람회 다시 관람 → 심학규, 구보씨 이중섭 그림에 대해 논쟁, 구보씨 승
제14장 홍길레진 나스레동	1972년 4월 중순, 서울 광화문 시민회관 앞 → 문인협회, 이문장, 노벨문학상 일본 소설가 가와바타의 자살에 대한 견해 원고 쓰기 → 한국 신문사, 단편 원고 넘김 → 안국동 거리, 고향 고등학교 동기생 만남 → 잡지사, 공모소설 심사 논의 → 신문기사−월남전, 미국의 달로켓 소식 기사 → 산업신문사, '도의심의 타락에 대하여' 좌담회, 도덕적인 결론 → 출판사, 재고품 판매 논의 → 대한문→ 덕수궁 옆길→ 체신부→ 국회의사당→ 종각 → 청진동 골목, 친구 사무실, 친구 없음 → 광화문, 사람들이 모두 바쁜 척 연기한다고 생각함 → 집, 저녁식사 후 우편물 정리, 좌담회 내용 정리, 나스레진이 부하

	동에 나타난 것은, 홍길레진 나스레동이. 진. 동의 니은소리, 이응 소리 때문, '神歌놈'을 욕함
제15장 亂世를 사는 마음 釋迦氏를 꿈에 보네	1972년 5월 마지막 갈 무렵, 구보씨 새벽에 깸 → 다시 일곱시에 깸 → 신문, 미국, 소련 정상회담 기사, 월남전 소식 → 오전에 소설 집필, 소설 내용(고려 절터, 스님과의 대화→ 꿈)

　『小說家 丘甫氏의 一日』은 최인훈 소설에서 관념성과 환상성이 약해지는 것을 볼 수 있다. 『小說家 丘甫氏의 一日』 이후 작품 『颱風』과 『話頭』가 사실주의 성격을 띠는 작품으로 바뀌는 것을 볼 때 그 분기점의 작품이라고 할 수 있다. 작품 구조의 특정한 변화보다는 현실에서 주인공 구보의 현실 비판 모습과 그의 내면 심리에 크게 비중을 둔 작품이라 할 수 있다. 구보는 현실에서 문학적 자유를 누리면서 사회적, 역사적 문제점을 냉정하게 비판하고 있다.[4]

　『小說家 丘甫氏의 一日』은 서사 시간이 제1장에서 1969년 동짓달 그믐으로 시작하고, 제15장에서 1972년 5월 마지막 갈 무렵이라고 명확히 제시하고 있다. 제목에서 '一日'이라 해서 하루 동안 일어난 일을 기록한 것이 아니라, 2년 6개월 동안 구보의 평범한 일과들을 서술하고 있다. 그의 일과는 소설에서와 같이 평범하고 반복적인 일상이다. 15개의 삽화로 구성되어 독립적인 서사를 이루고 있으며, 구보의 현실에 대한 비판을 서술하고 있다. 구보의 일상은 각 장에서 정확한 일자나 계절의 변화를 언급하고, 집에서 출발하여 하루의 일상들을 서사함으로 구보의 변함없는 일상성으로 고정시키고 있다. 그러나 『小說家 丘甫氏의 一日』의 각 장마다 구보의 사유와 자아 성찰적 의식을 보여줌으로

---

4) 김미영은 이러한 인물의 창조를 현대소설사에서 지식인 소설의 한 전형을 이룬다고 말한다. 김미영(2003), 「최인훈 소설의 환상성 연구」, 49면.

써 최인훈 특유의 관념소설의 면모를 보여주기도 한다.[5] 각 삽화별 시간과 공간 이동에 따른 서사를 정리하여 구보의 평범한 일상을 살펴볼 수 있도록 하였다.

김우창은『小說家 丘甫氏의 一日』의 형식적 특징을 도시에 살고 있는 무기력한 소설가의 반복적인 일상과 관련지어 '순환구조'로 해석한다. 그러나 최인자는 이 작품이 불연속적인 개별적 사실들의 나열로만 이루어진 것은 서사 긴개의 동력이 주인공 내면의 주관적인 사유의 흐름으로 이루어지고 있기 때문이며, 전체 구조 해석도 내면 사유의 흐름을 포착해야 한다고 주장한다.[6] 주인공 구보는 '사유의 주체'로서 세계의 객관적인 질서에 얽매여 있는 현실적 존재의 인격체라기보다는 이로부터 좀더 자유로운 위치에서 주관적인 존재로 사유의 흐름을 이끌어 나가고 있다.

2. 현실에 대한 비판과 사유

최인훈은 "문학은 현실에 대립하는 개념이 아니라 현실의 한 계기이며, 현실은 문학을 그 속에 계기로서 가지고 있는 다층적 개념"이라고 말한다.[7] 그러면서 현실 속의 문학적 측면과 현실적 측면을 비교적 용법이라 해석하고, 그와 같은 현실 상호간의 관련을 문제 삼는다. 이것

---

5) 공종구는『小說家 丘甫氏의 一日』의 독립적인 단위서사들이 구보의 행동보다는 의식의 주체로 기능하여 '일일 의식 보고서'라고 말한다. 공종구(2000),「구성적 의식으로서의 방법적 회의와 균형감각―최인훈의『소설가 구보씨의 일일』론」, 9면.
6) 최인자(1996),「최인훈 에세이적 소설 형식의 문화철학적 고찰」, 158~159면.
7) 최인훈,「문학과 현실」,『문학과 이데올로기』최인훈 전집12, 문학과지성사, 2003, 27면.

은 생에 있어서 행위와 인식의 문제이며, 순수 행위, 순수 인식을 발상으로 시작한다.

최인훈은 1965년 10월 『사상계』에 「문학활동은 현실비판이다」라는 평론을 발표한다. 이것은 그의 문학관이 현실 비판이고, 현실의 한 부분임을 강조한 것이다. 이러한 그의 문학관을 가장 잘 반영한 작품이 『小說家 丘甫氏의 一日』이다. 그러므로 구보가 '레이더'처럼 작동하는 비판의 눈으로 한국의 현실을 미분하고 적분하여 서구 문화가 한국 문화를 지배하여 새로운 식민지 모습으로 보이는 것을 비판한다. 또한 이러한 현실을 극복할 수 있는 것은 전통문화의 복구라고 주장한다. 구보의 비판 의식을 몇 가지로 나누어 살펴본다.

2.1. 구보의 현실

구보의 현실적인 상황을 알려주는 예문들이다.

　　① 이런 순간에 그는 자기 자신의 현실적 신분을 그다지 염려할 필요는 없었다. 한 월남 피난민으로서, 서른다섯 살이며, 홀아비고, 십년의 경력을 가진 소설가라는 그의 현실적 신분보다 훨씬 높은 데를 걸어갈 수 있는 시간이었다. 그것은, 모든 직업인이 자기 일에 들어서는 참에 갖추어지기 마련인, 어떤 엄숙함의 분위기였다. 그런 분위기 속에 그는 말려들어갔다. 그러자 언제나처럼 그 '말의 공간空間'은 노동자의 일터처럼 그에게 든든함을 주었다.(19면)

　　② 구보씨는 이번 전쟁―이라고 함은 1950년 6월에 시작된 전쟁 때 북한에서 홀몸으로 피난해온 사람이다. 지금 구보씨는 나이가 서른예닐곱 될터인데 그때라면 열너댓 됐을 때다. 아주 옛날이면 열너

댓이면 장가들 나이지만, 이 무렵은 혼인은 훨씬 늦어 스무 살 중반쯤
부터 제 나이지만, 그 까닭인즉 그때까지 학교를 다녀야 하기 때문이
다. 그래서 구보씨가 피난올 때 나이로 말할 것 같으면 앞뒤를 가리기
어려운 철부지랄밖에 없다. 게다가 그리 총명한 편은 아니어서 되레
얼뜬 편이라는 것이 사실이었으니 이런 처지에 피난살이가 어떤 것
인지 짐작할 만하지 않겠는가. 영도 다리 난간 위에 초생달만 외로이
뜬 것은 다름아닌 이 구보씨 때문이었다. …중략… 그의 고향 사람
들은 항구에 들어온 미국 화물선을 타고 나온 것인데 구보씨네 가족
은 배를 타러 나왔다가 부두의 아우성 속에서 서로 갈려버렸기 때문
이다. 배가 아니라 뭍길로도 더러 나온 사람이 있긴 하지만 그런 사람
들은 나와서 가족이 서로 합쳤다. 구보씨는 어느 연줄로도 그의 가족
을 봤다는 얘기를 못 들었으니 고향에 남았음이 틀림없었다.(261면)

구보는 현재 서른다섯 살의 월남 피난민이고, 소설가라는 직업을 가
진 홀아비이다. 그는 열너댓 살에 가족들과 함께 북한에서 피난을 준비
하였지만, 부두에서 가족들과 헤어져 결국 가족들은 고향에 남게 되고,
어린 나이에 홀로 피난하였다. 피난하여 홀로 외로이 산 시간이 20년이
나 지났다. 영도다리 난간 위에 외로이 뜬 초생달이 구보였다는 것은
구보의 지난 세월이 외로움과 그리움과 인내의 시간이었음을 알 수 있
다. 지금은 서른다섯 살의 어엿한 성인이지만 아직 그는 홀몸이다. 소설
가라는 직업을 가지고 남한에서 중견 작가로서 다양한 활동을 하며 살
아가지만, 한 가정을 꾸려가기에 그의 현실은 아직 안정되지 않은 것이
다. 그가 홀몸인 것은 경제적인 이유도 있지만, 그보다 그의 내적 성숙
이 그의 연륜에 미치지 못한 것이다. 이것이 소설가 구보의 현실이다.
구보는 작가 최인훈이 자신을 모델로 하여 자기 모습과 내적 고민을
반영한 것이라고 할 수 있으나, 현실적인 부분에서 차이는 분명히 있다.

최인훈은 1936년 함경북도 회령에서 출생하였고, 함경남도에서 원산 고교를 다니던 시절에 6·25동란을 맞아 가족이 모두 월남하게 된다. 부두에서 미군 함정 LST를 타고 내려오면서 체험했던 일들은 그의 머릿속에 잊지 못할 상흔이 되었으며, 그날의 많은 인상은 그후 그의 소설에서 원체험으로 나타나고 있다. 구보는 이러한 작가 최인훈의 원체험들을 토대로 하여 쓰여진 인물이다. 『小說家 丘甫氏의 一日』을 연재소설로 쓰던 중인 1970년 11월에 최인훈은 결혼하여 독신을 면하게 된다. 그러나 그의 작품에서 구보는 여전히 독신을 고수하며, 작가 최인훈의 내면세계를 반영하고 있다. 이러한 부분은 작가 최인훈과 소설 속 구보를 비교하며 작품을 평가할 수 있는 좋은 예이다.

소설가 구보는 당시 최인훈의 활동 모습을 그대로 반영하고 있다. 구보는 잡지사 신인 응모작 심사에 참여하기도 하고, 자광대학의 문학강연회에 연사로 초빙되어 강연하고, 문단 선배인 김광섭의 출판기념회에 초대받는다. 그 외에도 문학전집 창간에 참여하고, 여러 편의 단편소설을 내는 등 문인으로서 활동을 게을리 하지 않는다.

> 현재 구보씨의 직업은 소설노동자인데 지금으로서는 구보씨는 이런 길에 들어선 것을 크게 뉘우친다. 소설 노동이 희한치 않다든지 해서가 아니다. 이 시절 사람이 손에 익힐 직업치고는 너무 어려운 직업인 까닭이다. 소설이라면 알다시피 세상살이 이야기 한쪽지를 지어내서 세상이치를 밝혀내고 인물마다 옳고 그름을 꾸미는 것은 우선 나중 일이고 그놈의 '세상이치'와 '시비곡직'이란 것만은 환히 꿰뚫어 보아야, 몰고 다니든 타고 다니든 할 것인데, 이게 그게 아니다. '세상이치'로 말하면 구보씨 어릴 때만 해도 햇바퀴처럼 환한 것인 줄 알았다.(261~262면)

소설가 구보의 작가의식은 소설가의 정체성에 대한 자아 성찰적 의식을 지니고 있다. 구보에게 소설가란 "어질머리라는 누에집을 풀어서 그것이 대체 어떤 까닭으로 그렇게 얽혔는가를 알아보아야 하는 것"(20면)이고, 소설은 "세상살이의 이치와 느낌을 지어낸 인물의 일생이나 사건을 통해서 이야기로 엮어놓은 글"(144면)이다. 또 "천지와 인사의 이치가 머리에 선할 때 일위 인물을 지어내어 그의 파란곡절을 통해 이 이치를 깨닫게 하는 것"(149면)이고, "세상살이 이야기 한 꼭지를 지어내서 세상이치를 밝혀내고 인물마다 옳고 그름을 가리는 일"(262면)이라고 한다. 이상의 서술에서 구보는 소설가가 현실의 옳고 그름을 충분히 알고 비판할 수 있는 인물이어야 하고, 소설을 쓰는 행위가 세상의 이치를 밝혀낼 수 있는 투명하고 실천적인 행동이 되어야 한다고 말한다.

구보에게 소설이란 자신의 존재에 대한 자아 성찰적 구성물이고, 소설쓰기는 사회 · 역사적 주체로서 자신의 존재론적 지위를 드러내는 하나의 방법이다.

2.2. 신가(神歌)놈에 대한 사유

『小說家 丘甫氏의 一日』에서 구보는 '신가神歌놈'이라는 말을 자주 쓴다. 구보가 '신가놈'이라는 말을 쓰이는 경우와 이 말의 의미를 살펴보면, 구보의 심리 세계를 이해할 수 있다.

구보씨는 길을 건너 원남동쪽으로 걸어갔다. 이쪽도 새집들이 별로 들어서 있지 않은 구역이지만 훨씬 '庶民'적이었다. '庶民'이라. '嫡

庶'의 '庶'잔데 언제 어떻게 생긴 말인지 굉장한 말이다. 신문 같은 데
서 덮어놓고 이 말을 쓴다. 또 '庶民'적인 성격이니, 한다. 모두 첩의
자손이란 말인가. 아무튼 이 언저리도 꽤 변하지 않는 구역이다. 구보
씨가 걸어온 길목만 해도 이렇게 사람들은 여러 나름으로 살고 있었
다. '에익 神歌놈' 하고 구보씨는 중얼거렸다. 딱히 왜 그런지는 모르
겠는데 그렇게 말해야 마땅할 것 같았다. '神歌놈'이란 '神' '하느님'
'造物主' 따위를 말한다. 언제부턴가 구보씨는 어떤 사물이나 사건이
나 심경 같은 것에 부딪칠 때, '에익 神歌놈' 하고 뇌는 버릇이 생겼었
다. 그저 두리뭉실한 답답함이라든지 아리숭한 것이라든지 한스러운
일이라든지 그럴싸하다든지 장하다든지 할 때면 이 말이 불쑥 나오
는 것이었다. '쯧쯧'이라든지 '원 저런'이라든지 '맙소사'라든지 '오냐
그러기냐'라든지 '요것봐라' '어럽쇼' '그러면 그렇지'—이런 따위의
뜻을 가진 말로 구보씨는 쓴다.(266~267면)

구보는 언제부터인가 어떤 사물이나 사건, 심경에 부딪치면, '에익 神
歌놈'하고 말하는 버릇이 생겼다. '神歌놈'은 '神, 하느님, 造物主'를 뜻하
며, 답답하거나 아리숭하거나 한스럽거나 그럴싸하거나 장하다든지 할
때 나오는 말이라고 한다. 그 말의 의미는 '쯧쯧', '원 저런', '맙소사', '오
냐 그러기냐', '요것봐라', '어럽쇼', '그러면 그렇지'의 뜻이라고 한다.

여기서 '神歌놈'은 원남동의 한적한 동네를 거닐다가 '庶民'적이라는
말의 어원을 생각하다가 '庶民'의 '庶'자는 '嫡庶'의 '庶'자임을 생각하
고, 말의 의미를 고려하지 않고 신문에서 덮어놓고 이 말을 쓰는 것을
생각하고, 한심스러운 생각에 '神歌놈'이라고 되뇌인다. 또 '庶民'적이
라고 하니, 모두 첩의 자손이란 말이니 구보가 생각하기에 기가 막힐
노릇이다.

구보의 '神歌놈'은 여러 의미를 지니는 듯이 보이지만, 자신을 능가
하고 자신이 도달할 수 없는 능력을 인식할 때 하는 말이다. 이때 구보

는 사회와 역사로부터 일정거리 떨어져 있음을 발견하고, 사회에서 소외된 자신의 정서를 '神歌놈'이라는 말을 통해 해소한다. 이것은 구보가 현실을 살아가는 하나의 방법이기도 하다.

본문에 쓰인 '神歌놈'의 다양한 예문을 살펴보고, 그 나름의 의미를 알아보자.

> ① 그 모퉁이에도 한 십년 전에는 책방이 있었던 것을 문득 구보씨는 떠올렸다. 그리고 그 책방에 매우 아리따운 아가씨가 가게를 보던 일도 떠올랐다. 그러자 구보씨는 마치 그 아가씨가 자기 애인이기나 했던 것처럼 쪼르르 해지는 것이었다. 실은 아가씨라기보다 십년 세월이 거꾸로 휘말려서 똘똘 뭉치더니 홀연 아가씨로 둔갑한 것처럼 느꼈던 것이다. 분명히 그 아가씨는 육신이 아니라 '시간'의 화신이었다. 왜냐하면 아가씨에게서 십년의 세월을 빼고 보니 아가씨는 간곳 없고 그 자리에는 양품가게가 있을 뿐이었기 때문이다. 황차 시간이 제가 무엇이관대 이런 기막힌 요술을 부리는 것일까. 구보씨는 '에익 神歌놈'하고 속으로 중얼거렸다.(280면)

구보씨는 피난하여 혼자 산 세월이 20년이다. 지방의 거리는 그곳에서 자란 사람에게는 익히 알고 있어 정다운 곳이다. 그러나 피난 와서 서울에 살아보니, 몇 해를 살아도 정답지가 않다. 그것은 도시 사람들이 자기 속셈, 자기 내력, 자기 꿍꿍이를 가지고 살아가기 때문이며, 구보 자신도 이름 모를 짐승처럼 거리를 걸어가고 있다. 거리를 걷다가 십년 전 그 자리에 있었던 책방을 생각하고, 책방의 아리따운 아가씨를 생각하니, 십년이라는 시간이 아가씨로 둔갑하여 시간의 화신이 되어 나타났다. 구보의 마음은 애잔해지고 그리움만 쌓여간다. 십년의 세월이 흐르고 다시 보니 아가씨는 간 곳 없고 양품가게만 있을 뿐이다. 구보는 세월에 대한 허무와 한스러움을 '에익 神歌놈'이라는 이 한마디로 자신의 감정을 추스린다. 피난민 구보는 지난 20년 동안 서울 생활 어디에도 정을 주지도 떼지도 못하는 외로운 존재인 것이다. 발전해가는 서울의 모습과 사람들 간에 정이 점점 메말라가는 현대인의 정서는 피난민 구보를 더욱 외롭고 고독한 존재로 만든다.

② 현실을 늘 선례에 의해서 이해하는 상고주의자요, 관념론자인 구보씨는 암호들을 볼 때마다 두 가지 사건을 떠올리는 것이다. …중략… 이스라엘과 아라비아의 옛날부터 사람 사는 집 문간에는 이렇게 누군가가 표를 해놓은 역사가 이어져오고 있다는 것을 생각하면서 구보씨는 재미있다고 생각한다. 피난민이자 독신자인 구보씨에게는 이러한 주택가는 늘 두려움에 가까운 힘을 느끼게 한다. 하숙집을 나서서 한길까지 사이에 처마를 잇댄이들 사람집을 좌우로 지나치면서 구보씨는 에이 신가놈, 하고 속으로 뇌까리곤 한다.(97~98면)

구보는 길을 가다가 어느 집 문간에서 물 한 잔 얻어 마시기 어려운 현대인의 삶에 대해 한탄한다. 고향을 떠나온 구보는 오랜 타향살이에 고향과 가족에 대한 그리움을 표면적으로 드러내지는 않으나, 내면적으로 쌓여 있음은 사실이다. 현대인들의 각박한 삶은 이웃 간의 정을 표현하기가 점점 어려워지는 것을 실감한다.

상고주의자이고 관념론자인 구보는 문간의 표지를 보고 구약성경의 '유월절' 대문에 천사가 이스라엘 사람의 가정을 알아보기 위한 표식으로 동물의 피를 칠하여 표시하였다는 이야기와 『아라비안나이트』에 나오는 도적놈이 칠한 알리바바의 대문표식 이야기를 생각한다. 구보는 사람 사는 집 문간에 누군가 표를 해놓는 역사가 옛날부터 이어져오고 있다는 것을 생각하면, 재미있기도 하지만 두려움을 느끼기도 한다.

처마를 잇댄 살림집들을 보고 역사의 무서운 힘에 제압당한 구보는 '神歌놈'이라고 '神'을 한번 불러본다.

> ③ 구보씨는 종로까지 가는 사이에 차 안에서, 길거리에서 사람들
> 눈빛이 집들의 눈빛이 달라져 있는 것을 분명히 보았다. 잊어버릴세
> 라 이 고장에 사는 팔자를 되새겨주는 사건이 던진 뒤끝이 보인다.
> 에익 신가神歌놈. 에익 신가놈. 구보씨는 몇 번인가 뇌까렸다. 공
> 비는 모두 제 손으로 폭사했다고 하지만, 공비가 서울 시내까지 그토
> 록 쉽사리 왔다는 일만은 달라진 것이 없다. 스무 해전 6월 그날에도
> 이렇게 전쟁은 비롯했을 테고, 언젠가 전쟁은 이렇게 시작된단 말이
> 겠지. 그리고 받으러 가는 돈이 피난 떠날 밑천이 될 수도 있단 말이
> 겠지.(131~132면)

구보는 국내외 정세에 관한 뉴스나 기사를 볼 때마다 '神歌놈'을 뇌까린다. '미국 대통령의 중공 방문', '美, 韓國을 極東의 홍콩化 구상', '남북 적십자사 판문점 접촉' 등에서 국제 정세의 변화와 그에 따른 국내 정치 상황의 변화는 구보가 이해하기에 매우 놀라운 현실이다. 어제까지 냉전하던 국가들이 오늘 서로 화해하며, 서로 국익을 우선하여 변화하는 정치현실에 구보는 피난민으로서 어질머리를 느낀다. 그들의 이익에 따라 우리나라는 보상받지 못하는 희생을 치르고, 남과 북으로 분단되어 구보처럼 홀로 20년이란 세월을 고향과 떨어져 지내온 사람들이 1000만이 넘는다. 고향과 가족에 대한 그리움의 세월에 대한 보상은 어떻게 할 수 없는 것이다. 남북 적십자사의 판문점 대화에서 이산가족 상봉을 추진하기로 합의한 것은 구보에게 믿기지 않는 사실이다. 이산가족의 상봉을 추진하면서 남북 대화의 물꼬를 열어 어느 정도 시간이 흐르면 자연스럽게 남북통일이 이루어지리라 기대할 수 있다. 그러나

구보가 살아온 세월의 눈은 그러한 일들이 쉽게 이루어지지 않을 것이라고 예감한다. 남북적십자사가 이산가족 상봉을 추진한다는 놀라운 사실이 발표된 지 얼마 지나지 않아 '무장공비 사건'이 발생한다. 미국과 중공이 화해하자, 우리나라에도 그 기운이 뻗쳐 봄바람이 왔다고 들떠 있던 구보는 어리둥절하며 그런가 하고 여겼다. 그런데 인천에 올라온 무장공비 21명이 민간 버스를 타고 서울 영등포 대방동에 있는 유한양행 앞까지 왔다가, 타고 가던 버스가 가로수를 들이받아 수류탄이 터져 전원 몰사했다고 발표한다. 이 놀라운 사건에 구보는 '에익 神歌놈'을 뇌까린다. 공비가 폭사했다고는 하지만, 그들이 서울 시내까지 쉽사리 들어왔다는 사실이 놀라웠고, 스무해 전 6월 그날도 전쟁이 이렇게 비롯되었다는 사실을 떠올리자, 구보는 과거의 그날을 떠올리며 몸서리를 친다. 지금도 구보는 전쟁이 무엇인지 알고 있기에 한없이 무서워진다. 굶주림과 죽음, 고달픔을 또 다시 체험해야 한다는 생각만으로도 구보는 몸서리쳐진다. 구보는 곧 전쟁이 다시 일어날 것 같아 두려워진다.

그날 저녁 라디오 뉴스에서 더욱 놀라운 사건이 보도된다. 낮의 무장공비 사건이 공비가 아니라 인천 앞 실미도에 격리수용중인 공군 특수범들이고, 그들이 고도 수용에 불만을 품고 저지른 일이라고 발표한다. 이에 구보와 고향친구 김순남과 가게 직원은 '허허허, 하하하, 히히히' 하고 웃는다. 그 웃음은 공비가 아니어서 다행이라는 안도의 웃음이며, '공비의 침입'이라는 엉터리 기사를 사실인양 보도하는 신문과 뉴스의 횡포에 대한 비웃음이다. 또한 통일의 길은 아직 멀고도 험하다는 세상이치를 새삼 깨닫는 구보의 헛웃음이기도 하다.

④ 이 '천황—스탈린—이승만'이라는 세 이름 속에서 구보씨의 반생의 정신은 어리둥절하면서 지나온 것이었다. 하늘에 높이 솟아 있

던 이런 이름들이 연이어 떨어지는 것을 보아오느라니 구보씨 같은 썩 훌륭하지는 못한 머리에도 무엇인가 짚이는 바가 있었다. …중략… 그렇게 해서 지금의 구보씨에게는 허망한 뉘우침만이 남아 있었고 뉘우침의 모두가 자기 탓은 아니라는 느낌을 짐짓 뭉뚱그려서 가끔 "에익 神歌놈"하고 내뱉어보는 것이다.(148~149면)

구보는 '천황'이라는 신의 아들에게 속고, '진리'의 화신이라던 스탈린이라는 이름에 멍들고, '애국'의 화신이라던 이승만 영감에게 속고, 몇 번의 가난한 사랑의 흉내에도 보기 좋게 속아 살아왔다. 이렇게 믿었던 것에 속기만한 구보의 마음은 부랑자라든가 거지라든가 방랑 승려의 마음처럼 스산하여 세상 무엇이라고 그리 대단해 보이지 않는 것이 고통스럽다고 말한다. '천황-스탈린-이승만'이라는 세 이름 속에서 구보 반생의 정신은 어리둥절하면서 지나온 것이다. 이러한 것은 세상살이의 홍역과 같아서 빨리 치르고 탈이 없는 것이 으뜸이며, 이러한 일이 생기는 것이 세상이라는 사실을 어렴풋이 알게 된 것이 근래 구보의 사상적 자리가 되었다.

구보는 진실이라고 믿었던 많은 사실이 거짓이었음을 시간이 지나서 알게 되었고, 속고 속이는 것이 세상의 이치라는 것을 깨닫자, 눈에 보이는 것이 다 사실이 아니라는 깨달음을 얻는다. 그로 인해 구보에게 보이는 현상은 허상인 것이다.

⑤ '에익 神歌놈' 하고, 구보씨는 속으로 중얼거렸다. …중략… 뒤집어 말하면 구보씨가 지금까지 얼마나 무지한 인생을 살았는가를 말하는 것에 다름 아니기 때문이다. 초등학교에서 배운 것은 중학교에 가면 거짓말이 되고 중학교에서 배운 것은 고등학교에 가면 거짓말이 되고—이렇게 어제의 거짓말에 오늘 놀라는 생활이, 구보씨가

겪은 생활이었다. 그런데도 이 거짓말에 책임지는 사람은 아무도 없었다. 이 세상이 자기 삶을 책임질 사람은 자기밖에 없다는 것을 이제야 깨닫는다는 것은 정말 너무한 얘기였다. …중략… 전하는 말에 '神'이라는 자가 이 세상의 모든 것을 만들었다 하니 그렇다면 때려죽일 놈은 그 '神歌놈'일 수밖에 없다. 지금 구보씨가 신문을 보고 '에익 神歌놈' 하고 속으로 중얼거린 것은 이런 까닭에서였다. 구보씨는 '닉슨政府 경악'이라는 글자를 보면서 '공갈'하고 역시 속으로 중얼거렸다.(178~179면)

구보가 배운 세상살이는 초등학교에서 배운 것은 중학교에 가면 거짓말이 되고, 중학교에서 배운 것은 고등학교에 가면 거짓말이 된다. 이렇게 어제의 거짓말에 오늘 놀라는 생활이 구보가 경험한 사회이다. 또 거짓말에 책임을 지는 사람이 없는 것도 현실이다. 책임지지 않는 사회, 책임지지 않아도 되는 사회가 구보가 경험한 사회였다. 이러한 사회에서 구보가 소설을 제작하는 것은 고된 일이며, 보통의 정신으로 해내기는 어려운 일이다. 중공의 유엔 가입에 대한 '닉슨政府 경악'이라는 기사를 보고 이것 또한 '공갈', 거짓 기사일 것이라고 추측한다. 구보는 세상에 사실이라고 알려지는 일들이 모두 사실이 아님을 나름대로 세월에서 깨달은 것이다. 그것이 세상의 이치라고.

⑥ ×일. 개임. 남북 적십자 회담이 열리고 벌써 몇 달이 지났는데 주변에서 별로 이렇다 할 관심이 없는 것은 이상한 일이다. 생각하면 할수록 엄청난 일인데도 어딘지 겉도는 느낌이다. 신문이나 잡지에 나는 글이나 보도도 알차지 못하다. 어딘가 먼데서 일어나는 일을 해설하는 느낌이자, 당하는 일을 느끼는 진지함이 없다. 쓸데없는 일까지 너무 보도되는 바람에 정작 소식다운 소식이 있게 돼도 놀랄 것이 없게 된다는 것일까. 그럴지도 모르겠다. 이리를 보았다는 거짓말을

자꾸 하다가 마지막에는 이리에게 잡혀먹은 아이의 얘기처럼. 그러나 그뿐이 아니다. 이런 큰 정책 결정이 거두절미하고 불쑥 나온 데 까닭이 있을 것 같다. 무엇이 어떻게 되는지 모르겠다는 느낌이다. 이런 일은 민간 운동의 모습으로 오랫동안 계몽이 된 다음에 이루어진 것이 바람직한 일이었다. 이치가 안 통하는 세상에서 이치밖에는 할 소리가 없는 신세처럼 처량한 일이 없다. '神歌놈' 네 이놈.(191면)

⑦ 美세記者곧平壤訪問/金日成回甲前後, 日紙北傀서許可했다고報道/[워싱턴=24日發]
…중략…
구보씨는 가져온 커피잔 손잡이를 만지작거리면서 잠시 생각에 잠겼다. 생각의 내용은 한마디로 말할 수 없겠으나 굳이 한마디로 말한다면 '에익 神歌놈'하는 것이 될 터였다. 그것은 무슨 호쾌한 역정도 아니요, 사무친 한도 아니요, 불 같은 노여움도 아니요, 바람 같은 웃음도 아니요, 그 모두가 합친 데다가 무엇인가 거시기 어떤 것을 곁들인 그런 것이었다. 아마 봄새벽을 모르는 잠결에 깨고서도 종잡히지 않는 꿈의 맛 같은 것이었다. 그러니 논평 같은 모습으로 말해볼 수는 없는 일이었다. 그 대신 구보씨는 히히히 하고 무시무시한 웃음을 방긋 웃었다.(283~284면)

세상 돌아가는 놀라운 이야기에 정말 놀라야 할 일에는 놀라지 않고, 오히려 의심하게 되는 세상이 되었다. 남북 적십자 회담이 열리고 나서 몇 달이 지나도 알찬 기사도 없고, 사람들의 관심을 찾아볼 수 없다. 남북 회담은 우리 역사에서 정말 놀랄 만한 역사적 사건이다. 특히 피난민 구보에게 남북 대화는 그가 고향의 가족에 대한 소식이라도 알 수 있는 작은 희망의 길일 수 있다. 또한 수많은 이산가족에게는 그들이 고대하는 최고의 소식이고 기쁨일 것이다. 그럼에도 아무런 일도 없는 것처럼 돌아가는 세상이치에 구보는 처량한 신세가 되어 "'神歌놈' 네

이놈" 하고 뇌까린다. 이후 남북 적십자 회담이 이루어지고, 14년이라는 세월이 흐른 뒤에 첫 이산가족 상봉이 이루어진 것을 보면, 당시 남과 북이 가야 할 길이 아직 멀었음을 구보는 예견한 것이다.[8]

남과 북의 관계는 멀기만 한데, 김일성 회갑을 전후하여 미국 기자의 북한 방문이 허가되었다는 기사를 보고 구보는 호쾌한 역정도 아니고, 사무친 한도 아니고, 불같은 노여움도 아니고, 바람 같은 웃음도 아닌 이 모든 것을 합한 한 마디 '에익 神歌놈' 하고 말한다. 이것이 무슨 종잡을 수 없는 일이란 말인가 하고 구보는 '히히히' 웃는다.

미국 대통령 닉슨의 소련방문 기사를 읽고, 구보는 두 강대국의 줄다리기에 두 동강난 베트남과 우리나라를 생각하니 억울하고 원통하다. 싸움을 일으킨 독일이 두 동강 나는 것은 어쩔 수 없다 해도 오늘날까지 싸움 안하고 잘 넘겨왔는데, 베트남은 오늘날까지 전쟁을 하고 있으니 지옥임에 틀림없다. 그 지옥을 구보는 20년 전에 겪었던 것이다. 또 우리나라를 빼앗은 일본은 전쟁에 져서 망하는 줄만 알았는데, 물 건너에서 날로 번창하는 꼴을 보니 분통이 터진다. 세상사는 이치가 뭐 이런 경우인지 당하는 놈만 억울하고 바보인 세상이다. 이러한 1970년대를 살아가는 구보는 현실을 비판하는 지식인의 모습을 뚜렷이 보여주며, 국제정세에 지배받는 우리 사회를 비판하고 한탄한다. '에익 神歌놈' 하고 뇌까린다. 구보가 내뱉는 '神歌놈'은 구보가 '神'을 대등한 위치

---

8) 1971년 8월 12일에 남한 적십자가 북한 적십자사에 '1천만 이산가족 찾기 운동을 위한 회담'을 제의하여, 8월 20일에 판문점에서 첫 회담이 열렸다. 그 후 25차례에 걸쳐 예비회담을 진행, 7차례의 본회담을 진행했으나, 1973년 남한과 북한의 이해관계로 적십자 본회담이 중단되었다. 1985년 5월에 8차 적십자 본회담이 합의 성공하여, 1985년 9월에 제1차 '남북 이산가족 고향방문 및 예술공연단' 총151명 상호 방문하였다. 정치학대사전편찬위원회, 『21세기 정치학대사전』, 아카데미리서치, 2002, 478~480면 참조.

에서 바라보며 '神'과 대면한다. 사회와 역사에 대해 어떠한 힘도 쓸 수 없는 자신의 무능함과 불가능한 현실에 직면할 때마다 '神歌놈'을 내뱉으며 현실을 비판한다.

2.3. 음식, 문화 비판과 사유

구보의 비판은 다양하다. 정치, 사회에서 음식까지 비판한다. 구보는 홀로 피난 온 피난민이다. 구보는 남이 쓰던 숟가락으로 밥을 먹는 것이 싫어서 한 때는 외식을 하지 않았다고 한다. 그러나 피난 시절을 생각하고 고집을 버렸다. 다른 이유는 서울살이의 외로움으로 음식점에서 숟가락을 같이 쓰는 동창생이 되어 숟가락 공동체에 참여하고, 삶의 공동체에 귀속한다는 것에 의의를 가지기로 한 것이다. 그러나 대중음식에 대한 불만은 어쩔 수 없다. '구두창 설렁탕'이라는 말이 나올 정도로 도시의 음식점에서는 무얼 가지고 어떻게 요리를 하는지 알 수 없는 음식을 사먹고 있다. 이것은 대기오염보다 더 심각한 음식 공해라고 말한다. 먼저 삶에서 죄를 지어 지금과 같은 음식을 먹는다고 한숨 쉰다. 한 그릇의 끼니에도 마음을 기대고 싶은 피난민 구보의 심리는 고향에 대한 그리움으로 음식에 대한 정성이 더욱 그리운 것이다.

또한 구보는 감기가 걸려 아파도 약을 잘 먹지 않는다. 약을 믿지 않는 것이다. 감기에는 파뿌리를 달여 먹고 잠이나 푹 자는 것이 제일이라고 생각한다. 구보는 양약이 좋은 의사의 감시 밑에 쓰면 효과가 있지만, 환자가 아무렇게나 사먹는 경우에는 무책임하다고 여긴다. 당시 구보의 그러한 생각은 오늘날 의약분업을 예견한 매우 선견적인 사고라고 할 수 있다.

① 앞만 보고 말하면서 아주머니가 모퉁이 쪽으로 간다. 구보씨는 망을 보는 모양으로 그 자리에 남았다. 포장마차, 인디언—실컷 보는 간판에 「솔저블루」라고 붙었다. 「솔저 블루」라. 네이비 블루니 하는 그 말인가? 극장 언저리는 늘 이국異國적이다. 서양 영화 간판. 커다란 배우의 사진. 그 밑에서 황색인들이 표를 사느라 바글바글 끓는다. 조계租界라는 느낌이다. 옛날 상하이나 홍콩 같은 데 변두리 극장의 모습 같다. 상하이나 홍콩에 가본 것은 아니지만 어쩐지 틀림없을 것 같다. 한국 영화가 상영되고 있는 미국 어느 도시의 극장 앞에 늘어선 미국 시민과 걸려 있는 간판 속의 한국인 배우의 대조에서 이런 느낌이 이루어질까? 글쎄. 아니지. 주책 없음. 의 느낌.(79면)

② 시민회관에는 인도 마술사의 간판이 걸려 있다. 그 아래를 사람들이 오간다. 구보씨는 극장 간판 아래에서 바글거리는 사람들을 볼 때마다 언제나 '홍콩'이라는 이름이 문득 떠오른다. 간판 속에서 커다란 클로즈업으로 내려다보고 있는 아리안계 외국인 배우의 얼굴과 그 밑에서 와글거리는 노오란 몽고족의 대조가 조계租界라든지 '政廳' '治外法權' '原住民' 이런 분위기를 풍기는 것이었다. 요즈음 높은 건물들이 들어서고부터 더욱 엽서에서 보는 그 이국 도시의 모습을 닮아간다. 여자들의 화장은 아마 그런 닮아가는 모습의 으뜸이다. 모두 아리안계 여자의 모조품으로 보이게 하려고 피눈물 흘린 성과를 얼굴이라고 들고 다닌다.(115면)

③ 크리스마스 노래, 크리스마스가 가까워온다. 크리스마스라고 하면 해방 전 한국 사람들에게는 아무 날도 아니었다. 예수교도를 빼면. 해방 후 한국 문화를 말할 때 크리스마스는 빼놓을 수 없는 항목이 된다. 해방 후 이날은 예수교도와 관계없이 모든 한국 사람들의 날이 되었다. 해방 이후 한국 사람들은 야간 통행 제한 밑에서 살아왔는데 크리스마스가 한국 사람들에게 폭발적인 효과를 가지는 것은 이 통행 제한 제도가 있기 때문이다. 이날만은 야간 통행 제한이 걷힌다.

한 해 동안 하루만은 밤시간에 나다닐 수 있다는 것은 큰 해방감을 준다. 그래서 이 날은 실상 서양 풍속으로 치면 카니발이 된다. 크리스마스란 이름의 카니발이다. 이날에는 한국 사회의 모든 심층 사회 심리가 한 덩어리가 되어 소용돌이친다. 막연한 해방감— 이것은 정치적 아나키즘이다. 젊은 사람들의 성적 해방감— 이것은 섹스의 아나키즘이다. 장사하는 사람들의 대목 보려는 마음— 이것은 상업적 아나키즘이다.(217면)

구보는 시인 김중배와 함께 미국 영화 '솔저 블루'를 보러 간다. 표가 없어 야매표를 구하여 영화를 본다. 이국적인 극장 앞에서 표를 사기위해 모여든 시민들의 모습을 보고 조계租界라는 느낌을 받는다. 또 옛날 상하이나 홍콩의 변두리 극장 모습을 상상한다. 그리고 미국 어느 도시에 걸려 있는 한국 영화를 보려고 늘어선 미국 시민을 상상하며 자신의 주책없음을 한탄한다. 미국 영화에 빠져 있는 한국인의 모습을 우려하는 것이다.

시민회관에 걸려 있는 인도 마술사의 간판이나, 그 아래에 바글거리는 사람들을 볼 때마다 '홍콩'을 떠올리며, 도시의 높은 건물을 보고 이국의 도시를 닮아가는 것을 느낀다. 또한 여자들이 화장한 모습을 보고 아리안계 모조품이라고 생각하며, 국산품에 외국 딱지를 붙인 가짜 박래품이라고 여긴다. 구보는 우리 도시가 외국 도시를 닮아가는 모습과 점점 서구화 되어가는 사람들의 모습에서 우리 전통이 사라지고 외래문화에 잠식되어 새로운 문화 식민지가 되지 않을까 한탄한다.

그렇다고 구보가 외래문화 자체를 부정하는 것은 아니다. 외래문화를 받아들이되 어느 정도 적절히 소화시켜서 우리 것으로 만드는 것이 중요하고, 우리 전통 문화도 외국에 널리 알려야 한다고 생각한다.

한국에서 크리스마스는 전통적으로 아무런 의미가 없는 날이다. 그러나 통행 제한이 실시되는 시대에 크리스마스는 통행 제한이 걷히는 날이므로 그날은 카니발이 된다. 크리스마스는 정치적 아나키즘, 섹스의 아니키즘, 상업적 아나키즘이라고 한다. 그러나 지금 구보가 사는 서울 도시는 살림의 규모가 다른 집단이 이루어져 크리스마스 대목도 점점 사라지고 있다. 현실의 어려움이 이 축제를 매력 없는 것으로 만들어버린 것이다. 광복 후 십대에서 이십대를 보낸 이들과 구보는 그 광란의 날을 기억 속으로 저장해버린 것이다. 구보는 소설가로서 지극히 작은 몫의 일을 이 사회에 하기 바라는 소시민이 된 것이다.

깃발이 우산꽂이 같은 받침에 꽂혀 있다. 궁중 의식에 쓰던 깃발이라 한다. 구보씨 눈에는 몹시 초라해 보였다. 유물이라니까 실지 쓰던 것이라 생각할 수밖에 없는데 막대기라도 초라하고 깃발의 천이며 물감이며 모두 꾀죄죄하다. 아마 벼슬 낮은 졸개들이 들고 다닌 깃발이겠지. 어떻게 된 놈의 빛깔이 저 모양일까. …중략… 입장료를 받아서는 어디다 쓰는 것일까. 귀신이 나올 것 같은 방이 꼭 헛간 퇴물이고, 거기다 무슨 보화를 차려놓아도 빛이 날 것 같지 않다. 문명이고 지랄이고 이거. 구보씨는 탄식하였다. 소제를 깨끗이 하는 것―이것이 문명이다. 더러운 것―이것이 야만이다. …중략… 이렇게 함부로 거둘 바에야 돈 많은 사람에게 빌려주었다가 나중에 형편이 피면 거둬들이는 편이 되레 낫겠다. 측우기, 시계, 별자리―돌로 만든 기구가 있다. 다듬잇돌 같은 데다 금을 긋고 점을 찍어서 만든 것이다. 이런 것도 먼지나 자주 털었으면. 돌이 닳을까봐 아끼는 모양인가. 마패도 있고 놋그릇, 벼루, 자기 그릇, 자물쇠, 쇠몽둥이 따위가 있다. 쇠몽둥이는 과연 무시무시하다. 저걸 다루려면 여간 장사 아니고서는 안 되었을 게다.(273~274면)

구보는 창경원 유물 전시장을 관람했다. 우리 선조의 유물들을 관람하며 한숨만 나온다. 구보의 눈에 보인 유물들은 유물이 아니라 재활용 쓰레기장의 모습이다. 입장료를 받아 어디에 쓰는지 관람객이 의심할 정도의 관리라면, 유물은 관리되지 않고 방치되어 있는 것이다. 돈 많은 사람에게 빌려주었다가 나중에 거둬들이는 편이 낫겠다는 구보의 발상은 하책下策은 될 수 있으나 상책上策은 아니다. 당시 국내 사정에 의해 관리가 소홀한 점은 비판하지만, 지금 각 지역에서 유물을 관리하는 전문기관을 두어 관광객 유치에 힘쓰는 것은 긍정적으로 발전한 모습이다. 당시 구보의 이러한 지적이 오늘날과 같은 발전의 근간이 되었을 것이다.

구보의 전통에 대한 관심은 그가 찾아가는 장소에서 살펴볼 수 있다. 구보가 방문한 전통적인 장소를 정리하면 다음과 같다.

불교재단인 자광대학→ 덕수궁→ 창경원→ 심등사→ 관훈동 책방→
광화문(다방)→ 경복궁→ 한옥→ 후배시인 결혼식(전통혼례)→ 관훈동
책방→ 거북선 모형 가게→ 창경원(유물전시관)→ 광화문→ 이중섭
전람회→ 광화문→ 덕수궁→ 종각→ 광화문→ 고려 절터(꿈)

구보는 우리 전통을 중시하는 상고주의자라고 할 수 있다. 그가 자주 지나가는 광화문이나, 그가 소설 2장과 14장에서 반복적으로 찾아간 창경원이나, 그가 방문하는 대부분 장소가 우리 전통이 있는 곳이다. 불교도 전통 종교이고, 그의 마음이 어지러울 때 찾아가는 심등사의 법신스님도 그에게 안식처 역할을 한다. 그 외 후배의 전통 혼례를 칭찬하고, 관훈동의 헌 책방을 자주 방문하고, 거북선 모형을 만드는 가게에서 눈길을 떼지 못한다. 창경원의 허술한 유물 관리에 분노하고,

이중섭의 전람회에서 우리 민족을 표현하는 소와 천진스러운 아이들의 그림을 보고 감동 받는다. 소설 마지막 부분에 꿈에서 찾아간 고려의 절터도 구보가 심신의 안정을 찾고자 하는 곳이다.

전통은 우리가 생활하는 가까운 곳에서 얼마든지 찾을 수 있으며, 느낄 수 있다. 이러한 전통적인 것을 많은 사람들이 잊고 지내는 것이다. 그리고 새로운 것만 좋은 줄 알고 새 것과 외래문화를 좇아간다. 구보는 이러한 현실을 비판하고 경고하는 것이다. 전통을 인식하는 것은 역사를 인식하는 것이다. 그렇다고 구보가 전통만을 고집하는 것은 아니다. 우리의 전통을 아끼고 사랑하자는 것이다. 또한 구보는 정치 현실을 비판만 하며 그것을 그냥 무심히 지나치는 것이 아니라 주위 사람들과 대화로 자신의 주장을 분명히 표현하고 있다. 이것은 구보가 역사와 사회에서 소외된 인물이 아니라 함께 나아가는 참여적 인물임을 보여준다. 『小說家 丘甫氏의 一日』에서 주인공 구보는 최인훈의 앞선 작품 『廣場』의 이명준과 『灰色人』과 『西遊記』의 주인공 독고준과는 다르게 현실의 삶에 적절히 적응하는 지식인의 모습을 보여주고 있다.

3. 구보의 심리 세계

베르그송Henri-Louis Bergson은 『물질과 기억Matière et Mémoire』에서 의식적인 표상은 정신과 물질의 접촉면을 이룬다고 한다. 우리의 정신은 연속적이고 유동적인 물질적 실재 전체로부터 우리의 실천적 관심과 삶의 요구들에 따라 필요한 부분을 지각에 의해 잘라내고 기억으로 수축하여 부동화된 표상을 얻는다. 우리의 표상은 실재의 단순한 반영이라기보다는 '인간적인 경험'을 형성하는 지각과 기억의 혼합물이다. 지각과 기억은 본성이 다른 것이고, 본성상의 차이에 따라 지각과 기억은 우리의 표상을 '인간적인 경험' 너머로 확장시킨다. 기억의 요소를 모두 제거한 '순수지각'과 지각의 요소를 모두 제거한 '순수기억'이 우리의 과거를 보존하고 있는 정신에 도달하게 한다. 순수지각과 순수기억은 우리의 표상이 물질적 실재와 정신적 실재 모두에 뿌리를 두고 있음을 보여준다. 우리의 표상은 물질의 일부로서 잘라내어진 순수지각에 순수기억으로부터 현실화된 이미지가 결합되어 형성되는 것이다.9)

소설가 구보의 행동과 사유는 이러한 지각과 기억에 의한 표상들이다. 구보의 행동과 다양한 사유 세계를 과거에 대한 기억과 구보가 경험한 지각을 중심으로 분석하고, 그의 심리 세계를 살펴본다.

3.1. 고향에 대한 그리움

베르그송은『물질과 기억』에서 3종의 기억에 대해 말한다. 그것은 신체적 기억, 심리적 기억, 존재론적 기억이다. 존재론적 기억은 잠재적으로 존속하는 과거 전체로서의 순수기억이다. 이 순수기억이 심리적 표상의 수준으로 회상되는 것이 심리적 기억이고, 신체적 운동의 수준으로 회상되는 것이 신체적 기억이다. 그가 진정한 의미에서의 기억이라고 보는 것은 '이미지 기억souvenir-image'인데, 이 기억이야말로 현재와 과거 사이를 왕복 운동하면서 현재 상황의 요구에 맞게 유용한

---

9) 순수지각과 순수기억을 단순화하면 다음과 같다.
   (물질)순수지각 ← 지각 + 기억 → 순수기억(정신)
                    (의식적 표상)
   H. 베르그송(2008),『물질과 기억』, 81~83면 참조.

과거의 기억들을 수축하는 현실적 의식의 작동 방식을 잘 보여준다. 말하자면 이미지 기억은 순수기억과 기억 이미지의 양 극단을 왕복 운동하는 심리적 기억이다. 습관 기억(신체적 회상)과 이미지 기억(심리적 회상)을 모두를 가능하게 하는 '순수기억souvenir pur'은 무의식적으로 존재하는 과거 전체로서 대부분 뇌-신체(행위와 지각을 연결하는 신경 체계의 감각-운동적 평형)에 의해서 억압되어 있으며, 삶에 주의하는 의식의 배후에 잠재적인 상태로 존재한다. 기억 이미지는 이 순수기억으로부터 이미지 형태로 현실화 되어서 현재의 지각 이미지에 섞이게 되는 것이다. 즉, 삶에 주의하는 현실적 의식(이미지 기억)은 무의식적 과거(순수기억)와 현재의 표상(지각 이미지와 섞이는 기억 이미지) 사이를 역동적으로 움직이면서 적절한 신체적 행동으로 자신을 표현한다.10)

구보씨가 걸음을 멈춘 곳은 계단의 꺾임목이었다. 거기에 난 창문으로 구보씨는 한 풍경을 보았다. 그곳은 자리로 보아서 화교 국민학교의 뒷마당임이 분명하였다. 이층 시멘트 집의 뒷모습이 보이고 작은 창과 같은 집이 있고, 느릅나무가 큰 그루가 몇 서 있었다. 구보가 놀란 것은 그 풍경이 그의 북한 고향의 그가 다니던 국민학교 뒤뜰과 너무도 닮았기 때문이었다. …중략… 구보씨의 고향은 동해안의 이름난 항구 완산完山이다. 전쟁이 났을 때 그는 고등학교 일학년이었

---

10) 신체적 기억을 '습관 기억souvenir-habitude'이라 부르는데, 이것은 반복할수록 점점 더 분명하게 새겨지는 주름처럼 과거의 경험을 신체 안에 자동화된 행위 도식으로 축적한다. 신체적 습관으로 형성된 기억은 다시 떠올릴 때에도 의식적인 상기의 노력 없이 자동적인 행동으로 재생할 수 있다. '이미지 기억souvenir-image'은 일상적인 삶의 자연적인 흐름에 따라 겪게 되는 세세한 모든 경험들을 각각의 고유한 장소와 날짜를 간직한 채로 굳이 외우고자 하는 아무런 노력 없이 저절로 보존했다가 현재 상황의 자극이나 요청에 따라 즉각적인 행동이 아닌 이미지 형태로 자유롭게 떠올릴 수 있는 기억이다. H. 베르그송(2008), 『물질과 기억』, 105~107면 참조.

다. 전쟁이란, 거의 모든 사람에게 그런 것이지만 더구나 고등학교 일
학년짜리에게는 그것은 어떤 어질머리였다. 피난. 월남. 이십 년의 세
월. 그 십년은 구보에게 있어서 그 어질머리의 실마리를 풀어가는 일
이었다. 어질머리. 삶은 어질머리를 가만히 앉아서 풀어가는 가내수
공법 센터 같은 것이 아닌 것도 사실이긴 하였다. 풀어간다는 것도 살
면서 풀어가는 것이고, 산다는 일은 어질머리를 보태는 일이었다.
(19~20면)

구보는 고향을 떠나올 때 두 가지 기억의 표상을 가지고 있다. 하나
는 고향에 대한 아름다운 풍경이고, 다른 하나는 LST의 체험으로 인한
어질머리이다. 구보가 피난할 때 나이는 열너댓 살이었다. 그가 기억하
는 고향에 대한 이미지는 아름다운 풍경이다. 화교 국민학교의 뒷마당
과 느릅나무가 있는 풍경은 그의 기억에서 아름다운 고향 국민학교의
뒤뜰을 연상시킨다. 20년이란 세월이 지났어도 그의 고향에 대한 그리
움은 아름다운 풍경의 이미지 기억으로 연상된다. 그러나 그가 타고 온
LST의 체험은 그에게 잊지 못할 어질머리로 각인된다. 열너댓 살의 고
등학교 일학년에게 LST의 체험은 어질머리라는 지각 이미지로 기억된
다. LST 체험은 최인훈의 앞선 작품에서 반복적으로 드러나는 원체험
으로 주인공들에게 외상적 징후이며, 『小說家 丘甫氏의 一日』에서 LST
체험은 구보에게 가장 큰 외상으로 남아 있다. 구보에게 '어질머리'는
구보의 현실에서 그가 뿌리 없는 피난민이고, 사회의 주인공이 아닌 소
외된 지식인임을 깨닫게 하는 상흔이며, 순수기억이다. 이러한 그의 기
억은 구보가 현실의 부조리에 끊임없이 비판하는 인물로 살아가게 한
다. 그러나 여기서 주의할 점은 구보가 현실 비판적인 자세로 살아가고
있다 해서 그의 세계관이 비극적이거나 비관적이지 않다는 것이다. 현
실을 비판하지만 주인공 구보는 그로 인해 비극적인 세계로 빠지는 것

이 아니라, 현실에 적절히 대응하며 살아가는 현실적인 인물임을 작품 여러 부분에서 알 수 있다. 구보의 적절한 현실 대응 방법은 부조리한 현실에 대해 비판하고, 자신의 독특한 사유 세계로 자유롭게 나아간다. 구보는 그의 사유에서 불교에 대한 믿음과 전통에 대한 애정과 자신의 문학관과 예술관에 대한 고집 등을 표현한다. 또한 소설 노동자로서의 역할을 적절히 수행하는 모습을 보여준다.

① 새벽에 구보씨는 꿈을 꾸었다. 구보씨는 바닷가에 서 있었다. 물결이 밀려오고 밀려나간다. 갈매기도 틀림없이 날고 있었다. 그들의 날개에서 빠르게 부서지는 햇빛도 보였다. 그러나 구보씨가 보고 있는 것은 그런 것이 아니었다. 구보씨는 바닷물 속에 잠겨있는 마을을 보고 있었다. 바닷속에는 한 마을이 잠겨 있었다. 아주 깊이 갈앉은 마을은 어항 속에 있는 고기처럼 잘 보였다. 집들이며 나무며 한길이 아주 잘 보였다. 어느 철인지는 몰라도 울타리 너머로 잎이 무성한 나뭇가지가 넘어온 것도 보였다. 그렇다면 여름철인지도 알 수 없었다. 구보씨는 바닷속으로 걸어들어갔다. 아무리 들어가도 마을은 보이지 않는다. 구보씨는 바닷가로 나왔다. 거기서 보면 여전히 마을은 바닷속에 있었다. 그는 지쳐서 모래 위에 앉아버렸다.

② 구보씨는 사막을 가고 있었다. 가도가도 가없는 모래펄. 여기저기 가시돋친 부지깽이 같은 것은 선인장인 것이었다. 저쪽 지평선 위에 마을이 보인다. 그러나 그것은 거꾸로 선 마을이었다. 집들은 엎어놓은 자라처럼 지붕을 밑으로 하고들 있었다. 나무들은 뿌리처럼 지붕 아래로 흘러내리고 있는데 그 사이로 오락가락하는 사람들도 파리처럼 하늘을 밟고 다닌다. 거꾸로 쏟았는데도 물 한 방울 새지 않는 강물이 반짝이면서 흐르고 있었다. 구보씨는 그 마을로 찾아가는 길이었다. 남루한 행색으로 보아서 길 떠난 지가 오래된 모양이었다. 그런데도 구보씨는 마을에 닿지 못하고 있다는 것이다.(50~51면)

지젝은Slavoj Žižek 고정적 지시자(순수 기표로서의 누빔점)는 '실재적인 것', 도달할 수 없는 X, 욕망의 대상—원인이라고 한다. 고정적 지시자는 기의記意, signifié의 환유적인 미끄러짐을 멈추게 함으로써 최상의 의미로 응축되어 있는 지점은 아니다. 그것은 기표記標, signifiant의 작인을 기의의 영역 안에서 대표하는 요소이고, '순수한 차이'이다. 누빔점의 역할은 순수하게 구조적이며, 그 본성은 순수하게 수행적이다. 즉 자신의 언표행위와 일치하고, '기의 없는 기표'이다. 따라서 이데올로기적인 허구에 대한 분석에 있어 중요한 단계는 모든 걸 하나로 묶는 요소('신' · '국가' · '당' · '계급' 등)의 호화로운 광채 이면에서 자기 지시적이고 동어 반복적이며 수행적인 조작을 탐색하는 것이다. 따라서 '이데올로기적'인 차원은 일종의 '착시錯視'효과이다. 이 착시효과에 의해 의미의 장 안에서 순수 기표의 작인을 대표하는 요소가 다른 모든 것에 이데올로기적인 의미를 부여하고, 의미의 장을 총체화한다. 즉, 순수한 차이가 합리적—차별적인 상호작용으로부터 면제되어 그것의 동질성으로 보장할 수 있는 동일성으로서 간주되는 것이다. 지젝은 이러한 '착시'를 '이데올로기적인 왜상ideological anamorphosis'이라고 부른다.11)

구보는 꿈에 바닷가에서 물속에 잠겨 있는 마을을 본다. 마을은 어항 속에 있는 고기처럼 잘 보이지만, 구보가 그 바닷속 마을을 향해 아무리 걸어가도 마을에 닿을 수 없다. 다시 바닷가로 나와 보면, 마을은 그

---

11) 라캉은 홀바인의 <대사들>이란 그림에 대해 정면에서 볼 때 늘어져 있고, '발기된' 것처럼 보이는 무의미한 오점汚點을 오른쪽에서 주시해 보면 해골의 윤곽이 드러난다고 한다. 이데올로기에 대한 비판은 이와 유사한 방식으로 수행되어야 하고, 만일 우리가 이데올로기적인 허구를 하나로 결집시키는 요소를, 그 '남근적인', 발기된 의미의 보증물을 오른쪽에서(혹은 보다 정확히 정치적으로 말해서 왼쪽에서) 주시한다면, 우리는 그 안에서 이데올로기적인 의미의 중심에서 입 벌리고 있는 무의미의 틈새를, 결여의 구현을 확인할 수 있을 것이라고 한다. S. 지젝(2013), 『이데올로기의 숭고한 대상』, 163~168면 참조.

대로 바닷속에 있다. 구보가 꿈에 찾아간 마을은 그의 무의식 세계에 있는 그가 사는 삶을 대변한다. 구보가 사는 현실은 어항 속에 갇혀 있는 고기처럼 그곳을 벗어날 수도 없고, 그곳에 완전히 뿌리 내리지 못하는 구보의 삶을 보여준다. 구보는 뿌리 없는 피난민으로 20년이라는 세월이 흘렀음에도 어질머리를 안고 살아가는 삶을 표현한다.

구보는 꿈에 끝없는 사막을 걸어 지평선 위의 마을을 찾아간다. 그 마을은 거꾸로 선 마을이며, 구보가 가도가도 닿지 않는 곳이다. 구보가 찾아간 마을은 그가 도달할 수 없는 욕망의 대상이다. 그가 현실에서 느끼는 이데올로기의 허상은 그의 무의식 속에 착시효과를 보이며, 그가 도달하려 하는 욕망의 대상인 마을은 거꾸로 선 마을로 나타난다. 거꾸로 선 마을은 구보가 생각하는 이데올로기의 허상으로 인한 무의미의 틈새, 결여absence의 구현인 것이다.

3.2. '참자기'의 깨달음

최인훈은 여러 작품에서 불교에 대한 긍정적인 입장을 가지고 주인공이나 주변 인물들로 하여금 불교에 대한 옹호론을 펼치고 있다. 최인훈은 종교에 대해 다음과 같이 말한다.

> 종교가 지니게 마련인 겉보기의 비유를 진지하게 해석한다면 어떤 종교나 결국 자연으로 돌아가기를 권고하고 있는 것이다. 자연으로 돌아간다는 것은 몽매함으로 돌아간다거나, 불편한 생활로 돌아가자는 것일 수 없다. 인간의 문명도 자연 속에서의 자연에 대한 가공이기 때문에 주어진 자연을 파괴하지 않는 가공의 길을 걸어야 한다는 것이다. 또 살아있는 인간은 100년도 못사는 낱낱의 구체적 개인

이기 때문에−즉 수십 년을 살고는 자연으로 돌아가는 존재이기 때문에 이러한 조건에 맞지 않는 억지의 요구나 욕망−즉 사람 한 사람이 몇백 년 살면 가능하기나 할−그런 요구나 욕망을 남에게 짊어지우거나 자기가 만들어서 자기를 괴롭혀서는 안 된다는 것이 모든 종교의 가르침이다.12)

최인훈이 말하는 종교는 자연에 가장 가까운 것이다. 인간도 자연의 일부이므로 자연을 파괴하는 것은 인간을 파괴하는 것이다. 문명이 발달하면서 인간은 자연을 파괴하고, 인간과 자연은 원래의 모습을 잃어버리게 된다. 최인훈은 이러한 문명 발달이 자연을 파괴하는 것이 가장 안타까운 현실이라 여기고, 종교에서 자연에 가장 가까운 것은 불교라고 말한다. 불교는 우리 민족의 고유한 전통을 현대까지 이어온 종교이고, 무분별한 외래문화로부터 혼란스러운 우리 민족을 구원할 수 있는 종교라고 생각한다.

『小說家 丘甫氏의 一日』에서 주인공 구보의 불교에 대한 믿음은 제3장과 제15장에서 나타난다. 구보는 마음이 혼란스럽거나 힘들 때면 절이나 스님을 찾아가 마음의 안정을 얻는다.

　　① 구보는 불교, 하고 뇌어봤다. 그 정묘한 관념의 체계의 한 부분을 가지고 그럼직한 미학美學의 이론 하나 만든 사람이 없다는 것을 생각해본다. 천년이요, 이천 년이요를 들여 몸에 익힌 버릇에서 실오라기 하나 건지지 못하고 시대가 바뀌면 미련 없이 『팔만대장경』을 나이론 팬티 하나와 바꿔버리는 풍토. 구보는 문득 부끄러움을 느꼈다. 벌거숭이 된 마음. 오, 초토焦土에서, 이방인들의 넝마라도 주워 입어야 했던, 벌거숭이 된 내 마음.(15면)

---

12) 최인훈(2005),「문명과 종교」, 120면.

② 절이란 데를 찾은 사람들. 그림도 그려주고, 불경도 베껴보면서 객채에서 엎치락뒤치락하는 나그네들의 모습이 떠오른다. 그럼 범절. 노예. 감옥에 있는 노예. 있던 노예. 반정反正. 정난공신 사이의 권력 투쟁. 비주류파의 몰락. 멸족. 혹은. 권력에서 밀어내는 것으로 그치고 목숨은 살려주는 경우. 절. 구름의 소식과 물소리만으로 보내는 절. 그러한 삶의 범절. 정치의 범절. 야만에서 벗어난. 속세와 탈속의 인공적 구분. 허구虛構의 시공의 발명. 문명. 운명의 애달픔과 삶의 두려움을 슬퍼하는 것만을 업으로 삼는 분업分業. 의 형식. 노예들. 감옥에 갇힐 만큼 잘나지도 못했던 노예들이 마음을 의지한 곳. 장할 만큼 굳세지는 못해도 한스럽게 착할 수는 있었던 약한 짐승들의 나무 그늘.(72면)

③ 참자기란 무엇인가, 하는 질문을 세우고 자기란 것은 없다고 깨달은 생각의 높이와 굳세기는 이 누리의 끝에서 끝까지의 지름보다 더 강하고 크다. 지금부터 이천 수백 년 전에 이 엄청난 생각의 우주 여행을 마친 사람, 피골이 맞붙는 고통을 치르며 그 여행에서 가져온 보물을 혼자 누릴 수 없어 모든 벗들에게 나눠준 사람. 그 보배—사랑의 불씨가 대륙을 지나 이 땅 이 자리까지 왔다는 일. 기차도 전차도, TV도, 비행기도 없던 시절에 그것이 얼마나 힘든 일인가를 지금 우리는 그대로 느끼지 못한다.(322~323면)

①은 구보가 불교 재단인 자광대학의 강연을 마치고 나서 뜰을 지나가는 스님을 보고 사유하는 내용이다. 우리 사회에서 오랜 세월 전통을 이어온 불교가 서양 문물에 밀려 하찮은 것과 바뀌어 버리는 안타까움에 구보는 자신의 죄인양 벌거숭이가 된 부끄러움을 느낀다. 훌륭한 전통이 하찮은 것으로 버려지는 현실이 부끄러운 것이다.

②는 구보가 한심대학의 도서관 사서인 친구 김학구와 만나서 족보와 사관에 대해 논쟁을 하며 마음이 무거워지고, 출판사 편집장 김민완

과 대화에서 기분이 상한다. 구보의 우울한 마음은 심등사心燈寺에 있는 친구 법신스님에게로 향한다. 법신스님과 차를 마시며 사유하는 내용이다. 구보는 자신의 처지가 자객질한 뒤에 피신 온 사람 같은 기분을 느끼며, 이러한 사람들을 숨겨주고 의지하도록 하는 곳이 바로 절이라고 생각한다.

구보는 현실에서 자기 의견을 분명하게 표현하지만 그로 인한 논쟁의 끝은 그에게 심리적인 불안감을 느끼게 한다. 고향이 서울이고, 가족이 그와 함께 한다면 어디서의 논쟁도 그의 마음을 불안하게 하지는 않을 것이다. 구보는 고향을 떠나왔고, 혼자여서 스스로 위로하고 그의 상처받은 마음을 치유할 곳이 적절하지 않다. 그러한 구보에게 심등사와 법신 스님은 그의 뿌리 없는 피난민 구보의 상처받은 마음을 치유할 수 있는 유일한 곳이고 벗이다. 그곳에서 구보는 마음의 위로를 받고 집으로 돌아간다.

③은 구보가 며칠 동안 써온 소설의 내용이다. 꿈속에서 주인공은 친구의 소개로 Y군에 있는 고려시대의 절터를 찾아간다. 그곳에서 "참자기란 무엇인가"하는 질문을 하며 자기란 없다는 깨달음을 얻고, 온 누리에 그 깨달음을 실천한 석가를 칭송한다. 석가가 오랜 세월을 통하여 깨우친 깨달음의 지혜는 육체와 물질에 대한 욕망을 버리고 자신을 비움으로 완전한 '참자기'의 길에 이를 수 있다는 진리의 과정이다. 구보는 자신을 비움으로 자신이 진정하는 깨우치고자 하는 진리의 과정에 도달하는 것이다. 구보가 주장하는 전통에 대한 애정은 외래문화에 대한 우리문화의 정체성과 주체성의 상실에 대한 것으로 외래문화에 대한 배척이 아니라 외래문화와 우리 문화의 적절한 조화를 주장한다.

구보는 소설 노동자이고 월남한 피난민으로 급변하는 국제정세와 사회현실에 대해 비판하지만, 적극적인 참여는 하지 않는다. 그러나 구보는 심등사와 스님을 방문하고, 소설 속에서 불교의 참자기를 깨달음으로 하여 자기 삶과 주변을 성찰하는 성숙한 지식인의 모습을 보여준다.

3.3. 문학과 예술

최인훈은 예술도 현실이라고 말한다. 현실 속에 있으면서 현실이 아니라는 약속 하에 우리가 불가능을 가능케 하기로 약속한 의식절차라고 한다. 현대예술은 원시인들의 그것에 비해서 훨씬 복잡한 의식을 필요로 하지만, 그것은 원시인과 비교해서 그렇다는 것이지, 현대인이 상속해야 하는 정보의 전량에 비교하면 약식의 의식이다. 문명의 비곗살이 낀 만큼만 조금 무겁다는 것뿐이다. 현대인에게 예술이 뜻하는 바는 원시인이 되기 위한 문명한 의식이라고 한다.[13]

최인훈은 문학과 이데올로기(DNA)′의 관계를 '인간 현상의 분류'로 다음과 같이 표현한다.

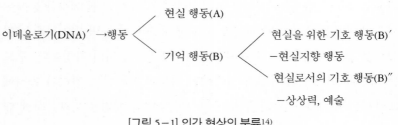

[그림 5-1] 인간 현상의 분류[14]

---

13) 최인훈(2005), 「원시인이 되기 위한 문명한 의식」, 32면.
14) 최인훈(2003), 「문학과 이데올로기」, 329면.

최인훈은 문명인의 모든 행동은 이데올로기(DNA)'의 표현이라고
한다. 이러한 문명인의 행동은 현실 행동과 기억 행동으로 나누고, 기
억 행동은 현실을 위한 기호 행동과 현실로서의 기호 행동으로 분류한
다. 현실을 위한 기호 행동은 현실지향의 행동으로 모든 일상 전달과
과학적 표현이다. 현실로서의 기억 행동은 상상력 또는 의도적 강화형
인 예술이라고 부르는 기호 활동이다. 비현실을 현실로서 통용시킨다
는 약속 아래 이루어지는 인간 행동을 예술이라 하고, 예술은 유희이
고, 기호 행동이라고 한다. 예술의 한 분야인 문학은 언어라는 기호를
사용하고, 언어를 사용하여 무한한 존재를 상상할 수 있다. 문학을 현
실적인 힘으로 변환하는 길은 문학을 문학으로 받아들이고 작동하는
것이라고 한다.

최인훈의 이러한 생각은 구보의 문학관과 예술관에 그대로 반영된
다. 소설노동자 구보는 그가 만나는 친구나 사람들을 중심으로 자신의
정치, 사회, 예술 등에 대한 견해를 논쟁적으로 대화한다. 예술의 한 부
분인 문학에 관해서도 기본적인 그의 견해를 고집하고, 문명인으로 현
실의 행동들은 예술과 문학을 통해서 개선의 노력에 일조해야 한다고
주장한다.

다음은 구보가 우리 전통과 서양 문화를 접하고 난 뒤의 사유 세계
이다.

① □ 샤갈의 말
나의 그림 속에는 옛날 이야기도 없으며 寓話도 없고 民話도 없다.
나는 '환상'이나 '상징'이란 말에는 반대한다. 우리들의 內部의 세계
는 모두가 현실이며, 어쩌면 눈에 보이는 세계보다도 더 현실적이다.
비논리적으로 보이는 것을 모두 환상이나, 옛날 이야기라고 말하는

것은 自然을 알지 못하고 있다는 것을 말하는 것밖에 안 된다.(157면)

② 인류가 오랜 옛날에는 사용하였던 그 목의 힘살의 운동 기억을 상기想起하지 않으면 안 된다. 이 상기想起, 그것이야말로 가장 훌륭한 상상력이다. 상상력은 없는 것을 불러내는 것. 나르시스의 능력이다. 그런 인간이란 어떤 인간일까. 말했다시피 '야누스'다. 두 개의 얼굴을 가진 이 신화의 인물이 바로 인간의 바른 모습이다. 야누스가 이형異形의 괴물인 게 아니라 지금의 사람들이 반신불수일 뿐이요, 안면 마비증이다. 그들은 외눈을 자랑하는 슬픈 동물이다. 인간이 다시 야누스가 되는 때, 자기 자신인 그 신화인神話人이 될 때 인간의 마음은 참다운 기쁨과 평화를 찾지 않을까. 어떻게 하면 그렇게 할 수 있을까. 생활의 태양이 빨리 문명의 궤도를 찾게 하는 것이다. 어떻게 하면 그렇게 할 수 있을까.—남북이 통일되는 것이다.(165면)

구보는 경복궁에서 '샤갈 특별전'을 관람한다. 구보가 살아온 세월에서 그가 진짜라고 믿었던 진실들이 시간이 흐르면서 가짜임을 알게 된 지금 그가 진리의 양식을 접할 기회는 없었다. 그래서 구보는 거짓 없는 고급 예술을 접하고자 떨리는 마음으로 샤갈의 그림을 관람한다. 샤갈의 그림에서 구보는 버선목이 뒤집히고 다른 시간 속에 들어간 인물이 된다. 바로 "으ㅎ 이것이야말로 그림이다."(154면)라고 감탄한다. 그림에서 "거리에 집. 반대편에 거꾸로 선, 그래서 호수에 어린 그림자 같은 또 한 줄의 집", "한결같이 타원형의 그 모티브들은, 아마 '고기', 물고기인 것 같다."(154면)에서 구보는 시간의 버선목이 다시 한 번 뒤집힌다. 구보는 샤갈의 그림에서 색깔의 음악을 읽고, 샤갈의 마음에 있는 음계의 색을 읽는다. 샤갈의 그림은 감정의 기호이며, 구보가 얼마 전 꿈에 본 거꾸로 선 사막의 마을 모습과 흡사하다. 구보의 무의식에 월남하여 뿌리 내리지 못하는 피난민 의식이 화가 샤갈의 의식에도 있음을 그가 알아본 것이다. 샤갈도 그의 조국 프랑스를 떠나 미국과 러시아를 떠돌아다녔지만, 그의 고향에 대한 그리움과 애정은 그의 그림에서 원형을 이룬 것이다.

샤갈의 그림에서 구보는 그의 마음을 읽고, 동병상련의 감정을 느낀다. 구보는 샤갈의 그림에서 내적 서열과 현실 세계의 어긋남을 '환상幻想'이라고 한다. 그러나 샤갈은 자신의 그림에 대해 '환상'이나 '상징'이란 말을 반대한다. 우리 내부의 세계는 모두 현실이고, 눈에 보이는 세계보다 더 현실적이다. 비논리적으로 보이는 것을 모두 환상이나 옛날이야기라고 말하는 것은 자연自然을 알지 못하는 것이다. 그가 그린 그림의 형체들은 그의 시각과 기억에 남아 있는 고향의 모습이다. 샤갈은 미국과 러시아 생활에서 그림의 빛을 찾지 못했다. 그가 태어난 프랑스에 와서 그의 작품에서 색채의 변화가 일어나고, 변화된 작품에서 보이는 풍부한 빛의 움직임과 광선光線의 유희에 감동한다. 그가 찾고 있던 것을 고향에서 발견한 것이다. 구보는 이러한 샤갈의 그림에 감동하고, 샤갈의 말에 공감한다.

구보는 샤갈의 그림을 감상하고 돌아오는 길에 조선시대 대감들과 임금의 샤갈전 관람을 상상한다. 우리 전통과 샤갈의 그림으로 대표하는 서양 문화는 서로 추구하는 것이 다르므로 우열을 가릴 수 없다고 생각한다. 경복궁을 나오던 중에 그동안 보지 못했던 탑을 감상한다. 구보는 탑의 아름다운 모습에 넋을 잃는다. 탑은 극락의 기쁨을 실은 연꽃이 뭉게뭉게 피어난 모습이고, 허무와 방랑을 스스로 사양한 원이 어울려 합장合掌을 이루고 있다고 생각한다. 탑은 정안正眼으로 본 정법正法의 모습이고, 샤갈의 그림은 사안斜眼으로 본 사법斜法의 모습이다. 구보는 탑과 샤갈의 그림을 비교하며, 두 예술의 근본은 하나이지만 기운은 다르다고 느낀다. 탑은 '버림'의 홀가분이고, 샤갈의 그림은 '꿈'의 풍성함이다. "욕심을 모두 버린 다음에 얻은 기쁨과 평화가 이 탑의 마음이고, 꿈속에서 마음껏 호사해본 후에 얻는 기쁨과 평화가 샤갈의 마음"(164면)이라고 생각한다. 이러한 온전한 '버림'과 '꿈'은 현실이 아니라 예술 속에서 이루어진 것이므로 두 개의 얼굴을 가진 '야누스'를 떠올린다. 사람은 모두 두 개의 얼굴을 가진 야누스의 핏줄이라고 생각한다. 인류의 오랜 전통은 야누스의 한 쪽이 퇴화되고, 다른 한 쪽이 굳어진 모습으로 기억을 상기相起한다. 상기는 가장 훌륭한 상상력이고, 자신을 기억의 바다에서 불러내는 것은 나르시스의 능력이다. 인간의 바른 모습은 두 개의 얼굴을 가진 신화의 '야누스'이다. 지금 사람들은 반신불수의 안면 마비중이고, 외눈을 자랑하는 슬픈 동물이다. 인간이 다시 야누스가 될 때, 인간의 마음은 참다운 기쁨과 평화를 찾을 수 있다. 지금의 사람들은 참다운 기쁨과 평화를 느끼지 못하는 슬픈 현실에 살고 있으며, 이것을 해결하는 방법을 구보는 남북통일이라고 한다. 결국 구보는 피난민으로서 뿌리내리지 못하는 자기 현실에 진정한 기쁨과 평화를 느낄 수 없으며, 남북통일만이 구보 자신과 동시대 사람들에게 진정한 기쁨과 평화를 줄 수 있다고 여긴다. 구보는 그림을 구경하러 온 자리에서도 자신이 타향살이 설움에 벗어나지 못함을 한탄한다.

다음은 이중섭에 대한 구보의 사유이다.

　　이중섭은 구보씨와 같은 고향이요 지난번 전쟁 때 피난오기도 마찬가지였다. 물론 구보씨는 모르는 사람이고 이미 고인이 된 사람이었다. 그러나 구보씨는 이중섭이라는 이름에 대해서 깊은 관심을 가지고 있었다. 동향인이라는 것 때문은 아니고, 또 예술이라는 이름으로 한데 묶일 수 있는 동업자였다는 데서도 아니었다. 구보씨는 가다오다 들리는 그 이름이 거의 경건에 가까운 투로 발음이 되던 일과 거의 사랑에 가까운 억양이 스며서 그 이름이 불려지는 것을 언제나 느꼈기 때문이었다. 어느 사람이건 그 이름을 입에 올릴 때마다 집안의 수재였던 그래서 문중의 촉망을 혼자 짊어졌던 요절한 사촌형님을 말하는 투가 되는 것이었다. (286면)

구보는 이중섭에 대해 무한 애정을 가지고 있다. 이중섭이 동향인이라는 것과 예술하는 동종업자이기 때문이 아니다. 이중섭이 살던 시대는 모두 험하고 함정 많은 어려운 시절이었다. 그 시절에 공인으로 살아온 사람치고 허물없는 사람이 드물다. 그러한 시절을 견디어낸 이중섭은 모든 사람이 한결같이 다정스럽게 추억하고 그의 예술을 아끼는 말을 하는 것이다. 구보에게 이중섭은 남과 같지 않은 존재로서 예수나 공자처럼 경건하게 느껴진다. 이중섭이 그 어려운 시절을 허물없이 살아온 것이 구보는 존경스러운 것이다. 업적이 큰 사람은 큰 대로 허물이 있고, 업적인 작은 사람은 작은 대로 허물을 가지고 있던 시대이다. 이러한 세월을 이중섭은 그림으로 예술가로서 어려운 삶을 한결같이 살아온 것이다. 그의 그림에서 느껴지는 힘과 부드러움, 그리고 사람과 자연이 사랑과 노동 속에서 평화를 즐기는 곳으로 표현되어 감동한다. 구보는 이중섭의 그림에서만 그의 실존에 감동하는 것이 아니다. 모든 사람이 제 얼을 빼고 유리처럼 부서지고 귀신처럼 허덕일 때, 이중섭은 자기 목숨의 길을 잃지 않고 운명의 길목에서 만나는 모든 것을 한 가지 주제로 만들어 자기 삶의 '삽화挿話'로 만들었다. 그러한 점이 위대하다고 생각한다. 이중섭의 위대함은 살아 있는 우리들의 복이라고 칭찬한다.

프로이트는 어떠한 유사점을 가진 사람에게 옮겨놓듯이 A에 대하여

품은 감정을 A와 전혀 관계없는 B에게 옮겨놓는 현상을 '감정전이感情轉移'라고 한다.15) 구보는 샤갈과 이중섭에게 자신이 느끼는 타향살이의 고단한 감정을 전이시키고, 세상살이의 어려움을 공감하는 것이다. 그들을 통해 그의 외롭고 고단한 삶을 위로 받고 싶은 것이다.

최인훈은 인간의 현실적 행동은 꿈에서 출발하고, 예술에서 묘사되는 꿈은 현실에서 그것을 실천하려는 의지를 자극한다고 말한다. 그러므로 예술은 환상이라는 형태로 불가능의 한계를 넘어서려는 인간 행동이라고 한다.16) 이러한 관점에서 구보가 바라본 이중섭은 현실에서 불가능한 것을 예술로써 극복한 최인훈의 예술관에 부합하는 인물임을 알 수 있다. 구보의 예술관은 최인훈의 예술관을 대변하는 것이다. 또한 최인훈은 '예술은 인간 진화의 완성된 형태'라고 한다.17) 인간은 항상 온전한 무엇으로 나아가고자 욕망하며, 그것이 바로 예술의 완성 단계임을 최인훈 스스로 인정하는 것이다.

3.4. 구보의 사유

소설가 구보의 사유 감정이다. 구보는 현실에서 어느 순간마다 슬픔을 느낀다.

> ① 까치 소리가 서글프다는 것은 이런 뜻이었다. 까치가 울면 좋은 일이 있다고 한다.
> 구보씨는 까치 소리를 들을 때마다, 기계적으로, 언제나, 틀림없

---

15) S. 프로이트(2008), 「프로이트 정신분석학 입문」, 300면.
16) 최인훈(2005), 「예술에 추구하는 길」, 227면.
17) 최인훈(2005), 「예술이란 무엇인가」, 231면.

이, 그 생각이 떠오른다기보다, 절로 그렇게 된다. 그 느낌은 구보씨의 어떤 사상思想보다도 뚜렷하다. 자기가 정말 믿고 있는 것이란 까치 소리 하나뿐인지도 모른다, 하는 감상적인 생각을 그때마다 하는데, 영락없이 그러면 구보씨는 가슴인가 머릿속인가 어느 한 군데에 까치 알만한 구멍이 뽀록 뚫리면서 그 사이로 송진 같은 싸아한 슬픔이 풍겨나오는 것을 맡는 것이었다. 이런 감상感傷을 생활에 그대로 옮기려고 할 만큼 구보씨는 젊지도 않고, 그렇게까지 비과학적인 사람은 아니었으므로, 그 슬픔은 그저 그만한 것에 지나지 않았고 별 탈이 없는 것이었다. 그런데 그 미신까지도 캐어내보면서 내 속의 토속土俗은, 하고야 마는 또 한사람의 구보씨의 차가운 마음이, 다른 한 사람의 구보씨를 슬프게 한 것이었다. 벌거숭이가 된 내 마음, 진실이란 병에 걸려 벌거숭이 된 내 마음, 하고 구보씨는 중얼거렸다.(12면)

② 夜間通行制限이 우리를 슬프게 한다. 밤의 시간. 삶의 절반을 몰수당한 우리의 시간이 우리를 한없이 슬프게 한다. 늦은 시간에 오 십 원의 휴식처에서 우리를 몰아내는 찻집 여자의 어쩔 수 없는 거칠 음이 우리를 슬프게 한다. 홀연 피난 열차의 차장처럼 오만해지는 12 시 가까운 시간의 운전수들의 강요된 난폭성이 우리를 슬프게 한다. 슬픈 도회의 그렇지 않아도 슬픈 11월의 한밤중 문득 잠에서 깨어 까 닭 모를 노여움은 가슴에 복받쳐 아무데고 거리를 쏘다니고 싶을 때 힘없이 주저앉아야 하는 밤의 禁忌가 우리를 슬프게 한다. …중략… 巨大한 歷史의 골짜기에 쓰레기처럼 찌든 우르들의 밤. 벗과 더불어 술이라 할 수 없는 不良한 술을 마시다가 문득 그에게서 통행금지 임 박한 '市民'의 不安을 눈치챌 때. 언제나 '原論'만 얘기하고 언제나 '事 後' 수습만 얘기하는 學者와 新聞들이 우리를 슬프게 한다. 宇宙의 밤 을 달려서 人間이 달에 내려서는 것을 禁忌의 시간을 새워서 TV에서 구경할 때. 파키스탄에서 自由를 위해 일어선 사람들이 世界의 輿論 에서 黙殺될 때. 水銀 콩나물. 石灰 두부. 밀가루 牛乳. 물 먹여 殺害되 는 소. 물감 주사를 맞은 과일. 엉터리 抗生劑, 그 뒷소식은 어떤 신문 에도 나지 않을 때. 가짜 무장 간첩들이 서울 市內에 들어왔던 일에

대한 뒤처리 소식이 어느 신문에도 나지 않을 때. 이런 모든 일은 우
리를 슬프게 한다─(169~171면)

『小說家 丘甫氏의 一日』의 제1장 첫 부분에서 구보는 어느 날 아침
잠에서 깨어 하루 일과를 정리하고 뒤척이다가 문득 까치의 울음소리
를 듣는다. 까치가 울면 좋은 일이 있을 거라는 토속적인 믿음이 있지
만, 구보는 까치의 울음을 듣고 그 믿음을 생각하면 슬퍼진다. 자신이
까치의 울음에 의지하는 마음이 슬프고, 그 슬픈 마음은 자기 내부에
또 다른 자아가 되어 구보의 진심을 울리는 벌거숭이가 된다. 구보는
미신을 믿으려는 자신의 처량한 마음보가 더욱 슬픈 것이다. 이러한 구
보의 슬픈 마음은 제8장에서 그가 쓴 원고 '우리를 슬프게 하는 것들'이
라는 글에서 표현한다. 원고에서 구보는 우리를 슬프게 하는 것들에 관
해 에세이 형식으로 글을 쓴다. 우리를 슬프게 하는 것은 야간통행제한
으로 일어나는 찻집의 내몰림과 운전수들의 난폭함과 까닭모를 노여
움으로 인한 밤의 금기禁忌이다. 또한 전쟁으로 어수선한 악몽의 그림
자가 떠나지 않는 밤이 슬프게 한다. 그 외에도 우리가 당면한 사회의
부조리한 현실들이 우리를 슬프게 한다고 말한다. 우리를 슬프게 하는
것들은 너무 많다. 이것들은 구보 자신도 슬프게 하는 것이다. 구보와
우리는 이렇게 슬픈 현실 속에 살아가는 동시대인이며, 구보는 이러한
현실을 극복할 수 있는 방법이 무엇인지 고민하는 소설 노동자이다. 소
설 노동자로서 구보는 우리의 슬픔을 자신의 슬픔과 별개로 보지 않는
다. 동시대를 살아가는 우리가 함께 고민해야 할 부분이고, 구보는 소
설 노동자로서 자기 몫을 하고 싶은 현실 참여자이다. 이러한 구보의
고민은 최인훈의 다른 작품에서도 보인다. 다음은 앞선 작품『西遊記』
에서 독고준이 사유하는 내용이다.

③ 이 모든 것은 우리의 마음을 슬프게 한다. 그러나 우리를 슬프게 하는 것들이 이뿐이랴! 어느 미군 주둔지의 텍사스 거리를 누비고 지나는 오뉴월 양공주 아가씨들의 조합장의組合葬儀 행렬, 껌 파는 소녀들의 치근치근한 심술, 거만한 상인, 카키빛과 적색과 백색의 빛깔들, 통행금지를 알리는 사이렌 소리, 예수교회의 새벽 종소리, 애국가를 부를 때, 가을밭에서 콩을 구워먹는 아이들의 까마귀처럼 까맣고 가느다란 발목, 골목길에 흩어진 실버 텍스의 포장지들, 관용차를 타고 장보러 가는 출세한 사람들의 부녀자의 넓은 어깨, 아이들의 등록금을 마련 못한 아버지의 야윈 볼, 네 번째 대통령이 되고 싶어하는 박사, …중략… 그리하여 부드러운 어깨를 밀어놓고 원치 않는 영웅이 되기 위하여 그곳으로 달려가야 하는 시대가 결국 우리의 마음을 슬프게 한다.(『西遊記』, 67~68면)

『西遊記』에서 독고준은 위정자들의 위선적인 삶에 분노하고, 서민들의 안타까운 현실에 슬퍼한다. 또한 통행금지 사이렌 소리에도 슬퍼한다. 독고준의 슬픔과 구보의 슬픔은 한국 사회의 고통스럽고 안타까운 현실에 상통하는 슬픔이다. 최인훈은 1994년 한 독재자의 죽음에 대해 <우리를 슬프게 하는 것들>이라는 글을 쓴다. 최인훈은 한 독재자의 죽음이 우리를 슬프게 하고, 20세기를 가장 열악한 형식으로 역사에 동원된 우리 운명이 우리를 슬프게 한다고 한다. 50년 전에 우리를 점령한 이웃이 망할 때 그들의 매저키즘의 풍경을 보고, 그러한 노예들에게 억압받았다는 사실에 슬퍼한다.[18] 피난민 최인훈은 남쪽의 이 땅에 단 한명의 초등학교 동창생을 만날 수 없는 생애를 보낸 자신을 슬퍼한

18) 북한의 김일성이 1994년 7월 8일에 죽는다. 최인훈은 50년 전, 일본이 패망할 때 폭격으로 폐허가 된 도시의 왕궁 앞에서 끓어앉은 수많은 일본 백성들의 모습을 보고 매저키즘의 풍경이고, 노예의 정서라고 말한다. 최인훈(2005), 「우리를 슬프게 하는 것들」, 308~312면 참조.

다. 또 현실이 소설보다 기구하고, 역사가 연극보다 극적이고, 그런데 누군가 왼쪽으로 뛰라면 왼쪽으로 뛰고, 오른쪽으로 뛰라면 오른쪽으로 뛰어야 하는 이런 현실에서 사는 우리들이 가장 슬프다고 말한다. 독고준의 슬픔과 구보의 슬픔은 최인훈의 슬픔이고, 최인훈의 슬픔은 바로 우리의 슬픔인 것이다. 그들과 동시대를 사는 우리 모두의 슬픔이다. 이러한 슬픔은 지금도 지속되고 있다.

> 구보씨는 나와서 버스를 기다렸다. 사람들은 가장 바쁘다는 듯이 서로 앞을 다투었다. 고등학교 학생 하나가 구보씨의 옆구리를 팔굽으로 내어지르면서 버스에 올라가고 문은 닫히고 차는 떠났다. 연기 演技들이 너무 진짜 같은 게 탈이었다. 연극인 줄도 모르고 구보씨는 하마터면 화가 날 뻔했으니. 두 번째 버스에는 쉽게 탈 수 있었다. 흠, 첫 버스는 물러서는 게 좋은 모양이군, 이렇게 구보씨는 생각하였다. 차들은 가장 바쁜 체 서로 다투어 달린다. 버스에 앉은 사람들도 하루의 이 시각이니 으레 고단하지 않겠느냐고 생각한 모양인지. 모두 저마다 독창적인 고단함을 시늉하고 앉아 있었다. 구보씨는 가 닿는 곳에 긴한 일이 기다리는 것도 아닌 사람의 버릇으로 창밖 거리를 열심히 내다보았다. 집에 들어서는 길로 세수를 하고 나니 옥순이가 밥상을 가져왔다. 구보씨는 천천히 밥을 먹는 연구를 하는 배우처럼 여러 번 숟갈질과 젓가락질을 했다.(310면)

구보는 삶이 무대이고, 사람들은 무대 위에서 연극하는 배우들로 여겨진다. 사람들은 짜여진 각본대로 움직이고, 구보 자신도 등장인물처럼 행동한다. 그러나 사람들의 연기가 너무 진짜 같아서 화가 날 뻔 했으나 참는다. 구보 자신도 배우처럼 행동하고 식사한다. 구보에게 보이는 사람들의 모습은 비극적이다. 그다지 행복해 보이지 않는다. 그들의 삶이 연극처럼 보이는 것은 삶이 비극적이기 때문이다.

루카치는 "비극은 하나의 놀이이다. 즉 인간과 그의 운명의 놀이, 신이 관람하는 놀이이다. 그러나 신은 단지 관객일 뿐이다. 그는 말과 행동으로써 배우들(인간)의 말과 행동에 결코 개입하지 않는다. 단지 신은 그들을 바라볼 뿐이다."19)라고 말한다. 골드만은 루카치의 이 말에서 비극적 세계관의 개념을 발전시킨다. 인간은 신의 무대에서 비극적인 삶을 살 수 밖에 없으며, 신은 인간 삶에 개입하지 않고, 그저 바라볼 뿐이라고 한다. 이때 신은 인간 세상에 존재하지 않는 것이 아니라 타락한 인간의 현실에서 숨은 神인 것이다. 또한 루카치는 서사문학에서 그때그때 주어진 세계의 상황이 바로 궁극적인 원칙이며, 그것은 모든 것을 결정하고 규정하는 선험적인 바탕의 입장에서 보면 경험적인 것이라고 한다.20)

구보는 사람들의 삶에서 비극을 읽는다. 자신의 삶도 비극적이라고 생각한다. 월남하여 서울에 뿌리를 내리지 못하는 그의 피난민 의식은 비극적이다. 그러나 구보는 비극적인 삶에서 비극적인 세계로 진입하지는 않는다. 그는 소설가로서 이 사회에 작은 몫의 일을 하기 바란다. 부조리한 정치와 사회 현실에 적극적으로 개입하지는 않지만, 소설가로서 나름대로 삶을 살아가고 그 몫을 다하기 바란다. 구보는 친구들과 동인들에게 자기 견해를 분명히 말하는 현실 참여적인 인물이고, 그의 사유는 자기동일성을 회복하기 위해 노력한다.

---

19) L. 골드만(1986),『숨은 神』, 50면 재인용.
20) G. 루카치(1998),『루카치 소설의 이론』, 47면.

VI. 자아를 찾아 방황하는 오토메나크

—『颱風』

최인훈의 『颱風』은 1973년 중앙일보에 연재된 소설이다. 이 소설은 최인훈이 연작으로 읽히기 바라는 5부작 소설의 마지막에 해당하는 작품이다. 『颱風』은 최인훈의 다른 작품에 비해 연구가 적은 편에 속하지만, 2000년대 들어 탈식민주의 이론에 대한 관심이 높아지면서 새롭게 주목을 받아 최근 연구가 활발히 진행되고 있는 편이다.[1] 그러나 지금까지 연구된 논문들은 주제의 경향이 식민주의나 탈식민주의, 서사 형식에 관한 것으로 치우쳐진 경향이 있었다. 이에 주인공의 심리 세계를 연구하여 『颱風』이 다양한 각도에서 분석될 수 있는 근간이 되기를 바란다.

『颱風』에서 주인공 오토메나크의 심리 세계를 분석하여 최인훈이 말하는 부활의 논리를 고찰할 것이다. 이를 통해 5부작 연작 소설의 의의를 살펴볼 수 있을 것이다. 먼저 『颱風』의 서사 구조를 정리하고, 주

---

1) 『태풍』에 대한 연구는 다음과 같다.

　　조보라미, 「최인훈 소설의 탈식민주의적 고찰」, 『관악어문연구』제25집, 서울대학교 국어국문학과, 2000.

　　우한용, 「허구적 상상력으로 역사 읽기 - <태풍>, <비명을 찾아서>, <황제를 위하여>의 경우」, 『문학정신』, 1992.

　　이상갑, 「식민국과 식민지의 이분법을 넘어서」, 『작가연구』제14호, 깊은샘, 2002.

인공 오토메나크의 아만다에 대한 욕망을 고찰한다. 그 다음 오토메나크에게 내적 갈등을 일으키는 요인을 분석하고, 이를 통해 그가 자아의 정체성을 찾아가는 과정과 그의 심리 세계를 살펴볼 것이다.

1. 서사 구조

아래 표는 『颱風』의 서사 구조를 시간에 따라 정리한 것이다.

<표 6-1> 『颱風』의 서사 구조

장	주요인물	시간에 따른 서사
1. 전쟁	오토메나크, 다라하	1941년 초. 나파유의 식민지 애로크 출신 오토메나크 중위는 사령부의 출두 지시를 받고 로파그니스에 있는 나파유군 사령부로 소환된다. 장군이 식사하러간 시간에 자신도 식당으로 간다. 후보생 시절 동료인 나파유인 다라하 중위를 만나 함께 식사를 한다.
2. 명령	오토메나크, 아카나트, 카르노스	오토메나크는 소령으로부터 로파그니스에서 나파유 사령부의 상황과 그가 할 임무를 듣는다. 그는 5명의 아이세노딘의 독립 운동자와 40명의 니브리타인 여성 포로를 인수하여 사령부의 지시에 따라 적에게 넘겨주는 중대한 임무를 맡는다. 그날 저녁에 오토메나크는 소령과 함께 아이세노딘 독립 운동가이자 정신적 지도자인 카르노스를 만나 함께 저녁 식사를 한다. 여기서 아만다라는 아이세노딘 소녀를 본다.
3. 시종무관	오토메나크, 아카나트, 카르노스	오토메나크는 휴전 교섭이 이루어질 때까지 카르노스를 감시하며 함께 지내게 된다. 오토메나크는 자신의 조국 애로크가 나파유의 식민지임을 잊고 지내며, 니브리타의 아시아 침략에 대해 강한 적대 감정을 가지고 있다. 그는 아이세노딘 사람을 바다거북 신세에서 풀어주는 것을 목표로 삼는다.

		카르노스와의 대화에서 그의 인품에 매료된다. 시중을 드는 아만다에게서 늘 과일 냄새를 맡는다.
4. 방문자	오토메나크, 아카나트, 마야카, 세이나브 수상	본국에서 마야카라는 오토메나크 부친의 친구가 찾아온다. 그는 오토메나크에게 나파유는 전쟁에서 패할 것이므로 부친이 오토메나크가 살아 돌아오길 바란다고 전한다. 애로크-나파유의 동조동근同祖同根을 주장하던 마야카가 자신에게 그러한 말을 한 것에 오토메나크는 분노한다. 일주일 후에 마야카가 떠나고, 마야카가 쓴 기사에서 아이세노딘 정계에서 이타오바 전 황제를 추대하여 아이세노딘 제국을 중흥하려는 움직임이 있다고 전한다. 그 일로 카르노스와 서부 아이세노딘 자치정부의 수반인 세이나브 수상이 왕정복고를 반대하는 데 합의한다.
5. 해협의 밀사	오토메나크, 아카나트, 아만다	오토메나크는 사령부로부터 아이세노딘의 이타오바 전 황제에게 세이나브 수상과 카르노스의 편지를 전달하는 임무를 받는다. 그날 밤, 오토메나크는 그의 방에서 니브리타 총독부 시절 만들어진 비밀 창고를 발견한다. 그곳에서 총기류와 보석, 아편, 아이세노딘 독립운동 현황보고문서 등을 발견한다. 오토메나크는 밤마다 비밀 창고에서 보내는 시간이 많아지면서 자신이 애로크인임을 자각하고, 친나파유인으로 보낸 지난 세월을 괴로워한다. 오토메나크는 아만다와 상점에 갔다가 자동차가 폭발하는 사고를 당한다. 그 다음날, 오토메나크는 고노란으로 가서 이타오바 전 황제에게 편지를 전하는 임무를 수행한다.
6. 우기	오토메나크, 아카나트, 니브리타인 여자 포로	로파그니스의 우기가 시작되었다. 오토메나크는 밤마다 비밀 창고에서 문서를 읽으면서 자신과 싸워나간다. 문서는 그의 삶이 잘못되었음을 깨닫게 한다. 오토메나크는 아카나트 소령과 니브리타인 여자 포로(120명) 수용소에 간다. 카르노스가 석방될 때 함께 보내게 될 포로들(40명)이었다. 니브리타인 여자 포로들의 저항적인 모습에 반감을 느끼며, 그들이 오토메나크 자신보다 낫다는 생각을 한다.
7. 아만다	오토메나크, 아카나트, 아만다	오토메나크는 비를 맞고 심한 감기에 걸린다. 높은 열로 쉬고 있는데, 꿈속에서 누군가 자신에게 올가미를 씌우려고 한다. 그날 밤 아만다와 함께 첫날을 보낸다.

		오토메나크는 아카나트 소령과 함께 카르노스와 포로를 실을 배를 확인하고 집으로 돌아온다. 그들을 석방할 날이 얼마 남지 않았다. 그의 임무가 끝나면 표창할 것이라고 아카나트 소령은 말한다. 오토메나크는 아만다와 결혼할 것을 결심한다. 오토메나크는 비밀 창고에서 겪는 내적 갈등의 실마리를 아만다에게서 찾으려고 애쓴다.
8. 학살과 어둠과 사랑	오토메나크, 아카나트, 아만다, 카르노스	오토메나크는 수도원으로 가서 석방할 니브리타인 여자 포로들을 면담하고 확정한다. 돌아오는 중에 아니크계 아이세노딘인들의 학살 장면을 목격한다. 이적 행위를 했다고 남녀노소를 구분하지 않고 학살하는 장면을 보고 오토메나크는 자신의 위치를 부끄러워한다. 다음 날, 소령을 만나 어제의 학살이 화평 교섭을 어렵게 하리라 걱정하며, 포로 교환 교섭이 무사히 끝나기를 바란다. 오토메나크는 카르노스와 아만다를 보고 약간 의심하지만 그들에 대한 자신의 오해라고 생각한다. 자신이 애로크인임을 밝히지 못한 것을 부끄러워한다.
9. 등화관제	오토메나크, 아카나트, 토니크 나파유트, 아만다, 카르노스	열두시 뉴스에서 식량문제에 대한 세이나브 수상의 담화가 있고, 전파발표에서 게르마니아가 항복했다는 소식을 듣는다. 아니크계 학살로 인해 '아이세노딘의 호랑이'로 불리는 토니크 나파유트가 민족을 지키지 못한 책임감으로 자결한다. 토니크 나파유트의 삶과 그의 장례식을 보며 오토메나크는 자신이 애로크인임을 자각하고, 애로크를 위해 무엇을 할 수 있는지를 생각하며 절망한다. 오토메나크는 아이세노딘의 호랑이처럼 살 것을 결심한다. 숙소에 돌아오니, 사령부로부터 일주일 후에 등화관제가 시작된다는 지시를 받는다. 카르노스를 보면서 그가 외부와 연락을 끊고 있는지에 대해 의심한다. 오토메나크는 아만다와 함께 동물원을 구경하고 두 사람은 사랑을 나눈다. 돌아오는 길에 편지가 든 작은 꽃 광주리를 한 소년에게서 사 온다. 이것이 오늘 나들이의 임무이다.
10. 항해	오토메나크, 아카나트, 카르노스, 선장,	오토메나크는 '바리마' 호에 40명의 니브리타인 여자 포로들과 카르노스를 태우고 로파그니스 항구를 출발해서 고노란 해협과 아이세노딘 사이 바다 쪽을 항해한다. 배는 해군사령부의 명령에 의해 해안을 따라 이동한다.

	니브리타인 여자 포로	항해한 지 일주일 만에 로파그니스로 다시 돌아오라는 무전을 받는다. 협상이 순조롭지 않음을 감지하고 배를 돌리는 중에 니브리타인 여자 포로들이 반란을 일으킨다. 반란을 진압하는 중에 태풍이 몰아쳐서 배는 난파한다.
11. 섬에서	오토메나크, 상사	섬에 표류한 오토메나크는 섬을 둘러보고, 군인 12명, 포로 19명의 생존을 확인한다. 카르노스와 무전병, 선장은 발견하지 못한다. 바리마 호는 협곡에 끼어 밑바닥이 갈라졌으나 생활하기에 괜찮아 보인다. 일단 배 안을 정리하여 군인들은 배에서 생활하고, 포로들은 섬에 천막을 치고 생활하기로 한다. 오토메나크는 밤에 혼자 '진실의 소리'라는 방송에서 나파유군이 패전했다는 소식을 듣는다. 오토메나크와 생존 장병들은 섬에서 적들이 나타나면 싸우다가 죽기로 결심한다.
12. 죽음의 방주	오토메나크, 상사	섬에 적들이 나타났을 때를 대비해서 군인들이 더욱 철저히 감시하고 규칙적으로 행동한다. 오토메나크는 밤마다 혼자 '진실의 소리'라는 방송을 듣고 나파유에 대해 분노한다. 오랜 세월을 나파유인에게 속아 살아온 것을 분해하며, 병사들에게 나파유가 패전했다는 소식을 전하지 않는다.
13.로파그니스 −30년 후	바냐킴, 코드네주, 메어리나, 아만다 (카르노스)	그 후 20년 동안 카르노스는 약소국들의 힘을 뭉쳐 그들의 독립을 이루어낸 위대한 정치가가 되었다. 그가 죽은 지 10년이 지났지만 사람들에게 계속 칭송되고 있다. 로파그니스 구시가지에는 그의 동상이 남십자성을 바라보며 서 있다. 아이세노딘 주재 애로크 대사관 상무관인 코드네주는 바냐킴 씨에게 아이세노딘 총영사직을 맡아 달라는 부탁을 하지만, 바냐킴 씨는 정중히 사양한다. 바냐킴 씨는 30년 전의 오토메나크이다. 당시 그는 조국 애로크를 저버리고 친나파유인으로 살아온 것을 후회하며 섬에서 죽기로 결심한다. 그러나 태풍 때 살아남은 카르노스의 설득으로 아이세노딘의 독립에 큰 공을 세우고, 새로운 삶을 살게 된다. 그 후 메어리나와 결혼하고, 카르노스와 아만다의 딸을 양녀로 입양하여 행복한 삶을 살고 있다. 조국 애로크의 독립에도 보이지 않는 힘이 된다.

『颱風』은 1941년 제2차 세계대전이라는 현실의 역사를 배경으로 하여 주인공 오토메나크의 체험을 중심으로 서사가 진행된다. 위 표는 13장으로 구성된 이 작품을 시간과 공간의 이동에 따라 서사를 정리한 것이다. 최인훈은 마지막 13장에서 '로파그니스−30년 후'라는 제목으로 30년이라는 세월을 보내고, 그간의 이야기를 요약해 제시한다. 그리고 주인공 오토메나크가 바냐킴으로 부활한 현재의 삶을 그의 가족구성원을 중심으로 마무리한다. 소설에서 전개되는 공간적 배경과 인물의 이름들은 모두 허구지만 소설 속의 역사는 현실을 그대로 반영하고 있다.

이 작품에 등장하는 국명과 지명은 아나그램anagram이라 불리는 철자의 재배열로 만들어진 이름이다.[2] 최인훈은 아나그램 조어를 사용함

---

2) 어구전철語句轉綴 또는 아나그램anagram은 단어나 문장을 구성하고 있는 문자의 순서를 바꾸어 다른 단어나 문장을 만드는 놀이이다. 어구전철을 잘 아는 사람들끼리 암호문으로 어구전철을 사용할 수도 있지만, 그렇지 못할 경우도 많다. 그 이유는 어구전철은 여러 자의적 해석이 가능하기 때문이다.

최인훈은 철자 바꾸기anagram의 방식으로 고유 명사의 이름을 새롭게 조합한다. 나파유Napaj는 일본Japan, 애로크Aerok는 한국Korea, 아이세노딘Aisenodin은 인도네시아Indonesia, 아키레마Akirema는 미국America, 니브리타Nibrita는 영국Britain을 지칭하고 있다. 그리고 주인공인 오토메나크Otomenak는 일본식 이름인 가네모토Kanemoto(김본金本을 창씨 개명한 이름)를, 카르노스Karnos는 실존 인물인 수카르노Sukarno를 지칭한다. 이러한 아나그램은 소설 『灰色人』에서 가상 식민지를 나빠유NAPAJ라고 언급한 데서 비롯된다.(최인훈, 『灰色人』 최인훈 전집2, 문학과지성사, 2007, 9면 참조.)

『颱風』이 발표된 이후 오랫동안 『颱風』에서 나타나는 아나그램이 정확하게 파악되지 못했다. 임헌영의 연구(임헌영, 「증언과 예언」, 『문학과사회』, 문학과지성사, 1979 봄)나 신동욱의 해설(신동욱(1992), 「식민지시대의 개인의 운명」, 366면), 우한용의 연구(우한용(1992), 「허구적 상상력으로 역사 읽기-<태풍>, <비명을 찾아서>, <황제를 위하여>의 경우」, 64면) 등에서는 모두 아이세노딘이 말레이시아로 추정되고 있다. 다른 나라들은 지형이나 역사로 볼 때 현실에 존재하는 나라들과 연결되기 용이하지만, 아이세노딘은 그렇지 않았기 때문이다. 그러나 권보드래의 연구에서 아이세노딘이 인도네시아의 아나그램임이 밝혀진(권보드래, 「최인훈론−양면: 자유와 독재」, 『자유라는 화두』, 삼인, 1999, 194면) 이후에도 이상갑의 연구에서는 아이세노딘이 인도네시아가 아니라 말레이시아로 추정하고 있다.(이상갑

으로써 소설 속의 국가와 지명을 낯설게 하는 효과를 가져오고, 제2차 세계대전 당시의 동아시아 역사를 재조명하여 소설을 더욱 흥미진진하게 한다. 또한 허구적인 소설에서 가상적인 식민지 체험은 실제 역사를 기억하게 만들고, 가상의 역사는 실제 역사보다 더 효과적으로 과거에 대해 성찰하고 반성하게 한다.

　주요 서사 구조는 주인공 오토메나크가 나파유의 식민지 애로크 출신 장교로서 나파유인의 정신으로 무장하고, 나파유인보다 더 나파유인다운 사람이 되고자 한 삶을 반성한다. 이를 통해 자신의 욕망과 갈등 속에서 자아 정체성을 찾아가는 과정으로 이루어진다.

2. 아만다에 대한 욕망과 사랑

주인공 오토메나크가 아만다를 처음 만났을 때 받은 인상이다.

　　① 아이세노딘 소녀가 술병을 가지고 들어와서 세 사람에게 차례로 따랐다. 카르노스에게 먼저 붓고 소령, 오토메나크의 순으로 부었다. 오토메나크는 아이세노딘 소녀의 아름다움에 놀랐다. 황색인종이나 백인종에게는 없는, 원시적인 힘 같은 것이 팽팽한 소녀. 머리에 빨간 꽃을 달고 있다. 소녀는 세 사람의 술잔을 채워놓고 물러갔다.(41~42면)

　　② 아만다가 차를 가지고 들어왔다. 그녀가 가까이 와서 몸을 구부려 탁자에 차를 놓을 때, 과실 냄새 같은 것이 풍겼다. 몸냄새란, 먹는 것의 냄새다. 아만다의 몸내도 열대 과일의 과실 냄새다. 그러나 어느

(2002), 「식민국과 식민지의 이분법을 넘어서」, 90면 참조.)

과실 하나만의 냄새는 아니고, 과일 가게의 냄새라고나 할까. 그녀는 지금도 머리에 빨간 꽃을 꽂고 있다.(55면)

　③ "어딥니까?"
　오토메나크가 얼굴을 돌리면서 옆자리의 여자에게 물었다. 그녀는 운전사에게 거리 이름을 일러줬다. 그러고는 얼굴을 돌려 오토메나크를 쳐다본다. 오토메나크는 눈길을 피했다. 아만다에게서 받는 느낌은 처음부터 인상에 남는 일이었다. 망설이지 않고 똑바로 쳐다본다. 오토메나크는 언제나 지금처럼 눈길을 피하게 되는 것이었다.(105면)

　오토메나크는 아카나트 소령으로부터 포로교환이라는 중대한 임무를 수행하는 과정에서 동부 아이세노딘의 지도자 카르노스를 감시하라는 지시를 받는다. 그의 숙소에서 카르노스와 대면하고, 카르노스의 시중을 드는 아이세노딘 소녀를 처음 만난다. 아이세노딘 소녀의 이름은 '아만다'이고, 그녀의 아름다움에 첫눈에 반한다. 머리에 빨간 꽃을 단 아만다는 원시적인 팽팽한 힘을 가지고 있으며, 늘 열대 과일 냄새를 풍긴다. 오토메나크는 그녀의 아름다움에 반하고, 그녀의 몸에서 나는 열대 과일 냄새에 취한다. 그리고 그녀와 동행하는 차 안에서 그녀의 당돌한 눈길에 오토메나크는 그 눈길을 피하는 순진한 청년이 된다. 여기서 우리는 처음 이 소설을 접할 때 느끼는 남녀 간의 아름다운 사랑이 시작되는 순간을 감지할 수 있다. 그러나 이 소설을 다 읽고 난 독자로서 다시 이 글을 읽을 때면 이 부분은 때 묻지 않은 순수한 젊은 청년과 어린 나이에 세상의 어려움을 겪은 순수하지 않은 여성과의 만남이라는 것을 알 수 있다. 순수한 아름다움이 아만다의 본래 모습이라 하더라도 그녀의 모습은 순수하지 않음을 알게 되고, 주인공 오토메나크만이 그의 가려진 삶 속에서 눈 뜨게 되는 아름다운 사랑의 욕망임을 알게 한다.

오토메나크는 아만다의 모습에 먼저 연정을 느끼고, 이러한 과정에서 상점 앞에 세워둔 자동차가 폭발하는 사고가 발생한다. 오토메나크가 아만다에게 보석을 사주려고 다시 상점으로 간 사이에 발생한 사건이다. 이로써 오토메나크는 아만다에게 그녀의 목숨을 구해준 은인으로 인식되고, 그들만의 사랑이 시작된다.

> 남자가 여자를 끌어당겼다. 여자의 풍성한 머리가 남자의 얼굴 위에 구름처럼 덮였다.
> 아만다는 바다처럼 미끈하고 따뜻했다.
> 오토메나크는 카누를 타고 눈부신 바다를 저어갔다. 바다는 요람처럼 출렁거렸다.
> 강한 과일 냄새가 풍기는 바람이 후끈하게 스쳐갔다. 바다는 흔들리고 있었다.
> 카누를 앞으로 밀면서.
> 바다의 고기처럼 카누는 흔들리면서 미끄러져갔다.
> 바다는 푸르고 육중한 몸서리를 쳤다.
> 머리카락이 얼굴을 스치면서 바닷속의 풀처럼 물결을 따라 흩어졌다.
> 카누는 숨찬 듯이 헐떡이면서도 바다에 지지 않았다.
> 구름이 물속으로 피어올랐다.
> 카누는 구름 위로 속으로 숨바꼭질했다.
> 섬들이 시샘하듯이 낯을 돌리면서 빠르게 곁을 스쳐갔다.
> 비늘이 찬란한 고기 떼들이 바다에 잠긴 구름의 그림자를 타고 지나가다가 카누와 부딪쳐서 수없는 붉은 꽃잎처럼 흩어져 구름의 그림자를 물들였다.
> 바다는 그래도 카누를 놓지 않았다.

섬 그늘에 숨으려는 카누를 따라잡아 바다 가운데로 몰고나왔다.

지치면서도 카누는 파도에 몸을 맡겼다.

꽃이 지면서 봉오리가 터지는 늘 여름의 나라의 꽃나무처럼 지침 속에서 또 다른 기쁨의 파도가 머리를 들었다.

바다는 끝이 없고 카누는 싫증을 몰랐다.

아주 옛날부터 바다와 카누는 그렇게 살아왔기 때문이다.

어느 항구에서 떠났는지를 카누는 잊어버렸다.

어느 기슭에서 비롯했던가 바다는 잊어버렸다.

십자성보다도 더 오래전부터 카누는 바다 위에 있었다.

잊어버린 것이 돌아온 것이었다.

잊음의 고향에 들어온 바닷속의 카누는 이름을 모두 잊어버렸다.

오토메나크라는 이름의 섬이 아득하게 지나갔다.

아만다라는 이름의 섬도 멀리 지나가버렸다.

카누가 남기는 물거품처럼.

이름 없는 바다는 이름 없는 카누를 태우고 이름 없는 고향에 들어 섰다.

카누는 따뜻한 팔처럼 바다에 잠겼다. 카누는 두려움 없는 다리처럼 다리를 휘저었다.

바다에 사는 새들이 카누에 내려앉아서 날개를 쉬었다.

새들이 날아간 다음 바다와 카누는 깊은 잠에 빠졌다.(178~181면)

오토메나크는 아버지의 부탁으로 친구 마야카로부터 나파유가 전쟁에서 질 것이라는 말과 전쟁에서 살아남길 바란다는 말을 듣는다. 마야카의 방문으로 오토메나크는 정신적 충격과 갈등으로 혼란스러움을 겪고 있는데, 그의 방에서 니브리타 총독부 시절 만들어진 비밀 창고를 발견한다. 매일 밤 비밀 창고에서 문서를 읽으며 그는 자기 정체성에 대해 혼란스러워한다. 로파그니스에 우기가 시작되고, 수용소를 다녀오다가 비를 맞아 열 감기에 걸린다. 그날 밤 아만다의 간호로 치유하고,

오토메나크는 아만다와 사랑을 나눈다.

　두 사람의 사랑 장면을 감각적인 시로 묘사하고 있다. 남자는 카누로, 여자는 바다로 표현한 것은 최인훈 문학에서 서정성이 뛰어난 사랑의 표현이다. 최인훈은 『廣場』에서 이명준과 은혜가 전쟁 중에 나누는 사랑을 동굴에서 애틋하게 표현하였다. 『颱風』에서는 두 남녀가 나누는 사랑을 카누와 바다로 표현하며, 전쟁 속에 피어나는 그들의 사랑을 더욱 아름답고 절실하게 표현하고 있다. 최인훈 문학의 한 특징은 전쟁 속에 피어나는 남녀 간의 사랑을 절망에서 희망으로 바꾸는 동력으로 표현한다는 점이다.

　오토메나크는 지금 그의 현실이 매우 절망적이다. 그가 그동안 믿고 의지했던 모든 것들이 일시에 무너지는 순간이다. 나파유인보다 더 나파유인답고, 나파유 정신으로 무장하고, 나파유인의 피로 바꾸며 살자고 결심한 그에게 나파유는 거짓된 허상이라는 것을 깨닫게 된 것이다. 그가 다시 애로크인으로 돌아갈 수 있는 길은 없으며, 절망 속에 살아온 날들을 후회하며 그의 아버지를 원망한다. 이러한 가운데 아만다와의 사랑은 그를 새로운 욕망과 희망으로 가득 채운다. 아만다에 대한 오토메나크의 욕망은 현실에서 오토메나크가 나파유인으로서의 삶이 실패하자 새로운 욕망 충족으로 아만다와의 사랑을 욕망하는 것이다. 그러나 아만다와의 사랑도 현실에서 충족되기 어렵다는 것을 깨닫는다. 아만다와의 사랑이 현실에서 충족되기 어려운 이유는 이러하다. 첫째, 아만다는 아이세노딘 독립군의 딸이라는 점이다. 아만다의 아버지는 아이세노딘의 독립운동을 하다가 감옥에서 죽는다. 그러한 독립군의 딸과 애로크의 친나파유주의자이며, 나파유인이 되기 위해 26년간 살아온 자신은 조국 애로크의 역적인 것이다. 그래서 아만다에게 자신이 애로크인임을 솔직하게 고백하지 못하는 것이다. 둘째, 전쟁에서 나파유가 지게 되면, 자신은 친나파유주의자로서 애로크인들에게 처벌받게 된다는 점이다. 이러한 현실에서 결국 아만다와의 사랑은 이루어질 수 없다. 그래서 오토메나크는 전쟁이 이대로 지속되고, 비밀 가옥에서의 생활이 그대로 유지되기를 바란다. 그렇게 자신과 아만다의 사랑이 그대로 지속되기를 소망한다.

오토메나크의 욕망을 기표로 환유하여 나타내면 다음과 같다.

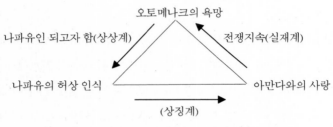

[그림 6-1] 오토메나크의 욕망 구조-1

그러나 오토메나크와 아만다의 사랑이 이루어질 수 없는 가장 중요한 이유는 아만다가 카르노스의 여자라는 사실 때문이다. 아만다는 카르노스의 비밀 가옥 시대 전부터 첩자이자, 정부情婦였던 것이다. 오토메나크는 그 사실을 모르고 있으며, 태풍으로 인해 그의 일행이 섬에 표류한 뒤에 더 이상 살아갈 방도가 없음을 깨닫고 죽음을 결심한다. 그때 카르노스가 나타나 그가 살아야할 이유를 설명하고, 함께 아이세노딘의 독립을 위해 새로운 삶을 살자고 설득하고 나서야 알게 된 사실이다. 카르노스와 아만다의 관계를 알고 난 뒤의 놀라움은 구체적으로 표현되지 않고 요약적으로 제시되어 있지만 오토메나크의 심정을 짐작할 수 있다.

프로이트는 『토템과 터부*Totem und Tabu*』에서 선사시대 원시부족에서부터 토템이 통용되는 모든 곳에서 동일한 토템에 속하는 구성원들은 서로 성관계를 가져서는 안 되고, 서로 결혼해서도 안 된다는 법칙이 성립했으며, 이것을 토템과 결합된 족외혼族外婚, Exogamie이라고 말한다. 또한 터부는 '신성한heilig'과 '부정한unrein'이라는 극단적인 감정 양립의 결과로 이해하고, 터부를 위반한 이후의 죄의식은 인간들이 특정한 소원을 성취하기 위하여 수행한 행위에 대한 내적 유죄 판단 지각이다. 터부는 양심의 명령이며, 터부의 손상은 끔찍한 죄의식을 생기게 한다. 이러한 감정은 무의식적이고 강압적으로 지배하는 다른 부분에 의해서 억압당하여 유지된다.3)

오토메나크는 비밀 가옥 시대부터 카르노스를 아버지로 여기고 있었다. 자기 정체성을 잃게 만든 애로크의 친아버지는 버리고, 새로운 아버지를 찾은 것이다. 그만한 인물이 카르노스라고 여기고, 태풍으로 섬에 표류했을 때, 죽지 않고 카르노스의 설득으로 아이세노딘의 독립을 위해 큰 도움을 주며, 그의 양아들로 살아오게 된다. 그러한 아버지의 아내인 아만다를 다시 사랑한다는 것은 근친상간의 금기를 깨는 것이다. 오토메나크가 카르노스를 아버지로 여긴다면, 아만다는 어머니가 되는 것이다. 따라서 어머니를 범할 수는 없는 것이다. 그 후 아이세노딘이 독립하고 카르노스는 아이세노딘의 대통령이 되고, 아만다는 영부인이 된다. 세월이 흘러 카르노스가 죽고 아만다가 다시 혼자가 되었을 때, 오토메나크는 아만다와 결혼하지 않는다. 오토메나크는 오히려 아버지의 여자를 탐한 자신을 질책하고 죄의식 속에서 살아왔을 것이다. 그의 죄의식은 오히려 카르노스에게 더욱 충성할 수 있는 계기를

---

3) S. 프로이트, 『토템과 터부』, 강영계 역, 지식을만드는지식, 2013, 26~65면 참조.

주었으며, 그는 용병대장으로 빛나는 무훈들을 세웠을 것이다.

아만다에 대한 오토메나크의 사랑은 현실에서 자기 정체성에 대한 혼란과 욕망 충족의 실패로 인한 새로운 도피처로서의 사랑인 것이다.

오토메나크는 결국 섬에서 사랑을 나눈 메어리나와 결혼한다. 메어리나는 30년을 그가 자신을 사랑한 것이 아니라 아만다를 사랑한 것이라 의심하며 살아왔다. 그러나 30년이 지난 지금에야 그의 한결같은 표정에서 그것이 자신에 대한 진정한 사랑임을 느끼게 된다. 메어리나는 오토메나크의 진실한 사랑을 30년이 흐른 후에야 알 수 있었던 것이다. 오토메나크는 아만다를 사랑한 것일 수도 있고, 메어리나를 사랑한 것일 수도 있다. 그러나 사랑은 함께한 시간만큼 진실한 것이고, 오토메나크는 한결같은 마음으로 그녀를 바라본다. 그가 지금 사랑하고 있는 사람은 아만다가 아니고 메어리나인 것은 틀림없는 사실이다.

카르노스가 죽고, 아만다는 아니크계 상인과 재혼한다. 오토메나크는 카르노스와 아만다의 딸을 자신의 양녀로 맞아 국제적인 가족구성원을 이루어 살아가는 이상적인 가족의 모습을 제시한다.

3. 자아와 현실에 대한 갈등

갈등葛藤이란 칡과 등나무가 얽혀서 따로 분리하기 어려운 상태를 말하며, 서양에서는 *confligere*라는 라틴어에서 나온 말로 '상대가 서로 맞선다'는 의미를 가지고 있다. 갈등에 대한 학자들의 다양한 정의를 정리해보면, 조직 내의 갈등이란 희소 자원이나 업무의 불균형 배분 또는 상황, 목표, 가치, 인지 등에 차이를 가져오는 원인과 조건으로 인하여 개인, 집단, 조직에서 일어나는 심리적인 측면, 행동적인 측면, 또는 이양 측면에서 일어나는 대립적이거나 경쟁적인 상호작용이라 할 수 있다.

심리적 갈등이든 사회적 갈등이든 모든 갈등은 둘 이상의 행위주체를 가진다. 심리적 갈등의 경우에도 본능적인 자아와 현실적인 자아 사이 또는 현실적 자아와 도덕적 자아라는 둘 이상의 당사자가 존재한다. 욕구 측면에서 볼 때, 갈등은 사회적 관계 형성에 따른 산물이며, 둘 이상의 상호의존적 관계를 형성하고 있는 당사자가 있어야만 나타날 수 있는 현상이다. 따라서 갈등은 상호 간에 밀접한 관계가 시작되는 순간부터 나타나기 시작한다. 또한 갈등은 당사자들 사이에 커뮤니케이션이 이미 존재하고 있다는 것을 전제로 한다.[4]

갈등의 유형은 분류 기준에 따라서 일치 여부에 의한 분류, 조직 시스템에 의한 분류, 조직 구조 변화 양태에 따른 분류, 갈등의 주체에 의한 분류 등으로 나누어 볼 수 있다.

제3절에서는 주인공 오토메나크의 심리 세계를 연구하는 과정의 하나로 그에게 갈등을 일으키는 상황들을 분석한다. 작품에서 오토메나크에게 갈등을 일으키는 상황을 세 가지로 나누어 살펴본다.

3.1. 갈등 상황 1 – 아버지, 마야카의 배신

『颱風』에서 나타나는 갈등 상황은 첫 번째가 아버지와 아들 간의 갈등이다. 아버지와 아들 간의 갈등은 밖으로 드러나는 현실적인 갈등이다. 작품에서 아버지와 오토메나크 사이에 직접적인 갈등으로 표출된

---

4) 최해진, 『갈등의 구조와 전략』, 두남, 2004, 11~29면 참조.

것은 없지만, 마야카가 방문하여 아버지의 뜻을 전달하자, 오토메나크는 아버지에 대한 반항과 갈등을 표출한다.

　① 오토메나크는 전해준 사람에 대한 인사로 이렇게만 받았다.

　"안 그렇겠나, 외아들인데."

　"어느 아들은 다르겠습니까?"

　"글쎄. 애로크 사람으로서야……"

　오토메나크는 놀라서 마야카를 쳐다보았다. 애로크 사람으로서야? 무슨 말일까. 애로크—나파유의 동조동근同祖同根설을 애로크에서 앞장서서 선전한 사람의 하나가 마야카였다. 나파유 민족주의를 식민지 애로크에서 퍼뜨리는 데 앞장선 친총독부 언론인이었다. 그런 사람의 입에서 애로크 사람이 이 전쟁에서 나파유인처럼 사생결단할 것이야 무어 있는가, 하는 말이 나온 것이다. 오토메나크는 아무래도 잘못 들은 듯싶었다. …중략…

　"오토메나크 군, 나파유는 전쟁에 집니다."

　…중략…

　"자네 부친이, 내게 부탁한 것일세. 어떻게 알릴 것인가 말이야. 편지에 적을 수 있겠나, 사람을 보내겠나? 나 같은 인편이 아니고서야 말일세. 부친은 자네가 살아 돌아오기를 바라고 계시네. 자네한테 진실을 말해서, 무슨 방법으로라도 자네는 살아오기를 바라고 있어. 나파유의 패망은 눈앞으로 다가왔어. 자네는 죽어서는 안 돼. 잘못을 저지른 세대는 어떻게 되든, 자네들은 살아야 해."(73~75면)

　② 나파유 고대 문학의 세계를 꿈속처럼 헤매던 친나파유의 외아들이, 첫사랑 대신에 시대의 미친바람에 휩쓸렸다는 것뿐이었다. 마야카 같은 당대의 친나파유 애로크 사람이 속주머니를 열두 개나 차고 있는 줄 알기에는 오토메나크는 너무 평범한 위인이었다. 선대가 물려준 재산을 착실하게 늘리면서도 골동과 옛 책에 묻혀 사는 아버지의 근엄한 모습이 그의 방파제 같은 것이어서, 그 방파제가 어떤 풍

랑을 막고 있는지를 넘겨다보지 못한 채 그는 나파유 국수주의자가
됐던 것이다.(188면)

　지금까지 오토메나크는 아버지의 권위와 부에 의해 조국 애로크의
비참한 현실로부터 떨어져 지내왔다. 애로크의 현실 상황을 제대로 보
거나 고민한 적도 없으며, 삶의 본보기가 되었던 마야카가 주장하는
수많은 논문의 애로크와 나파유의 동조동근同祖同根설에 매료되어 살
아 왔다. 그로 인해 자신이 애로크인이라는 사실을 망각하고, 나파유와
애로크가 하나라는 사실만을 인식하여 나파유인인 것처럼 착각하고
있었다.

　그런데 그가 존경하는 마야카와 아버지가 나파유를 부정하는 말은
오토메나크에게 아버지에 대한 믿음과 신뢰가 일시에 무너지게 하고,
존경하는 마야카를 일순간에 징그러운 존재로 바뀌게 하였다. 자기 아
들은 빼돌리면서 남의 아들은 전쟁으로 몰아넣고 비행기를 헌납하는
친나유파派 아버지에 대한 혐오스러움은 아버지를 벌해야 하며, 그 방
법은 자신이 죽는 것이라고 생각한다. 오토메나크와 아버지의 갈등은
아버지 권력 아래에 있는 아들의 반항으로 표출되고, 아버지와 아들이
공유하는 목표가 달라짐으로 인해 발생한 것이다. 이러한 갈등의 유형
은 일치 여부에 의한 분류에서 불일치적 갈등dissensual conflict이라고 할
수 있다.5) 인간은 생활 속에서 가치관과 신념의 차이가 나타나며 이러

---

5) 갈등의 일치 여부에 의한 분류로는 일치적 갈등과 불일치적 갈등으로 나눈다. 일치
　적 갈등consensual conflict은 관련된 당사자 쌍방이 추구하는 가치나 자원이 동일한
　경우에는 당사자가 서로 협력할 수도 있지만, 동시에 갈등도 야기될 수 있다는 것이
　다. 불일치적 갈등은 첫째, 쌍방이 추구하는 대상이 다를 때 발생한다. 둘째, 목표 도
　달 방법에 대한 신념의 차이에 의해서 갈등이 일어난다. 셋째, 목표 수행자나 리더의
　차이에 의해서도 갈등이 나타난다. 넷째, 구성원 각자에게 주어지는 자원, 정보, 역
　할, 권력, 보상의 양과 질의 차이에서 갈등이 발생한다. 다섯째, 이미 주어진 속인적

한 차이가 불일치적 갈등의 중요한 요인이 될 수 있다. 오토메나크와 아버지는 이전까지 공동 목표로 가치관과 신념이 같았다면, 지금부터 아버지와 아들 간의 가치관과 신념은 달라지는 것이다. 이로 인한 갈등은 결국 갈등의 요소를 제거하는 방법으로 해결하는데, 오토메나크는 아버지를 버리는 방법을 선택한다.

3.2. 갈등 상황 2 − 학살, 나파유의 허상

『颱風』에서 나타나는 두 번째 갈등 상황은 개인과 조직 간의 갈등이다. 오토메나크 개인과 그가 속한 나파유군집단 간의 갈등이다. 나파유군집단 간 파벌의 갈등도 보이지만, 작품에서 크게 드러난 부분은 오토메나크를 중심으로 한 갈등 상황이다.

　　① 아이세노딘 사람들은 차례대로 한 줄씩 끌려 벌판 가운데로 끌려나갔다. 앉아쏴 자세로 퍼진 2개 분대 정도의 사격수들이 그들에게 총격을 가한다. 희생자들은 엎어지고 자빠지면서 달아난다. 사격이 계속된다. 대부분 쓰러지고도 한두 명은 반드시 그대로 달려간다. 사격이 멈춘다. 왼쪽에서 총에 칼을 꽂은 병사 1개 부대가 돌격한다. 도망하던 희생자는 총검에 찔려 쓰러진다. 돌격 분대는 방금 사격을 받아 쓰러진 희생자들을 총검으로 한 사람씩 찌른다. 돌격조가 제자리로 돌아간다. 다음 희생자들이 내몰려온다. 사격수들이 총을 겨눈다. 희생자들이 뛴다. 사격 개시. …중략… 꿇어앉은 희생 대기자들의 애곡 소리. 개머리판으로 후려갈기는 경비 병사. 발길에 채어 넘어지는 늙은이. 아이를 부둥켜안은 젊은 여자. 사격 개시. 일제히 불을 토하

조건屬人的條件의 차이에 의해서 갈등이 일어난다. 최해진(2004), 『갈등의 구조와 전략』, 37~39면 참조.

는 총들. 쓰러지는 희생자들. 여부없이 살아남아 도망치는 희생자 몇 사람. 사격 그만. 돌격. 번뜩이는 총칼. 번뜩이는 눈알들. 고함소리. 길 위에 있는 장교들의 호령 소리. 게다가 이 더위. 화약 냄새와 피비린내가 구역질 나게 퍼진 이 더위. 소나기라도 퍼부었으면 오죽 좋겠는가. 피차에 말이다.(240~242면)

② 지휘 본부는 사격조 뒤쪽 길에서 벗어나서 십 미터쯤 되는 곳에 천막을 치고 마련돼 있었다. 천막 밑에 의자가 놓여 있고 거기 장교들이 앉고 서 있는 것이 보였다. 오토메나크는 천막 쪽으로 걸어갔다. 아무도 그를 말리는 사람이 없었다. 장교와 하사관 병사들이 쉴 새 없이 천막 둘레에서 오고 가기 때문에 누가 누군지 가려볼 수가 없었다. 천막 속 의자에 앉은 장교들은 모두 영관급이었다. 그들 가운데 대령의 계급장이 보였다. 다른 장교들도 서로 웃어가면서 학살 광경을 손가락질하고 있었다. 쟁반에 맥주를 얹어 든 병사 한 사람이 오토메나크 곁을 지나 장교들이 앉은 책상에 가져다 놓았다.(246면)

오토메나크는 석방 포로들을 면담하고 돌아오는 중에 벌판에서 아니크계 아이세노딘인들을 학살하는 장면을 목격한다. 그들의 학살 장면은 오토메나크에게 나파유가 말하는 '아시아 공동체'의 허상을 확실히 인식시킨다. 오토메나크는 나파유 본국과 식민지 애로크의 정치적 불평자들에게 복음서와 같은 역할을 한 이키다다 키타나트의 유명한 『신국의 이념』의 애독자이다. 그 책은 나파유 왕당王黨 사상과 유럽의 사회주의를 결합하여 나파유 고대에서 모든 백성이 가족처럼 단란하게 사랑과 협력으로 지냈던 때를 회복하자는 왕도王道이념을 설명한 책이다. 그 책을 아끼고 그 이념을 숭배하는 오토메나크에게 오늘의 학살 광경은 그가 믿어 왔고 나파유가 말하는 '아시아적 공동체'가 허상임을 증거하는 것이다.

오토메나크에게 나파유 정신은 이데올로기적인 차원에서 일종의 '착시錯視' 효과이다. 이 착시 효과는 다른 모든 것에 이데올로기적인 의미를 부여하고 의미의 장을 총체화하는 지점으로 지각한다. 즉 순수한 이념의 결여(순수 차이)가 합리적─차별적인 상호작용으로부터 면제되어 그것의 동질성으로 보장할 수 있는 동일성으로 간주된 것이다. 오토메나크는 나파유 정신에 취하여 자신을 나파유인으로 착각하고, 더 나파유적으로 행동한 것이다. 이러한 착시를 '이데올로기적인 왜상ideological anamorphosis'이라고 부를 수 있다.6)

학살 장소에서 본 나파유 장교들은 맥주를 마시고 웃으며 학살 광경을 즐기고 있었다. 지휘 본부에서 만난 다라하 중위는 자신이 나파유인임에도 나파유의 허상을 비웃으며, 나파유인들을 미친놈으로 표현하고 있다. 오토메나크를 애로크인이면서 나파유의 군국주의에 얼이 빠진 놈으로 알고 있을 다라하 중위의 언동에 그는 심한 부끄러움을 느낀다. 나파유 장교보다 더 나파유적인 식민지 출신 애로크인에 대한 경멸의 표시를 드러내고 있는 것이다. 오토메나크는 학살 장면을 나파유적 아시아 공동체로 각인한다.

오토메나크의 갈등은 조직 내의 수직적 갈등으로 상위 계층이 하위 계층에 대해 지나친 통제력을 발휘했을 때 발생하는 갈등이다. 오토메나크는 나파유군 상위 집단의 민간인 학살에 어떠한 저항도 하지 못한다. 이로 인한 갈등은 억압이 심할수록 더욱 커진다.

아니크계 아이세노딘인의 학살은 오토메나크에게 나파유의 식민지인 조국 애로크를 생각하는 계기가 되고, 나파유인이라는 착각과 식민지 애로크인이라는 자각에서 자아 정체성이 흔들리게 된다.

---

6) S. 지젝(2013), 『이데올로기의 숭고한 대상』, 168면 참조.

3.3. 갈등 상황 3 – 비밀 창고의 발견, 조국에 대한 인식

『颱風』에서 나타나는 세 번째 갈등 상황은 개인적 갈등personal conflict 이다. 개인은 누구나 다양한 욕구와 역할을 가지고 있으며, 이러한 욕구와 역할은 서로 간에 복잡하게 얽혀 상충相衝되며, 표출 방법도 다양하다. 개인적 갈등은 개인의 목표 달성 과정에 심리 내면적心理內面的으로 겪는 갈등인데, 좌절에 의한 갈등, 목표 갈등, 역할 갈등으로 구분한다. 또한 프로이트가 설명한 인간 퍼스낼리티의 세 가지 요소인 원욕願慾, id, 자아自我, ego, 초자아超自我, superego가 조화를 유지하지 못하고 행동 대안을 놓고 갈등을 일으키게 될 때, 이를 심적 갈등心的葛藤이라고 하는데, 이것이 개인적 갈등이다. 따라서 개인적 갈등은 상대가 없는 자기 갈등 또는 자아적 갈등自我的 葛藤이다.[7]

① 열흘 동안, 밤마다 골방에 묻혀서 문서들을 읽는 동안에 오토메나크는 무서운 교육을 받고 있었다. 골방에는 커다란 상자에 축전기가 가득 찬 것도 발견되었고, 전등도 마련돼 있었다. 모든 준비가 비밀문서 창고답게 돼 있는 것이었다. 이 문서야말로 지난 백년 동안 아이세노딘의 참말 역사였다. 이키다다 키타나트의 저서라든가, 그런 종류의 알려진 책들―아이세노딘에서의 니브리타 통치의 내막을 폭로했다는 어떤 자료도 이 문서에 비하면 어린애 장난같은 것이었다.

이 문서는 그런 식이 아니었다. 오토메나크는 그동안 상자 하나도 아직 채 보지 못했다는데도 인상은 놀라웠다. 독립운동자들의 계보에 대한 세밀한 자료가 있었다. 전향한 사람들에게서 받은 서약서가 있다. 그들이 밀고한 동지들에 대한 조처가 있다. 니브리타 당국이 전향자들에게 대어준 돈의 계산 보고서가 있다. 드러나지 않게 파묻어 둔 첩자들의 활동에 대한 평가 보고서가 있다. 더구나 일급의 독립 운

---

7) 최해진(2004), 『갈등의 구조와 전략』, 45~46면 참조.

동자로 분류된 사람들과 니브리타 당국과의 내통을 분명히 말하는 문서들이 많다.(121면)

②다음 날 아카나트 소령에게서 비행기 편이 아직 정해지지 않았다는 전화를 받으면서, 그 전화가 끝날 때까지 간밤의 발견을 입에 올리지 않았다. 찰칵, 수화기를 놓는 소리가 울렸다. 그러자, 오토메나크는 자기가 어젯밤 발견을 보고할 기회가 영영 지나가버린 것처럼 느꼈다. 사실은 이 느낌은 간단한 착각으로 말미암은 것이었다. …중략… 물질에 대한 가장 건강한 감각 때문이 아니었다. 그만큼 중요한 물건이 다른 사람의 손을 거치지 않고 직접 자기하고만 연락이 되어 있다는 기쁨이었다. 그 속에 있는 것을 영원히 꺼내지 않아도 좋은 일이었다. 그것들이 그 속에 있다는 것만으로 만족스러웠다. 한 푼 쓰지 않으면서 금고에 넣은 돈을 가끔 세어보는 것만으로 만족하는 수전노처럼―아마 이런 심리였다. 그래서 아카나트 소령에게 보고하지 않은 일도 과히 큰 죄스러움이 되지 않았다.

아무튼 달리 사용할 뜻은 없었으니 말이다. 적의 정보 문서를 애완 愛玩용으로 숨긴다는 이상한 행동을 하면서도 오토메나크는 이 정도로밖에 생각하지 않았다. 탄로가 되면 어떻게 되리라는 것을 떠올리지 못한 것이다.(118~119면)

오토메나크는 사령부로부터 아이세노딘의 이타오바 전 황제에게 왕정복고를 반대하는 세이나브 수상과 카르노스의 편지를 전달하는 임무를 받는다. 그날 밤 오토메나크는 저택의 자기 방에서 니브리타 총독부 시절 만들어진 비밀 창고를 발견한다. 그곳에서 총기류와 보석, 아편, 아이세노딘 독립운동현황 보고문서 등을 발견한다. 오토메나크는 지난 100년동안 아이세노딘의 참 역사를 밤마다 읽는다. 비밀 문서를 읽으면서 그는 조국 애로크의 역사를 생각하게 되고, 애로크인이면서 나파유인 것처럼 살아온 지난 세월을 반성하게 된다. 그리고 자신의 충성을 요구하는 아카나트 소령에게 비밀 창고에 대해 보고하지 않고 가능한 혼자만의 비밀로 간직한다.

오토메나크는 아이세노딘의 참 역사를 읽으면서 자기 정체성에 대해 갈등하게 된다. 그는 조국 애로크의 현실을 직시하지 못하고 살아온 지난 세월이 원통하고, 자신이 부끄럽게 여겨진다. 매일 밤 그는 니브리타의 잔혹한 식민정치와 그와 같은 일이 조국 애로크에도 가능함을 깨닫고, 나파유의 허상에 분노한다. 자신이 나파유의 식민지 애로크인임을 인식하지만, 나파유 장교로서 지금 그가 할 수 있는 일은 아무것도 없음을 깨닫는다. 오토메나크는 점점 자신의 정체성에 대해 고민하고, 나파유 상교로서 주어진 임무를 수행하지만, 비밀 창고를 발견하기 전과 같은 나파유 정신으로 임무를 수행하지는 않는다. 지금은 나파유의 허상을 분명히 깨달은 것이다. 그리고 앞으로 그가 어떻게 살아가야 하는지를 고민하게 된다.

개인이나 조직은 끊임없이 갈등을 경험한다. 그러면서 갈등에 따른 반응 양태도 다양하다. 갈등의 개인적 반응 양태는 소극적인 반응과 적극적인 반응으로 나타난다. 소극적인 반응으로는 체념諦念, 억압, 도피, 전이轉移, 환상幻想, 퇴보退步가 있고, 적극적인 반응으로는 고집固執, 반항反抗, 합리화合理化 등이 있다.[8]

오토메나크는 비밀 창고의 발견으로 자아 정체성에 대해 갈등하게 된다. 그 결과 그는 소극적인 반응을 나타낸다. 그는 자신이 애로크인이면서 나파유 장교로 애로크를 위해 아무것도 할 수 없음에 체념한다. 또 자신이 나파유인인 것처럼 착각하고 살아온 세월과 자신이 믿었던 나파유 정신에 대한 분노를 억압한다. 이러한 그의 심리를 아만다와의

---

8) 최해진(2004),『갈등의 구조와 전략』, 57~61면.

관계로 도피시켜 심리적 안정을 얻으려고 한다. 또한 그의 현실에 대한 불만과 충족되지 않는 욕구를 아만다에 대한 사랑으로 전이시키고 있다. 그럼으로써 아만다와 함께 하는 것만이 그의 행복을 추구하는 유일한 길이라고 착각하는 환상에 빠지기도 한다. 이러한 오토메나크의 갈등은 그를 현실에서 퇴보시키는 결과를 초래한다. 이것은 후에 그가 포로들을 수송하는 과정에서 태풍을 만나 섬에 표류하고, 결국 죽기를 각오하는 모습에서 알 수 있다.

갈등의 기능적 반응 양태에는 역기능적인 결과와 순기능적인 결과가 있다. 역기능적인 결과는 집단 내의 변화와 집단 간의 변화로 나누어진다. 집단 내의 변화는 첫째, 부정적인 응집력cohesiveness의 증가이고, 둘째, 리더십의 전제화專制化 또는 독재화 현상이다. 셋째, 과업지향적인 일체성과 충성심을 강조한다. 집단 간의 변화는 집단 간에 갈등이 생기면서 지각이 왜곡되어 부정적이고 상동적常同的인 태도가 지속되어 건설적인 관계가 형성되기 어려워진다.

갈등의 순기능적인 결과로는 몇 가지 전제조건하에서 첫째, 잠재된 문제를 표출시켜 사태 악화를 방지하는 것이다. 둘째, 혁신적인 사고와 창의적인 행동을 초래하는 것이다. 셋째, 협조의 분위기 조성과 집단 응집성이 증가하는 것이다. 넷째, 생산성이 향상되고, 다섯째, 갈등 구성원 간의 대화가 촉진되는 것이다. 여섯째, 갈등이 기능적인 역할을 하면 유연성이 증가하는 것이다.[9]

『颱風』에서 오토메나크의 갈등은 태풍을 만나 섬에서 그가 나파유인 부하들과 포로를 지휘하는 과정에서 그들의 조직을 유지하기 위해 나파유 정신을 강조하고 강력한 지휘력을 발휘하여 부하들과 포로들

---

9) 최해진(2004),『갈등의 구조와 전략』, 61~66면 참조.

을 통제한다. 이는 갈등이 역기능적인 결과를 초래한 것이다. 그러나 이후 오토메나크는 카르노스를 만나 죽기로 각오한 오토메나크를 설득하여 아이세노딘의 독립 운동에 영웅이 되게 한다. 결론적으로 오토메나크의 갈등은 잠재된 문제를 표출하고, 혁신적인 사고와 긍정적인 결과를 가져옴으로 갈등의 순기능적인 결과를 초래한다.

토마스 셸링Thomas C. Schelling은 끝장을 봐야할 전쟁을 피할 수 없는 경우라면, 순수한 갈등밖에 남는 것이 없다고 한다. 그러나 서로 손해를 입히는 전쟁을 피할 수 있거나, 피해를 최소화하는 방향으로 전쟁을 수행할 수 있거나, 실제로 전쟁을 위협 수단으로 내세워 제압할 수 있는 확률이 조금이라도 있다면, 그때 타협의 가능성은 갈등을 일으키는 요소만큼이나 중요한 극적인 요소라고 말한다.[10]

죽기를 각오한 오토메나크에게 카르노스는 죽지 않고 살 수 있는 방법을 제시한다. 카르노스는 "사람은 육체로서는 한 번 나는 것이지만, 사람으로는, 사회적 주체로서는 몇 번이고 거듭날 수 있다."(492면)고 말한다. 그는 오토메나크가 가지고 있는 정보와 협력을 요구하고, 아이세노딘 독립의 은인이 되라고 말한다. 그리고 아이세노딘인으로 새로 태어나는 것을 제시한다. 이러한 카르노스의 타협은 성공하고, 오토메나크는 비밀 가옥의 보물과 정보를 가지고 카르노스와 함께 아이세노딘의 독립 영웅이 된다.

오토메나크의 갈등은 결국 자신에 대한 정체성을 확립해가는 과정으로서 그를 새로운 인물로 태어나게 하는 긍정적인 결과를 초래한다.

---

10) 협상뿐 아니라 전쟁억지력, 제한전, 군축 같은 개념은 갈등 당사자 사이에 존재할 수 있는 공통의 관심사와 상호의존성에 관련이 있다. T. C. 셸링, 『갈등의 전략』, 이경남 역, 한국경제신문, 2013, 21~22면.

4. 오토메나크의 심리 세계

오토메나크의 심리 세계를 나파유와 니브리타, 카르노스, 조국 애로크, 태풍 전·후로 나누어 살펴본다.

4.1. 나파유와 니브리타에 대해

지젝은 "그들은 그것을 모른 채 행한다."는 마르크스의 공식을 새로운 방식으로 읽을 수 있게 하였다. 즉 환영은 지식의 측면에 있는 게 아니라 이미 현실 자체에, 사람들이 행하고 있는 것의 측면에 있다. 그들이 모르고 있는 것은 그들의 사회현실 자체가 어떤 환영에 의해, 어떤 물신적인 전도에 의해 움직인다는 사실이다. 그들이 간과하고 오인하는 것은 현실 자체가 아니라 그들의 현실을, 그들의 현실 사회활동을 구조화하는 환영이다. 그들은 실제로 사물들의 실상을 잘 알고 있다. 하지만 그들은 여전히 마치 그것을 몰랐다는 듯이 행동한다. 따라서 환영은 이중적이다. 그것은 우리의 현실을, 실제적인 현실관계를 구성하는 환영을 간과하는데 있다. 그리고 이 간과된 무의식적인 환영이야말로 '이데올로기적 환상ideological fantasy'이라고 한다.[11]

오토메나크는 그가 애로크인이면서 나파유인인 것처럼 행동하고, 나파유인보다 더 나파유인답게 행동하고, 자신을 나파유 정신으로 무장한다. 그리고 애로크가 나파유의 식민지가 아니고, 애로크와 나파유는 하나라는 동조동근설만이 진실인 것처럼 믿는다. 애로크의 비참한

---

11) S. 지젝(2013), 『이데올로기의 숭고한 대상』, 68면 참조.

식민지 현실은 마치 모르는 사실처럼 간과한다. 오토메나크는 자신이 애로크인임을 알고도 아닌 것처럼 행동하고, 나파유 정신이라는 허상에 취해서 나파유 정신이 최고의 이론이라고 착각하고 행동하는 이데올로기적 환상에 빠진 것이다.

① 어떤 시대, 어떤 계급에 태어난 인간은 제2의 혈액형이라고 할 만한 것을 가진다. 그것이 이데올로기다. 오토메나크는 니브리타라는 이름을 이 세계의 온갖 악의 대명사로 생각하는 이 시대의 이데올로기의 신봉자였다. 니브리타의 야만적인 세계침략, 이 지구가 생긴 이래 똑같은 권리를 가지고 제 고장에서 살아온 나라들이 하루아침에 노예의 신세가 되고 만 것은 모두 니브리타의 식민 정책 때문이었다. 오토메나크는 자기 고향인 애로크가 나파유의 식민지라는 사실도 까맣게 잊고 있다. 나파유가 니브리타를 쳐부수고 모든 아시아 사람에게 독립을 가져오기 위해 싸운다는 대의명분이 오토메나크를 취하게 한 것이었다. 이번 싸움의 첫머리에서 얻은 나파유의 화려한 승리가 오토메나크 세대의 모든 청년들을 취하게 만든 것이다. 그 승리는, 모든 아시아인의 집단적 열등감에 파고들어 통쾌한 복수심의 만족을 가져왔고, 이성을 혼란시켰다. 니브리타와 싸우는 나파유가 정의의 나라임은 따라서 자명했다. 사탄과 싸우는 것은 천사일 수밖에 없었다. 사탄과 싸우는 것이 또 하나의 사탄일 수도 있다는 지혜까지에는 오토메나크나, 오토메나크의 동시대나 아직도 멀리 있었다. (47~48면)

② 오토메나크는 박제인 바다거북의 등을 만져본다. 안경테 같은 데 쓰는 재료가 이것이군, 하고 생각한다. 니브리타인에게는 바다거북이든, 아이세노딘 사람이든 별다른 것이 아니었을 것이다. 자기네를 편안케 하는 보물의 종류일 뿐이다. 니브리타가 근대 생물학의 발상지가 된 사정—인류학의 본산이 돼 있는 사정—을 진열실이 그 경위를 잘 보여주고 있다고 오토메나크는 생각하였다.

오토메나크는 진열실에서 나오면서 니브리타인들에 대한 미움이 더해지는 것을 느꼈다. 이 지구 위에 사는 어느 한 민족이 다른 민족에 대해 이토록 유리한 자리, 한 자리 높은 데서 굽어볼 수 있는 자리가 허락되었다는 것은 비극이었다. 이 비극은 바로잡지 않으면 안 된다. 이번 경쟁은 바로 그것이 목표였다. '아시아 공동체'는 아이세노딘 사람을 바다거북의 신세에서 풀어주자는 것이다.(50~51면)

오토메나크는 니브리타라는 이름이 세계 모든 악의 대명사라고 생각한다. 니브리타의 야만적인 세계침략을 식민정책 때문이라고 비판하면서 자신의 조국 애로크가 나파유의 야만적인 침략으로 식민지가 된 것은 잊고, 오로지 니브리타만을 적으로 두고 자신은 니브리타와 싸우는 정의의 나파유인임을 자랑스러워한다. 나파유의 승리는 아시아의 승리이며, 아시아의 독립을 가져오게 한다는 이데올로기의 환상에 사로잡혀 있다. 그 시대 망각된 청년들이 느끼고 취했던 기분을 오토메나크는 함께 취하고 즐겼다. 박제된 바다거북 등을 만지며, 니브리타로부터 아이세노딘을 독립시키고, 아시아 공동체를 만든다는 이데올로기적 환상은 비밀 창고의 발견으로 깨어진다. 그가 발견한 비밀 창고의 문서를 읽고, 또 아니크계 아이세노딘인들에 대한 학살을 목격하고, 그가 믿어왔던 나파유 정신과 '아시아적 공동체'에 대한 환상이 깨어지는 것을 체감한다. 그는 스물여섯 해 동안 세상에 대해 제대로 안 것이 없었다. 그는 친나파유인 할아버지와 아버지로부터 보호되었고, 대학에서 배운 나파유 고전문학의 헛된 지식의 이데올로기적 환상에 갇혀 살아왔음을 절실히 깨닫는다.[12]

---

12) 배경렬은 오토메나크가 애로크인임을 부정하고 나파유 정신을 따름으로 나파유인을 흉내내고 있으며, 애로크인으로서 나파유인으로 살아가는 자신에 대한 혼란과 자각을 보여주는 것은 식민지인이 가지게 되는 욕망과 좌절, 분열과 혼란 등 식민

과연 오토메나크는 나파유의 식민정책과 조국 애로크의 비참한 현실을 몰랐을까? 오토메나크가 나파유의 식민지 조국 애로크의 현실을 몰랐다면, 구태여 무엇 때문에 나파유인이 되고자 했을까. 나파유인과 애로크인이 진정으로 하나라는 동조동근설이 맞다고 여겼다면, 나파유인이 되고자 할 필요는 더욱 없을 것이다. 나파유의 식민지 애로크인임을 부끄러워했기 때문에 나파유인이 되고자 했던 것이다. 결국 오토메나크는 나파유가 영원한 승리국이고, 그러한 승리국의 영웅이 되고자 한 것이다. 오토메나크는 의식적으로 조국의 현실을, 나파유와 애로크의 관계를 마치 몰랐다는 듯이 착각하고 있는 것이다. 오토메나크는 나파유 정신이라는 이데올로기적 환상에 스스로 묶어두었던 것이다. 마야카가 방문하지 않았다면, 오토메나크는 여전히 그 환상에 사로잡혀 살았을 것이다. 그러나 마야카의 방문으로 나파유가 전쟁에서 질 것이라는 말을 듣고 오토메나크는 자기 정체성에 대해 혼란을 느낀다. 그가 살기 위해서는 새로운 이데올로기를 찾아야만 한다. 나파유 정신은 오토메나크에게 더 이상 환상을 주지 않는 죽은 이데올로기이고, 과거의 이데올로기가 된 것이다.

> "……나파유 정신이란, 황제 폐하를 위해서는 죽음을 티끌같이 아는 마음이다. 이것은 제국 신민이 있는 곳이면 어디든 있다. 따라서 이 섬에서 임무에 임할 우리 역시, 나파유 정신으로 근무한다. 너희들은 오늘부터 이미 죽은 것으로 생각하라. 끝."(443면)

 배가 태풍을 만나 난파하고 섬에 표류했을 때, 오토메나크는 부하들이 모두 나파유인이고, 그들을 지휘할 때 두려움을 느낀다. 자신이 비

___

지인으로 갖게 되는 무의식의 결과로 보았다. 배경렬(2009), 「최인훈 <태풍>에 나타난 탈식민지론 고찰」, 374면.

록 장교이지만 애로크인임을 인식할 때, 불안한 마음은 더욱 커진다. 두려운 마음을 감추기 위해 그는 더욱 나파유주의자로 처신하고, 나파유 정신으로 무장한다. 나파유 정신이란 '전쟁 정신'이다. 그러면 그의 마음은 한결 위로가 된다. 그리고 전쟁에서 나파유가 패전한 사실을 알리지 않고 거짓 내용을 전하며, 죽을 날만을 기다린다. 그와 함께 죽을 나파유인 부하와 니브리타 여자 포로들에게 동정은 없다. 그것이 그가 믿은 이데올로기 허상에 대한 복수라고 다짐한다. 섬에서 다시 살아나갈 방법은 없다고 생각한다.

4.2. 카르노스에 대해

오토메나크는 카르노스와 대화를 통해 그에 대한 생각이 바뀐다.

"니브리타 때문에 아이세노딘의 불행이 시작된 것은 사실입니다. 우리 가운데 그 점에 대해서 모를 사람은 없습니다."
카르노스는 말을 끊고 차를 한 모금 마셨다.
"니브리타 사람들이 아이세노딘에 불행의 씨를 뿌렸다면, 그들은 이 씨앗에서 생긴 독초를 없애는 일에 협력하지 않으면 안 됩니다."
"아이세노딘에 독립을 주는 일이 아니겠습니까?"
"그렇습니다. 아이세노딘이 독립하고, 그들이 그것을 승인하는 일입니다."
"그런데, 그들은 독립을 주기를 원치 않았고, 아이세노딘은 스스로를 해방할 힘이 없었습니다."
"우리는 싸우고 있었습니다."
"그 싸움을 나파유가 도와서 나쁠 리가 있겠습니까?"
"중위, 사람은 자기 힘으로 자기의 주인이 돼야 합니다."

"그러면 나파유가 아이세노딘을 도와서 니브리타와 싸워서는 안
된다는 말이 아닙니까?"

"나파유가 니브리타와 싸우는 것을 우리는 상관 않습니다. 아마
나파유 사람들이 니브리타인으로부터 해방되고 싶어서겠지요."

"니브리타인들이 나파유에 대한 증오를 방패 삼아, 아이세노딘에
대한 속죄 의무를 회피할까 두려운 것입니다."(56~57면)

오토메나크는 카르노스를 처음 봤을 때, 낯설지 않은 느낌을 받는다.
처음부터 알고 있었던 사람처럼 느껴진 것이다. 쉰 살 안팎에 호리호리
한 몸매와 단단해 보이는 인상은 그를 조금 위압하는 느낌을 받는다.
지극히 조용하고 평범해 보이는 이 사람이 아이세노딘 독립 운동의 영
웅이라고 생각하니, 조금은 낯설어 보인다. 그러나 휴전 교섭이 이루어
질 때까지 카르노스를 감시하는 임무를 받은 오토메나크는 그와 함께
생활하고, 그와 대화를 나누면서 그에 대한 존경심이 점점 커져가고 있
음을 느낀다.

카르노스는 젊은 시절 나파유를 유학하고, 아이세노딘에서 반反니브
리타 운동 지도자로 불렸으며, 그럼에도 니브리타로부터 동정의 여론
을 받고 있는 인물이다. 그러한 카르노스를 오토메나크는 유럽병에 걸
린 패배주의자로 여겼다. 그러나 그와의 대화에서 나파유 정신으로 무
장한 오토메나크가 아이세노딘의 독립을 나파유가 도와주는 것에 왜
반대하느냐는 질문에 "사람은 자기의 힘으로 자기의 주인이 돼야"(56
면)하고, "우리 자신의 힘으로 우리를 해방해야 한다."(58면)고 말한다.
카르노스는 자국의 힘으로 독립해야만 진정한 자유를 얻는 것이고, 강
한 타국의 힘을 빌려 독립하게 되면 결국 강국으로부터 다른 종류의 지
배를 받게 된다는 것을 말한다. 그것은 결코 진정한 독립도 자유도 아

닌 것이다. 그러한 독립을 카르노스는 원치 않는 것이다. 나파유 정신으로 무장한 오토메나크는 이러한 그의 신념을 듣고, 그를 공박하기 위해 기회를 엿보지만, 카르노스는 그러한 기회를 만들어 주지 않는다. 오히려 "적에게 잡혀서도 굽히지 않고 견디는 인물"(89면)이고, "사람이 잘나기를 어느 만하게 되면 결코 함부로 다룰 수 없이 된다는 사정"(90면)으로 오토메나크는 카르노스의 인품에 점점 매료된다.

오토메나크는 스물 몇 해 동안 살면서 가장 그럴듯한 모범을 찾아서 살아왔다. 그 모범은 나파유주의의 자랑스러운 전사戰士가 되는 것이다. 그 전사가 마야카였고, 그가 방문하기 전까지 오토메나크는 마야카를 자신의 본보기로 삼아왔다. 애로크와 나파유의 동조동근설을 주창한 마야카가 그에게 찾아와 나파유는 전쟁에서 질 것이고, 그에게 살아나갈 방도를 찾으라는 말은 오토메나크의 정체성에 혼란을 초래한다. 마야카의 가면과 그의 거짓된 모범에서 벗어나면서 오토메나크는 자신을 이끌어줄 나침반이 망가진 방향을 잃은 배가 된다. 나파유인도 애로크인도 될 수 없는 자기 모습에 초라함을 느끼고 좌절한다. 오토메나크는 살기 위해서 새로운 모범을 찾아야 하고, 그의 새로운 모범은 카르노스라고 생각한다.

줄리아 크리스테바Julia Kristeva는 아라공, 사르트르, 바르트에게서 공통적으로 찾아볼 수 있는 '혁신'을 '동일화에 대한 반항'이라고 한다. 즉, 성性과 의미의 동일화, 사상과 정치의 동일화, 존재와 타자의 동일화에 대한 반항이다. 동일성이라는 개념은 말하는 생명체인 인간의 고유한 보호주의에 근거한 것이고, 생물학적·정신적으로 필요한 것이다. '고유성'과 '동일성', '진실'과 '거짓', '선'과 '악'이라는 울타리를 열어버린다는 것은 살아남기 위한 필연성이다. 유기체화 같은 상징적인

조직체들은 새롭게 정비하고 기분 전환도 하고 즐기고 해야만 생명을 유지해나갈 수 있다.[13]

마야카는 이전까지 오토메나크가 동일화한 존재이다. 그러나 그의 거짓된 모습에 반항하고, 그와 관련된 모든 기억을 파괴한다. 그리고 새로운 동일화를 시도한다. 오토메나크는 카르노스와의 동일화를 추구한다. 카르노스와 같은 영웅의 삶을 본보기로 그와 같은 삶을 살고자 한다. 카르노스의 인품에 반하고, 비밀 창고의 발견으로 오토메나크는 내적 갈등 속에 생활한다. 낮에는 나파유 장교로, 밤에는 비밀 창고에서 문서들을 읽으며, 거짓된 표정과 삶 속에 자아 정체성을 찾기 위해 방황한다. 결국 오토메나크는 카르노스의 사상과 정치의 동일화를 이루어 평생 동안 카르노스라는 영웅의 보호 아래 살아가게 된다.

4.3. 조국 애로크를 위하여 – 속죄양 의식

고대 그리스에서는 전염병이나 기근, 외세의 침입, 내부의 불안 등과 같은 재앙이 덮쳤을 때, 인간 제물을 준비해서 재앙의 원흉으로 몰아 처형함으로써 민심을 수습하고 안정을 되찾았는데, 이것을 파르마코스 Pharmakos라고 칭한다. 르네 지라르René Girard는 『폭력과 성스러움(LA) Violence et le Sacré』에서 제의적 희생le sacrifice rituel이라는 종교적, 문화적 활동의 원형에 대해 연구를 하였다. 이러한 제의는 인간이나 동물 같은 희생물을 바쳐 신의 노여움을 풀고 신의 선의를 기대하는 제의라고 한다. 그것은 단일한 희생물로 모든 가능한 희생물을 대치시키고, 동물로 인간을 대치시키는 경제적 기능을 하고, 좋은 폭력으로 나쁜 폭력을 막

---

13) J. 크리스테바, 『반항의 의미와 무의미』, 유복렬 역, 푸른숲, 1998, 53면.

는 종교적 기능을 수행한다. 제의적 희생은 집단 내부에 잠재해 있는 폭력을 속죄양이라는 특정한 대상을 향해 분출시킴으로써 카타르시스 catharsis적 기능을 하며, 복수의 길이 막힌 희생물에게 모든 격렬한 반응을 보임으로써 재난의 폭력을 정화하는 문화적 장치라고 한다. 이러한 희생물은 상상적인 신에게 봉헌되는 것이 아니라 거대한 폭력에 봉헌되는 것이며, 폭력에는 좋은 폭력과 나쁜 폭력이 있다고 한다. 그리스어 파르마코스Pharmakos는 독과 치유를 동시에 의미하는 의미론적 양가성을 가지고 있으며, 폭력에 있어서 병과 치유의 동일성을 믿게 하는 예라고 한다.14)

오토메나크는 조국 애로크에 대해 깊은 죄의식을 가지고 있다. 오토메나크의 죄의식은 첫째, 친나파유주의자인 할아버지와 아버지 덕분에 아쉬움 없이 자랐고, 일본으로 건너가 고등교육을 받았다는 점이다. 둘째, 자신의 조국 애로크와 민족에 대해 부끄러워하고, 자신을 나파유 정신으로 무장하고, 나파유 정신을 자기 피로 바꾸려고 한 점이다. 셋째, 나파유의 식민지인 조국 애로크의 현실을 똑바로 직시하지 않고 외면한 점이다. 넷째, 나파유의 식민지 애로크의 국민이면서 나파유의 장교가 되어 나파유를 위해 전쟁에 참여하고 나파유의 승리에 도취하였다는 점이다. 다섯째, 그는 애로크인이면서 조국 애로크를 위해

---

14) 크리스틴 오르시니에 의하면, 지라르는 bouc émissaire라는 용어는 제의에 사용하고, victime émissaire는 자발적이고 사회건설적인 메카니즘에 사용한다. bouc émissaire라는 표현이 대부분 제의적 메카니즘과 자발적인 사회심리학적 메카니즘에 다같이 연관되어 있다는 것은, 자발적인 집단적 폭력과 제의적 폭력사이에 밀접한 관계가 있다는 것을 보여주고 있다. 이점에 대해서 지라르는 "내 작업과 관련된 것에 대한 대부분의 오해는 bouc émissaire라는 표현이 제의적 의미와 통속적인 현대적 의미의 두 의미를 갖고 있다는 데서 기인한다."고 말한다. bouc émissaire는 희생양·속죄양으로 번역하고, victime émissaire는 희생물로 번역한다. 김현(1987), 『르네 지라르 혹은 폭력의 구조』, 44~45면 참조.

아무것도 할 수 없다는 점이다.

오토메나크의 이러한 죄의식은 밤마다 읽는 비밀 문서에서 조국의 독립 운동 역사를 가늠하고, 나파유가 전쟁에서 지게 되리라는 마야카의 말을 듣고 더욱 심화된다. 나파유가 전쟁에서 지게 되면, 자신은 친나파유주의자의 자손이고 나파유장교로서 조국에서 설 자리가 없는 것이다. 또한 지금 그가 애로크의 독립운동에 참여할 수 있는 길도 없다고 생각한다. 참여하더라도 할아버지와 아버지의 과오를 생각하면 자신은 죽어 마땅하다고 여긴다. 자신도 민족의 반역자라고 괴로워하며, 자신이 지금 할 수 있는 일은 아무것도 없다고 생각한다. 오토메나크의 심리는 나파유가 전쟁에서 질 것이라는 불안함과, 그 후에 발생할 자신의 위치에 대한 두려움으로 자아분열이 일어난다.

태풍을 만나 배가 난파하여 섬에 표류했을 때, 그가 할 수 있는 방법은 나파유인 부하들과 니브리타인 포로들과 장렬히 전사하는 것이라고 생각한다. 이것은 그의 정체성을 무너뜨린 나파유에 대한 복수이고, 세계를 식민정책에 피흘리게 하는 니브리타에 대한 저항인 것이다. 자신과 그들의 죽음만이 조국에 대해 속죄하는 길이고, 자신과 그들은 조국 애로크를 위해 속죄양이 되어야 한다고 생각한다.

오토메나크가 갖는 조국에 대한 죄의식은 자신을 제물로 삼아 희생하는 속죄양 의식을 낳게 하고, 이러한 그의 속죄양 의식은 그가 자발적으로 선택한 희생이든 아니든 자아와 세계가 낳은 폭력적인 현실 때문이다. 나파유인 부하들과 니브리타 포로들은 스스로 죽음을 선택할 권리도 없으며, 그들의 조국이 저지른 죄에 대한 대가를 그들의 희생으로 강요하는 것이다. 이러한 조국의 식민 상황은 오토메나크에게 선택의 권한을 주지 않고 희생을 강요한다. 나파유와 니브리타의 세계 식민정책은 폭력적인 현실이며, 이러한 폭력은 또 다른 폭력을 낳게 한다. 개인의 희생을 강요하는 전체주의의 폭력성은 끊임없는 전쟁과 폭력 상황을 자아내는 것이다.

기독교 신화에서 인간의 원죄는 의심할 여지없이 아버지인 신Gottvater 에 대한 죄이다. 그런데 그리스도가 자신의 삶을 희생하여 인류를 원죄 의 억압으로부터 구원한다면, 그는 우리들로 하여금 원죄가 상해 행위 Mordtat였다는 결론을 내리도록 강요하는 것이다. 인간의 감정에 깊이 뿌리박은 탈리온Talion, 동태복수법同態復讐法의 법칙에 따르면, 살인은 오직 또 다른 생명을 희생함으로써 속죄될 수 있다. 따라서 자기희생은 살인죄를 바탕으로 삼는다.15) 희생은 다른 희생을 낳는 악순환의 연속 인 것이다.

결국 모두의 죽음을 강요하는 오토메나크의 속죄의식은 카르노스의 설득으로 모두 살 수 있는 방법을 선택한다. 그러나 그 선택은 오토메 나크가 애로크인임을 포기하고 아이세노딘인으로 다시 태어나는 방법 이다. 애로크인 오토메나크는 그때 그 섬에서 죽고, 아이세노딘인 바냐 킴으로 새로 탄생하는 것이다. 오토메나크는 조국 애로크를 위해 정신 적으로 친아버지를 죽이고, 자신도 죽는다. 애로크인 아버지와 오토메 나크 자신은 속죄양이 되어 더 이상 존재하지 않는다. 지금 존재하는 것은 아이세노딘인 바냐킴인 것이다. 그는 바냐킴으로 카르노스를 도 와 아이세노딘의 독립운동에 영웅이 되고, 과거의 조국 애로크의 독립 운동에 보이지 않는 도움을 준다. 그것이 그가 과거의 조국 애로크를 위해 속죄하는 방법이다.

---

15) '내가 당한 것만큼 갚아준다', '눈에는 눈, 이에는 이'라는 것으로 요약되는 동태복
수법同態復讐法이다. 동태복수법을 문화적 관행에서 법으로 제정한 것은 3700년 전
바빌로니아의 함무라비법전이다. S. 프로이트(2013), 『토템과 터부』, 107면 참조.

4.4. 오토메나크의 심리 변화 과정 – 비밀 창고 발견 전·후, 태풍

오토메나크의 심리 변화 과정을 비밀 창고 발견 전과 후, 태풍 후로 나누어 살펴보면 다음과 같다.

<표 6-2> 오토메나크의 심리 변화 과정

<비밀 창고 발견 전>
① 사령부의 지시를 받고 로파그니스에 있는 나파유군 사령부 소환으로 기뻐함
② 명령된 시간에 장군이 기다리지 않고 점심식사를 하러 간 것에 실망함
③ 처음 온 사령부에서 후보생시절 다라하 중위를 만나 다행스러워함
④ 처음 아니크 대륙에 파견되었을 때 자랑스러워함, 애로크 민족에 대해서는 부끄러워함(과거)→ 나파유 정신으로 무장함
⑤ 나파유 해군의 태평양 공격에 매우 감격함→ 정신적인 나파유 사람으로 다시 태어남(파시즘–사회주의, 내셔널리즘, 보수주의 화려한 이상주의, 유럽인에 대한 증오, 자신의 가족에 대한 안전–나파유주의 사상)–과거
⑥ 아카나트 소령으로부터 애로크인 자신에게 포로교환이라는 중대한 임무를 부여받고 감격함
⑦ 적에게 협조하는 동부아이세노딘 정부를 비웃음, 애로크의 현실을 직시하지 못함.
⑧ 아만다의 아름다움에 놀람
⑨ 니브리타를 세계의 모든 악의 대명사로 생각함→ '아시아 공동체'는 아이세노딘 사람을 바다거북의 신세에서 풀어주는 것
⑩ 도시 로파그니스에 대한 애정과 아카나트 소령이 보여준 우정으로 마음이 들뜸

⑪ 카르노스를 유럽병에 걸린 패배주의자로 생각함—카르노스는 우리 자신의 힘으로 해방해야 한다고 함

⑫ 마야카가 나파유는 전쟁에서 질 것이고, 나파유를 위해 죽을 필요가 없다고 함→ 마야카에 대한 분노와 아버지에 대한 혐오로 죽고 싶음

⑬ 적에게 잡혀 있으면서도 굽히지 않는 카르노스를 존경함→ 마야카에 대한 분노로 방황함, 카르노스와 비교해 자신이 초라함

⑭ 카르노스와 대화에서 조국을 침략한 왕에게 충성한 자신이 부끄러움

⑮ 나파유가 전쟁에서 패전할 경우를 생각하고 불안해함. 아카나트 소령을 대할 때 자신이 부끄럽고 비겁함→ 정체성 혼돈

<비밀 창고 발견 후>

① 비밀 창고의 발견으로 놀람→문서와 보물의 양에 흥분→ 니브리타의 흉악한 본모습을 발견하고 즐거워함→이키다다 키타나트의 신국神國 이론이 진리라는 생각에 흐뭇함

② 비밀 창고 발견을 아카나트 소령에게 보고하지 않음(혼자만의 비밀로 간직함)—불안하면서 만족스러움

③ 비밀 창고에서 아이세노딘 독립운동 관련 자료를 보고 놀람—이키다다키타나트 이론이 유치함

④ 아이세노딘의 비밀 문서를 읽고 조국 애로크의 독립운동을 가늠함, 자신이 살아온 날을 후회, 앞날에 대해 절망함

⑤ 로파그니스 상점에서 자동차의 폭발사고로 헌병대에서 조사받음—자신이 애로크인임을 알고 무례한 헌병장교에 대해 언짢음

⑥ 오토메나크는 자신이 나침반을 잃은 배로 현실에 절망, 표류함

⑦ 거대한 아니크의 무능을 경멸하다가 그들이 유럽 폭력에 방파제 역할을 했다는 생각에 자신의 지각없음을 괴로워함

⑧ 밤마다 비밀 창고의 문서를 읽고, 자신의 처지에 절망함

⑨ 아만다와 첫 밤을 보냄−행복, 허전
⑩ 아카나트 소령이 자신을 믿고 임무를 맡기는 것에 괴로워함, 나파유가 전쟁에서 지면 자신의 인생도 끝이라는 생각에 두려움
⑪ 임무가 끝나면 아만다와 결혼하기로 결심
⑫ 아니크계 아이세노딘인 학살 장면에 분노, 나파유인보다 더 나파유적인 자신의 모습이 부끄러움→ 카르노스와 의논하고 싶음
⑬ 카르노스와 아만다의 관계를 의심−애로크인임을 터놓지 못해 괴로워함
⑭ 자신이 살아온 길이 잘못된 길임을 깨닫고, 순사殉死를 선택함
⑮ '아이세노딘의 호랑이' 토니크 나파유트의 영웅스러운 삶과 자결→ 그와 같은 삶을 살기로 결심
⑯ 아만다와 동물원 데이트(그녀와는 예전부터 아는 사이인 것 같고, 자기도 아이세노딘 사람 같다고 느낌−후에 오토메나크가 아이세노딘인이 될 것이라는 복선)→ 아만다와의 결혼에 대해 고민→ 나파유 패전에 대한 불안감 심화→ 애로크의 민족 반역자로 사느니, 아이세노딘 독립을 위해 순사할 것을 결심
⑰ '바리마'호로 포로를 이송함
⑱ 평화 교섭이 느리게 진행됨
⑲ 평화 교섭이 실패하고, 로파그니스로 돌아오라는 무전−카르노스에게는 미안함, 아만다와 재회에 기뻐함→ 니브리타 여자 포로들의 반란, 진압 중 태풍으로 배가 난파됨

<태풍 후>
① 배가 난파, 임무 수행 실패, 살아 돌아가면 처벌 받는 것에 두려움−카르노스가 죽었다고 여김
② '진실의 소리' 방송에서 나파유의 패전소식, 나파유에 속아 온 것에 분함−나파유 병사들에게 패전 소식을 전하지 않음, 병사들을 일사분란하게 지휘하기 위해 나파유 정신을 강조함
③ 아만다를 그리워함
④ 섬에서의 생활이 몸은 편하지만 마음은 고통스러움

VI. 자아를 찾아 방황하는 오토메나크 −『颱風』 | 253

⑤ 부하들이 나파유인임에 두려움—섬에서 싸우다 죽기로 결심함
⑥ <로피그니스—30년 후> 메어리나와 결혼하고, 딸 아만다와
　 행복한 삶

　　오토메나크의 심리는 비밀 창고를 발견하기 전과 후에 급격한 변화
를 보인다. 그는 마야카가 나파유의 패전을 알려줄 때에도 나파유가 전
쟁에서 질 것이라는 사실을 믿지 않는다. 친나파유주자인 아버지와 마
야카가 자신에게 거짓된 모습을 보여주고, 스물 몇 해 동안 자신을 속
여 왔다는 사실에 분노한다. 그리고 아이세노딘을 바다거북의 신세에
서 풀어주는 것이 자기 임무임을 자랑스러워한다. 그러나 포로 카르노
스의 당당한 모습에 당황하며 자신의 모습에 부끄러움을 느낀다.

　　이러한 그의 혼란스러움은 비밀 창고를 발견하고 더욱 심화된다. 그
가 지금까지 진리라고 믿어왔던 '신국의 이론'이 한낱 하찮은 것임을
확실히 깨달은 것이다. 비밀 창고에서 그가 읽은 문서들은 놀라운 사실
과 진리를 가르쳐 주었다. 니브리타의 야만적인 행적과 아이세노딘의
독립운동에 관한 비밀 문서를 읽으며, 그는 자신이 잊고 지내왔던 조국
애로크를 생각하게 된다. 나파유인보다 더 나파유인답게 살아온 자신
이 부끄러워 괴로운 나날을 보낸다. 자신의 정체성에 혼란을 일으키고,
매일 밤 비밀 창고에서 아이세노딘의 참 역사에 대한 새로운 지식을 배
우며, 자기 정체성을 확립해간다. 자신이 나파유의 식민지 애로크인임
을 절실히 깨달으며, 그가 할 수 있는 일이 무엇인지를 고민한다. 토니
크 나파유트의 영웅적인 삶과 죽음에 감동하고 그와 같은 삶을 살고자
다짐한다. 그러나 그가 처한 현실은 나파유 장교로서의 임무수행이다.
그의 정신은 예전과 다르고, 나파유에 대한 충성심이 없어진다. 세상
모든 악의 근본이라고 생각한 니브리타가 자신이 자랑스럽게 생각하

는 나파유와 같은 존재임을 확인한다. 나파유 장교로서 그의 정체성을 외적으로 표현하지 못하고, 내적으로 더욱 불안하고 두려워하며 고통스러워한다. 그러나 그는 현실과의 타협을 포기하지 않고, 그 나름대로 살아갈 방도를 찾는다. 그에게 주어진 임무를 수행한 뒤에 아만다와 행복한 미래를 계획한다.

그의 임무는 아이세노딘의 독립지도자 카르노스와 니브리타인 여자 포로들을 적에게 넘겨주는 것이다. 그러나 중대한 임무는 항해한 지 일주일만에 교섭이 결렬되어 송환 명령을 받는다. 그로 인해 포로들의 반란이 발생하고, 반란을 진압하는 중에 태풍이 온다.

태풍으로 섬에 표류한 오토메나크의 심리는 크게 변화한다. 그는 카르노스가 죽었다고 생각하고, 그의 임무는 실패한다. 그가 섬에서 살아 돌아가도 실패의 책임을 물어 죽을 것이 분명하다. 그는 섬에서 끝까지 싸우다가 죽을 것을 각오한다. 그러나 죽은 줄 알았던 카르노스가 살아서 자신에게 죽지 않고 살 수 있는 방법을 얘기한다. 인연이 다한 이름을 버리면 사회적 주체로 몇 번이고 거듭날 수 있다고 말한다. 아이세노딘 독립의 은인이 되어 다시 태어날 것을 설득한 것이다. 오토메나크는 죽지 않고, 아이세노딘인의 독립에 무훈을 세우고, 아이세노딘인으로 다시 태어난다. 그는 카르노스를 도와 아아세노딘에 많은 공을 세우고, 조국 애로크의 독립과 통일을 위해 숨은 공로자가 된다. 오토메나크는 그의 암담한 현실을 죽음으로 끝내지 않고, 바냐킴이라는 새로운 인물로 부활하여 그 이후의 삶을 영광스럽게 살아간다.

『颱風』에서 주인공 오토메나크는 나파유의 식민지 애로크 출신의 장교로서 나파유 정신으로 무장하고, 나파유인보다 더 나파유인다운 사람이 되려고 하였다. 그러나 그가 믿었던 나파유에 대한 이데올로기적 허상을 깨닫고 자신이 살아왔던 삶에 대해 반성한다. 그러나 현실에서 그가 원하는 삶을 살기에 그의 상황이 자유롭지 않다. 결국 그의 미래도 불안한 삶을 지속해야 한다. 이러한 자아와 현실에 대한 갈등은 그를 절망적인 상황에 이르게 한다. 그의 갈등 상황을 아만다라는 여인을 통해 해소하고자 애쓰지만 현실은 그것을 허락하지 않는다. 포로 이송이라는 중대한 임무를 실패하고, 태풍을 만나 섬에 표류하는 절망적인 상황에 이른다. 결국 섬에서 살아나갈 방법이 없고, 살아 돌아가도 결국 임무의 실패로 죽음을 면치 못할 것을 안다. 그는 섬에서 싸우다 죽기로 결심한다. 죽음을 선택할 수밖에 없는 비극적인 상황에서 카르노스라는 이상적인 인물의 설득으로 과거의 잘못된 삶을 버리고, 새로운 인물로 태어나서 새로운 삶을 살게 된다. 오토메나크의 새로운 삶은 과거의 조국과 새로운 조국에 영웅적인 삶을 살아가게 한다. 그리고 그가 원하는 이상적인 삶을 살아간다. 오토메나크는 비극적인 상황에서 그 상황을 극복하고 새로운 삶을 선택하여 부활한 것이다.

최인훈은 작품 속 주인공들이 비극적인 현실에서 그대로 머무르기를 바라지 않는다. 그들이 비극적인 상황을 극복하여 새롭게 태어나기를 바란다. 그것은 부활로써 새로운 삶을 부여하는 것이고, 그가 말하는 부활의 논리이다. 죽음을 선택할 수밖에 없는 비극적 상황에서 새로운 삶을 살아가는 것이 부활이다. 주인공은 부활을 통해 자신이 살고자 하는 이상적인 삶을 살아가는 것이다. 그것이 최인훈이 바라는 부활이고, 진정한 삶이다.

인간은 모두 각자 살고 싶은 세상이 있고, 꿈이 있다. 자신이 꿈꾸는 것을 실행하며 살아갈 수 있는 세상은 정말 행복한 세상일 것이다. 그러나 현실은 그러한 꿈을 이룰 수 없기에 희망이라는 꿈을 꾸게 하는 것이다. 인간은 꿈을 통해 이상을 실현하는 것이다. 의식이든 무의식이든 인간이 꿈꾸는 세상은 부활이 가능한 진정한 곳이다.

Ⅶ. 맺음말

이상에서 최인훈이 연작소설로 읽혀지기 바라는 5부작 『廣場』, 『灰色人』, 『西遊記』, 『小說家 丘甫氏의 一日』, 『颱風』의 인물 심리를 분석하였다. 특히 주인공의 욕망과 갈등을 중심으로 그의 비극적인 세계 인식과 심리적 대응 양상을 면밀히 살펴보았다. 다섯 작품에서 주인공의 심리 세계를 정리하면 다음과 같다.

첫 번째 소설 『廣場』에서 주인공 이명준의 욕망과 심리 세계를 분석하였다. 이명준은 현실 적응에 실패하고 끊임없이 새로운 것을 찾아 나선다. 이명준의 욕망은 상상계, 상징계, 실재계에 의한 대상의 환유 과정을 통해 표현하고 있다. 어린 시절 어머니로부터 충족하지 못한 욕구를 성인이 되어 그 대상을 바꾸어가며 충족하고 있다. 이명준이 추구하는 첫 번째 욕망은 어린 시절 충족되지 못한 어머니의 사랑이다. 어머니로부터 충족되지 못한 사랑은 성인이 되어서도 그를 현실에 안주하지 못하게 만드는 결정적인 요인이 되었다. 두 번째 욕망은 윤애에 대한 사랑이다. 윤애는 폭력적인 남한 사회에서의 도피처이고, 그녀는 그의 욕망을 어느 정도 충족시켰다. 그러나 그는 새로운 욕망을 찾아 북한 사회로 떠난다. 세 번째 욕망은 은혜에 대한 사랑이다. 은혜는 정신적 억압이 난무하는 북한 사회에서의 도피처이고, 어머니의 사랑을 대신할 만큼 그의 욕망을 충족시켰다. 그러나 그의 욕망에 대한 환상은 은혜의 죽음으로 깨어지고, 그는 새로운 욕망의 대상을 찾아 떠난다. 은혜의 죽음은 이명준을 중립국이라는 도피처로 인도한다. 그러나 중립국으로 향하는 타고르호에서 동료 포로들과의 충돌은 현실에서 그가 안주할 곳이 없다는 것을 깨닫게 한다. 결국 이명준은 은혜와 딸의 환영으로 보이는 갈매기를 따라 푸른 바다로 뛰어든다.

현실과 이상의 타협점을 찾지 못하고, 욕망의 대상을 계속 환유하는 이명준의 행동은 결국 자아를 분열시키고, 현실에서 주체적 삶을 실패하게 한다. 자아가 분열된 상태에서 이명준의 심리 세계는 타자와의 소통이 단절되어 고립된다. 그의 심리 세계는 현실과 환상이 혼재되어 주체적 삶을 살아갈 수 없게 한다. 현실에 대한 심리적 불안이 욕망의 대상을 환치시키는 원인이 된다. 은혜와 딸의 환영이 유영하는 푸른 바다는 그의 욕망을 충족시키는 자유로운 곳으로 나타난다. 이명준은 그가 찾는 이상적인 세계를 현실에서 찾지 못하고, 결국 환상 세계로 빠져든다. 그의 환상은 그를 죽음으로 이끈다.

두 번째 소설 『灰色人』에서 주인공 독고준의 심리 세계를 욕망과 갈등 구조로 분석하였다. 가족을 북한에 두고 어린 시절 월남했으나, 아버지는 돌아가시고 혼자 남은 독고준의 사유는 외로움과 그리움으로 가득하다. 어린 시절 북한에서 경험한 독고준의 성적 체험은 그의 여성관에 영향을 주고, 성인이 되어 만나는 여성들과 적절한 관계를 맺지 못한다. 순수한 여인 김순임과 관능적이고 매력적인 여인 이유정과의 관계에서 욕망을 느끼고 갈등하지만, 그녀들과 온전한 관계로 발전하지 못한다.

또한 어린 시절 경험한 전쟁의 잔인함과 자아비판의 상흔은 현실에서 자아와 세계의 불화로 이어지며 현실적응에 실패한다. 현실과의 불화는 독고준을 내면세계로 침잠하게 한다. 독서를 통해 자신을 치장하지만, 자신의 에고에 갇혀 현실로 나오지 못하는 독고준은 회색灰色인이 될 수밖에 없다. 현실의 정신적·경제적 어려움은 그를 세계와 불화하게 하고, 독고준의 심리 세계는 비극적 세계관으로 빠지게 된다.

독고준의 비극적 세계관은 타락한 현실 세계를 부정할 수밖에 없지만, 그러한 세계를 떠나서 살 수 있는 다른 삶의 공간이 없다. 그래서 타락한 현실 세계에 살면서 그가 추구하는 진정한 가치를 내면세계로 침잠시키며 살아간다. 그러나 마지막 장면에 이유정의 방문을 열고 들어감으로써 그는 현실의 삶을 피하지 않고 맞서려는 의지를 보여준다. 서로 모순되는 자아의 진실과 세계의 허위 속에서 고뇌하는 독고준의 모습은 우리 모두 살아가는 인생태도이고, 현실이다.

세 번째 소설 『西遊記』에서 주인공 독고준의 심리 세계는 환상적인 공간 이동을 통하여 분석하였다. 독고준은 이유정의 방에서 나와 자신의 방으로 들어가는 복도의 끝에서 환상 여행을 떠난다. 환상적인 공간 이동을 통하여 독고준은 기억에 잠재된 무의식 세계를 여행한다. 독고준의 여행 목적은 과거 'W시의 그 여름날을 기억하는 그녀'를 만나기 위한 욕망의 실현이다. 그녀를 만나기 위해 여행을 강행하면서 그가 깨달은 것은 가족에 대한 그리움이며, 어머니에 대한 사랑이다. 또한 어린 시절 경험한 자아비판의 상흔은 그 시절의 교실로 돌아가 지도원 선생과 대면함으로써 치유된다. 독고준은 여행내내 자아와 세계의 대립으로 균열이 심화된다. 이러한 균열을 투쟁과 충돌로 목적을 쟁취하지 않고, 내면세계로 침잠한다. 그러나 반복적인 여행을 통해 내면의 상흔을 치유하고, 현실을 인식하여 자아의 성장을 이룬다. 독고준은 여행하는 동안 부끄러움을 느끼고, 여행이 끝난 후에도 자신의 행동에 부끄러움을 느낀다. 자신이 한 행동에 대해 반성하고 부끄러움을 느끼는 것은 자아가 성장하고 정체성을 확립해가는 과정이다.

인간은 끊임없이 자아와 세계의 갈등을 빚는다. 자아와 세계가 투쟁과 충돌을 통해 화해의 결실을 이루기도 하지만, 다수의 인간은 투쟁과 충돌을 회피하고 내면으로 침잠하여 세계로부터 자신을 소외시키는 경향을 보이기도 한다. 독고준은 무의식의 환상 여행을 마친 후, 자신의 방에서 비오는 창밖을 바라보며 그의 현실을 직시하고 받아들이려는 노력의 자세를 보여준다.

네 번째 소설『小說家 丘甫氏의 一日』에서 주인공 구보의 심리 세계는 현실비판을 중심으로 분석하였다. 구보는 월남 피난민으로 소설가라는 직업을 가지고 있다. 그는 자신을 능가하거나 자신이 도달할 수 없는 능력을 인식할 때 '神歌 놈'이라는 말을 한다. 이 말을 통해 자신이 사회로 소외된 사실을 해소하고, 현실에 적응하는 하나의 방법으로 삼는다. 구보는 현실의 정치, 경제, 문화를 나름의 기준으로 비판한다. 또한 이중섭과 샤갈의 삶과 그림에서 동병상련의 애정을 느끼고, 그들을 진정으로 이해하고, 동경한다. 그는 어린 시절 떠나온 고향에 대한 그리움으로 꿈속에서 닿지 않는 마을을 찾아 헤매기도 한다. 또한 자신이 쓴 소설에서 불교와 참자기에 대한 깨달음을 얻고, 자기를 비우고 자연으로 돌아가기를 주장하는 성숙한 지식인의 모습을 보여준다.

구보는 사람들의 삶에서 비극을 읽고, 자신의 삶도 비극적이라고 생각한다. 그러나 구보는 비극적인 삶에서 비극적인 세계로 나아가지 않는다. 부조리한 정치와 사회 현실에 적극적으로 맞서거나 개입하지는 않지만, 소설가로서 현실에서 나름대로 삶을 살아가고 그 몫을 다하기 바란다. 소설가 구보는 현실 참여적인 인물이고, 그의 사유는 자기동일성을 회복하기 위해 노력한다.

다섯 번째 소설 『颱風』에서 주인공 오토메나크의 심리 세계를 욕망과 갈등을 중심으로 분석하였다. 오토메나크는 나파유의 식민지 애로크 출신의 장교로서 나파유 정신으로 무장하고, 나파유인보다 더 나파유인다운 사람이 되려고 하였다. 그러나 그가 믿었던 나파유에 대한 이데올로기적 허상을 깨닫고 자신이 살아왔던 삶에 대해 반성한다. 그러나 현실에서 그가 원하는 삶을 살기에 그의 상황이 자유롭지 않다. 결국 그의 미래도 불안한 상황이다. 이러한 자아와 현실에 대한 갈등은 그를 절망적인 상황에 이르게 한다. 그의 갈등 상황을 아만다라는 여인을 통해 해소하고자 애쓰지만 현실은 그것을 허락하지 않는다. 포로 이송이라는 중대한 임무를 실패하고, 태풍을 만나 섬에 표류하는 절망적인 상황에 이른다. 결국 섬에서 살아나갈 방법이 없고, 살아 돌아가도 결국 임무의 실패로 죽음을 면치 못할 것을 안다. 그는 섬에서 싸우다 죽기로 결심한다. 죽음을 선택할 수밖에 없는 비극적인 상황에서 카르노스라는 이상적인 인물의 설득으로 과거의 잘못된 삶을 버리고, 새로운 인물로 태어나서 새로운 삶을 살게 된다. 오토메나크의 새로운 삶은 과거의 조국과 새로운 조국에 영웅적인 삶을 살아가게 한다. 그리고 그가 원하는 이상적인 삶을 살아간다. 오토메나크는 비극적인 상황에서 그 상황을 극복하고 새로운 삶을 선택하여 부활한 것이다.

5부작 소설에서 주인공의 주된 심리 과정은 다음과 같다. 『廣場』에서 이명준이 현실에 절망하고, 환상 속에서 죽음을 선택한다. 『灰色人』에서 독고준은 북한에 두고 온 가족에 대한 그리움과 남한 생활의 외로움으로 현실에서 절망한다. 그리고 비극적인 세계관으로 나아간다.

『西遊記』에서 독고준은 비극적인 세계 인식을 가지고 자신의 기억에 대한 그리움으로 환상 여행을 감행한다. 환상 여행을 통해 자신의 상흔을 치유하고 자아를 성장시킨다.『小說家 丘甫氏의 一日』에서 구보는 현실에 비판적이다. 그러나 현실을 비판하면서 비관적이거나 비극적인 세계에 빠지지 않고 현실과 적절히 대응하며 살아간다. 이를 통해 자기 동일성을 회복한다.『颱風』에서 오토메나크는 애로크인이면서 나파유인이 되고자 하지만 현실을 인식하고 절망한다. 자아와 세계의 대립으로 자아분열을 일으키고, 위기 상황에 죽음을 결심한다. 그러나 과거의 자신을 버리고, 새로운 인물로 거듭나서 새 조국과 과거의 조국에 공을 세운다. 그의 새로운 삶은 과거의 과오를 씻고, 영광스러운 새 삶을 살아가는 부활의 삶인 것이다. 현실의 절망이 죽음으로 귀결되는 것이 아니라 영광된 삶으로 새롭게 탄생한 것이다.

최인훈 소설에서 주인공의 체념적인 고독은 모든 이상의 완전한 붕괴나 모독을 의미하는 것이 아니라 외부세계와 내면성 사이의 간극에 대한 통찰과 주인공의 행동을 통해 이루어지는 이원성에 대한 통찰을 의미한다. 그는 체념하면서 사회적 삶의 여러 형식들을 받아들이는 가운데 자신을 사회에 적응시키게 되고, 또 영혼 속에서만 실현될 수 있는 내면성을 자기 자신 속에 가두어 두고 자기 혼자서만 그것을 보존하는 것이다. 주인공이 얻은 체념적 고독은 현재 세계 상황을 표현하고 있지만, 세계 상황에 대한 반항이나 긍정이 아니라 양쪽 모두에 공정하려고 노력하면서 세계 상황을 이해하고 체험하려는 태도이다. 다시 말해 이 세상에서 자신을 실현시킬 수 없는 원인을 세계의 비본질적 성격과 영혼의 내적 취약성에서 찾으려는 태도이다. 그러므로 주인공은 비극적인 현실에 살 수밖에 없으며, 이상과 현실의 거리는 멀어질 수밖에 없다. 그러나 최인훈은 이들이 비극적인 삶에서 머무르기를 바라지 않는다. 그들이 비극적인 삶을 극복하고 새로운 삶으로 부활하여 자신이 원하는 삶을 살기를 바란다. 이것이 최인훈 5부작 소설에서 부활의 논리이다.

최인훈이 5부작으로 읽혀지기 바라는 연작소설에서 주인공의 심리 세계를 연구하는 의의를 정리해보면 다음과 같다.

첫째, 최인훈의 5부작 소설은 엄연히 독립된 외형의 소설이지만, 작가가 궁극적으로 탐색하려는 주제가 일관되게 이어지는 연작이다. 다섯 작품의 주인공 각각의 심리 세계를 면밀히 분석하는 것은 단일 작품으로 인식할 수 있게 하는 충분한 의의를 가지게 한다. 이는 최인훈의 독창적 문학 영역 구축으로 높이 평가할 수 있으며, 독자 저변에 많은 반향을 가져올 수 있을 것이다.

둘째, 지금까지 연구된 최인훈 관련 논문에서 소설의 인물 심리를 구체적으로 분석한 것은 거의 없는 실정이다. 이러한 의미에서 그 의의는 충분하다. 연구자는 주인공의 인물을 연구하는 데 필요한 정신분석 이론을 적용했지만, 주인공이 가지게 되는 심리 상태를 연구하는 것에 목적을 둔다. 그로 인해 주인공이 왜 그러한 행동을 할 수밖에 없는지에 관한 원인을 명확히 규명하는 데 의의를 가진다.

셋째, 연구자는 소설의 분석에서 서사 구조를 정리하고, 주인공의 심리 세계를 연구하는 과정에서 소설에 대해 객관적인 위치에서 바라보고자 하였다. 각 소설에서 주인공이 처한 현실에 대해 일정한 거리를 유지하고, 주인공의 심리를 작품 안에서 원인과 결과를 찾는데 의미를 두었다.

최인훈 5부작 소설에서 주인공의 삶은 우리들의 삶과 다르지 않다.

그들이 현실의 갈등과 자아의 대립으로 죽음을 선택할 수밖에 없는 상황은 세상을 살아가는 모든 이들을 비극적인 세계에 빠지게 한다. 그러나 이러한 비극적 세계를 극복하고 부활하는 힘은 바로 인간의 의지에 따른 것이다. 인간은 의지에 따라 비극적인 세계에 머무를 수도 있지만, 극복을 통해 자신이 바라는 이상적인 삶에 가까워질 수도 있는 것이다.

———————— 참고문헌

1. 국내문헌

가. 단행본

최인훈, 『廣場/九雲夢』최인훈 전집 1, 문학과지성사, 1976.

_____, 『廣場/九雲夢』최인훈 전집 1, 문학과지성사, 2006.

_____, 『灰色人』최인훈 전집 2, 문학과지성사, 2007.

_____, 『西遊記』최인훈 전집 3, 문학과지성사, 2008.

_____, 『小說家 丘甫氏의 一日』최인훈 전집 4, 문학과지성사, 2007.

_____, 『颱風』최인훈 전집 5, 문학과지성사, 2009.

_____, 『유토피아의 꿈』최인훈 전집 11, 문학과지성사, 2007.

_____, 『문학과 이데올로기』최인훈 전집 12, 문학과지성사, 2003.

_____, 『화두 1』, 최인훈 전집 14, 문학과지성사, 2008.

_____, 『화두 2』, 최인훈 전집 15, 문학과지성사, 2008.

_____, 『꿈의 거울』, 우신사, 1990.

_____, 『길에 관한 명상』, 솔과학, 2005.

강진호 · 이선미 · 장영우 외 지음, 『우리 시대의 소설, 우리 시대의 작가』, 계몽사, 1997.

권보드래, 「양면:자유와 독재」, 『자유라는 화두』, 삼인, 1999.

권봉영, 「개작된 작품의 주제 변동 문제」, 『최인훈』, 은애, 1979.

권오룡, 「이념과 삶의 현재화」, 『한길문학』, 한길사, 1990.

권영민, 『한국현대문인사전 下』, 亞細亞文化社, 1991.

_____ 편, 『한국현대문학대사전』, 서울대학교출판부, 2004.

권택영, 『후기 구조주의 문학이론』, 민음사, 1990.

김미영, 『최인훈 소설 연구』, 깊은샘, 2005.

김선학, 『비평정신과 삶의 인식』, 文學世界史, 1987.

김욱동, 『「광장」을 읽는 일곱 가지 방법』, 문학과지성사, 1996.

김인호, 『해체와 저항의 서사』, 문학과지성사, 2004.

김윤정, 『한국 현대소설과 소설의 현대성의 미학』, 국학자료원, 1998.

김윤식·정호웅, 『한국 근대리얼리즘 작가 연구』, 문학과지성사, 1988.

_____, 『한국소설사』, 문학동네, 2000.

김　현, 『르네지라르 혹은 폭력의 구조』, 나남, 1987.

문덕수, 『세계문예대사전』, 성문각, 1975.

백　철, 『우리시대작가연구총서 <최인훈>』, 은애, 1979.

서동욱, 『차이와 타자』, 문학과지성사, 2000.

서은선, 『최인훈 소설의 서사 형식 연구』, 국학자료원, 2003.

이상섭, 『문학연구의 방법』, 탐구당, 2009.

이상우·이기한, 『문학비평의 이해』, 집문당, 1995.

이성원 外, 『데리다 읽기』, 문학과지성사, 2002.

이연숙, 『흰 겉옷 검은 속살』, KSi'한국학술정보(주), 2008.

이재선, 『한국현대소설사』, 홍익사, 1979.

_____, 『한국현대소설사 1945-1990』, 민음사, 1991.

이태동 外, 『최인훈』, 이태동 편, 서강대학교출판부, 1999.

유종호 外, 『한국현대문학 50년』, 민음사, 1996.

_____, 『문학비평 용어사전 상, 하』, 한국문학평론가협회 편, 국학자료원,
　　　2006.

윤석성,『「님의 沈黙」연구』, 지식과교양, 2011.

오생근,『그리움으로 짓는 문학의 집』, 문학과지성사, 2000.

장양수,『한국예술가소설론고』, 한울아카데미, 1998.

최해진,『갈등의 구조와 전략』, 두남, 2004.

한용환,『소설의 이론』, 문학아카데미, 1996.

_____,『소설학 사전』, 문예출판사, 1999.

나. 연구논문

강윤신,「최인훈 소설의 죽음충동과 플롯의 상관관계연구」, 명지대학교 박사
　　　학위논문, 2009.

구재진,「1960년대 장편 소설 연구」, 서울대학교 박사학위논문, 1999.

길경숙,「최인훈『서유기』연구」, 한양대학교 석사학위논문, 2000.

김기주,「최인훈의 소설 연구」, 동국대학교 박사학위논문, 2000.

김미영,「최인훈의『소설가 구보씨의 일일』연구」, 한양대학교 석사학위논문,
　　　1993.

_____,「최인훈 소설의 환상성 연구」, 한양대학교 박사학위논문, 2003.

김병진,「최인훈『회색인』연구」, 경희대학교 석사학위논문, 1998.

김상욱,「소설 담론의 이데올로기 분석 방법 연구」, 서울대학교 박사학위논문,
　　　1995.

김인호,「최인훈『화두』에 대한 해체론적 읽기」, 동국대학교 석사학위논문, 1996.

_____,「최인훈 소설에 나타난 주체성 연구」, 동국대학교 박사학위논문, 2000.

김정화,「최인훈 소설의 탈식민주의적 연구」, 서울대학교 석사학위논문, 2002.

김주언,「한국 비극 소설 연구」, 단국대학교 박사학위논문, 2001.

김지혜,「최인훈, 김승옥, 이청준 소설의 몸 인식과 서사 구조 연구」, 이화여자
　　　대학교 박사학위논문, 2010.

김홍연,「최인훈 소설의 인물과 서술 방법 연구」, 한양대학교 석사학위논문, 1988.

박소희, 「최인훈 소설의 난민의식 연구」, 명지대학교 석사학위논문, 2011.

박해랑, 「『광장』의 분석적 고찰」, 동국대학교 석사학위논문, 2010.

방회조, 「최인훈 소성의 서사 형식 연구」, 연세대학교 석사학위논문, 2001.

배미선, 「최인훈의 『광장』 연구」, 연세대학교 석사학위논문, 1994.

배수진, 「최인훈 『광장』의 개작 연구」, 단국대학교 석사학위논문, 2001.

서은선, 「최인훈 소설의 서사 구조 연구」, 부산대학교 박사학위논문, 2003.

서은주, 「최인훈 소설 연구」, 연세대학교 박사학위논문, 2000.

설혜경, 「1960년대 소설에 나타난 재판의 표상과 법의 수사학: 최인훈과 이청
　　준을 중심으로」, 한양대학교 박사학위논문, 2011.

손미순, 「최인훈의 『태풍에』 대한 탈식민주의적 연구」, 한국교원대학교 석사
　　학위논문, 2007.

손유경, 「최인훈·이청준 소설에 나타난 텍스트 자기 반영성 연구」, 서울대학
　　교 석사학위논문, 2001.

송명진, 「최인훈 소설의 사실 효과와 환상 효과 연구」, 서강대학교 석사학위
　　논문, 2001.

송혜영, 「최인훈 소설에 나타난 나르시시즘의 정신구조 연구」, 서울시립대학
　　교 석사학위논문, 2001.

양윤모, 「최인훈 소설의 '정체성 찾기'에 대한 연구」, 고려대학교 박사학위논
　　문, 1999.

양윤의, 「최인훈 소설의 주체 연구」, 고려대학교 박사학위논문, 2010.

연남경, 「최인훈 소설의 기호학적 분석」, 이화여자대학교 석사학위논문, 2001.

_____, 「최인훈 소설의 자기 반영적 글쓰기 연구」, 이화여자대학교 박사학
　　위논문, 2009.

오승은, 「최인훈 소설의 상호 텍스트성 연구: 패러디 양상을 중심으로」, 서강
　　대학교 석사학위논문, 1998.

윤미선, 「박태원과 최인훈의 『소설가 구보씨의 일일』 비교 연구」, 연세대학교
　　석사학위논문, 1996.

이강록, 「최인훈 문학의 정신분학적 연구: 라깡과 지젝의 이론을 중심으로」, 배재대학교 박사학위논문, 2012.

이수경, 「최인훈의 『광장』 연구」, 한양대학교 석사학위논문, 2007.

이양식, 「최인훈 소설의 인물 분석」, 충북대학교 석사학위논문, 1994.

이인숙, 「최인훈 소설의 담론 특성 연구」, 고려대학교박사학위논문, 1988.

이호규, 「1960년대 소설의 주체 생산 연구」, 연세대학교 박사학위논문, 1999.

정덕현, 「한국 현대소설의 자아분열 및 대응양상 연구」, 한남대학교 박사학위논문, 2010.

정영훈, 「최인훈 소설에 나타난 주체성과 글쓰기의 상관성 연구」, 서울대학교 박사학위논문, 2005.

정원채, 「1960년대 소설에 나타난 모더니티 지향성의 서사회 양상 연구 : 최인훈, 김승옥, 이청준의 소설을 중심으로」, 한성대학교 박사학위논문, 2007.

조보라미, 「최인훈 소설의 환상성 연구」, 서울대학교 석사학위논문, 1999.

차미령, 「최인훈 소설에 나타난 정치성의 의미 연구」, 서울대학교 박사학위논문, 2010.

최영숙, 「최인훈 소설의 담론 연구:「가면고」『회색인』『소설가 구보씨의 일일』을 중심으로」, 계명대학교 석사학위논문, 1999.

최인자, 「박태원과 최인훈의 『소설가 구보씨의 일일』 대비 연구」, 전북대학교 석사학위논문, 1995.

최애순, 「최인훈 소설에 나타난 연애와 기억에 관한 연구」, 고려대학교 박사학위 논문, 2005.

최현희, 「최인훈 소설에 나타난 '사랑'의 의미 연구」, 서울대학교 석사학위논문, 2003.

황 경, 「최인훈 소설에 나타난 예술론 연구」, 고려대학교 박사학위논문, 2003.

허영주, 「최인훈 소설의 정신분석학적 연구」, 계명대학교 박사학위논문, 1995.

공종구, 「소설가 구보씨의 일일」, 『현대소설연구』제13호, 한국현대소설학회, 2000.

_____, 「구성적 의식으로서의 방법적 회의와 균형감각─최인훈의 『소설가 구보씨의 일일』론」, 『현대문학이론연구』제14집, 한국현대문학이론 학회, 2000.

구재진, 「최인훈의 『광장』 연구」, 『국어국문학』제115집, 1995.

_____, 「최인훈 『회색인』 연구」, 『한국문화』제27집, 서울대학교 한국문화연 구소, 2001.

_____, 「최인훈의 <태풍>에 대한 탈식민주의적 연구」, 『현대소설연구』제 24호, 현대소설학회, 2004.

권보드래, 「최인훈의 『회색인』 연구」, 『민족문학사연구』제10호, 민족문학사 학회, 1997.

권영민, 「정치적인 문학과 문학의 정치성:「총독의 소리」를 중심으로」, 『작가 세계』, 1990 봄호.

_____, 「연작의 기법과 연작 소설의 장르적 가능성」, 『소설의 운명과 언어』, 현대소설사, 1992.

권택영, 「해체론적 독서」, 『현대문학』, 1988. 3.

_____, 「최인훈의 작품 세계: 전쟁에 대한 어질머리를 풀어가는 문학」(대담), 『라쁠륨』, 1996년 가을호.

김병익, 「다시 읽는 『광장』」, 『광장/구운몽』최인훈 전집1, 문학과지성사, 1996.

_____, 「사랑, 혹은 근대의 구원」, 『크리스마스 캐럴/가면고』최인훈 전집6, 문학과지성사, 1976.

_____, 「분단 시대의 문학적 전개」, 『문학과지성』, 1979 봄호.

_____, 「'남북조 시대의 작가'의 의식의 자서전」, 『문학과 사회』, 1994년 여 름호.

김상태, 「溺死한 잠수부의 증언」, 『문학사상』, 문학사상사, 1984.

김성렬, 「한국적 문화형의 탐색과 구원 혹은 보편에 이르기─최인훈의 『서유 기』 연구」, 『우리어문연구』제22집, 우리어문학회, 2004.

_____, 「최인훈의 『소설가 구보씨의 일일』에 나타난 작가의 일상 · 의식 · 욕망」, 『우리어문연구』제38집, 우리어문학회, 2010.

김수화, 「분단 상황과 문학」, 『백록어문』제3집, 백록어문학회, 1987.

김우창, 「南北朝時代의 예술가의 肖像」, 『小說家 丘甫氏의 一日』 최인훈 전집 4, 문학과지성사, 2007.

김윤정, 「최인훈 소설의 환상성 연구－『서유기』의 시간성을 중심으로」, 『구보학보』제4집, 구보학회, 2008.

김인호, 「'광장' 개작에 나타난 변화 양상들」, 『광장: 발간 40주년 기념 한정본』, 문학과지성사, 2001.

김주언, 「우리 소설에서의 비극의 변용과 생성－최인훈의 『회색인』 · 『서유기』를 중심으로」, 『비교문학』제28집, 한국비교문학회, 2002.

김주연, 「말멀미에 이기기 위하여」, 『문학과 이데올로기』 최인훈 전집12, 문학과지성사, 1994.

김치수, 「지식인의 망명」, 『한국 현대문학의 이론』, 민음사, 1972.

_____, 「자아와 현실의 변증법－『회색인』에 대하여」, 『회색인』최인훈 전집 2, 문학과지성사, 2007.

김한식, 「개인과 민족의 미성숙－최인훈의 『회색인』 연구」, 『우리어문연구』 제30집, 우리어문학회, 2008.

김 현, 「사랑의 재확인」, 『광장/구운몽』최인훈 전집1, 문학과지성사, 2001.

나병철, 「분단의 상징적 해결과 관념적 서사담론」, 『수원대논문집』제11호, 1993.

박은태, 「최인훈 소설의 미로구조와 에세이 양식－『서유기』를 중심으로」, 『수련어문논집』제26집, 수련어문학회, 2001.

박진영, 「되돌아오는 제국, 되돌아가는 주체－최인훈의 <태풍>을 중심으로」, 『현대소설연구』제15호, 한국현대소설학회, 2001.

박해랑, 「최인훈 <廣場>의 환상성 연구」, 『한국문학논총』제64집, 한국문학회, 2013.

_____, 「최인훈 소설 <西遊記> 연구」, 『한국문학논총』제67집, 한국문학회, 2014.

박혜경, 「역사라는 이름의 카오스」, 『서유기』최인훈 전집3, 문학과지성사, 2008.

배경열, 「최인훈 소설의 환상성 연구」, 『국제어문』제44집, 국제어문학회, 2008.

_____, 「최인훈 문학의 특징과 세계인식 고찰」, 『시민문학』제17호, 경기대학교 인문과학연구소, 2009.

_____, 「최인훈『서유기』에 나타난 탈식민주의 고찰」, 『인문과학연구』제11집, 대구가톨릭대학교 인문과학연구소, 2009.

_____, 「최인훈 <태풍>에 나타난 탈식민지론 고찰」, 『인문학연구』제37집, 조선대학교 인문학연구원, 2009.

배지연, 「최인훈 소설『태풍』연구」, 『현대문학이론연구』제48집, 한국현대문학이론학회, 2012.

백 철, 「하나의 돌이 던져지다」, ≪서울신문≫, 1960. 11. 27.

서은선, 「최인훈 소설 ≪광장≫이 추구한 여성성의 분석」, 『새얼어문논집』제14집, 동의대학교 국어국문학과 새얼어문학회, 2001.

송재영, 「분단시대의 문학적 방법」, 『서유기』최인훈 전집3, 문학과지성사, 1996.

송효종, 「최인훈의『태풍』에 나타난 파시즘의 논리」, 『비교한국학』제14권 1호, 국제비교학회, 2006.

신동욱, 「식민지 시대의 개인과 운명」, 『태풍』최인훈 전집5, 문학과지성사, 1978.

신동한, 「확대해석의 이의」, ≪서울신문≫, 1960. 12. 14.

양지욱, 「『소설가 구보씨의 일일』의 상호텍스트성 연구」, 『한민족문화연구』제22집, 한민족문화학회, 2007.

오생근, 「창을 넘어 광장의 삶으로」, 『광장: 발간 40주년 기념 한정본』, 문학과지성사, 2001.

오윤호, 「탈식민 문화의 양상과 근대 시민의식의 형성—최인훈의『회색인』」, 『한민족어문학』제48집, 한민족어문학회, 2006.

윤정헌, 「私小說의 韓國的 變容 考察—「소설가 구보씨의 일일」에 나타난 패로디의(parody)적 상관성을 중심으로」, 『현대소설연구』제2호, 한국현대소설학회, 1995.

이동하, 「최인훈의 <광장>에 대한 고찰」, 『우리 문학의 논리』, 정음사, 1998.

이수형, 「『태풍』의 서사구조 연구」, 『현대문학이론연구』제42집, 현대문학이론학회, 2010.

이연숙, 「최인훈의 <회색인>과 <서유기>의 대비 고찰 연구」, 『현대문학의 연구』제27호, 한국문학연구학회, 2005.

이종호, 「최인훈의 <광장> 연구」, 『현대소설연구』제34호, 한국현대소설학회, 2007.

이재선, 「전쟁체험과 50년대 소설」, 『한국현대문학사』, 현대문학, 1997.

장학우, 「<廣場>改作은 실패한 主題變改」, 『국어국문학』제31집, 부산대학교 국어국문학과, 1993.

장혜경, 「「圓型의 傳說」에 나타난 原型的 心象과 그 悲劇的 世界觀」, 『국어국문학지』제16집, 부산대학교 인문대학 국어국문학과, 1979.

정과리, 「자아와 세계의 대립적 인식」, 『문학과 지성』, 1980년 여름.

_____, 「모르기, 모르려 하기, 모른 체 하기-『광장』에서 『태풍』으로, 혹은 자발적 무지의 생존술」, 『시학과언어학』제1호, 시학과 언어학회, 2001.

정영훈, 「최인훈 문학에서의 기억의 의미」, 『현대문학이론연구』제48집, 현대문학이론학회, 2012.

정재서, 「여행의 상징의미 및 그 문화적 수용」, 『중어중문학회』제33호, 한국중어중문학회, 2003.

정호웅, 「광장론-자기처벌에 이르는 길」, 『시학과언어학』제1호, 시학과 언어학회, 2001.

_____, 「존재 전이의 서사」, 『태풍』최인훈 전집5, 문학과지성사, 2009.

조남현, 「해방 50년, 한국소설」, 유종호 外, 『한국현대문학 50년』, 민음사, 2007.

_____, 「광장 똑바로 다시보기」, 『문학사상』, 문학사상사, 1992.

천이두, 「밀실과 광장」, 『한국소설의 관점』, 문학과지성사, 1980.

최영숙, 「최인훈의 소설에 나타난 父子 葛藤 양상 연구-『서유기』와 『태풍』을 중심으로」, 『한국어문연구』제13권, 한국어문연구학회, 2001.

최은혁, 「최인훈 소설에 나타난 주체의 자리 찾기 도정-<회색인>을 중심으로」, 『현대소설연구』제36호, 한국현대소설학회, 2007.

최인자, 「최인훈 에세이적 소설 형식의 문화철학적 고찰」, 『국어교육연구』제3집, 서울대학교 국어교육연구소, 1996.

최애순, 「최인훈 소설의 반복 구조 연구」, 『현대소설연구』제26호, 한국현대소설학회, 2005.

최현희, 「내셔널리즘의 사랑-최인훈의 『회색인』에 나타난 혁명의 논리」, 『동양학』제44집, 단국대학교 동양학연구소, 2008.

최혜실, 「"소설가 구보씨의 일일"에 나타나는 '산책자(flâneur)' 연구-모더니즘 소설의 전형에 대한 일고찰」, 『관악어문연구』제13집, 서울대학교 국어국문학과, 1988.

한 기, 「'광장'의 원형성, 대화적 역사성, 그리고 현재성」, 『작가세계』제4호, 1990년 봄호.

_____, 「인간은 생각하는 짐승」, 『문예중앙』, 1999년 가을.

한창석, 「최인훈 소설의 주체 양상 연구」, 『현대소설연구』제32호, 한국현대소설학회, 2006.

한형구, 「최인훈론 : 분단시대의 소설적 모험」, 『문학사상』, 1984.

2. 외국문헌

Bachelard, Gaston., 『몽상의 시학』, 김웅권 역, 동문선, 2007.

Benjamin, Walter., 『발터 벤야민의 문예 이론』, 반성완 역, 책세상, 2006.

Bergson, Henri., 『물질과 기억』, 박종원 역, 아카넷, 2006.

_____, 『물질과 기억』, 김재희 역, 살림, 2008.

Chiari, Joseph., 『20세기 프랑스 사상사』, 이광래 역, 종로서적, 1981.

Cornu, Auguste., 『19세기의 사회사상』, 까치 편집부 역, 까치, 1977.

Dana, Daniel., 『갈등 해결의 기술』, 하지현 역, 지식공작소, 2003.

Deleuze, Gilles., 『의미의 논리』, 이정우 역, 한길사, 1999.

_____, 『차이와 반복』, 김상환 역, 민음사, 2005.

Derrida, Jacques., 『글쓰기와 차이』, 남수인 역, 동문선, 2001.

_____, 『그라마톨로지에 대하여』, 김웅권 역, 동문선, 2004.

_____, 『법의 힘』, 진태원 역, 문학과지성사, 2004.

Dreyfus, Hubert L & Rabinow, Paul., 『미셸푸코;구조주의와 해석학을 넘어서』,
    서우석 역, 나남, 1989.

Foucault, Michel., 『감시와 처벌』, 박홍규 역, 강원대학교출판부, 1993.

_____, 『담론의 질서』, 이정우 역, 새길, 1995.

_____, 『주체의 해석학』, 심세광 역, 동문선, 2001.

Freud, Sigmund., 『쾌락 원칙을 넘어서』, 박찬부 역, 열린책들, 1998.

_____, 『프로이트 정신분석학 입문』, 서석연 역, 범우사, 2008.

_____, 『토템과 터부』, 강영계 역, 지식을만드는지식, 2013.

_____, 『꿈의 해석』, 홍성표 역, 홍신문화사, 2009.

Fromm, Erich., 『자유로부터의 도피』, 원창화 역, 홍신문화사, 2009.

Frye, Northrop., 『비평의 해부』, 임철규 역, 한길사, 2000.

Goldmann, Lucien., 『숨은 神』, 송기형 · 정과리 역, 연구사, 1986.

_____, 『인문과학과 철학』, 김현 · 조광희 역, 문학과지성사, 1980.

Heidegger, Martin., 『존재와 시간』, 이기상 역, 까치, 1998.

Jackson, Rosemary., 『환상성』, 서강여성문학연구회 역, 문학동네, 2001.

Aniela Jaffe. & Jacobi, Jolande. & M. L. von Franz. &, 『C.G. 융 심리학 해설』,
    권오석 역, 홍신문화사, 2008.

Jouve, Vincent., 『롤랑 바르트』, 하태환 역, 민음사, 1994.

Jung, Carl Gustav., 『무의식의 분석』, 권오석 역, 홍신문화사, 2012.

Kristeva, Julia., 『반항의 의미와 무의미』, 유복렬 역, 푸른숲, 2002.

Kant, Immanuel., 『실천이성의 비판』, 백종현 역, 아카넷, 2002.

_____, 『칸트의 역사철학』, 이한구 역, 서광사, 2003.

_____,『윤리형이상학 정초』, 백종현 역, 아카넷, 2007.

Levinas, Emmanuel.,『시간과 타자』, 강영안 역, 문예출판사, 1996.

_____,『존재에서 존재자로』, 서동욱 역, 민음사, 2003.

Lukács György.,『루카치 소설의 이론』, 반성완 역, 심설당, 1998.

_____,『리얼리즘문학의 실제 비평』, 반성완 · 김지혜 · 정용환 역, 까치, 1987.

Lacan, Jacques.,『욕망이론』, 권택영 역, 문예출판사, 2004.

Sartre, Jean-Paul.,『존재와 무』, 손우성 역, 삼성출판사, 1990.

Sarup, Madan.,『알기 쉬운 자끄 라깡』, 김해수 역, 백의, 1994.

_____ 외,『데리다와 푸꼬, 그리고 포스트모더니즘』, 임헌규 역, 인간사랑, 1991.

Schramke, Jürgen.,『현대소설의 이론』, 원당희 · 박병화 역, 문예출판사, 1995.

Schelling, Thomas C.,『갈등의 전략』, 이경남 역, 한국경제신문, 2013.

Todorv, Tzvetan,『환상문학서설』, 이기우 역, 한국문화사, 1996.

Wall, Kevin.,『예술철학』, 박갑성 역, 민음사, 1987.

Waugh, Patricia,『메타픽션』, 김상구 역, 열음사, 1989.

Wright, Harrison M.,『제국주의란 무엇인가』, 박순식 역, 까치, 1981.

Young, Robert M.,『오이디푸스 콤플렉스』, 이정은 역, 이제이북스, 2002.

Žižek, Slavoj.,『이데올로기의 숭고한 대상』, 이수련 역, 인간사랑, 2013.

———— 부 록

<최인훈 문학 주제별 연구 논문(1971~2014. 6)>

1. 상호텍스트성 · 에세이적 · 패러디

강미옥, 「최인훈 소설 연구: 고전 소설의 패러디 양상과 의미」, 전북대 석사학위논문, 1996.

강숙아, 「현대소설의 전통수용연구 —최인훈의 <춘향뎐>과 <춘향전>을 중심으로」, 『문예창작연구』제1집, 중앙대학교대학원 문예창작학과, 1987.

강정선, 「『문학』교과서 수록 패러디 소설 연구」, 숙명여대 석사학위논문, 2005.

권순긍, 「<흥부전>의 현대적 수용」, 『판소리연구』제29집 , 판소리학회, 2010.

권혁건 · 임성규, 「나쓰메 소세키 작품 <몽십야>, <제칠야>와 최인훈 작품 <광장>에 나타난 투신자살 비교 연구」, 『일본문화학보』제16집, 일본문화학회, 2003.

권혜선, 「패러디를 통한 소설교육 방안 연구: 최인훈의 <소설가 구보씨의 일일>을 중심으로」, 홍익대 석사학위논문, 2006.

김권수, 「최인훈의 「둥둥 낙랑둥」과 셰익스피어『햄릿』비교 연구」, 동아대 석사학위논문, 1998.

김미영, 「<심청전>의 현재적 변모 양상에 대한 연구」, 『한중인문학연구』제14집, 한중인문학회, 2005.

김신효, 「최인훈의<광장> 러시아어 번역에 나타난 번역상의 변형 분석」, 『통번역학연구』제17집 , 한국외국어대학교 통번역연구소, 2013.

김유미, 「논문 : 판소리 <심청가>에 나타난 서사적 요소의 현대적 수용 양상 – 채만식의 <심봉사>와 최인훈의 <달아 달아 밝은 달아>를 중심으로」, 『한국어문교육』제5집, 고려대학교 한국어문교육연구소, 1991.

_____, 「연구논문 : 온달 설화의 제의극적 변용 –최인훈의 <어디서 무엇이 되어 만나랴>」, 『한국어문교육』제37집, 고려대학교 한국어문교육연구소, 1996.

_____, 「최인훈의 <광장>과 <둥둥 낙락동> 비교 연구」, 『어문논집』제43집, 안암어문학회, 2001.

김인호, 「개인발표논문 : 모더니즘 소설의 생태학적 가능성 –이상, 최인훈, 이인성의 소설을 중심으로」, 『현대소설연구』제29호, 한국현대소설학회, 2006.

김정관, 「최인훈 문학의 텍스트 생산 양식 연구 :<광장>을 중심으로」, 『한국문예창작』제6권 제2호, 한국문예창작학회, 2007.

김춘식, 「최인훈 <구운몽>의 패로디와 아이러니 : 고전적 세계관의 해체를 중심으로」, 『동국어문학』제6집, 동국대학교 국어교육과, 1994.

김 향, 「영화 <효녀 심청전> VS 최인훈의 <달아 달아 밝은 달아>」, 『공연과 이론』제11호, 공연과이론을위한모임, 2003.

노상래, 「<소설가 구보씨의 일일>들 연구」, 『현대소설연구』제6호, 한국현대소설학회, 1997.

문지영, 「전후 소설을 통해 본 문학과 정치의 긴장 : 선우휘의 <깃발 없는 기수>와 최인훈의 <광장>을 중심으로」, 『한국문예비평연구』제20집 , 한국현대문예비평학회, 2006.

박선경, 「『광장』과『당신들의 천국』의 대비적 연구」, 서강대 석사학위논문, 1988.

박순아, 「1960년대 소설의 밀실연구 : 최인훈의『광장』과 김승옥의『무진기행』을 중심으로」, 한양대 석사학위논문, 2005.

배경열, 「문학 : 최인훈 소설의 대표적인 패러디 고찰」, 『인문과학연구』제12집, 대구가톨릭대학교 인문과학연구소, 2009.

배수진, 「최인훈『광장』의 개작 연구」, 단국대 석사학위논문, 2001.

배지연, 「최인훈 소설『태풍』연구 ―셰익스피어『태풍』과의 비교연구를 중심으로」, 『현대문학이론연구』제48집, 현대문학이론학회, 2012.

박배식, 「최인훈의 <서유기>에 나타난 페로디 분석」, 『비평문학』제9호, 한국비평문학회, 1995.

서은선, 「최인훈 소설과 로브그리예 소설의 비교 연구 ―미로 구조와 중복 묘사를 중심으로」, 『한국문학논총』제32집, 한국문학회, 2002.

설성경, 「구운몽의 본질과 현대 개작의 방향성 : 최인훈의 구운몽을 중심으로」, 『애산학보』제19집, 애산학회, 1996.

손유경, 「최인훈 · 이청준 소설에 나타난 텍스트 자기 반영성 연구」, 서울대 석사학위논문, 2001.

송수경, 「페미니즘 관점에서 본 최인훈의『광장』연구」, 세종대 석사학위논문, 2004.

송숙자, 「『춘향전』현대적 변용과 그 의미」, 한양대 석사학위논문, 1986.

신영지, 「최인훈 패러디 소설 연구:『구운몽』『서유기』의 서사 구조를 중심으로」, 성균관대 석사학위논문, 1997.

양민숙, 「『소설가 구보씨의 일일』연구: 박태원 · 최인훈의 작품 대비」, 경남대 석사학위논문, 1992.

양지욱, 「<소설가 구보씨의 일일>의 상호텍스트성 연구」, 『한민족문화연구』제22집, 한민족문화학회, 2007.

여홍상, 「대화와 카니발 : 김소월, 김지하, 최인훈의 바흐찐적 독해」, 『한국문학이론과 비평』제12집, 한국문학이론과 비평학회, 2001.

연남경, 「최인훈 소설의 자기 반영적 글쓰기 연구」, 이화여대 박사학위논문, 2009.

오승은, 「최인훈 소설의 상호 텍스트성 연구: 패러디 양상을 중심으로」, 서강대 석사학위논문, 1998.

오양진, 「나르시시즘의 주체와 공포소설의 조건 : 최인훈의『귀성』과 이호철의『큰산』을 중심으로」,『한국근대문학연구』제26호, 한국근대문학회, 2012.

오현일, 「소설속의 에세이적인 것에 관한 연구」, 고려대 박사학위논문, 1979.

유인순, 「채만식 · 최인훈의 희곡작품에 나타난 심청전의 변용」,『비교문학』제9집, 한국비교문학회, 1985.

윤미선, 「박태원과 최인훈의『소설가 구보씨의 일일』비교 연구」, 연세대 석사학위논문, 1996.

이연숙, 「최인훈의 <회색인>과 <서유기>의 대비 고찰 연구 : 기표적 연작으로서의 두 작품 간 실재계 대비를 중심으로」,『현대문학의 연구』제27호, 한국문학연구학회, 2005.

이수경, 「상호텍스트성을 활용한 소설 읽기 지도 방안 연구: 최인훈『소설가 구보씨의 일일』을 중심으로」, 한국외대 석사학위논문, 2005.

이인숙, 「최인훈의 <서유기>, 그 패로디의 구조와 의미」,『국제어문』제6 · 7집, 국제어문학회, 1986.

이자화, 「근대성의 변화양상 연구 : 세 편의「소설가 구보씨의 일일」을 중심으로」, 중앙대 석사학위논문, 2006.

이정연, 「현대문학에 수용된 '호동설화'의 변용과 의미 : <왕자 호동>과 <둥둥 낙랑둥>의 '서사 구조'를 중심으로」, 성균관대 석사학위논문, 2004.

임선숙, 「패러디 소설의 수용미학적 고찰 −최인훈의 <옹고집던>, <놀부던>을 중심으로」,『국문학논집』제19집, 단국대학교 국어국문학과, 2003.

장혜전, 「<심청전>을 변용한 현대회곡 연구」,『기전어문학』제12 · 13집, 수원대학교 국어국문학회, 2000.

정미숙, 「최인훈 희곡에 나타난 패러디 연구:「달아 달아 밝은 달아」를 중심으로」, 경상대 석사학위논문, 1998.

정봉곤, 「최인훈의 패러디 소설 연구」, 부산대 석사학위논문, 1997.

정원채, 「1960년대 소설에 나타난 모더니티 지향성의 서사회 양상 연구 : 최인훈, 김승옥, 이청준의 소설을 중심으로」, 한성대 박사학위논문, 2007.

정재서, 「여행의 상징의미 및 그 문학적 수용 −<목천자전>에서 최인훈의

<서유기>까지」,『중어중문학회』제33호, 한국중어중문학회, 2003.

정현주, 「「흥보전」의 현대적 계승에 관한 고찰」, 고려대 석사학위논문, 1996.

조보민, 「최인훈의 패러디 소설 연구」, 한국교원대 석사학위논문, 2004.

조선희, 「최인훈 패러디 소설의 시간적 특성 연구」, 충북대 박사학위논문, 2007.

조주옥, 「『광장』과『파우스트』의 대비적 고찰」, 서울대 석사학위논문, 2003.

조창현, 「독일영화 <레전드 오브 리타>와 최인훈의 <광장> 비교 연구 : 두 주인공 리타와 이명준의 암울한 시대에 대응하는 삶의 양상과 시사성에 관련하여」,『세계문학비교연구』제26집, 세계문학비교학회, 2009.

조희권, 「현대 소설에 나타난 「춘향전」 패러디 연구」, 한양대 석사학위논문, 2000.

진선주, 「최인훈의 <화두> : 마뜨료쉬카 인형의 "이피퍼니"」,『어문논총』제4집, 충북대학교 외국어교육원, 1995.

차봉준, 「최인훈 패러디 소설 연구 : <놀부뎐>, <구운몽>의 대화주의적 특성 고찰」,『숭실어문』제17집, 숭실어문학회, 2001.

_____, 「최인훈 패러디 소설 연구」, 숭실대 석사학위논문, 2001.

_____, 「한국 현대소설에 형상화된 신의 공의와 섭리 :최인훈의 <라울전>과 이문열의 <사람의 아들>을 중심으로」,『문학과 종교』제14권2호, 한국문학과종교학회, 2009.

_____, 「최인훈 '춘향뎐'의 패러디 담론과 역사 인식」,『한국문학논총』제56집, 한국문학회, 2010.

채새미, 「최인훈 희곡의 샤머니즘 수용양상 연구 : <둥둥 낙랑동>을 중심으로」,『태릉어문연구』제10집, 서울여자대학교 인문과학대학 국어국문학과, 2002.

최경미, 「패러디로 구현된 시대인식의 양상 고찰 : 소설 구보씨의 일일을 중심으로」, 경일대 석사학위논문, 2009.

최두례, 「최인훈 희곡 <한스와 그레텔>의 동화 수용과 형상화 양상」,『한국극예술연구』제33집, 한국극예술학회, 2011.

최상민, 「근대 여성의 재현과 복수의 상상력 : 최인훈의 <달아 달아 밝은 달

아>와 황석영의 <심청>을 중심으로」,『한국문학이론과 비평』제34
집, 한국문학이론과비평학회, 2007.

_____, 「최인훈의 '심청' 재현과 의미」,『한민족어문학』제49집, 한민족어문
학회, 2006.

최인자, 「박태원과 최인훈의『소설가 구보씨의 일일』대비 연구」, 전북대 석
사학위논문, 1995.

표란희, 「「심청전」패러디 연구」, 청주대 석사 학위 논문, 2000.

한미혜, 「최인훈『광장』『회색인』연구」, 성균관대 석사학위논문, 1997.

한승우, 「최인훈의 작가의식과 페로디 소설 고찰」,『어문논집』제46집, 중앙어
문학회, 2011.

한 채화, 「최인훈의 「춘향뎐」「놀부뎐」연구」, 청주대 석사학위논문, 1994.

홍성식, 「소설가 구보씨의 변모과정 연구」,『한국문예비평연구』제23집, 한국
현대문예비평학회, 2007.

홍진석, 「최인훈 희곡의 패러디에 관한 연구 －<그 어디서 무엇이 되어 만나
랴>를 중심으로」,『현대문학이론연구』제5집, 현대문학이론학회, 1995.

2. 식민지론 · 탈식민지론 · 이데올로기 · 정치성(지식인, 교양소설)

강은아, 「1960년대 소설에 나타나는 분단 콤플렉스: 최인훈, 이호철 작품을 중
심으로」, 한성대 석사학위논문, 1997.

구연주, 「최인훈 문학의 탈식민성 연구」, 서강대 석사학위논문, 2006.

구재진, 「최인훈의 <광장> 연구」,『국어국문학』제115집, 국어국문학회, 1995.

_____, 「최인훈의 <회색인> 연구」,『한국문화』제27집, 서울대학교 한국문
화연구소, 2001.

_____, 「최인훈 소설에 나타난 '기억하기'와 탈식민성 －<서유기>를 중심
으로」,『한국현대문학연구』제15호 , 한국현대문학회, 2004.

_____, 「최인훈 <태풍>에 대한 탈식민주의적 연구」,『현대소설연구』제24
호, 한국현대소설학회, 2004.

_____, 「최인훈 소설에 나타난 타자화 전력과 탈식민성 : <총독의 소리>를 중심으로」, 『한중인문학연구』제13집, 한중인문학회, 2004.

권보드래, 「중립의 꿈 1945~1968 : 냉전 너머의 아시아, 혹은 최인훈론을 위한 시론」, 『상허학보』제34집, 상허학회, 2012.

기도연, 「최인훈의 '지식인 소설' 연구 : 지식인의 현실 대응 방식을 중심으로」, 경희대 석사학위논문, 2010.

김경욱, 『최인훈 소설의 이데올로기 비판 담론 연구』, 서울대 석사학위논문, 1998.

김남석, 「최인훈 문학에 나타난 희생제의 연구 : 최인훈 작품 세계 연구」, 『한국학연구』제15집, 고려대학교 한국학연구소, 2001.

_____, 「최인훈 문학에 나타난 난민의식 연구 : 최인훈 작품 세계 연구(2)」, 『한국문학이론과 비평』제34집, 한국문학이론과비평학회, 2007.

김도한, 「최인훈의『광장』연구」, 경기대 석사학위논문, 1990.

김미영, 「최인훈의 <서유기> 고찰 : 패러디와 탈식민주의를 중심으로」, 『국제어문』제32집, 국제어문학회, 2004.

김상욱, 「소설 담론의 이데올로기 분석 방법 연구」, 서울대 박사학위논문, 1995.

김성수, 「최인훈의『광장』연구」, 아주대 석사학위논문, 2007.

김승환, 「특집: 한일병합 100년, 한국문학의 식민성과 탈식민성 : 남정현의 (분지)에 나타난 한국근대소설의 식민성」, 『민족문학사연구』제45호, 민족문학사연구소, 2011.

김신운, 「박태원과 최인훈의『소설과 구보씨의 일일』비교 고찰」, 조선대 석사학위논문, 1990.

김영찬, 「1960년대 한국 모더니즘 소설 연구」, 성균관대 박사학위논문, 2001.

김정화, 「최인훈 소설의 탈식민주의적 연구」, 서울대 석사학위논문, 2002.

김주언, 「밤의 지형학 혹은 탈식민의 원근법 : 최인훈 소설의 아시아 계열체를 중심으로」, 『원형』15, 단국대학교 국어국문학과, 1995.

김태호, 「최인훈『광장』연구」, 계명대 석사학위논문, 1995.

김한성, 「일반논문 : 제국의 바다, 식민지 육지; 공간 의식으로 본『광장』」, 『동아시아 문화연구』제54집, 한양대학교 동아시아문화연구소, 2013.

김혜영,「개인발표논문 : 최인훈과 오에 겐자부로 소설의 8.15 형상화 방식 연구」,『현대소설연구』제45호, 한국현대소설학회, 2010.

김홍식,「최인훈의『광장』연구」, 조선대 석사학위논문, 1995.

김환봉,「한국전쟁소설의 서사적 인식 연구」, 경남대 박사학위논문, 2009.

류양선,「최인훈의 <광장> 연구」,『성심어문논집』제26집, 성심어문학회, 2004.

박소영,「셰익스피어의『태풍』과 최인훈의『태풍』비교 : 탈식민주의적 시각을 중심으로」, 한국외대 석사학위논문, 2008.

박소희,「최인훈 소설의 난민의식 연구」, 명지대 석사학위논문, 2011.

박순아,「최인훈의『광장』연구」, 단국대 석사학위논문, 2002.

박진영,「개인발표 논문 : 되돌아오는 제국, 되돌아가는 주체 －최인훈의 <태풍>을 중심으로」,『현대소설연구』제15호, 한국현대소설학회, 2001.

박현주,「최인훈의『광장』연구」, 숙명여대 석사학위논문, 1994.

박해랑,「『廣場』의 분석적 고찰」, 동국대 석사학위논문, 2010.

배경열,「최인훈『서유기』에 나타난 탈식민주 고찰」,『인문과학연구』제11집, 대구가톨릭대학교 인문과학연구소, 2009.

_____,「일반논문 : 최인훈의 <태풍>에 나타난 탈식민지론 고찰」,『인문학연구』제37집, 조선대학교 인문학연구원, 2009.

배미선,「최인훈의『광장』연구」, 연세대 석사학위논문, 1994.

배옥희,「최인훈의『광장』연구」, 대진대 석사학위논문, 2003.

복도훈,「형성이라는 환영 4.19세대 작가들의 교양소설과 정치적 무의식에 대한 시론」,『한국학논집』제15집, 계명대학교 한국학연구원, 2013.

_____,「1960년대 한국 교양소설 연구 : 4 · 19 세대 작가들의 작품을 중심으로」, 동국대 박사학위논문, 2014.

서주홍,「최인훈의 "광장"」,『한국인』제16권 제16호, 사회발전연구소, 1997.

손미순,「최인훈의『태풍』에 대한 탈식민주의적 연구」, 한국교원대 석사학위논문, 2007.

송효정,「최인훈의 <태풍>에 나타난 파시즘의 논리 －근대 초극론과 동아시아적 가족주의를 중심으로」,『비교한국학』제14호, 국제비교학국학회, 2006.

안남연,「최인훈의 광장연구」,『논문집』제14집, 경일대학교, 1997.

양순아,「최인훈의『광장』연구」, 전북대 석사학위논문, 1994.

양윤의,「최인훈 소설의 정치적 상상력」,『국제어문』제50집, 국제어문학회, 2010.

오윤호,「탈식민 문화의 양상과 근대 시민의식의 형성 : 최인훈의 <회색인>」, 『한민족어문학』제48집, 한민족어문학회, 2006.

이동재,「최인훈 소설 연구 : 20세기 난민 표류기」,『현대문학이론연구』제14집, 현대문학이론학회, 2000.

이선경,「제국의 타자들이 차지하는 탈식민적 위치 : 존 쿳시의 <야만인을 기다리며>, 최인훈의 <크리스마스 캐럴>을 중심으로」,『이화어문논집』제27집, 이화여자대학교 한국어문학연구소, 2009.

이수경,「최인훈의『광장』연구」, 한양대 석사학위논문, 2007.

이정석,「개인주의적 자유주의자의 정치학─이효석의 "GREY 구락부 전말기"를 중심으로」,『우리어문연구』제48집, 우리어문학회, 2014.

이종호,「최인훈의 <광장> 연구」,『현대소설연구』제34호, 한국현대소설학회, 2007.

이평전,「'교양소설'로서『광장』읽기」,『교양교육연구』제7권 제4호, 한국교양교육학회, 2013.

이행미,「최인훈 <총독의 소리>에 나타난 일상의 정치화」,『한국어와 문화』제10집, 숙명여자대학교 한국어문화연구소, 2011.

임경순,「최인훈의 <광장> 연구 : 존재의 자리에 대한 추구와 내재화된 권력욕으로서의 지식인」,『반교어문연구』제9집, 반교어문학회, 1998.

장　현,「1960년대 한국 소설의 탈식민적 양상 연구: 이호철, 최인훈, 남정현의 소설을 중심으로」, 가톨릭대 박사학위논문, 2005.

_____,「최인훈 소설의 탈식민주의적 양상 연구 ─<서유기>, <총독의 소리>를 중심으로」,『성심어문논집』제27집, 성심어문학회, 2005.

정영미,「최인훈의『광장』연구」, 순천대 석사학위논문, 2011.

정수진, 「최인훈 희곡의 탈식민성 연구」, 한국예술종합학교 석사학위논문, 2008.

정지아, 「한국전쟁의 특수성이 한국 전후소설에 미친 영향」, 중앙대 박사학위
　　　논문, 2011.

조보라미, 「최인훈 소설의 탈식민주의적 고찰」, 『관악어문연구』제25권 제1
　　　집, 서울대학교 국어국문학과, 2000.

_____, 「이데올로기에 대한 매듭짓기와 매듭풀기 : 『광장』과『화두』」, 『국
　　　제한인문학연구』제11집, 국제한인문학회, 2013.

조순형, 「최인훈 소설 <태풍>의 탈식민주의적 고찰」, 『어문연구』제64집, 어
　　　문연구학회, 2010.

조유미, 「최인훈의 『광장』 연구」, 청주대 석사학위논문, 2005.

차미령, 「최인훈 소설에 나타난 정치성의 의미 연구」, 서울대 박사학위논문, 2010.

채상훈, 「분단소설 교육방법 연구 : 7차 교육과정을 중심으로」, 한국외대 석사
　　　학위논문, 2005.

최창중, 「최인훈 소설『서유기』의 모더니즘 성격 연구」, 한국교원대 석사학위
　　　논문, 1998.

최현희, 「내셔널리즘과 사랑 ―최인훈의 <회색인>에 나타난 혁명의 논리」,
　　　『동양학』제44집, 단국대학교 동양학연구소, 2008.

홍웅기, 「1960년대 문학과 지식인 소설의 양상 연구: 최인훈·이청준의 소설
　　　을 중심으로」, 홍익대 박사학위논문, 2013.

황두진, 「2002년 6월, 그리고 다시 읽는 최인훈의 "광장"」, 『건축』제46권 제
　　　12집, 대한건축학회, 2002.

3. 문학론 · 예술론 · 작품론 · 담론

권영민, 「최인훈 특집: <광장>에서 <한스와 그레텔>까지 작품론 2: 정치적
　　　인 문학과 문학의 정치성」, 『작가세계』제4호, 세계사, 1990.

권오만, 「최인훈 희곡의 특질」, 『국제어문』제1집, 국제어문학회, 1979.

강문석,「한국 모더니즘 소설에 나타난 현대성 연구」, 숭실대 박사학위논문, 1998.

강애경,「최인훈 희곡의 문학성과 연극성에 관한 연구」, 연세대 석사학위논문, 1995.

구재진,「최인훈 소설에 나타난 공동체적 기억과 민족 담론」,『어문학논총』제26집, 국민대학교 어문학연구소, 2007.

_____,「최인훈의 고현학, '소설노동자'의 위치」,『한국현대문학연구』제38집, 한국현대문학회, 2012.

권성우,「최인훈의 에세이에 나타난 문학론 연구」,『한국문학이론과 비평』제55집, 한국문학이론과비평학회, 2012.

김기우,「최인훈의『화두』의 구조와 예술론의 관계에 대한 연구」, 동국대 석사학위논문, 1998.

_____,「최인훈 소설 연구: 최인훈의 예술론과 창작이론을 중심으로」, 한림대 박사학위논문, 2006.

_____,「최인훈의 예술론과 <화두>의 구조적 특성」,『한국언어문학』제56집, 한국언어문학회, 2006.

_____,「최인훈 창작론과『광장』의 상관성 연구」,『한어문교육』제30집, 한국언어문학교육학회, 2014.

김남석,「최인훈 문학에 나타난 희생제의 연구 : 최인훈 작품 세계 연구」,『한국학연구』제15집, 고려대학교 한국학연구소, 2001.

김민수,「1960년대 소설의 미적 근대성 연구」, 중앙대 박사학위논문, 1999.

김성렬,「현대문학: 한국적 문화형의 탐색과 구원 혹은 보편에 이르기 -최인훈의 <서유기> 연구」,『우리어문연구』제22집, 우리어문학회, 2004.

_____,「현대문학: 최인훈의 <소설가 구보씨의 일일>에 나타난 작가의 일상, 의식, 욕망」,『우리어문연구』제38집, 우리어문학회, 2010.

김영삼,「1960년대 소설의 미적근대성 연구」, 전남대 석사학위논문, 2006.

김영찬,「최인훈 초기 중단편 소설의 현대성」,『상허학보』제7집, 상허학회, 2001.

김영희,「현대문학편: 최인훈 희곡의 극적 언어 연구」,『국어국문학지』제27권, 문창어문학회, 1990.

김은아, 「박태원, 최인훈, 주인석의『소설가 구보씨의 일일』비교 연구」, 홍익
　　대 석사학위논문, 2003.

김인호, 「작가 읽기/ 최인훈 : 최인훈 문학의 내면성과 실험성」, 『시학과 언어
　　학』제1호, 시학과 언어학회 , 2001.

김종회, 「최인훈 특집: <광장>에서 <한스와 그레텔>까지 문학적 연대기:
　　관념과 문학, 그 곤고한 지적 편력」, 『작가세계』제4호, 세계사, 1990.

김주현, 「최인훈 문학의 재현 방식 연구」, 『국어교육연구』제53집, 국어교육학
　　회, 2013.

김재란, 「최인훈 소설에 나타난 작가 의식 연구: 정체성 위기 인식과 그 대응
　　양상」, 안동대 석사학위논문, 2003.

김태환, 「작가 읽기/ 최인훈 : 문학은 어떤 일을 하는가 ―최인훈의 문학론」,
　　『시학과 언어학』제1호, 시학과 언어학회, 2001.

문지현, 「최인훈 소설의 미적 근대성 연구:『구운몽』『서유기』를 중심으로」,
　　단국대 석사학위논문, 2010.

박근예, 「자기시대의 문학형식에 대한 탐구와 모색 ―최인훈 문학비평 연구」,
　　『한국문예비평연구』제44집, 한국현대문예비평학회, 2014.

박남훈, 「최인훈 소설에 나타난 극적 구조의지 ―그의 희곡장르선택의 해명을
　　위한 시론」, 『한국문학논총』제8 · 9집, 한국문학회, 1986.

박명순, 「최인훈 소설에 나타나는 에세이즘적 서술방식 ―<서유기>를 중심
　　으로」, 『한국어문교육』제10집, 한국언어문학교육학회, 2002.

배경열, 「서구에 의한 사회문화적 혼란과 작가의식 고찰 ―최인훈 소설론」,
　　『어문논집』제41집, 중앙어문학회, 2009.

_____, 「일반논문: 최인훈 문학의 특징과 세계인식 고찰」, 『시민인문학』제
　　17집, 경기대학교 인문과학연구소, 2009.

서연호, 「최인훈의 희곡론」, 『민족문화연구』제28집, 고려대학교 민족문화연
　　구원, 1995.

송선령, 「한국 현대 소설의 환상성 연구 : 이상, 장용학, 조세희를 중심으로」,
　　이화여대 박사학위논문, 2009.

송재영,「최인훈 특집 : <광장>에서 <한스와 그레텔>까지 작품론 1 : 꿈의
　　　연구」,『작가세계』제4호, 세계사, 1990.

안경숙,「최인훈 문학 장르 비평적 연구」, 중앙대 석사학위논문, 1987.

양승국,「최인훈 특집 : <광장>에서 <한스와 그레텔>까지 작가를 보는 시
　　　각 : 최인훈 희곡의 독창성」,『작가세계』제4호, 세계사, 1990.

연남경,「기억의 문학적 재생」,『한중인문학연구』제28집, 한중인문학회, 2009.

_____,「최인훈 소설의 장르 확장과 역사 의식」,『현대소설연구』제42호, 한
　　　국현대소설학회, 2009.

_____,「우주적 공간 '바다'를 향하는 최인훈의 소설 쓰기」,『한국문학이론
　　　과 비평』제44집, 한국문학이론과비평학회, 2009.

유철상,「<소설가 구보씨의 일일> 계열 소설의 창작 동기에 대하여」,『우리
　　　말 글』제56집, 우리말글학회, 2012.

윤남엽,「『광장』과『시장과 전장』의 대비적 연구: 주인공의 분단인식과 대안
　　　모색을 중심으로」, 목포대 석사학위논문, 2003.

이선령,「실존, 부조리 그리고 죽음: Albert Camus의『L'etranger』와 최인훈의
　　　『광장』을 중심으로」, 중앙대 석사학위논문, 2003.

이승희,「최인훈의 극작 여정, 그 보편성에의 유혹과 정치적 무관심」,『민족문
　　　학사연구』제35호, 민족문학사학회, 2007.

이인숙,「최인훈 소설 <구운몽>의 담론특성에 대하여」,『국어교육』제99집,
　　　한국국어교육연구회, 1999.

이창동,「최인훈 특집: <광장>에서 <한스와 그레텔>까지 작가를 찾아서:
　　　최인훈의 최근의 생각을」,『작가세계』제4호, 세계사, 1990.

이철우,「대립속의 순환고리 드러내기 ─최인훈의 "둥둥 낙랑둥"의 서사담론
　　　적 접근」,『한성어문학』제13호, 한성대학교 한성어문학회, 1994.

장사흠,「최인훈 소설의 정론과 미적 실천 양상 : 헤겔 사상의 비판적 수용과
　　　극복 양상을 중심으로」, 서울시립대 박사학위논문, 2004.

_____,「최인훈 <화두>의 자전적 에세이 형식과 낭만주의적 작가의식」,『현
　　　대소설연구』제38호, 한국현대소설학회, 2008.

정미지, 「『화두』의 자전적 글쓰기와 '책—자아'의 존재 방식」, 『한국문학이론과 비평』제55집, 한국문학이론과비평학회, 2012.

정영훈, 「최인훈 <서유기>의 담론적 특성 연구」, 『한국현대문학연구』제17집, 한국현대문학회, 2005.

_____, 「최인훈 문학에서의 기억의 의미」, 『현대문학이론연구』제48집, 현대문학이론학회, 2012.

_____, 「1970년대 구보잇기의 문학사적 맥락」, 『구보학보』제9집, 구보학회, 2013.

정주일, 「1960년대 소설에 나타난 근대화 담론 연구 : 김정한·이호철·남정현 소설을 중심으로」, 공주대 박사학위논문, 2009.

정호웅, 「작가 읽기/ 최인훈 : <광장>론 —자기처벌에 이르는 길」, 『시학과 언어학』제1호, 시학과언어학회, 2001.

조보라미, 「최인훈 희곡의 '침묵'의 미학: <봄이 오면 산에 들에>를 중심으로」, 『한국극예술연구』제23집, 한국극예술학회, 2006.

_____, 「최인훈 희곡의 연극적 기법과 미학 연구」, 서울대 박사학위논문, 2007.

_____, 「'한국적인 심성의 근원'을 찾아서 : 최인훈 문학의 도정」, 『한국현대문학연구』제30집, 한국현대문학회, 2010.

차웅준, 「구원을 향한 항해, 그 좌초의 기록 : 최인훈론」, 『경희어문학』제7집, 경희대학교 문리과대학 국어국문학회, 1986.

최영숙, 「최인훈 소설의 담론 연구: 『가면고』『회색인』『소설가 구보씨의 일일』을 중심으로」, 계명대 석사학위논문, 1999.

최은지, 「최인훈론 : 소설에 투영된 작가 의식을 중심으로」, 『목원국어국문학』제3집, 목원대학교 국어국문학과, 1995.

최인자, 「최인훈 에세이적 소설 형식의 문화철학적 고찰 : '소설가 구보씨의 일일'을 중심으로」, 『국어교육연구』제3집, 서울대학교 국어교육연구소 1996.

최준호, 「작가 읽기/ 최인훈: 아름다운 언어로 구축된 최인훈 희곡의 연극성」, 『시학과 언어학』제1호, 시학과언어학회, 2001.

최회선, 「최인훈 문학 연구」, 단국대 석사학위논문, 1992.

편집부(편집자), 「최인훈 특집: <광장>에서 <한스와 그레텔>까지 작가의 문
    학론: 인간의 Metabolism의 3형식」, 『작가세계』제4호, 세계사, 1990.

한　기, 「최인훈 특집: <광장>에서 <한스와 그레텔>까지 작품론 3: <광
    장>의 원형성, 대화적 역사성, 그리고 현재성」, 『작가세계』제4호, 세
    계사, 1990.

한미숙, 「한국과 독일의 분단문학 비교 : 크리스타 볼프의 『나누어진 하늘』과
    최인훈의 『광장』을 중심으로」, 이화여대 석사학위논문, 2003.

황　경, 「최인훈 소설에 나타난 예술론 연구」, 고려대 박사학위논문, 2003.

_____, 「한국 예술가소설의 맥락 ―예술과 현실의 길항 관계를 중심으로」,
    『우리어문연구』제39집, 우리어문학회, 2011.

4. 환상성 · 정신분석 · 욕망

구재진, 「최인훈의 <서유기> 연구」, 『한국현대문학회 학술발표회자료집』,
    한국현대문학회, 2004.

권선영, 「최인훈의 「구운몽」 연구 : 시 · 공간의 구조와 환상성을 중심으로」,
    한양대 석사학위논문, 2008.

길경숙, 「최인훈 『서유기』 연구」, 한양대 석사학위논문, 2000.

김동주, 「최인훈의 '광장' 연구」, 『도솔어문』제14집, 단국대학교 인문대학 국
    어국문학과, 2000.

김동향, 「최인훈 소설에 나타난 구원의 양상」, 한남대 석사학위논문, 1994.

김만수 · 안금련, 「인격의 성숙과 성장으로서의 환상 : 최인훈 희곡 <어디서
    무엇이 되어 만나랴>를 중심으로」, 『한국문학이론과 비평』제34집,
    한국문학이론과비평학회, 2007.

김미란 · 손미순, 「제2분과 : 환상을 통해 나타나는 주체의 곤경과 주체 구성
    의 의지 ―최인훈의 <구운몽>을 중심으로」, 『한국어교육학회 학술
    발표회』, 한국어교육학회, 2008.

김미영, 「최인훈의 환상성, 현실인식과 문학적 상상력의 결합」, 『한국언어문화』제16집, 한국언어문화학회, 1998.

_____, 「최인훈의 <구운몽>론 : 인물과 환상성을 중심으로」, 『한국언어문화』제20집, 한국언어문화학회, 2001.

_____, 「최인훈 소설의 환상성 연구」, 한양대 박사학위논문, 2003.

_____, 「현대소설에 나타난 변신 모티브와 환상」, 『문학교육학』제30호, 한국문학교육학회, 2009.

김윤정, 「최인훈 소설의 환상성 연구 : <서유기>의 시간성을 중심으로」, 『구보학보』제4집, 구보학회, 2008.

김인호, 「텍스트의 유토피아와 삶의 변증법 －최인훈 소설 <가면고>론」, 『동국어문학』제10 · 11집, 동국어문학회, 1999.

남기택, 「<구운몽>의 판타지적 욕망」, 『비평문학』제24호, 한국비평문학회, 2006.

문흥술, 「최인훈 <구운몽>에 나타나는 욕망의 특질과 그 의의」, 『국어교육』제113집, 한국어교육학회, 2004.

_____, 「최인훈 <광장>에 나타난 욕망의 특질과 그 의의」, 『상허학보』제12집, 상허학회, 2004.

박수현, 「김승옥, 최인훈 소설에 나타나는 '내적 분열' 양상 연구」, 고려대 석사학위논문, 2006.

박정수, 「최인훈 소설의 환상성 : 구운몽을 중심으로」, 『서강어문』제15권 제1집, 서강어문학회, 1999.

박은태, 「최인훈 소설의 미로구조와 에세이 양식 : <서유기>를 중심으로」, 『수련어문논집』제26집, 부산여자대학교 국어교육학과 수련어문학회, 2001.

박해랑, 「최인훈의 환상성 연구 : 주인공 이명준의 욕망에 대한 심리를 중심으로」, 『한국문학논총』제64집, 한국문학회, 2013.

배경열, 「최인훈 소설의 환상성 연구」, 『국제어문』44, 국제어문학회, 2008.

배현자, 「김만중의 <구운몽>과 최인훈의 <구운몽>에 드러난 "환상성" 고찰」, 『현대문학의 연구』제27호, 한국문학연구학회, 2005.

백　훈, 「최인훈 소설의 환상성 연구」, 인천대 석사학위논문, 2006.

설혜경, 「개인발표논문 : 최인훈 소설에 나타난 법과 위반의 욕망」, 『현대소설
　　　연구』제45호, 한국현대소설학회, 2010.

송명진, 「최인훈 소설의 사실 효과와 환상 효과 연구」, 서강대 석사학위논문, 2001.

송하섭, 「소설의 상징성에 관한 연구 : 최인훈의 작품을 중심으로」, 『논문집』
　　　제2집, 배임대학교, 1981.

송혜영, 「최인훈 소설에 나타난 나르시시즘의 정신구조 연구」, 서울시립대 석
　　　사학위논문, 2001.

송효정, 「1960년대 소설의 환상성 : 최인훈, 김승옥, 박상륭 소설을 중심으로」,
　　　고려대 석사학위논문, 2003.

신중신, 「문학작품 속의 '광장' : 최인훈의 '광장' : 제3의 선택과 환상적 이미지」,
　　　『지방포럼』1, 한국지방행정연구원, 1999.

양영길, 「작중인물의 욕망 역동체계 －최인훈의 <웃음소리>를 중심으로」,
　　　『영주어문』제1집, 영주어문학회, 1999.

양윤모, 「최인훈의 <서유기> 연구 : 환상의 의미 분석」, 『어문학연구』제8권,
　　　상명대학교 어문학연구소, 1998.

양현석, 「최인훈의 『서유기』 연구 」, 한양대 석사학위논문, 2002.

여세주, 「최인훈의 <달아 달아 밝은 달아>에 문제된 환상성과 현실성」, 『드
　　　라마연구』제31호, 한국드라마학회, 2009.

윤대석, 「최인훈 소설의 정신분석학적 읽기 －<회색인>, <서유기>를 중심
　　　으로 : 최인훈 소설의 정신분석학적 읽기」, 『한국학연구』제16집, 인하
　　　대학교 한국학연구소, 2007.

이강록, 「최인훈 문학의 정신분학적 연구 : 라깡과 지젝의 이론을 중심으로」,
　　　배재대 박사학위논문, 2012.

이대연, 「최인훈의 『구운몽』 연구 : 미궁 이미지를 중심으로」, 경기대 석사학
　　　위논문, 2005

이연숙, 「최인훈 소설연구 : '광장'에서 '화두'까지 주체의 욕망을 중심으로」,
　　　중앙대 박사학위논문, 2005.

_____, 「최인훈의 <구운몽>의 정신분석적인 고찰」, 『현대소설연구』제23
호, 한국현대소설학회, 2004.

이윤빈, 「최인훈 소설에 나타나는 가면의 무의식『가면고』에서『태풍』까지」,
연세대 석사학위논문, 2006.

이인숙, 「소설 속에 나타난 미궁 이미지 연구: 미셸 뷔또르의 <시간의 사용>
과 최인훈의 <구운몽>을 중심으로」, 『국제어문』제18집, 국제어문학
회, 1997.

이정민, 「현대소설의 탈억압적 상상력 연구 :『광장』, 『당신들의 천국』, 『난장
이가 쏘아 올린 작은 공』을 중심으로」, 서강대 석사학위논문, 2004.

이평전, 「최인훈 소설에 나타난 유토피아 의식 연구」, 동국대 석사학위논문,
1997.

이호규, 「최인훈 60년대 소설연구 1 : "나"의 순수한 아름다움과 자유로움을
꿈꾸며」, 『현대문학의 연구』제10호, 한국문학연구학회, 1998.

장사흠, 「최인훈 소설에 있어서 환상의 의미 : <가면고>를 중심으로」, 『현대
소설연구』제13호, 한국현대소설학회, 2001.

정대화, 「최인훈의 <서유기> 연구」, 『국어국문학논문집』제35권 제1집, 서
울대학교 사범대학 국어국문학연구회, 1988.

_____, 「최인훈『서유기』연구: 수용 이론적 방법을 중심으로」, 서울대 석사
학위논문, 1988.

정영훈, 「최인훈 소설의 욕망 구조」, 『한국학보』제30권 제1호, 일지사, 2004.

_____, 「현대문학 : 내공간의 이론과『서유기』해석」, 『우리어문연구』제40
집, 우리어문학회, 2011.

정은영, 「최인훈『구운몽』연구: '미궁만들기'와 '갈찾기'의 구성과 관련하여」,
서강대 석사학위논문, 1994.

정은주, 「최인훈의『구운몽』『서유기』연구: 창작기법과 상상력을 중심으로」,
고려대 석사학위논문, 1990.

조보라미, 「최인훈 소설의 환상성 연구」, 서울대학교 석사학위논문, 1999.

조재희, 「한국 현대 소설 미로 이미지: 최인훈『구운몽』과 이청준『소문의 벽』

을 중심으로」, 충남대 석사학위논문, 1996.

정덕현, 「한국 현대소설의 자아분열 및 대응양상 연구」, 한남대 박사학위논문, 2010.

주지영, 「최인훈의 <구운몽>에 나타나는 '환상'과 욕망의 구조」, 『한국현대문학연구』제17집, 한국현대문학회, 2005.

최창근, 「최인훈 희곡 연구 : 작가의 세계관에 투영된 유토피아 상을 중심으로」, 경희대 석사학위논문, 2003.

한명환, 「한국현대소설의 환상적 특성: 고전 패러디의 유형을 중심으로」, 『한중인문학연구』제9집, 중한인문과학연구회, 2002.

함돈균, 「최인훈 <서유기>의 다성성(多聲性)과 아이러니 연구」, 『국제어문』제42집, 국제어문학회, 2008.

허영주, 「라캉을 통해 본 최인훈의 <소설가 구보씨의 일일>」, 『계명어문학』제9권 제1호, 계명어문학회, 1995.

5. 희곡 연구

김기란, 「최인훈 희곡의 극작법 연구 : <둥둥 낙랑둥>을 중심으로」, 『한국극예술연구』제12집, 한국극예술학회, 2000.

김동현, 「최인훈 시극의 장르론적 연구」, 부산대학교 박사학위논문, 2011.

_____, 「최인훈의 <달아 달아 밝은 달아> 연구 : 남성학적 관점을 중심으로」, 『우리문학연구』제32집, 우리문학회, 2011.

김민조, 「1970년대 역사극의 재현 방식 연구」, 서울대 석사학위논문, 2013.

김병선, 「김상열 희곡의 현실인식 연구」, 이화여대 석사학위논문, 2009.

김성렬, 「최인훈의 <옛날 옛적에 훠어이 훠이> 연구」, 『한국문예창작』제6권 제2호, 한국문예창작학회, 2007.

김성수, 「최인훈 희곡의 연극성에 관한 연구」, 연세대 석사학위논문, 1991.

김연수, 「최인훈의 <춘향뎐> 중 춘향이, 마지막 희망의 촛불마저 꺼진 후에는」, 『월간 샘터』제34권 제6호, 샘터사, 2003.

김영희, 「최인훈 희곡의 극적 언어 연구」, 부산대 석사학위논문, 1990.

김영찬, 「현대문학: 한국적 근대와 성찰의 난경 —최인훈의 <크리스마스 캐럴> 연구」, 『반교어문연구』제29집, 반교어문학회, 2010.

김옥란, 「최인훈 희곡 작품에 관한 연구」, 한양대 석사학위논문, 1993.

김유미, 「판소리 「심청가」 위 현대적 계승에 대한 일고찰」, 고려대 석사학위논문, 1992.

_____, 「한국 현대 희곡의 제의 구조 연구」, 고려대 박사학위논문, 2000.

김윤정, 「1970년대 희곡의 전통 활용 양상과 극적 형상화 연구」, 서울대 박사학위논문, 2005.

김정혜, 「최인훈의 패러디 희곡 연구」 숙명여대 석사학위논문, 1997.

김 향, 「최인훈의 「옛날 예적에 훠어이 훠이」 연구」, 연세대 석사학위연구, 1998.
_____, 「최인훈의 희곡 「둥둥 낙랑둥」 구조 연구」, 연세대 석사학위논문, 2002.

김희경, 「최인훈 희곡의 인물 구조 연구」, 신라대 석사학위논문, 1999.

남진우, 「최인훈 희곡 연구」, 중앙대 석사학위논문, 1985.

노승욱, 「최인훈 희곡에 나타난 미토스 연구」, 『인문콘텐츠』제31호, 인문콘텐츠학회, 2013.

박미리, 「최인훈 희곡에 대한 연극적 고찰 : <달아 달아 밝은 달아>와 <한스와 그레텔>을 중심으로」, 『한국극예술연구』제16집, 한국극예술학회, 2002.

박정하, 「최인훈 희곡의 공간 연구」, 계명대 석사학위논문, 2001.

배재훈, 「최인훈 <둥둥 낙랑둥>의 공연사 연구: 허규 손진책, 이호중, 최치림의 연출 작품을 중심으로」, 중앙대 석사학위논문, 2012.

백현미, 「최인훈 희곡 <둥둥 낙랑둥>의 감성 연구」, 『국어국문학』제157집, 국어국문학회, 2011.

백홍진, 「최인훈의 희곡 연구」, 세명대 석사학위논문, 2002.

서동희, 「연극치료의 극작술 연구 : 최인훈 희곡을 중심으로」, 이화여대 석사학위논문, 2004.

손필영, 「최인훈 희곡 <옛날 옛적에 훠어이 훠이> 연구 —한국 시극의 가능성을 위한 서설」, 『한국연극연구』제3집, 한국연극사학회, 2000.

_____, 「한국 시극의 가능성을 위한 시설: 최인훈의 <둥둥 낙랑둥>을 중심으로」, 『드라마연구』제24호, 한국드라마학회, 2006.

송아름, 「연극과의 동행, '최인훈 희곡'의 형성」, 『서강인문논총』제40집, 서강대학교 인문과학연구소, 2014.

양미옥, 「최인훈 희곡 연구」, 서남대 석사학위논문, 2001.

엄예빈, 「공연을 통해 본 최인훈 희곡의 무대지시문 연구:<옛날 옛적에 훠어이 훠이>의 김정옥 연출과 루트겐 홀스트 연출을 중심으로」, 서울과기대 석사학위논문, 2010.

유진월, 「최인훈 희곡 연구」, 경희대 석사학위논문, 1988.

이미원, 「장르 특성의 혼재 : 최인훈 희곡의 경우」, 『한국현대문학연구』제5집, 한국현대문학회, 1997.

이상구, 「최인훈 희곡 연구」, 『국어국문학 논문집』제15집, 동국대학교 국어국문학부, 1992.

이상란, 「최인훈 <옛날 옛적에 훠어이 훠이>의 극작술 연구」, 『한국연극학』제13권 제1호, 한국연극학회, 1999.

이상우, 「최인훈 희곡에 나타난 '문'의 의미」, 『한국극예술연구』제4집, 한국극예술학회, 1994.

이선희, 「최인훈 희곡 연구」, 수원대 석사학위논문, 2007

이승미, 「최인훈 희곡 <둥둥 낙랑둥>의 공간 연구」, 서강대 석사학위논문, 2007.

이효정, 「최인훈 희곡 <옛날 옛적에 훠어이 훠이>의 오브제 연구」, 서강대 석사학위논문, 2006.

정우숙, 「일반논문: 최인훈 희곡 <첫째야 자장자장 둘째야 자장자장> 연구─"무서운 어머니" 모티브를 중심으로」, 『여성문학연구』제13권, 한국여성문학회, 2005.

_____, 「1970년대 한국희곡의 기독교적 상상력에 대한 일고찰: 최인훈 옛날 옛적에 훠어이 훠이와 이강백 개뿔을 중심으로」, 『한국학연구』제31호, 한국학연구, 2013.

_____, 「세계문학 시도의 사례로 본 최인훈 희곡 「한스와 그레텔」」, 『한국 문예창작』제13권 제2호, 한국문예창작학회, 2014.

조보라미, 「최인훈 소설에서 희곡으로의 장르전환 고찰 −<어디서 무엇이 되어 만나랴>를 중심으로」, 『한국연극학』제28호, 한국연극학회, 2006.

조정희, 「최인훈 희곡에 나타난 생태주의 의식 연구」, 『한어문교육』제28집, 한국언어문학교육학회, 2013.

주소형, 「최인훈, 이형화, 오태석 희곡의 '연극성' 연구」, 상명대 박사학위논문, 2010.

최두례, 「국문학 : 최인훈 희곡 <둥둥 낙랑둥>의 알레고리적 읽기」, 『새국어교육』제87집, 한국국어교육학회, 2011.

_____, 「최인훈 희곡의 설화 변용 연구」, 충북대 박사학위논문, 2012.

최진우, 「최인훈 희곡 연구」, 중앙대 석사학위논문, 1986.

최창근, 「최인훈 희곡 연구」, 경희대 석사학위논문, 2003.

카트린 라팽, 「최인훈의 희곡 5편에 나타난 지문에 대한 연구」, 『프랑스문화예술연구』제37호, 프랑스문화예술학회, 2011.

한재연, 「최인훈 희곡<한스와 그레텔>의 핍진성 연구」, 인하대 석사학위논문, 2010.

홍진석, 「최인훈 희곡 연구」, 우석대 박사학위논문, 1996.

6. 주체 · 정체성 · 자기동일성 · 인식론

권봉영, 「자아 탐구의 양상과 문학의 구조: 최인훈 「가면고」「둥둥 낙랑둥」을 중심으로」, 부산대 석사학위논문, 1987.

권성우, 「최인훈의 <회색인>에 나타난 현실 인식 연구」, 『어문학』제74호, 국어국문학회, 2001.

권정석, 「최인훈 소설에 나타난 노마드 의식」, 군산대 석사학위논문, 2009.

김경윤, 「최인훈 소설 연구: 작가 의식과 내면화 의식을 중심으로」, 경북대 석사학위논문, 1984.

김동환, 「1960년대 모더니즘 소설에 나타난 주체의 현실 대응 양상: 최인훈의 『광장』을 중심으로」, 아주대 석사학위논문, 2009.

김만수, 「일란성 쌍생아의 비극 : 최인훈 <둥둥 낙랑둥>의 해체론적 연구」, 『한국현대문학연구』제6집, 한국현대문학회, 1998.

김영찬, 「불안한 주체와 근대 : 1960년대 소설의 미적 주체 구성에 대하여」, 『상허학보』제12집, 상허학회, 2004.

_____, 「최인훈 소설의 근대와 자기인식」, 『세계문학비교연구』, 2009.

김진기, 「'정치적 자유'의 한 양상 : 최인훈의 1960년대 소설을 중심으로」, 『상허학보』제17집, 상허학회, 2006.

김윤창, 「한국 현대 소설의 소외 의식 연구: 이상의 「날개」와 최인훈의 『회색인』 중심으로」, 한양대 석사학위논문, 1984.

김인호, 「최인훈 『화두』에 대한 해체론적 읽기」, 동국대 석사학위논문, 1996.

_____, 「최인훈 소설에 나타난 주체성 연구」, 동국대 박사학위논문, 2000.

김효은, 「<크리스마스 캐럴>연작에 나타난 근대적 기표와 주체의 논리」, 『현대소설연구』제55호, 한국현대소설학회, 2014.

김희주, 「최인훈 소설의 다중자아 연구 : 『가면고』를 중심으로」, 고려대 석사학위논문, 2009.

문흥술, 「최인훈 <가면고>에 나타난 주체형성에 관한 연구」, 『한국현대문학연구』제18집, 한국현대문학회, 2005.

박은태, 「1960년대 소설에 나타난 내면적 질서의 양상」, 『비평문학』제18호, 한국비평문학회, 2004.

배경열, 「최인훈의 <구운몽>에 나타난 자아의 정체성 혼란과 주체복원 욕망 고찰」, 『배달말』제44집, 경상대학교 배달말학회, 2009.

백주현, 「최인훈의 <가면고>에 나타난 실존주의의 영향」, 고려대 석사학위논문, 2007.

서영채, 「최인훈 소설의 세대론적 특성과 소설사적 위상: 죄의식과 주체화」, 『한국현대문학연구』제37호, 한국현대문학회, 2012.

서은선, 「최인훈 소설 <구운몽>의 해체의식과 타자 인식 연구」, 『코기토』제

49호, 부산대학교 인문학연구소, 1996.

_____,「최인훈 소설 서유기의 해체 기법 연구」,『한국문학논총』제19집, 한국문학회, 1996.

_____,「최인훈 소설 <광장>의 타자 인식 연구(1) : 사랑의 파탄 모티브에 드러난 소통과 불통의 분석」,『현대문학이론연구』제11집, 현대문학이론학회, 1999.

설혜경,「최인훈 소설에서의 기억의문제: <회색인>과 <서유기>를 중심으로」,『한국언어문화』제32집, 한국언어문화학회, 2007.

성지연,「최인훈 문학에서의 '개인'에 관한 연구」, 연세대 박사학위논문, 2003.

양윤모,「최인훈 소설의 '정체성 찾기'에 대한 연구」, 고려대 박사학위논문, 1999.

양윤의,「최인훈 소설의 주체 연구」, 고려대 박사학위논문, 2010.

유임하,「분단현실과 주체의 자기정립 −최인훈의 <회색인>」,『한국문학연구』제24집, 동국대학교 한국문학연구소, 2001.

유헌식,「특집 논문 : 대화적 이성과 인문학의 가능성: 자아의 자각을 통한 한계 보유적 행위 −반쪽 헤겔주의자 최인훈」,『인문과학』제87집, 연세대학교 문과대학, 2008.

이광호,「최인훈 소설에 나타난 시선 주체의 문제 : 소설『광장』을 중심으로」,『상허학보』제35집, 상허학회, 2012.

이미경,「최인훈 소설에 나타난 주체의 소외 연구」, 군산대 석사학위논문, 2002.

이상갑,「<가면고>를 통해서 본 <광장>의 주제의식」,『한국문학이론과 비평』제7집, 한국문학이론과 비평학회, 2000.

이수형,「최인훈 초기 소설에서의 결정론적 세계와 자유」,『한국근대문학연구』제7권 제1호, 한국근대문학회, 2006.

이의석,「『회색인』에 나타난 인간 의식」, 인하대 교육대학원 석사학위논문, 1988.

이호규,「1960년대 소설의 주체 생산 연구」, 연세대 박사학위논문, 1999.

임경순,「1960년대 소설의 주체와 지식인적 정체성」,『상허학보』제12집, 상허학회, 2004.

정과리,「작가읽기/최인훈 : 모르기, 모르려 하기, 모른 체 하기 −<광장>에서 <태풍>으로, 혹은 자발적 무지의 생존술」, 『시학과 언어학』제1호, 시학과언어학회, 2001.

정영훈, 「최인훈 소설에 나타난 주체성과 글쓰기의 상관성 연구」, 서울대 박 사학위논문, 2005.

_____, 「주체 없는 사유와 익명적 글쓰기의 전략 —최인훈의 <서유기>」, 『한 국현대문학회 학술발표회자료집』, 한국현대문학회, 2005.

_____, 「개인발표논문 : 최인훈 소설에서의 반복의 의미」, 『현대소설연구』 제35호, 한국현대소설학회, 2007.

주민재, 「가상의 역사와 현실의 관계: 최인훈의 <태풍>을 다시 읽다」, 『한국 근대문학연구』제5권 제2호, 한국근대문학회, 2004.

최은혁, 「최인훈 소설에 나타난 주체의 자리 찾기 도정 : <회색인>을 중심으 로」, 『현대소설연구』제36호, 한국현대소설학회, 2007.

최정호, 「1970년대 베스트셀러 소설의 형상화 양상 연구」, 홍익대 석사학위논 문, 2005.

한창석, 「최인훈 소설의 주체 양상 연구 : 인물의 역할과 의미를 중심으로」, 『현대소설연구』제32호, 한국현대소설학회, 2006.

7. 서사구조 · 형식

김기율, 「『광장』의 공간성 연구: 서사 주체의 욕망과 공간성을 중심으로」, 연 세대 석사학위논문, 2005

김명준, 「불구적 사회의 서사적 상상력 —최인훈의 <광장>론」, 『국문학논집』 제18집, 단국대학교 국어국문학과, 2002.

김인호, 「신 없는 시대의 서사적 몸부림 —최인훈 <소설가 구보씨의 일일>을 중심으로」, 『한국어문학연구』제33집, 한국어문학 연구학회, 1998.

_____, 「기억의 확장과 서사적 진실 —최인훈 소설 <서유기>와 <화두>를 중심으로」, 『국어국문학』제140집, 국어국문학회, 2005.

김일영, 「<심청전>류에서 '바다'의 의미 =<심청전> 類中大海的象征」, 『국제학술대회』제8집, 중한인문과학연구회, 2002.

김정관, 「한국 모더니즘 소설의 인식 구조 연구」, 중앙대 박사학위논문, 1997.

김정민, 「최인훈의 「금오신화」『구운몽』에 나타난 시간 구조 연구」, 이화여대 석사학위논문, 1992.

김주선, 「최인훈 장편소설『태풍』의 구조 연구」, 숙명여대 석사학위논문, 2012.

김지혜, 「최인훈, 김승옥, 이청준 소설의 몸 인식과 서사 구조 연구」, 이화여대 박사학위논문, 2010.

김재영, 「연작소설의 장르적 특성 연구: 1970년대 연작소설을 중심으로」, 『현대문학의 연구』제26호, 한국문학연구학회, 2005.

김홍연, 「최인훈 소설의 인물과 서술 방법 연구」, 한양대 석사학위논문, 1988.

노종상, 「최인훈 <광장>의 사상의학적 구조」, 『비교문학』제30집, 한국비교문학회, 2003.

박영준, 「최인훈의 <광장>에서 '광장'의 의미 층위에 대한 연구」, 『어문논집』제46집, 민족어문학회, 2002.

방희조, 「최인훈 소성의 서사 형식 연구」, 연세대 석사 학위 논문, 2001.

변우호, 「최인훈 소설의 현실 인식과 형식」, 안동대 석사학위논문, 1999.

서미진, 「최인훈 희곡의 결말 구조 연구」, 고려대 석사학위논문, 2001.

서은선, 「최인훈의 소설 <화두>에 대한 서사론적 분석」, 『국어국문학지』제32집, 문창어문학회, 1995.

_____, 「최인훈 소설 <총독의 소리>, <주석의 소리>의 서술 형식 연구」, 『문창어문논집』제37집, 문창어문학회, 2000.

_____, 「최인훈 소설 광장의 서사론적 분석 ─거리와 화법을 중심으로」, 『한국문학논총』제29집, 한국문학회, 2001.

_____, 「최인훈 소설의 서사 구조 연구」, 부산대 박사학위논문, 2003.

서은주, 「최인훈 소설에 나타난 ; 방송의 소리 형식 연구」, 『배달말』제30집, 배달말학회, 2002.

성지연, 「최인훈 소설의 서사전략 연구」, 『한국근대문학연구』제3권 제2호, 한국근대문학회, 2002.

송지혜, 「광장의 공간구조 연구」, 목포대 석사학위논문, 2006.

송영실, 「소설의 회상구조 분석 : 회상구조와 '서사속도'의 관계를 중심으로」, 부경대 석사학위논문, 2007.

안혜련, 「최인훈의 <소설가 구보씨의 일일> 서술 특성 고찰」, 『한국문학이론과 비평』제7집, 한국문학이론과 비평학회, 2000.

양선영, 「최인훈 단편소설 <웃음소리>의 서술 양상 고찰」, 『한남어문학』제25집, 한남대학교 한남어문학회, 2001.

양윤의, 「최인훈 소설에 나타난 소통 구조 연구」, 『한국문예비평연구』제28집, 한국현대문예비평학회, 2009.

양 인, 「최인훈 소설의 서사 형식과 사회적 담론 연구」, 서강대 석사학위논문, 1996.

유재철, 「희곡의 의미 구조 분석」, 서강대 석사학위논문, 1980.

윤성희, 「최인훈 『회색인』의 공간 상징 연구」, 한양대 석사학위논문, 1994.

이내관, 「한국 분단소설에 나타난 공간의 양상 연구」, 단국대 석사학위논문, 2005.

이수형, 「일반논문 : <태풍>의 서사구조 연구 —이데올로기적 층위와 개인적 층위의 관계를 중심으로」, 『현대문학이론연구』제42집, 현대문학이론학회, 2010.

이양식, 「최인훈 소설의 인물 분석」, 충북대 석사학위논문, 1994.

이옥자, 「최인훈 희곡에 나타난 공간의 의미 구조 분석」, 수원대 석사학위논문, 1993.

임정애, 「최인훈 풍자 소설의 양상 연구」, 경북대 석사학위논문, 1995.

조진기, 「지리공간의 문학적 수용과 그 의미 : 두만강을 중심으로」, 『배달말』제36집, 배달말학회, 2005.

최애순, 「최인훈 소설의 반복구조 연구— <구운몽>,<가면고>,<회색인>의 연계성을 중심으로」, 『현대소설연구』제26호, 한국현대소설학회, 2005.

최창수, 「최인훈의 <화두>에 나타난 거리의 문제」, 『어문논집』제29집, 중앙어문학회, 2001.

허련화, 「구쏘련과 한국 현대 소설 문학 속의 '리념 선택 곤혹형 인물 형상 연구」, 연변대학 석사학위논문, 1996.

홍명숙, 「최인훈 소설의 공간 구조」, 부산대 석사학위논문, 1995.

8. 교육 방법

구연수, 「소설 수용 교육 방법 연구 : 최인훈의 『광장』 중심으로」, 한국외대 석사학위논문, 2010.

김수정, 「인물 비평 통한 소설 교육 방법 연구」, 숙명여대 석사학위논문, 2013.

김지은, 「<춘향전>의 현대적 변용과 문학 교육적 가치: 제7차 교육과정 국어 (하)를 중심으로」, 아주대 석사학위논문, 2006.

김진란, 「『광장』의 교수 · 학습 모형 연구」, 목포대 석사학위논문, 2010.

김진황, 「교과 독서를 위한 독서 자료 선정과 활용 방안 연구」, 서강대 석사학위논문, 2009.

김용균, 「『광장』의 문학교육적 가치와 교과서 수용현왕 연구」, 경희대 박사학위논문, 2013.

김홍연, 「최인훈의 <회색인>에 대한 독서방법: 소설적 제요소와 그 기능을 중심으로」, 『한국언어문화』제4집, 한국언어문화학회, 1986.

김효정, 「독자 반응 이론을 통한 소설교육의 주제 내면화 방안 연구: 최인훈의 「광장」을 중심으로 한 교수−학습 지도안」, 동국대 석사학위논문, 2012.

박상미, 「학습자 중심의 극문학 수용과 창작 교육: 설화 소재극을 중심으로」, 이화여대 석사학위논문 2010.

박은수, 「<광장>의 문학 교육적 적용 양상 : 7차 교육과정 고등학교 문학 교과서를 중심으로」, 수원대 석사학위논문, 2003.

신성희, 「패러디소설을 활용한 <흥부전>의 교수 학습 방안 연구」, 충남대 석사학위논문, 2009.

안성희, 「문학교과서에 수록된 장편소설의 교수, 학습 방법연구: 최인훈의 『광장』을 중심으로」, 부산외대 석사학위논문, 2004.

오윤선, 「다매체 시대의 국어교육의 목표와 방향 : 교과서 제재로서의 <옛날 옛적에 휘어이 휘이> 일고찰」, 『청람어문교육』제42집, 청람어문교육 학회, 2010.

오춘화, 「한국어교육에서 현대소설을 활용한 문화교육 : 최인훈의 <광장>을 중심으로」, 『중국조선어문』제174호, 길림성민족사무위원회, 2011.

유수진, 「패러디 텍스트를 활용한 <춘향전>의 교수−학습 방안 연구」, 충남 대 석사학위논문 , 2012.

이숙자, 「독자반응비평이론을 적용한 학습자 중심의 소설교육 방법 연구: 최 인훈의 광장을 중심으로」, 공주대 석사학위논문, 2003.

이영월, 「<소설가 구보씨에 일일>에 나타난 소설가상 및 창작 기법 연구: 박태 원 · 최인훈 · 주인석의 작품을 대상으로」, 건양대 석사학위논문, 2006.

이종섭, 「장편소설의 교과서 수용 방안 연구 :최인훈의 <광장>을 예로 들어」, 『중등교육연구』제57집, 경북대학교 중등교육연구소, 2009.

이재호, 「흥부전의 교수학습 방안 연구:「홍보씨」「놀부뎐」을 중심으로」, 강 원대 석사학위논문, 2012.

조경은, 「『광장』의 주제 탐색 지도 방안」, 연세대 석사학위논문, 2007.

조정애, 「협동 학습을 통한 소설 교육 방법 연구」, 강원대 석사학위논문, 1999.

조혜숙, 「문학교육과'선악'의 문제에 관한 연구」, 고려대 박사학위논문, 2013.

조혜연, 「소설 『광장』의 이야기와 화자 교육방법 연구」, 단국대 석사학위논 문, 2006.

정대영, 「자전적 서사의 반성적 쓰기 교육 연구」, 서울대 석사학위논문, 2012.

한귀은, 「희곡과 연극의 시청각적 약호 교육 −최인훈 <옛날 옛적에 후어이 휘이>를 중심으로」『배달말』제45집, 경상대학교 배달말학회, 2009.

한남명, 「최인훈 희곡에 나타난 놀이의 치유 연구」, 강원대 석사학위논문, 2014.

한창석, 「고등학교 국어 교과서에 수록된 현대소설의 특성과 교육방법에 관한 연구」, 고려대 박사학위논문, 2012.

9. 비극성 · 죽음 · 갈등

간복균, 「한국 분단소설의 현실 인식」, 『논문집』제40집, 강남대학교, 2002.

강경채, 「한국 희곡의 비극성 연구」, 부산대 석사학위논문, 1983.

강미혜, 「최인훈의 '광장' 연구 : 갈등의 양상과 죽음의 의미를 중심으로」, 중앙대 석사학위논문, 2013.

강윤신, 「최인훈 소설의 죽음충동과 플롯의 상관관계연구」, 명지대 박사학위논문, 2009.

김명준, 「불구적 사회의 인식 -최인훈의 <광장>론」, 『국문학논집』제18집, 단국대학교 국어국문학과, 2002.

김수이, 「우울증에 따른 자살 예방을 위한 한국문학 콘텐츠 구축의 필요성과 방안 : 최인훈 소설 <웃음소리>를 중심으로」, 『한국언어문학』제42집, 한국언어문화학회, 2010.

김주언, 「한국 비극 소설 연구」, 단국대 박사학위논문, 2001.

_____, 「우리 소설에서의 비극의 변용과 생성 -최인훈의 『회색인』·『서유기』를 중심으로」, 『비교문학』제28집, 한국비교문학회, 2002.

박옥진, 「최인훈 희곡의 비극성 연구」, 숭실대 석사학위논문, 1995.

박현숙, 「최인훈 희곡에 나타난 연극기법 연구 : 서사극적 특성을 중심으로」, 강원대 석사학위논문, 2010.

박혜주, 「최인훈의 소설의 사실성과 비사실성 연구 : 화자의 시점을 중심으로」, 이화여대 석사학위논문, 1984.

반재진, 「비극적 신화의 창조와 꿈 : 최인훈 희곡 「옛날 옛적에 훠어이 훠이」 분석」, 한성대 석사학위논문, 1994.

비르깃 수잔네 가이펠, 「일반논문: 냉전의 최전선에서의 글쓰기 -최인훈의 광장과 우베 욘존의 야콥을 둘러싼 추측들에서의 개인과 분단국가」, 『사이』제11호, 국제한국문학문화학회, 2011.

서은주, 「소환되는 역사와 혁명의 기억 : 최인훈과 이병주의 소설을 중심으로」, 『상허학보』제30집, 상허학회, 2010.

양윤의, 「최인훈의 예술론에 드러난 비극적 인식 연구 : 예술가 소설을 중심으로」, 『한국문학이론과 비평』제40집, 한국문학이론과 비평학회, 2008.

우찬제, 「분단환경과 경계선의 상상력」, 『동아연구』제61집, 서강대학교 동아연구소, 2011.

이슬아, 「최인훈의 <둥둥 낙랑둥>에 나타난 비극적 특성 연구」, 부경대 석사학위논문, 2014.

이정숙, 「특집: 6.25 전쟁 60년과 소설적 수용의 다변화, 그 심화와 확대」, 『현대소설연구』제45호, 한국현대소설학회, 2010.

임달환, 「『광장』에 나타난 갈등 양상 연구」, 군산대 석사학위논문, 1998.

장 현, 「관념에 갇힌 현실과 죽음의 의미 −최인훈의 <광장> 연구」, 『성심어문논집』제24집, 성심어문학회, 2002.

최명민, 「문학에 투영된 자살의 심리사회적 이해 : <광장>과 <숲속의 방>을 중심으로」, 『비판사회정책』제29집, 비판과 대안을위한사회복지학회, 2010.

최영숙, 「국문학: 최인훈의 소설에 나타난 부자 갈등 양상 연구 −<서유기>와 <태풍>을 중심으로」, 『한국어문연구』제13권, 한국어문연구학회, 2001.

10. 신화 · 원형

강지영, 「<춘향전>의 현대적 변용 양상 고찰」, 숙명여대 석사학위논문, 2008.

김미영, 「최인훈 소설에 나타나는 신화적 이미지 고찰」, 『국제어문』제31집, 국제어문학회, 2004.

김성렬, 「최인훈 문학 초기 중단편의 원형적 성격과 그 확산의 양상」, 『한민족문화연구』제38집, 한민족문화학회, 2011.』

김영찬, 「최인훈 소설의 기원과 존재방식 : 원체험의 재현을 중심으로」, 『한국근대문학연구』제3권 제1호, 한국근대문학회, 2002.

김유미, 「최인훈 희곡의 신화성과 역사성 연구 : <어디서 무엇이 되어 만나랴>의 경우」, 『어문논집』제37집, 안암어문학회, 1998.

노지혜, 「최인훈 희곡에 나타난 설화 변용에 관한 연구: <어디서 무엇이 되어 만나랴>, <둥둥 낙랑동>, <달아 달아 밝은 달아>를 중심으로」, 한양대 석사학위논문, 2008.

박종홍, 「<광장>의 낙원회귀 고찰」, 『한중인문학연구』제42집, 한중인문학회, 2014.

박진희, 「최인훈의 설화 소재 희곡 연구: 설화의 수용 양상을 중심으로」, 상명대 석사학위논문, 2006.

연남경, 「일반논문: 신화의 현재적 의미 −최인훈, 이청준을 중심으로」, 『현대문학이론연구』제44집, 현대문학이론학회, 2011.

이원지, 「한국 설화의 연극적 변용 연구」, 한양대 석사학위논문, 2010.

오경복, 「「심청전」과 「달아 달아 밝은 달아」에 나타난 재생 원형 연구」, 이화여대 석사학위논문, 1980.

왕효경, 「고전소설의 현대적 변용양상연구 : <춘향전> 중심으로」, 성균관대 석사학위논문, 2008.

우현철, 「최인훈 희곡세계의 신화원형적 고찰」, 상명대 박사학위논문, 2012.

장수라, 「최인훈 희곡 특질 고찰: 설화 소재 작품을 중심으로」, 조선대 석사학위논문, 1996.

장혜전, 「설화 소재 희곡의 특성 연구」, 이화여대 석사학위논문, 1980.

주지영, 「최인훈의 <하늘의 다리>에 나타난 원형 의식」, 『한국문예비평연구』제31집, 한국현대문예비평학회, 2010.

차미숙, 「최인훈의 「광장」 연구: 모성회기본능을 중심으로」, 원광대 석사학위논문, 2012.

최현정, 「온달설화의 현대적 변용 양상」, 아주대 석사학위논문, 2007.

11. 관념성 · 사실성 · 비사실성

구재진, 「최인훈 소설에 나타난 노스탤지어와 역사 감각」, 『한국문학이론과 비평』제34집, 한국문학이론과비평학회, 2007.

김갑수, 「최인훈 소설에서의 꿈과 리얼리즘의 관계」, 『국어국문학 논문집』제 12집, 동국대학교 국어국문학부, 1983.

김종수, 「최인훈 소설의 관념 표출 방법 연구」, 고려대 석사학위논문, 1999.

김충기, 「최인훈 문학에 나타난 소외의 문제 연구」, 경희대 석사학위논문, 1978.

이영미, 「최인훈 희곡 "둥둥 낙랑둥"에 나타난 반사실주의 기법 연구」, 단국대 석사학위논문, 2005.

배경윤, 「최인훈 소설의 소외 의식 연구」, 효성여대 석사학위논문, 1989.

안정택, 「최인훈 『광장』에 나타난 소외 의식 연구」, 관동대 석사학위논문, 1996.

윤초선, 「최인훈의 반사실주의 소설연구」, 이화여대 석사학위논문, 1998.

윤소연, 「최인훈 소설에 나타난 소외 의식 연구」, 명지대 석사학위논문, 1996.

장사흠, 「개인발표논문 : 최인훈 소설에 나타나는 낭만적 의지와 독일 관념론— <바다의 편지>에 수용된 "무제약적 자아"와 "불사의 자아" 개념을 중심으로」, 『현대소설연구』제35호, 한국현대소설학회, 2007.

12. 연애 · 사랑 · 여성성

김미영, 「최인훈 소설에 나타난 가족 로망스의 의미」, 『어문학』제97집, 한국 어문학회, 2007.

김지혜, 「개인발표논문 : 최인훈 소설의 여성인물을 통해 본 사랑의 변증법 연구」, 『현대소설연구』제45호, 한국현대소설학회, 2010.

서은선, 「최인훈 소설 <광장>이 추구한 여성성의 분석」, 『새얼어문논집』제 14집, 동의대학교 국어국문학과 새얼어문학회, 2001.

손유경, 「최인훈 '광장'에 나타난 만주의 '항일 로맨티시즘'」, 『만주연구』제12집, 만주학회, 2011.

유정숙, 「최인훈의 희곡 <달아 달아 밝은 달아> 연구 : 여성성의 재현과 그 의미를 중심으로」, 『우리어문연구』제27집, 우리어문학회, 2006.

정영훈, 「최인훈 소설에 나타난 여성 인식」, 『한국근대문학연구』제7권 제1호, 한국근대문학회, 2006.

최애순, 「최인훈 소설에 나타난 연애와 기억에 관한 연구」, 고려대 박사학위
　　논문, 2005.
최현희, 「최인훈 소설에 나타난 '사랑'의 의미 연구」, 서울대 석사학위논문, 2003.
홍순애, 「최인훈 소설의 섹슈얼리티와 에로티시즘 연구 －<광장>을 중심으
　　로」, 『한민족문화연구』제17집, 한민족문화학회, 2005.
Rapin, Cathy., 「최인훈 희곡에 나타난 여성인물의 구현」, 『한국연극학』제22
　　권, 한국연극학회, 2004.

13. 기호학 · 수사학

설혜경, 「1960년대 소설에 나타난 재판의 표상과 법의 수사학: 최인훈과 이청
　　준을 중심으로」, 한양대 박사학위논문, 2011.
연남경, 「최인훈 <춘향뎐>의 기호학적 분석」, 『대학원 연구논집』제12집, 한
　　국기호학회, 2003.
_____, 「최인훈 소설의 기호학적 분석」, 이화여대 석사학위논문, 2001.
채정상, 「최인훈 소설의 기호학적 분석」, 동국대 석사학위논문, 2001.

14. 기타 작품 연구

강은아, 「최인훈 소설 연구」, 성균관대 석사학위논문, 2003.
강지혜, 「몽자류 소설의 문화콘텐츠 활성화 방안 연구」, 『동양고전연구』제43
　　집, 동양고전학회, 2011.
강헌국, 「감시와 위장 : 최인훈의 <크리스마스 캐럴>론」, 『우리어문연구』제
　　32집, 우리어문학회, 2008.
고인환, 「최인훈 초기 소설 연구」, 경희대 석사학위논문, 1996.
공종구, 「최인훈의 단편소설」, 『현대소설연구』제34호, 한국현대소설학회, 2007.
구재진, 「1960년대 장편 소설 연구」, 서울대 박사학위논문, 1999.

김기주, 「최인훈의 소설 연구」, 동국대 박사학위논문, 2000.

김남웅, 「최인훈 60년대 소설 연구」, 경기대 석사학위논문, 1998.

김만수, 「한국소설에 나타난 미국의 이미지」, 『한국현대문학연구』제25집, 한
　　　국현대문학회, 2008.

김미영, 「최인훈의 『소설가 구보씨의 일일』 연구」, 한양대 석사학위논문, 1993.

김병진, 「최인훈 『회색인』 연구」, 경희대 석사학위논문, 1998.

김상수, 「일반논문: 최인훈 『광장』의 불교 정서적 상징과 구성」, 『동아시아불
　　　교문화』제13집, 동아시아불교문화학회, 2013.

김선주, 「최인훈 『회색인』 연구」, 덕성여대 석사학위논문, 2004.

김성열, 「최인훈의 『구운몽』 연구」, 고려대 석사학위논문, 1984.

_____, 「최인훈의 『광장』 연구」, 대구가톨릭대 석사학위논문, 2002.

_____, 「최인훈의 <크리스마스 캐럴> 연구」, 『국제어문』제42집, 국제어문
　　　학회, 2008.

김신효, 「최인훈의 <광장(廣場)> 러시아어 번역에 나타난 번역상의 변형 분석」,
　　　『통번역학연구』제17권 제1호, 한국외국어대학교 통번역연구소, 2013.

김인호, 「언어로 해방을 꿈꾸는 두 가지 방식 ―최인훈과 이청준의 경우」, 『본
　　　질과 현상』제4호, 본질과현상사, 2006.

김원숙, 「최인훈 소설 연구」, 경희대 석사학위논문, 1989.

박　진, 「최인훈의 『소설가 구보씨의 일일』 연구」, 고려대 석사학위논문, 1995.

배경열, 「한국사상(문학) : 최인훈의 <화두> 연구」, 『한국사상과 문화』제50
　　　집, 한국사상문화학회, 2009.

서은주, 「최인훈 소설 연구」, 연세대 박사학위논문, 2000.

_____, 「'한국적 근대'의 풍속 : 최인훈의 <크리스마스 캐럴> 연작 연구」, 『상
　　　허학보』제19집, 상허학회, 2007.

양선영, 「최인훈 단편소설 「웃음소리」 「만가」 연구」, 한남대 석사학위논문, 2001.

양윤의, 「최인훈 소설에 나타난 '얼굴'의 도상학 : <가면고>를 중심으로」, 『한
　　　국문예비평연구』제23집, 한국현대문예비평학회, 2007.

오송희, 「최인훈 소설 연구」, 성신여대 석사학위논문, 1994.

유진월,「최인훈의 <웃음소리> 연구」,『경희어문학』제13집, 경희대학교 문리과대학 국어국문학회, 1993.

윤지영,「최인훈 소설 연구」, 성균관대 석사학위논문, 1998.

이명희,「최인훈『소설가 구보씨의 일일』연구」, 인하대학교 교육대학원 석사학위논문, 1987.

이정선,「최인훈 소설 연구」, 경희대 석사학위논문, 1999.

임금희,「국문학 : 최인훈 소설 <구운몽> 연구」,『새국어교육』제70집, 한국국어교육학회, 2005.

전상기,「최인훈의 <광장>에 대한 비판적 고찰」,『반교어문연구』제6집, 반교어문학회, 1995.

전윤숙,「최인훈 소설 연구」, 경희대 교육대학원 석사학위논문, 1989.

정재림,「논문 : 최인훈 소설에 나타난 기독교 비판의 의미-『회색인』을 중심으로」,『문학과종교』제15권 제2호, 한국문학과종교학회, 2010.

정화혁,「최인훈의 작품 연구」, 동아대 석사학위논문, 1981.

조갑상,「최인훈의 화두 연구 -<낙동강>과의 관계를 중심으로」,『한국문학논총』제31집, 한국문학회, 2002.

조시정,「최인훈 소설에 나타난 '러시아-소련 경험' -『화두』를 중심으로」,『한국어와 문화』10, 숙명여자대학교 한국언어문화연구소, 2011.

추선진,「최인훈 소설 연구」, 경희대 석사학위논문, 2001.

하영미,「최인훈 단편 소설 연구」, 경희대 석사학위논문, 2000.

찾아보기

• 박해랑 朴海浪

대구에서 태어남.
동국대학교 대학원 국어국문학과 박사 졸업(현대문학전공).
前 동국대학교 교양교육원 전임연구원.
現 동국대학교 파라미타칼리지 외래교수.
現 성신여자대학교 교양교육원 교양학부 외래교수.

최인훈 소설 인물 심리 연구

비극적 세계 극복과 부활의 힘

| 초판 1쇄 인쇄일 | | 2016년 10월 29일 |
| 초판 1쇄 발행일 | | 2016년 10월 30일 |

지은이		박해랑
펴낸이		정진이
편집장		김효은
편집/디자인		김진솔 우정민 백지윤 박재원
마케팅		정찬용 정구형
영업관리		한선희 이선건 최인호 최소영
책임편집		우정민
인쇄처		국학인쇄사
펴낸곳		국학자료원 새미(주)

등록일 2005 03 15 제25100-2005-000008호
서울특별시 강동구 성안로 13 (성내동, 현영빌딩 2층)
Tel 442-4623 Fax 6499-3082
www.kookhak.co.kr
kookhak2001@hanmail.net

| ISBN | | 979-11-87488-21-7 *93800 |
| 가격 | | 23,000원 |